LES DAMES DE MARLOW ENQUÊTENT

Il suffira d'un cygne

L'auteur

Robert Thorogood est né en 1972 à Colchester (Essex), en Angleterre. À l'âge de dix ans, il lit *La Maison du péril* d'Agatha Christie et tombe amoureux du roman policier. Auteur de plusieurs livres, il est le créateur et le scénariste de la série à succès *Meurtres au paradis*, diffusée sur la BBC et France 2, suivie par cinq millions de téléspectateurs en 2020. Il vit à Marlow avec sa femme, ses enfants et leurs deux lévriers, Wally et Evie.

Du même auteur

Les Dames de Marlow enquêtent, Mort compte triple, tome 1, La Martinière, 2022

Les Dames de Marlow enquêtent, tome 3, La Martinière, à paraître (2023)

Robert Thorogood

LES DAMES DE MARLOW ENQUÊTENT

Il suffira d'un cygne

Traduit de l'anglais par Sophie Brissaud

Éditions
de La Martinière

Les trois grilles de mots croisés de ce livre ont été spécialement conçues pour l'édition française, par Fabrice Bouvier.

Illustrations du livre : © Anaïs Lefebvre
L'éditeur remercie la talentueuse agence Pekelo, Marion et Elsa, pour leur aide précieuse dans la conception graphique de l'ouvrage.

Titre original : *Death Comes To Marlow*
Éditeur original : HQ, une maison d'édition du groupe HarperCollins*Publishers*, Angleterre.

Publié avec l'aimable autorisation de l'agence Johnson & Alcock Ltd.

ISBN : 979-1-0401-1012-5

Ce livre est dédié à
Jack Thomas
(1941 – 2021)

OXFORD
Maison de Lady Bailey
Divas & Dudes
Bibliothèque
Garage Platts
Bureaux administratifs du domaine Bailey
Maison de Becks
Higginson Park
Skatepark
N
O
E
S
LA TAMISE
CARTE DE
MARLOW
Buckinghamshire

Maison de Suzie
The Chequers
Gare
Église de Tous-les-Saints
Deux Brasseurs
Café Coopers
LA TAMISE
Marlow FM
Maison de Judith
Maison de Sir Peter Bailey
Route vers le poste de police de Maidenhead
LONDRES

Les personnages

Judith Potts

Judith, vieille dame au caractère tranché, vit au bord de la Tamise et réalise des grilles de mots croisés pour la presse. Son talent pour résoudre les énigmes n'a d'égal que son incroyable courage, dont elle n'est pas toujours consciente, pas plus que de sa réputation d'excentrique dans toute la ville de Marlow (dont d'ailleurs elle se ficherait complètement si elle était au courant).

Becks Starling

Ou faut-il dire Becky ? Ou Rebecca, plus convenable ? Becks (en fait, tout le monde l'appelle Becks) n'en est jamais sûre. La quarantaine, tirée à quatre épingles, ménagère accomplie voire maniaque, elle est la femme du vicaire de Marlow et, à ce titre, doit penser à sa respectabilité sociale. Mais sous ses dehors impeccables, Becks rêve de liberté et d'aventure — enfin, quand elle s'y autorise.

Suzie Harris

Plus âgée que Becks et plus jeune que Judith, Suzie est promeneuse de chiens à Marlow. Elle a la solidité d'une bonne fermière, l'autorité d'un capitaine de galion et l'intelligence d'un fin limier: nul ne flaire mieux qu'elle une entourloupe. Son cœur est aussi grand que ses manières sont brusques, et si son dédain des convenances frise parfois le sans-gêne, sa loyauté et sa bravoure en font une amie très appréciée.

CHAPITRE 1

Après l'été trépidant qu'elle avait passé, Mrs Judith Potts reprit en hiver le cours d'une vie plus tranquille et plus solitaire. Elle se réveillait tard, regardait un peu la télé, faisait des réussites, sortait se promener quand l'envie lui en prenait – ce qui, pour être honnête, ne lui arrivait pas très souvent – et s'assurait de consacrer chaque jour le temps nécessaire à la composition de ses grilles de mots croisés cryptiques[1] pour la presse nationale.

Quand les lumières de Noël apparurent dans High Street, la rue principale de Marlow, elle fit comme chaque année et se mit discrètement en retrait des festivités. Non qu'elle eût quoi que ce soit contre Noël, bien au contraire, mais elle trouvait que cette fête appartenait à d'autres gens qu'elle : parents de jeunes enfants ou familles accrochées comme des berniques à cette allégresse obligatoire.

Si Noël était pour elle une sorte de corvée, et la semaine séparant Noël du jour de l'An une déconcertante période de grand néant, Judith savait que janvier, c'était son mois. Probablement celui qu'elle préférait.

1. *Cryptic crossword* : mots croisés typiquement anglais, dans lesquels les définitions sont des jeux de mots. (Note de la traductrice)

Elle n'avait de comptes à rendre à personne. Aucun endroit où on lui demandait d'aller. Elle avait alors tout loisir de recharger ses batteries et de faire le point sur l'année écoulée.

Sans oublier ses baignades sauvages, bien entendu.

Sous aucun prétexte elle n'aurait laissé l'hiver l'empêcher de nager presque quotidiennement dans la Tamise. Quand il faisait très froid, elle ne s'y attardait pas, mais elle ne ratait jamais cette occasion de communier avec la nature et adorait ce picotement frais qui parcourait sa peau toute la journée. Elle plongeait d'autant plus volontiers quand elle avait besoin de trouver la solution d'un problème. C'est pourquoi elle barbotait en ce matin de janvier : elle avait une énigme à résoudre.

Celle-ci s'était présentée peu avant, quand elle avait ouvert le *Marlow Free Press* du jour. En ce début d'année, la gazette était encore plus pauvre en nouvelles que d'ordinaire – l'article principal était consacré à la fermeture brutale d'une boîte postale de quartier –, mais ce qui intéressait surtout Judith, c'était la grille de mots croisés cryptiques. Elle en venait à bout relativement vite, mais il y avait une clarté et une simplicité dans les définitions qui lui plaisaient. Ce matin-là, elle s'était mise à la tâche comme d'habitude, mais une fois la grille terminée, elle y avait jeté un dernier regard et senti que quelque chose clochait. Son inconscient essayait de lui transmettre un message dont elle n'arrivait pas à saisir la nature. Judith détestait tout ce qui finissait en queue de poisson. Les énigmes étaient là pour être résolues, c'est pourquoi elle avait décidé d'y réfléchir sérieusement pendant sa baignade matinale.

Et parce qu'elle pensait beaucoup plus à ses mots croisés qu'à ce qui l'entourait, elle eut la mauvaise surprise de devoir affronter un cygne en combat singulier.

C'était tout à fait involontaire, comme elle l'expliquerait plus tard dans la journée à ses amies Becks et Suzie ; selon elle, ce n'était absolument pas sa faute, mais celle d'un canard mort qu'elle avait trouvé flottant au milieu du fleuve. Ça ne ressemblait d'ailleurs pas du tout à un canard, au début ; plutôt à deux brindilles orangées émergeant de l'eau. Mais en s'approchant, elle découvrit le corps blanc, le cou et la tête du canard sous la surface et vira de bord vers le rivage, prise de panique à l'idée de frôler le cadavre.

C'est pourquoi elle se retrouva, sans l'avoir cherché, au beau milieu d'un groupe de cygnes, une mère et ses petits. Comme on était en janvier, les cygneaux avaient presque atteint leur taille adulte ; cela n'empêcha pourtant pas leur mère de se cabrer en sifflant, les ailes déployées – d'une envergure plus large que Judith n'était haute. Elle se demanda s'il était possible de maîtriser la maman cygne en l'attrapant par le cou, mais, comme toute personne ayant été éduquée en Grande-Bretagne, elle savait qu'un cygne « peut vous casser un bras d'un coup d'aile ». Il lui apparaissait clairement, par ailleurs, que la vision d'une femme de soixante-dix-huit ans, complètement nue, aux prises avec un cygne avait quelque chose d'assez incongru.

Parce qu'il y avait un autre problème : comme toujours quand elle traversait son hangar à bateaux, en contrebas du jardin, pour aller nager dans la Tamise, Judith ne portait pas de maillot de bain. Et puis quoi encore ? Cette chose flasque, froide et mouillée qui vous colle au corps et gâche tout le plaisir de la baignade ? Pas question.

Quand le cygne projeta la tête en avant avec un sifflement terrifiant, Judith comprit qu'il était temps de sortir de l'eau, et vite. Au moins, elle était tranquille sur un point : elle se trouvait dans un méandre du fleuve où il ne venait pratiquement jamais personne.

Cependant, c'était précisément parce qu'il n'y venait jamais personne que Ian Barnes en gardait de si beaux souvenirs. Ian était né à Marlow, y avait grandi, s'en était éloigné il y a quelques années, mais il avait décidé d'y amener sa femme Mandie et leurs deux jeunes enfants pour leur faire admirer quelques-uns des coins favoris de son enfance, dont ce charmant site au bord du fleuve où il avait passé de longues heures enchantées à contempler les oiseaux. Alors qu'il pointait l'index vers *la* souche d'arbre où il avait vu autrefois non pas un mais deux martins-pêcheurs, une femme de soixante-dix-huit ans sortit du fleuve, complètement nue, devant toute sa petite famille, fit quelques pas mal assurés le long de la rive, les salua d'un geste grandiloquent, puis prit son élan pour se jeter vigoureusement dans l'eau, les jambes repliées de manière à exécuter une magnifique bombe qui éclaboussa tout sur son passage.

Elle poussa un grand « Ha ! » de joie quand elle refit surface. Il va sans dire qu'elle était morte de honte d'être apparue en tenue d'Ève devant ces parfaits inconnus, mais elle avait décidé d'y mettre du style et de leur adresser un grand salut avant de piquer une tête. Au moins, ça leur donnerait un vrai sujet de conversation. Comme un petit cadeau qu'elle leur faisait.

Judith ne put s'empêcher de sourire tandis qu'elle se laissait porter par le courant vers sa maison, les mots croisés du *Marlow Free Press* oubliés depuis longtemps. Elle ne cessait de revoir la tête que faisait la malheureuse famille. Leur expression d'horreur bien élevée lui procurerait quelques mois de fous rires solitaires.

Cependant, à cause de l'incident du canard mort et du cygne bien vivant, Judith sortit de l'eau et se retrouva bien plus tôt qu'à l'accoutumée dans son hangar à bateaux. Et c'est ainsi que, après avoir revêtu sa grande cape de laine grise et traversé les herbes hautes en direction de son manoir style Art nouveau, elle rentra juste à temps pour entendre le téléphone sonner.

Elle décrocha. Un homme à la voix rude lui demanda s'il s'adressait bien à Mrs. Judith Potts.

– Elle-même, répondit Judith.

– Sir Peter Bailey à l'appareil.

La voix idéale pour envoyer des soldats à l'assaut sur le champ de bataille, pensa-t-elle.

– Nous ne nous connaissons pas, mais j'aimerais vous demander une faveur. Il se trouve que je me marie demain.

– Toutes mes félicitations, dit Judith, qui remarqua que le feu, dans la cheminée, ne s'était pas éteint. Et comme elle avait la chair de poule sur tout le corps et les pieds glacés sur le parquet, elle alla s'asseoir dans son fauteuil à oreilles favori et se laissa réchauffer par les braises.

– J'en viens au fait, dit-il, j'organise un petit cocktail cet après-midi pour fêter ça, et j'aimerais vous y inviter.

Judith était perplexe. Sir Peter était le patriarche d'une des plus grandes familles de Marlow : pourquoi cette invitation soudaine ?

– Rien de solennel, continua-t-il. Costume trois-pièces, robe de cocktail, vous voyez l'idée. Surtout l'occasion de boire un verre, pour être honnête. 14 heures, 14 h 30, dans ces eaux-là. Mais n'oubliez pas de vous couvrir. La météo annonce du beau temps, mais il va tout de même faire froid. Vous savez où j'habite ?

Judith savait très bien où résidait Sir Peter. Tout Marlow le savait. Elle trouvait qu'il ne manquait pas de culot en s'imaginant qu'elle allait tout laisser en plan pour une invitation de dernière minute. Parce qu'elle avait des projets pour l'après-midi : manger des *crumpets*[1] toastés devant la cheminée, tartinés de confiture de mûres qu'elle avait achetée samedi au marché, et peut-être arroser tout ça d'un petit verre ou deux de son *sloe gin*[2] maison qu'elle gardait sous l'évier de la cuisine pour les grandes occasions. Qu'est-ce qui faisait croire à Sir Peter qu'elle allait abandonner de si beaux projets pour se rendre à sa réception ?

– C'est très gentil de votre part, mais pourquoi m'invitez-vous ?

– Tout simplement, j'ai pensé que la veille de mon mariage serait une bonne occasion de remercier quelques-uns des citoyens les plus remarquables de Marlow. Le Rotary, le conseil paroissial, tout ça. Or je

1. Petits pains anglais à mi-chemin entre les pancakes et les muffins. (N.d.T.)

2. Liqueur à base de gin et de prunelles. (N.d.T.)

suis très impressionné par la façon dont vous avez aidé les habitants de cette ville, l'été dernier.

– Ah, je vois ! Vous en avez entendu parler.

– Tout le monde sait que vous avez aidé la police à trouver les coupables de ces horribles meurtres[1].

– J'espère que vous ne craignez pas que quelqu'un se fasse tuer cet après-midi, dit Judith avec un petit rire.

– Pardon ? Mais absolument pas. Pourquoi dites-vous cela ?

Intéressant. Sa petite boutade avait manifestement, pour une raison ou une autre, désarçonné Sir Peter.

– C'était une plaisanterie, précisa-t-elle.

– Elle est de très mauvais goût.

– Elle n'est de mauvais goût que si quelqu'un se fait réellement tuer.

– Personne ici ne craint pour sa vie. Je ne comprends vraiment pas pourquoi vous l'insinuez. Bon, vous avez l'intention de venir à ce cocktail ou non ?

Personne ici ne craint pour sa vie ? pensa Judith. Quelle étrange remarque. Pourquoi Sir Peter était-il soudain si agité ? Judith se dit que les *crumpets* et le *sloe gin* devraient attendre un autre jour.

– Je suis enchantée de votre invitation.

– Très bien, conclut Sir Peter d'un ton bourru. À cet après-midi.

Une fois qu'elle eut raccroché, Judith composa le numéro de Becks Starling. Celle-ci décrocha immédiatement.

– Judith, un instant, ne quitte pas ! Colin, tu veux bien remuer le roux dans la casserole, s'il te plaît ?

1. Voir *Les Dames de Marlow enquêtent*, t. 1, *Mort compte triple*.

Comment vas-tu, Judith ? Désolée, je n'ai pas le temps de te parler, nous sortons cet après-midi.

Avant que Judith eût pu expliquer l'objet de son appel, Becks était déjà submergée par les événements.

– Sam, pourquoi veux-tu une boîte d'allumettes ? Tu n'as aucune raison de vouloir des allumettes, mais qu'est-ce que tu fabriques ? Oh mon Dieu ! Excuse-moi, j'ai Chloe en attente sur la ligne. Elle a passé la nuit chez son petit ami. Je dois prendre l'appel, il peut littéralement s'être passé n'importe quoi.

Becks raccrocha. Judith se rendit compte qu'elle-même n'avait pas prononcé un mot, pas un seul. Becks était la femme du vicaire de Marlow, Colin, un monsieur très gentil, avec toutes les connotations positives ou négatives qu'implique le terme. Bien qu'elle eût dédié son existence à son rôle de parfaite épouse et mère de famille de la grande périphérie londonienne, Becks s'était laissé attirer dans l'orbite de Judith l'année passée lorsqu'un tueur en série s'était mis à canarder de toute part à Marlow. Elles s'étaient liées d'une amitié solide, même si, pour Becks, Judith était exactement le genre d'esprit libre que sa mère lui avait toujours conseillé d'éviter. Judith, de son côté, était consciente de l'énergie que Becks consacrait aux moindres besoins et désirs de sa famille et de sa communauté, mais elle aurait apprécié que son amie dédiât au moins un dixième de ses talents à elle-même et à ses propres envies. Cependant, Becks ne changerait jamais, Judith en était convaincue, et c'était en partie pourquoi elle appréciait tant sa compagnie.

Elle composa un autre numéro. Au bout de deux sonneries, Suzie Harris prit l'appel.

– Et voici maintenant la célèbre Judith Potts ! lança Suzie d'un ton que Judith ne put s'empêcher de trouver un peu théâtral.

Suzie était une femme confortablement installée dans la cinquantaine, bien dans ses bottes, et le troisième membre de la « bande à Judith ».

– Désolée de te déranger ainsi, sans prévenir, dit Judith, mais je viens d'avoir une conversation des plus étranges.

– Eh bien ! Tu vas tout nous dire.

– Comment ça, « nous » ?

– Chère auditrice, tu es en direct. Alors je te conseille de faire attention à ce que tu dis, répondit Suzie avec un petit rire complice.

Le sang de Judith se glaça dans ses veines.

Profitant de sa célébrité toute fraîche de l'été passé, Suzie avait réussi à décrocher une heure d'écoute matinale à la station de radio Marlow FM. Elle passait des disques, prenait des appels pour discuter de l'actualité brûlante de la journée, et ne perdait aucune occasion de promouvoir son activité de promeneuse et gardienne de chiens, avec un culot qui contrevenait à toutes les règles de déontologie radiophonique. Mais Suzie rétorquait à cela qu'elle était mère célibataire – même si ses filles avaient depuis longtemps quitté le nid maternel – et avait toujours lutté pour joindre les deux bouts. Elle n'allait pas rater une occasion de faire sa pub gratuitement !

– Ne me dis pas que je suis tombée en pleine émission, dit Judith.

– On est toujours très heureux de t'avoir au bout du fil, Judith !

Il y avait dans la voix de Suzie quelque chose de possessif qui laissa Judith coite. Décidément, elle en faisait un peu trop depuis qu'elle était devenue une célébrité locale – mais on parlerait de ça une autre fois.

– Franchement, Suzie, quand je te passe un coup de fil, je préférerais que toute la ville n'en profite pas. À quelle heure se termine ton émission ?

– Je laisse le micro à Karen Hird et ses Lunchtime Boys à 13 heures.

– C'est bien. Et quand tu auras fini, tu veux venir à un cocktail avec moi ?

CHAPITRE 2

À l'est de Marlow, la Tamise se dédouble autour d'une petite île flanquée d'une écluse d'un côté et, de l'autre, de la cascade bouillonnante d'un barrage. C'est en amont de ce barrage, au bord des eaux calmes du fleuve, que se trouvent certaines des propriétés les plus huppées de la ville.

White Lodge, celle de Sir Peter Bailey, était sans doute la plus somptueuse : une grande maison de style georgien, à trois étages, parée d'une façade en stuc couleur crème. De part et d'autre de la demeure se trouvaient un court de tennis en gazon et une orangerie aux verrières peintes en blanc. Entre les deux s'étendait un jardin élisabéthain à haies de buis entrelacées. Au bord du fleuve, les pelouses bien tondues paraissaient encore plus verdoyantes et soignées que celles de n'importe lequel des voisins de Sir Peter, qui possédait également un bateau amarré au fond du jardin : une élégante vedette aux finitions de bois poli qu'il avait fait venir de Venise.

Tout dans cette propriété suintait l'argent, à tel point que lorsqu'elle arriva avec Judith, Suzie ne sut pas bien où garer le vieux van défraîchi dans lequel elle transportait ses chiens. Heureusement pour elles, un adolescent en parka fluo vint leur dire de se garer dans le pré adjacent au jardin.

– Putain de bordel, tu te rends compte ? dit Suzie en descendant de son van. Des domestiques pour aider les gens à se garer ? Juste pour une réception ? C'est la grande classe.

C'était une belle journée de janvier, fraîche et ensoleillée, avec de jolis petits nuages en coton qui ponctuaient le ciel bleu. Quand elles arrivèrent dans le jardin, elles y trouvèrent une centaine d'invités vêtus de leurs habits les plus chics, en pleine conversation devant une imposante tente d'un blanc étincelant.

– On pourrait y faire tenir deux maisons comme la mienne, dit Suzie. Tu es sûre qu'ils sont d'accord pour que je t'accompagne ?

– J'en suis certaine.

– On ne peut pas dire que je suis en tenue de réception.

Suzie était une femme solide comme un chêne, aux joues vermeilles et à la voix tonitruante. Ce jour-là, elle portait une doudoune rouge pétard sur un tee-shirt de sport bleu outremer délavé, un vieux jean bordé de boue séchée aux chevilles, et une antique paire de chaussures de randonnée.

– Ta tenue est parfaite, dit Judith.

– Très bien. Si quelqu'un y trouve à redire, ce sera ta faute. Et maintenant, au boulot. Où est le buffet ?

Elle n'avait pas fini sa phrase qu'un jeune serveur leur présentait des flûtes de champagne sur un plateau. Judith en prit une, Suzie en prit une autre, et encore une autre.

– C'est pour ma copine, là-bas, dit-elle au serveur en désignant du menton une personne imaginaire.

Judith savoura sa première gorgée de champagne et contempla le spectacle environnant.

– Voilà qui est fort agréable, se réjouit-elle.

– Un peu, mon neveu ! enchérit Suzie, qui vida sa première flûte cul sec. Ah, ces bulles qui vous remontent dans le nez ! Je me demande bien pourquoi les gens boivent ce machin. Alors, ce Sir Peter qui t'a invitée, où est-il ?

– Je ne le vois pas pour le moment. Mais quand il passera, tu ne pourras pas le rater. Un vrai général de division, avec une grosse moustache et une voix plus grosse encore.

– Judith ? dit une voix mélodieuse, avant d'ajouter : Suzie ? d'un ton un peu plus circonspect.

Becks Starling se faufila à leur côté dans un bruissement de soie. Judith la regarda et fut convaincue qu'elle ne verrait rien de plus beau ce jour-là. Becks était toujours impeccable, parfaitement coiffée et manucurée, mais là, elle était resplendissante. Elle portait une jolie robe décolletée couleur ivoire et avait jeté un châle de cachemire bleu foncé sur ses épaules. L'œil de Judith fut immédiatement attiré par une bague à son doigt, qu'elle n'avait jamais vue auparavant, sertie d'une pierre qui semblait être un saphir. Si c'en était vraiment un, cela devait coûter très cher.

– Tu es magnifique, dit Judith.

– Vraiment ? répondit Becks en rougissant. Tu es sûre ?

– Tu es toujours belle, mais particulièrement aujourd'hui.

Becks, confuse, fit ce qu'elle faisait toujours quand elle recevait un compliment : elle s'excusa.

– Je suis désolée pour le coup de fil de tout à l'heure, reprit-elle. J'avais les enfants qui couraient partout autour de moi et Colin dans les pattes. Et il fallait que je me prépare pour sortir. Tu m'appelais pour quoi, au juste ?

– Eh bien ! Pour t'inviter ! répondit Judith. Donc tout va bien, puisque tu es ici.

– J'accompagne Colin. C'est lui qui doit marier Sir Peter et sa fiancée demain. Il est là-bas.

Elle désigna son mari, debout près de la tente. Colin, comme d'habitude, était en costume de clergyman noir à col blanc ; mais contrairement à son habitude, il était en grande conversation avec une femme dont la robe moulante, tout en paillettes dorées, soulignait la moindre courbe de son anatomie sous les rayons du soleil.

Il éclata de rire. Même à distance, il y avait dans ce rire un ton de désir anxieux, voire de soumission, qui n'échappa à aucune d'elles.

Becks fronça les sourcils.

– À l'abordage ! dit Suzie. Tempura de langoustines à 15 heures !

En route vers la réception, Suzie avait expliqué à Judith que si l'on voulait s'empiffrer de petits fours, il fallait s'y prendre à deux : une personne qui se tenait face aux invités (elle avait décidé que ce serait le rôle de Judith) et l'autre derrière la première, presque dos à dos, afin de bénéficier d'une vue panoramique et de repérer le moindre serveur sortant des cuisines. Le traiteur avait installé sa cambuse dans une petite tente à côté de la grande, et Suzie, depuis son arrivée, s'était placée dans une position stratégique, pas trop loin et bien en face de sa sortie.

Un serveur, justement, apparut et se dirigea vers la grande tente. Avant qu'il eût pu dépasser Suzie, celle-ci cueillit sur son plateau deux gros beignets de langoustines.

– Merci ! lui lança-t-elle.

– Je ne savais pas que vous connaissiez les Bailey, observa Becks.

– Je ne les connais pas du tout, dit Suzie, tout en s'efforçant de ne pas se brûler la bouche.

– Moi non plus, reconnut Judith.

Elle leur raconta l'étrange conversation qu'elle avait eue avec Sir Peter le matin même.

– Tu n'imagines tout de même pas qu'il va y avoir un meurtre ! s'exclama Becks, horrifiée.

– Non, bien sûr. Mais quand je lui ai parlé de meurtre, il a eu l'air terrorisé. Il se passe quelque chose de louche, j'en suis persuadée. D'ailleurs, où est-il, Sir Peter ? Tu l'as vu ?

– Tiens, oui, c'est étrange, remarqua Becks. Maintenant que tu en parles, je ne l'ai pas encore vu depuis mon arrivée.

– Peut-être que quelqu'un l'a vraiment tué, dit Suzie avec enthousiasme, postillonnant de la pâte à frire tout autour d'elle, car elle venait de croquer dans son second beignet de langoustine. Oh ! Pardon ! ajouta-t-elle, ce qui n'arrangea rien, car elle en projeta encore plus, en particulier sur la robe en soie crème de Becks qui fit immédiatement un pas en arrière, horrifiée.

– Suzie !

– Désolée, désolée ! s'excusa Suzie en essuyant la robe de sa main, ce qui eut pour effet d'étaler encore plus largement la tache huileuse. Oh, mon Dieu ! Quelle empotée je suis !

– Arrête maintenant ! dit Becks, très mécontente. C'est une robe qui coûte les yeux de la tête !

– Je suis navrée, ce tempura est un peu gras. Faudra faire nettoyer ça, dit Suzie en lui montrant la tache, comme pour lui donner un conseil avisé.

Elles entendirent le grondement d'un moteur. Une vieille Triumph cabriolet un peu cabossée, à la capote de toile noire, apparut en éructant une épaisse fumée et se gara près de la maison. Son conducteur en sortit. Il portait un pantalon en toile fauve et une chemise violette à fleurs sous une veste en tweed. Il passa la main dans ses longs cheveux bruns.

Même à distance, on pouvait voir que c'était un très bel homme.

– Bonjour, bonjour ! lança Suzie. Il me plaît déjà, ce nouvel invité. Vous savez qui c'est ?

CHAPITRE 3

À peine le jeune homme avait-il garé sa Triumph qu'un homme plus âgé sortit de la maison. La soixantaine, grosse moustache ébouriffée et cheveux plaqués en arrière, il était vêtu d'un blazer bleu marine et d'un pantalon saumon. Une flûte de champagne à la main, une cigarette à l'autre, il s'approcha du nouvel arrivant d'un pas rapide.

– C'est lui, dit Becks, parlant de l'homme au blazer. C'est Sir Peter.

Tout le monde entendit clairement ce dernier crier :

– Qu'est-ce que tu fous ici ?

Le jeune homme éclata d'un rire dédaigneux, ajoutant qu'il était chez lui et qu'il pouvait aller et venir comme bon lui semblait.

– Ah ! Ça commence à ressembler à un vrai mariage ! dit Suzie d'un air connaisseur. Ils vont en venir aux mains !

Une femme brune aux joues roses et aux cheveux courts se détacha du groupe d'invités et s'avança rapidement vers les deux hommes. Elle portait un manteau noir sur une robe noire toute simple. Elle avait l'air inquiète.

– Ça, c'est Jenny Page, murmura Becks. La future mariée. Je ne l'ai rencontrée que deux ou trois fois, mais elle est très gentille, très simple. Elle ne fait pas de chichis.

Becks se tut, car Jenny se mit à faire de vifs reproches au jeune homme. Sir Peter s'efforçait de la calmer pendant que toute l'assistance contemplait la scène, bouche bée. Judith commençait à entrevoir pourquoi Sir Peter avait eu un comportement si bizarre pendant leur conversation téléphonique : il y avait de sérieux désaccords au sein de la famille Bailey.

Personne ne ratait une miette de leur conversation.

– Demain, c'est le plus beau jour de ma vie ! dit Jenny au jeune homme. Comment peux-tu me faire une chose pareille ?

– Je ne fais rien à personne, répondit-il, gardant son air insouciant.

– Je t'interdis de parler ainsi à ma femme ! aboya Sir Peter.

– Tu n'es pas encore marié, papa.

– C'est toujours toi, toi, et personne d'autre, pas vrai ? sanglota Jenny. Tu ne supportes pas de voir les autres heureux !

Elle fondit en larmes et se précipita dans la maison.

Sir Peter se rapprocha du jeune homme et se mit à lui heurter la poitrine de l'index en continuant à le morigéner. Après l'avoir poignardé du doigt une dernière fois, il tourna les talons et rentra dans la maison à vive allure.

Une fois que Sir Peter eut abandonné le champ de bataille, les invités firent la seule chose que pouvaient faire d'authentiques Anglais et Anglaises bien nés : ils reprirent leurs petites conversations comme s'il n'y avait eu aucun problème. Les serveurs, portant haut leurs plateaux, circulèrent de nouveau.

– C'est tout ? demanda Suzie, étonnée. On va vraiment tous faire comme si de rien n'était ?

Colin Starling vint rejoindre Judith et ses amies.

– Bonjour tout le monde ! dit-il. Je crois que c'est le fils, Tristram, qui vient d'arriver.

– Sir Peter a donc un fils ? demanda Judith.

– Oui, et une fille, Rosanna. Elle doit être quelque part dans le coin. Ce sont ses enfants d'un premier mariage. J'ai eu plusieurs entretiens avec Sir Peter et Jenny ces dernières semaines, et j'en retire l'impression que Tristram n'approuve pas le remariage de son père. D'ailleurs, je me demande même pourquoi je vous dis cela, car le père et le fils ne s'entendent pas, ça crève les yeux.

– Et moi, mon chéri, j'ai remarqué que tu t'entendais très bien avec la dame, là-bas, ça crève les yeux, dit Becks avec un sourire dont le caractère meurtrier n'échappa à personne, sauf à Colin.

– Oui, Miss Louise, dit-il. Elle dirige une école de danse à Marlow.

– *Miss* Louise ?

Colin ne se rendait absolument pas compte du pétrin dans lequel il venait de se mettre.

– Oui, c'est ainsi qu'elle s'est présentée.

Avant que Becks eût pu continuer son interrogatoire, le jeune homme s'approcha de leur petit groupe d'un pas nonchalant. De près, pensa Judith, il était vraiment très beau. La trentaine finissante, la mâchoire bien dessinée et deux yeux bleus étincelants.

– Navré pour la petite échauffourée, dit-il avec un sourire contrit. Il y a du champagne ? ajouta-t-il avec un clin d'œil à Becks.

Judith décela dans cette question comme une promesse de flirt.

– Je ne suis pas sûre que Sir Peter approuverait, dit Judith de son ton le plus collet monté.

– Alors on va ajouter ça à la longue liste de ce qu'il n'approuve pas. Je me présente : Tristram Bailey. J'aurais dû commencer par là. Je vous laisse, je pars en quête du champagne. Ravi d'avoir fait votre connaissance. À demain, au mariage !

Judith et ses amies échangèrent un regard surpris. Quel sang-froid, après une telle querelle devant tout le monde !

– Il a l'air très sûr de lui, dit Judith.

On entendit au loin sonner les cloches de l'église de Tous-les-Saints. Il était 15 heures. Judith, portant son regard au-delà du fleuve en direction de l'église, vit un énorme yacht de milliardaire passer en contrebas du jardin. Au moment où elle pensait *Quelle monstruosité !* tout le monde entendit un fracas épouvantable venant de l'intérieur de la maison, accompagné d'un bruit de verre brisé.

Tous les invités se tournèrent vers White Lodge. Jenny, qui avait entendu elle aussi, apparut à l'étage et se pencha au balcon.

– Que se passe-t-il ? cria-t-elle.

Tristram courut vers la maison. Judith hésita quelques secondes puis lui emboîta le pas, suivie de Suzie, de Becks, de Colin et d'une demi-douzaine d'invités.

– C'était quoi, ce bruit ? demanda Judith à Tristram. Mais il ne répondit pas, ouvrit une porte et se précipita à l'intérieur.

Un vacarme… monumental ! pensa Judith alors qu'elle se ruait avec Becks et Suzie par la même porte. Elles se retrouvèrent dans un vestibule pavé de larges dalles de pierre. Tristram avait déjà gagné le hall d'entrée où elles le rejoignirent avec les quelques invités. Elles virent Jenny descendre l'escalier, demandant de nouveau ce qui s'était passé.

– Il faut trouver papa ! répondit Tristram en ouvrant successivement plusieurs portes qui donnaient sur le hall. Celle de la salle de séjour, puis d'un autre salon, puis de la cuisine… Les autres invités commencèrent à se disperser dans la maison.

– Il n'est pas avec toi ? lui demanda Jenny.

– Non, je croyais qu'il était avec toi.

– Je ne l'ai pas vu.

– D'où venait le bruit ? demanda Judith à Jenny, espérant écourter la recherche.

– Du rez-de-chaussée, répondit Jenny.

– Papa ? appela Tristram, mais personne ne répondit.

– Où es-tu ? appela-t-il de nouveau. Oh mon Dieu !

Il venait d'avoir une idée qui, apparemment, le terrifiait. Il sortit de la salle de séjour et tout le monde, Jenny comprise, le suivit dans un couloir qui aboutissait à une vieille porte en bois massif. Il saisit l'anneau de fer qui servait de poignée à cette porte et le fit tourner, mais la porte ne s'ouvrit pas.

– Papa ? cria-t-il. Tu es là ?

Toujours pas de réponse.

– Qu'y a-t-il derrière cette porte ? s'inquiéta Judith.

– Le bureau de papa.

Tristram tourna de nouveau la poignée et tenta de pousser la porte avec son épaule.

Rien ne bougea.

– Quelqu'un l'a fermée à clé.

– Où est la clé qui ouvre cette porte ? questionna Judith.

Tristram commençait à céder à la panique. Il rebroussa chemin en direction de la cuisine. Quand il eut disparu, une jeune femme les rejoignit en courant, l'air bouleversé. Judith ne l'avait encore jamais vue. Brune, les cheveux lisses, elle portait une veste d'officier d'un rouge éclatant, dont le col et les manches étaient ornés de galons dorés. Elle s'enquit à son tour de ce qui venait de se produire. Son comportement était brusque, sévère et un peu militaire, comme sa veste.

– Nous n'en savons rien, dit Jenny, mais on a tous entendu un énorme vacarme, et maintenant Peter est introuvable.

– Oui, j'ai entendu, dit la jeune femme, ce qui intrigua Judith, parce qu'elle avait forcément entendu. Tout le monde avait entendu.

– Excusez-moi, mais qui êtes-vous ? demanda Judith.

– Rosanna, répondit la jeune femme, étonnée qu'on lui posât cette question. Rosanna Bailey.

Tristram réapparut avec un gros extincteur qu'il était allé chercher dans la cuisine.

– Tristram, dit Rosanna, qu'est-ce que tu fabriques ?

– Reculez, tous.

Chacun prit ses distances pour laisser Tristram prendre son élan et balancer l'extincteur juste au-dessus de la poignée de la porte qui frémit à peine. Tristram reprit son élan et la heurta de toutes ses forces. Cette fois, on entendit un bruit de bois brisé, mais la porte ne trembla pas davantage. Il frappa encore plus fort : encore un craquement de bois, et elle s'entrebâilla légèrement.

Tristram entra, suivi des autres. Tout le monde vit qu'une grosse armoire en acajou s'était détachée du mur et gisait sur le parquet.

Deux jambes en pantalon saumon en dépassaient.

– Peter, oh mon Dieu ! cria Jenny en s'approchant de l'armoire. Il faut la soulever !

Toutes les personnes présentes se rassemblèrent autour du meuble et, au prix d'un gros effort, le remirent sur ses pieds. On découvrit alors le cadavre de Sir Peter parmi les éclats de verre et divers ustensiles de laboratoire tombés des étagères.

Son visage était couvert de sang, son bras droit tordu sous son corps de façon presque grotesque, son bras gauche étendu sur le côté et deux doigts de la main gauche retournés selon un angle horrible à voir.

Il ne respirait plus.

Jenny, tombant à genoux à son côté, chercha à prendre son pouls au niveau de la gorge.

– Peter, non… Peter ! criait-elle.

– Faites attention au verre cassé ! lui dit Colin avec une prévenance inutile, car Jenny ne l'écoutait pas, cherchant désespérément le pouls de son fiancé en lui tâtant le cou et le poignet.

– Jenny, il faut vous lever maintenant ! dit Becks, faisant signe à Colin de s'occuper d'elle.

– Sortez d'ici, tous ! ordonna Judith. Et que quelqu'un appelle la police !

Le simple mot de « police » sembla réveiller tout le monde. Becks et Colin détachèrent à grand-peine une Jenny en larmes du corps de Sir Peter, et la pièce se vida peu à peu. Judith resta pour inspecter rapidement les lieux. C'était un bureau d'homme, classique, mais elle remarqua qu'il n'y avait aucun endroit où se cacher. Et Sir Peter était seul dans la pièce quand l'armoire lui était tombée dessus.

Elle jeta aussi un regard à la vieille serrure en métal qui avait été enfoncée dans le cadre de la porte. Elle referma la porte afin de vérifier que son mécanisme coïncidait bien avec les dégâts causés au cadre. C'était bien le cas. Donc la porte était verrouillée lorsque Tristram l'avait forcée, mais elle se mouvait facilement et souplement, et Judith s'en étonna. Le bois paraissait vieux de plusieurs siècles et les charnières toutes rouillées. Comment une porte si ancienne pouvait-elle se fermer si aisément ? Elle inspecta les charnières. Elles étaient luisantes.

Quelqu'un les avait huilées récemment.

Examinant l'une d'elles de plus près, Judith y perçut une odeur bizarre. Mais une odeur de quoi ?

Suzie entra.

– Tu as commencé ton enquête ? chuchota-t-elle d'un ton théâtral. Le genre de chuchotement qui, dans une vallée montagneuse, aurait déclenché une avalanche.

– Je ne sais pas, répondit Judith.

– Becks et Colin sont à l'étage avec Jenny, et j'ai renvoyé tous les autres dehors, devant la maison, en attendant la police. Qu'est-ce que tu as trouvé sur cette porte ?

– Les charnières. Je crois qu'elles ont été huilées. Et ça sent quelque chose, je ne sais pas quoi…

Suzie alla renifler la charnière la plus proche.

– C'est vrai, dit-elle. Je reconnais cette odeur mais je n'arrive pas encore à l'identifier.

– Donc je n'ai pas rêvé.

– Non, je ne pense pas, dit Suzie en passant un doigt le long de la charnière huilée.

Elle se lécha le doigt.

– Tu as parfaitement raison. C'est de l'huile d'olive.

– Mais oui ! confirma Judith. C'est bien ça ! Une odeur d'olive !

– Qui aurait l'idée saugrenue de graisser les gonds d'une porte avec de l'huile d'olive ?

CHAPITRE

4

De l'équipe du traiteur aux invités, toutes les personnes présentes s'étaient rassemblées devant la maison dans l'attente de la police. Seuls Jenny, Becks et Colin, restés à l'étage de White Lodge, manquaient à l'appel.

– L'huile d'olive sur les gonds de la porte, c'est peut-être un truc de riches, dit Suzie. Le WD-40, pour eux, ça doit faire trop prolo.

Judith sourit, mais elle était déjà occupée à examiner la foule et à interroger sa propre perception de la mort soudaine de Sir Peter. En lisière du groupe, elle aperçut Rosanna Bailey, que quelques amis essayaient de réconforter. Judith ne put s'empêcher de remarquer à quel point elle se détachait de la foule. Presque tout le monde avait choisi de s'habiller en couleurs discrètes, et le rouge éclatant de sa veste ressortait comme un fanal allumé. Ayant vu Rosanna, elle pensa aussi à Tristram, qu'elle chercha des yeux sans le trouver.

– Tu as vu Tristram ? demanda-t-elle à Suzie.

– Non. Je me demande où il a bien pu passer. Tu as noté la façon dont il regardait Becks ?

– Oui.

– Comme tu l'as très bien observé toi-même, elle est particulièrement en beauté aujourd'hui, non ? Et notre Mr Tristram Bailey n'a pas été sans le remarquer quand il est venu nous voir tout à l'heure.

– C'est peut-être à cause de ce magnifique saphir qu'elle portait au doigt. J'imagine que ça coûte extrêmement cher.

– Quel saphir ?

– Tu n'as pas remarqué ? Je te conseille d'y jeter un œil : une pierre splendide, taillée en baguette et montée sur un très bel or ancien. Un cadeau de Colin, je suppose.

– Tu crois qu'il lui a acheté une très, très belle bague ?

Elles se regardèrent, convaincues que la chose était inconcevable.

Deux voitures de police et une ambulance apparurent dans l'allée du jardin, tous gyrophares allumés, et firent crisser le gravier en se garant. Becks sortit de la maison et se dirigea vers elles.

Judith et Suzie virent une femme d'une quarantaine d'années descendre de l'une des voitures et échangèrent un sourire.

– Joli retournement de situation, lança Suzie.

– Nous en avons de la chance ! dit Judith. On y va ?

– Oui, je crois, répondit Suzie.

Les deux amies s'avancèrent vers la voiture de police et rejoignirent Becks au moment où elle accueillait l'inspectrice Tanika Malik.

– Il faut qu'on arrête de se voir en public comme ça ! dit Judith.

– Qu'est-ce que vous faites ici, vous trois ? demanda Tanika, surprise.

Tanika avait noué ses cheveux raides en une queue-de-cheval serrée et portait un tailleur-pantalon gris anthracite. L'été précédent, elle avait été chargée de l'enquête sur les meurtres de Marlow, et n'avait réussi à élucider le mystère qu'après avoir coopté Judith et ses amies pour l'aider dans son enquête.

– Pure coïncidence, expliqua Becks, mal à l'aise, mais quand j'ai vu arriver la police, j'ai cru bon de venir t'avertir que l'homme qui vient de mourir, Sir Peter Bailey, était sur le point d'épouser une certaine Jenny Page. Nous l'avons emmenée dans sa chambre, Colin et moi. Elle ne va pas fort. Si tu veux lui parler, c'est là que tu la trouveras. Et moi, je dois retourner auprès d'elle, si tu n'y vois pas d'inconvénient.

– Auprès de la fiancée de Sir Peter ? demanda Tanika.

– Oui.

– Merci, tu as très bien fait. Tu peux lui dire que nous allons venir lui parler après notre examen du bureau. Mais seulement quand elle sera prête.

– Bien sûr, je vais le lui dire.

Becks retourna dans la maison.

Tanika lança à Judith et Suzie un regard furibond.

– J'espère que vous n'aurez pas le culot de me dire que votre présence ici est aussi une pure coïncidence !

– C'est drôle que tu dises ça, dit Judith, car ce n'est pas *tout à fait* une coïncidence. Mais je pourrai tout t'expliquer une fois que tu te seras occupée du corps. D'ici là, je te conseille de gagner du temps en considérant cette mort comme suspecte.

– Qu'est-ce qui te permet de dire ça ?

Avant que Judith eût pu répondre, Tristram, livide, vint rejoindre les femmes.

– Je suppose que vous allez devoir m'interroger,

dit-il à Tanika. Je suis Tristram Bailey. Le fils de papa. Je veux dire : le fils de Sir Peter. L'homme qui…

Il s'interrompit, incapable de finir sa phrase. Il paraissait complètement brisé.

– Ne restez pas là, dit Tanika, que son professionnalisme rendait à la fois consolatrice et pragmatique. Il fait froid, venez à l'intérieur et vous me raconterez tout ça.

Prenant Tristram par le bras, elle le conduisit dans la maison.

Suzie et Judith se sentirent soudain inutiles. Tanika avait raison. Le soleil venait de se coucher et la douceur relative de la journée avait fait place à un froid perçant.

– On se les gèle ici ! dit Suzie.

– Oui, alors je propose que nous rentrions aussi, suggéra Judith, pendant que deux agents de police expliquaient aux invités comment ils allaient recueillir leur témoignage.

– Nous ne pouvons pas nous immiscer. On se ferait tuer par Tanika.

– Qui parle de s'immiscer ? dit Judith, feignant l'outrage. S'immiscer, c'est pour les amateurs !

Suzie éclata de rire.

– Nous, nous enquêtons !

– OK, dit Suzie. Alors, où est-ce qu'on enquête ?

– Dans la cuisine de Sir Peter.

– Pourquoi ? Qu'est-ce qu'on cherche ?

– Je croyais pourtant que c'était clair ! Une bouteille d'huile d'olive dont quelqu'un s'est servi récemment.

Une fois dans le bureau, Tanika prit le temps d'examiner la pièce où le corps de Sir Peter avait été retrouvé. Une pile de papiers en désordre trônait sur un vieux secrétaire, un cendrier plein et un verre à vin vide étaient posés à côté d'un fauteuil défraîchi, devant une cheminée en pierre dont le foyer débordait de cendres. Derrière la table de travail, deux encadrements de vieilles radios de cages thoraciques humaines avaient été accrochés au mur. Elle se demanda ce qu'ils faisaient là.

Elle fut interrompue dans ses pensées par l'éclair d'un flash. Un agent de police photographiait le cadavre. Tanika en profita pour aller le voir de plus près et s'accroupit à côté du corps. Sir Peter gisait au milieu d'une masse de débris de matériel scientifique, de flacons, de gobelets en verre et de bocaux brisés. Il y avait un vieil oscilloscope, des supports métalliques tordus, des becs Bunsen et des vannes connectées à des circuits électriques. Au milieu de ce chaos se trouvaient des petites étiquettes jaunies qui portaient des inscriptions à l'encre pâlie : *Papier de tournesol, Sulfate de baryum, Hydroxyde d'aluminium…* Le tapis était aussi jonché de poudres colorées là où le contenu des différents flacons brisés s'était renversé.

Tanika devina qu'il y avait peut-être un rapport entre tout ce matériel de laboratoire éparpillé au sol et les vieilles radios encadrées au mur, derrière le bureau.

Elle examina le cadavre. Les mains, le cou et la tête de Sir Peter présentaient des coupures à l'endroit où les flacons de laboratoire s'étaient écrasés sur lui lors de la chute de l'armoire. Il avait aussi du sang séché sur le visage et dans ses cheveux bruns. Il paraissait avoir subi un traumatisme crânien considérable. Rien de surprenant à cela, se dit-elle en évaluant mentalement le poids de l'armoire : elle était deux fois plus haute qu'elle, large d'au moins quatre mètres et en acajou massif poli noir d'obsidienne. La corniche sculptée à son sommet, les rayures et les diverses marques laissées par de nombreuses décennies d'usage lui firent penser à ces meubles que l'on trouve dans une église ou une école. Pas de doute, cela devait peser au moins une tonne.

Tanika se demanda comment elle avait pu tomber. Debout, l'armoire paraissait d'une telle stabilité qu'il était difficile d'imaginer qu'elle pût se renverser en aucune circonstance. Dommage que les invités se soient crus obligés de la relever. Bien sûr, le geste était compréhensible, mais cela voulait dire que la scène du décès avait déjà été modifiée avant son arrivée et celle de son équipe.

L'inspectrice s'approcha des grandes fenêtres encadrées par de lourds rideaux qui sentaient la poussière et la fumée de cigarette. Au-dehors, elle aperçut à travers l'obscurité un massif de buissons. Les châssis des fenêtres étaient en métal, un peu rouillé par endroits, et les crémones ainsi que les poignées avaient été peintes et repeintes maintes fois. Un bref examen révéla à Tanika qu'elles n'avaient pas été ouvertes depuis des années.

Elle se souvint de ce que lui avait dit Judith. Cette dernière pouvait parfois être exaspérante et ne manquait jamais d'être excentrique, mais elle faisait preuve du plus grand sérieux quand il était question de meurtre.

Si elle trouvait la mort de Sir Peter suspecte, il était sage de prendre cela comme hypothèse de départ.

Elle s'adressa à l'agent le plus proche :

– Pourriez-vous essayer de me trouver la clé de cette porte ? Je vois que quelqu'un a dû l'enfoncer pour trouver le cadavre.

– On l'a déjà, je crois, répondit-il, brandissant un sachet en plastique transparent qui contenait une vieille clé en fer. C'était dans une poche du défunt.

– C'est donc lui qui a fermé la porte à clé ?

– Oui, nous avons établi qu'il était seul dans cette pièce quand les invités ont forcé la porte.

– Pourriez-vous voir avec la famille s'il existe des doubles de cette clé ?

– Entendu, inspecteur.

Tanika regarda de nouveau le cadavre, puis l'armoire qui l'avait écrasé. Qu'avait-il bien pu se passer dans ce bureau ?

CHAPITRE 5

– Si j'ai bien compris, on cherche une bouteille d'huile d'olive ? dit Suzie en se frottant les mains quand elle entra dans la cuisine avec Judith.

– Oui, et il faut qu'elle ait été utilisée récemment, répondit Judith en ouvrant tiroirs et portes de placard. Mais si tu la trouves, tu n'y touches surtout pas !

– Évidemment, dit Suzie sur le ton de la connivence. Au cas où il y aurait des empreintes digitales !

Suzie se dirigea vers la fenêtre. Sur le rebord était posé un poste de radio Roberts de style rétro. Elle l'alluma et fit tourner le bouton pour changer la fréquence.

– Qu'est-ce que tu fais ? demanda Judith.

– J'élargis l'audience de Marlow FM, un auditeur à la fois.

La radio se mit à jouer une chanson de Bucks Fizz.

– Voilà, on y est ! dit Suzie, qui éteignit la radio. Maintenant, quand la famille allumera ce poste, elle écoutera la bonne station.

– Tu fais ça à toutes les radios ?

– À toutes celles qui me tombent sous la main, oui.

Becks apparut.

– Qu'est-ce que vous faites ici ? demanda-t-elle.

– On cherche de l'huile d'olive, dit Suzie, comme si cette réponse expliquait tout.

– Euh… d'accord, dit Becks, déconcertée. Je viens juste chercher un verre d'eau pour Jenny.

Elle vit que Judith et Suzie intensifiaient leur recherche dans les placards, mais elle s'interdit formellement de se laisser attirer sur la mauvaise pente. Ce qu'elles faisaient lui était bien égal ; son devoir était de prendre soin de Jenny. C'était Jenny qui était en deuil. C'était Jenny qui avait besoin d'aide. Becks se répéta intérieurement que non, elle n'allait pas, avant de sortir de la cuisine avec son verre d'eau, interroger ses amies sur ce qu'elles étaient en train de faire. Non, non et non.

Au moment de passer la porte, elle s'arrêta net :

– OK. Vous me dites pourquoi vous cherchez de l'huile d'olive ?

Judith lui expliqua que quelqu'un s'en était servi pour graisser les gonds de la porte du bureau.

Becks comprit immédiatement l'importance de ce détail.

– C'est curieux, non ? Vous devriez en informer la police.

– Je ne crois pas que ça les intéresserait, du moins pas encore. Mais j'ai une petite théorie.

– Purée ! dit Suzie. On se croirait dans la scène finale de *Rencontres du troisième type* !

Elle venait d'ouvrir la porte du cellier et découvrait des murs entiers, couverts du sol au plafond, d'étagères chargées de boîtes de conserve, de paquets de pâtes, de bouteilles de vin et de toutes sortes de produits. Elle en entreprit l'exploration, émerveillée.

– Comment va Jenny ? demanda Judith.

– Complètement bouleversée, répondit Becks, et pas très cohérente.

– Ça ne me paraît pas très surprenant après ce qu'elle vient de vivre. Comment explique-t-elle ce qui s'est passé ?

– Que veux-tu dire ?

– Je ne suis pas sûre que la mort de son futur mari soit tout à fait accidentelle.

– Tu crois qu'il a été assassiné ?

– Tu as vu le gabarit de cette armoire ? Elle n'a pas pu tomber toute seule. Et pourquoi Sir Peter ne s'est-il pas écarté quand il l'a vue basculer ?

– Je comprends où tu veux en venir. Mais qu'est-ce que ça a à voir avec Jenny ?

– Elle était dans la maison quand le bruit a retenti. Contrairement à la majorité des invités.

– Tu crois qu'elle pourrait avoir poussé l'armoire sur lui ?

– C'est une possibilité.

– Mais nous l'avons toutes vue apparaître au balcon, à l'étage, au moment où nous avons entendu la chute !

– Oui, c'est l'impression que ça a donné. Mais combien de temps exactement après la chute est-elle apparue ?

– Presque immédiatement.

– C'est peut-être suffisant.

– Attends. Elle aurait poussé l'armoire sur son fiancé dans le bureau du rez-de-chaussée avant de courir à l'étage pour se montrer au balcon une fraction de seconde plus tard ?

Judith fronça les sourcils.

– Non, en effet. Présenté ainsi, c'est très improbable.

– Et pourquoi Jenny aurait-elle voulu tuer Sir Peter la veille de leur mariage ?

– Ça, c'est une très bonne question ! admit Judith.

– Mon Dieu ! dit Suzie à son retour du cellier. C'est *Le Monde de Narnia* là-dedans ! Mais je crains qu'il n'y ait pas d'huile d'olive.

– Je n'en ai pas trouvé non plus, et nous avons fouillé tous les placards.

– Impossible, dit Becks. Une famille comme celle-ci ne peut pas ne pas avoir d'huile d'olive.

– C'est bien là que tu te trompes, dit Suzie, parce que nous avons cherché partout, et ils n'en ont pas !

– Ça veut simplement dire que vous n'avez pas cherché au bon endroit.

– Comment ça, pas au bon endroit ? C'est la cuisine !

– Becks, dit Judith d'un air narquois, je suis sûre que toi, tu peux en trouver.

– Bonne idée ! dit Suzie, comprenant instantanément la stratégie de son amie. S'il y a une personne capable de trouver de l'huile d'olive dans cette maison, c'est bien toi. Tu es la personne la plus bourgeoise que je connaisse.

– Merci ! dit Becks, sans se rendre compte que les propos de Suzie n'étaient pas totalement élogieux. Mais je n'ai pas le temps, je dois porter ce verre à Jenny.

– Je parie que ça ne te prendra pas plus de quelques secondes, insista Judith.

– Tu connais tout de ces gens, continua Suzie avec un air de sincérité feinte qui échappa complètement à Becks. Parce que tu *es* ces gens !

Très touchée par le soutien de ses amies, Becks se laissa convaincre.

– Bien, voyons cela.

Elle prit un moment pour se concentrer, comme un maître d'arts martiaux. Après quoi elle regarda fixement la plaque à induction et passa la main au-dessus des quatre foyers, puis du foyer creux pour wok juste à côté. N'en ayant rien conclu, elle pivota sur elle-même – apparemment sans inspiration particulière – et ses deux amies eurent la surprise de la voir s'accroupir brusquement pour porter son regard au niveau du plan de travail. Elle contempla la surface blanche d'un air perplexe, puis se redressa, avança vers l'évier et en scruta l'étincelante paroi en acier inoxydable. Elle posa son index sur le bouton de la bonde, appuya, releva la main, examina ce qu'elle avait au bout du doigt, et sourit.

– Vous avez raison, dit-elle.

– Quoi ? demanda Suzie, médusée. Tu as trouvé où ils planquent leur huile d'olive ?

– Oui.

– Mais comment ? Tu n'as même pas ouvert un seul placard !

Becks se rendit à l'autre bout de la cuisine et leur montra un petit bidon en aluminium pourvu d'un bec verseur sur un côté et d'un piston sur le côté opposé. Il ressemblait à un vieux vaporisateur pour hydrater des fleurs. Sa position sur une étagère, à côté d'un vieux vase en verre contenant des tournesols séchés, renforçait cette impression. Elle avança la main vers l'objet.

– L'huile d'olive est dans ce bidon.

– N'y touche pas ! dit Judith. Il faut y chercher des empreintes digitales.

– Mais comment le sais-tu ? demanda Suzie. Il n'y a même pas d'étiquette et tu ne vois pas ce qu'il y a dedans.

– Je n'ai aucun doute, il contient bien de l'huile d'olive, dit Becks.

– Ça ressemble plutôt à un vaporisateur d'eau pour ces fleurs.

– Ce sont des fleurs séchées, elles n'en ont pas besoin.

– Mais comment as-tu fait pour repérer ce bidon à l'autre bout de la cuisine ?

– Je ne l'ai pas repéré, du moins pas au début. Mais ce que j'ai bien repéré, en revanche, c'est que le plan de travail est en Corian.

– En quoi ?

– Cette famille a des comptoirs de cuisine en Corian. C'est un matériau extraordinaire. Il est fabriqué en plusieurs pièces, et les installateurs soudent les joints et les poncent de telle sorte qu'on ne voit plus les raccords. C'est magnifique et beaucoup moins cher que le marbre. Mais j'en viens au fait, ajouta-t-elle quand elle s'aperçut que ses amies s'intéressaient moins qu'elle aux raffinements des plans de travail en résine dernier cri. Les surfaces en Corian nécessitent l'usage d'une planche à découper. Si l'on tranche quelque chose directement sur du Corian, on risque d'y laisser des traces de lame. Et lorsque j'ai regardé la surface du plan de travail, j'y ai vu des marques de couteau teintées de vert.

Becks se rapprocha de l'îlot où était encastrée la plaque de cuisson et désigna le plan de travail juste à côté. Suzie l'observa très attentivement et y discerna d'infimes rayures, apparemment produites par une lame. Ces rayures, très superficielles, étaient en effet vaguement teintées de vert. Ou pas. C'était difficile à dire.

– Tu as remarqué ces minuscules traces de lame ? demanda-t-elle à Becks.

– C'est la première chose que j'ai vue en entrant.

– Mais comment ces traces de couteau sur un plan de travail te permettent-elles de deviner qu'il y a un bidon d'huile d'olive en aluminium à l'autre bout de la pièce ?

– Oh, ça, c'est facile ! répondit Becks.

Elle leur désigna l'égouttoir à côté de l'évier : une râpe à fromage Microplane s'y trouvait, ainsi qu'un bocal en verre et des lames métalliques croisées.

– Ceci, dit-elle, est un accessoire de robot mixeur destiné à broyer des graines. Il a été lavé récemment, ainsi que cette râpe, qu'on n'utilise que sur des fromages durs comme le parmesan. Alors je me suis demandé : quel est l'ingrédient vert que tu hacherais d'abord grossièrement au couteau avant de le réduire en purée dans ce petit bol mixeur avec du parmesan râpé ? La réponse est évidente.

Les deux autres se regardèrent : elles n'en avaient aucune idée.

– Du basilic, bien sûr ! Pour faire du pesto.

– Mais oui, bien sûr ! dit Judith, qui avait du mal à garder son sérieux. Du basilic ! C'est aussi la première chose à laquelle j'ai pensé !

– Et, continua Becks, quand j'ai trouvé un pignon de pin dans le filtre de l'évier, j'ai su que je ne m'étais pas trompée et qu'il y avait bien de l'huile d'olive quelque part, puisque sans huile d'olive, on ne peut pas faire de pesto. Elle ne pouvait pas être à un endroit évident puisque vous avez regardé partout où vous vous imaginiez en voir. Alors j'ai cherché le robot mixeur, et je l'ai vu à l'autre bout de la cuisine. Sur la petite étagère juste au-dessus, il y a les fleurs, mais aussi un bidon en métal. J'en ai donc conclu que le basilic avait été haché et le fromage râpé de ce côté de la cuisine, mais que le pesto avait été préparé là où est le robot. Simple déduction. L'huile d'olive est forcément dans ce bidon en métal.

Judith et Suzie la fixèrent sans dire un mot.

– Il doit y avoir un moyen de faire fortune avec ce talent que tu as, dit enfin Suzie.

Judith décrocha une paire de gants en caoutchouc jaune suspendue au-dessus de l'évier et l'enfila. Elle ouvrit un tiroir, y fouilla quelques instants et en sortit une spatule à poisson. Sur la table de la cuisine, elle se saisit aussi d'un vieux set de table qui représentait le château de Windsor, et s'approcha enfin du bidon en aluminium.

– Qu'est-ce que tu fais ? demanda Becks.

– Je m'assure que l'éventuelle scène de crime reste intacte.

Judith porta le set de table à hauteur de l'étagère, glissa la spatule sous le bidon et le déposa sur le set.

– Quelle scène de crime ?

– Oh ! C'est très simple, répondit Judith. Je crois que la personne qui a laissé ses empreintes digitales sur ce bidon d'huile d'olive, quelque qu'elle soit, a tué Sir Peter Bailey.

CHAPITRE 6

Tanika venait de quitter le bureau de Sir Peter quand elle vit s'approcher Judith, Suzie et Becks. Comme en rêve, elle crut voir que Judith, les mains gantées de caoutchouc jaune, portait un petit bidon en métal sur un set de table. Quand elle l'eut rejointe, Tanika comprit que ce n'était pas une hallucination.

Elle se sentait fatiguée à l'idée que Judith s'implique à nouveau dans une de ses affaires. Non qu'elle ne fût pas convaincue de la valeur de Judith. Si l'année passée lui avait apporté une certitude, c'était bien que Mrs. Potts et ses amies étaient de formidables détectives, même si elles se révélaient parfois désordonnées et indisciplinées. C'était surtout la longue journée de travail qu'elle avait derrière elle. Elle avait raté de quelques heures le coucher de sa fille, et savait que le lendemain, elle serait au bureau bien avant le réveil de Shanti et de son mari, Shamil.

Tanika se ressaisit. Elle avait beau être épuisée, un homme venait de mourir la veille de son mariage ; il méritait qu'elle se consacrât entièrement à lui, et c'était bien ce qu'elle avait l'intention de faire.

– Judith ! dit Tanika. Tu as trouvé un bidon en métal.

– Oui ! répondit Judith. Ou plutôt, c'est Becks qui l'a trouvé.

– Et tu me l'apportes sur un set de table. Qui représente le château de Windsor, à ce que je vois.

– Tu avais droit soit au château de Windsor, soit au château de Balmoral. J'ai pensé que tu apprécierais cette touche aristocratique.

– Et ces gants en caoutchouc ?

– C'est pour protéger la scène de crime.

– Tu devrais peut-être me dire ce que tu viens de faire.

Quand Judith eut fini de lui expliquer pourquoi, selon elle, il fallait chercher des empreintes digitales sur ce bidon d'huile, Tanika estima qu'il était temps de mettre les choses au point.

– Vous ne pouvez pas vous promener ici en fouillant à droite et à gauche. Vous n'êtes que témoins.

– Si nous n'avions pas fouillé à droite et à gauche, répondit Judith, tu ne connaîtrais même pas l'existence de ce bidon d'huile.

– Si je peux me permettre, avons-nous vraiment besoin de savoir quoi que ce soit sur ce bidon d'huile ?

– Oui, je le crois, parce que les empreintes digitales qui peuvent s'y trouver pourraient bien être celles de l'assassin de Sir Peter Bailey.

Ne serait-ce que pour ne pas avoir à regarder, une seconde de plus, Judith et ses gants jaunes, Tanika appela un agent, lui confia le bidon et lui demanda d'y chercher des empreintes. Il emporta les objets avec l'expression d'un homme qui vient d'atteindre les bas-fonds de sa carrière.

Pendant que Judith retirait ses gants en caoutchouc, Tanika lui dit :

– Bon, allons-y. Qu'est-ce qui te fait penser que Sir Peter a été assassiné ?

– Plusieurs raisons. D'abord, le timing. Qui meurt de causes naturelles la veille de son mariage ?

– Ça arrive, dit Tanika, sans avoir l'air d'y croire complètement.

– Écrasé par une armoire juste après une dispute ?

– OK, tu marques un point, dit Tanika.

Ses collègues, grâce aux dépositions des invités et de l'équipe du traiteur, lui avaient appris que Sir Peter s'était querellé avec son fils Tristram quelques instants avant de mourir.

– C'est vrai, c'est bizarre que cette armoire soit tombée à ce moment précis, continua-t-elle. Mais ça pourrait très bien être une coïncidence.

– Peut-être, mais je n'ai pas encore déballé mon dernier argument, et celui-ci est imparable ! lâcha Judith, triomphante. Sir Peter m'a prévenue qu'il allait se faire assassiner aujourd'hui !

– Quoi ? dit Becks, ébahie.

– Bon, bon, d'accord. Il m'a *presque* dit qu'il allait se faire assassiner, avoua Judith.

– Attends, je ne comprends pas, dit Tanika. Il te l'a dit ou il ne te l'a pas dit ?

– Écoute, je ne connais pas Sir Peter, ni aucun membre de sa famille, mais ce matin, il m'a appelée sur ma ligne fixe, s'est présenté et m'a invitée à son cocktail cet après-midi. Surprenant, c'est le moins qu'on puisse dire, mais il a insisté en m'expliquant qu'il tenait à rendre hommage à toutes les personnes remarquables de Marlow, dont je faisais partie à ses yeux. Je me suis bien gardée de lui faire observer que s'il avait vraiment voulu m'inviter, il l'aurait fait plus tôt, mais je n'arrivais pas à comprendre pourquoi il me prêtait ce statut de célébrité locale. Tout ce que j'ai fait, tout ce que *nous* avons fait – elle se tourna vers Suzie et Becks –, c'était de t'aider à élucider ces horribles meurtres de l'été dernier, et c'est pourquoi j'ai lancé une petite boutade : j'ai dit que j'espérais que personne ne serait tué à sa réception. Et là, il s'est passé quelque chose de très étrange : il s'est mis à paniquer. Il m'a répondu : « Personne ici ne craint pour sa vie ! » puis il m'a raccroché au nez, ou presque. C'est pourquoi, immédiatement après, j'ai appelé Becks et Suzie. Quelle curieuse remarque ! Qui peut dire une chose pareille ?

– Tu crois qu'il s'attendait à être assassiné ?

– Je crois au moins qu'il pensait que quelqu'un, peu importe qui, craignait pour sa vie. Et qu'il redoutait un événement tragique pendant sa réception. Ce qui l'a peut-être convaincu, à la dernière minute, que je devais être sur les lieux, soit en tant que témoin fiable, soit parce qu'il me croyait capable d'empêcher l'assassin de passer à l'acte. Comme si c'était dans mes capacités !

– Pas si vite, dit Tanika. Ce n'est pas parce qu'il pensait que la vie de quelqu'un pouvait être en danger qu'il a été assassiné.

– Ah non ! s'écria Judith, levant les bras au ciel. Tu ne vas pas recommencer !

– Recommencer quoi ? dit Tanika, surprise par sa véhémence.

– L'année dernière, c'était ce pauvre Stefan Dunwoody qui, selon toi, ne pouvait pas avoir été assassiné, et tu étais vraiment à côté de la plaque sur ce point, non ?

– Ça, c'est un coup bas, Judith. Une fois que nous avons établi les faits et reconstitué les événements, j'ai bien voulu reconnaître qu'il s'agissait d'un meurtre. Je tenais juste à ne pas tirer de conclusions hâtives. C'est tout. Et si tu estimes que Sir Peter a été assassiné, c'est qu'il y a vraiment un problème. Dis-moi, comment crois-tu que le crime a été commis ?

Cette question étonna beaucoup les trois amies.

– C'est une question piège ? demanda Suzie.

– Pas du tout.

– Bon, alors je vais tout te dire. Tiens-toi bien. Quelqu'un l'a écrabouillé avec une grosse armoire !

– Oui, excuse-moi, je reformule : s'il a été assassiné – et je dis bien « si » –, c'est évidemment qu'on l'a écrasé avec une armoire. Mais dis-moi, comment a-t-on retrouvé le corps ?

– Tristram l'a découvert en enfonçant la porte du bureau, dit Judith, qui avait compris où Tanika voulait en venir.

– Tu étais là ?

– Nous étions présentes toutes les trois, ainsi qu'une demi-douzaine d'invités.

– Alors pourquoi a-t-il fallu enfoncer la porte ?

– Parce qu'elle était verrouillée. Et j'ai vérifié : la serrure a bel et bien été enfoncée.

– C'est aussi ce que j'ai constaté, dit Tanika. Et les fenêtres n'ont pas été ouvertes depuis des années. Donc, que s'est-il passé quand vous êtes entrées dans le bureau ?

– Moi, je sais ! dit Suzie, ravie de pouvoir apporter un élément au dossier. Nous avons trouvé Sir Peter sous l'armoire. Avec les jambes qui dépassaient, comme celles de la méchante sorcière de l'Est dans *Le Magicien d'Oz* !

– Suzie ! glapit Becks. Un peu de respect !

– Allons, allons ! Ne me dis pas que tu n'y as pas pensé toi aussi ! Le pauvre homme était là, aplati sous cette maudite armoire, et tout ce qu'on voyait dépasser, c'était son pantalon saumon et ses richelieus en cuir marron !

– Non, franchement, je n'y ai pas pensé, s'exclama Becks, scandalisée. Et toi, Judith ?

– Je dois admettre que cette image m'a traversé l'esprit.

– Écoutez, dit Tanika, essayant de retrouver le fil de la conversation. Voici ce qui est important : qui d'autre était dans le bureau avec Sir Peter quand vous y êtes entrés ?

– Ça, dit Suzie, c'est la question la plus facile : personne.

– Tu en es certaine ?

– Suzie a raison, confirma Judith. Il n'y avait personne d'autre dans cette pièce, et nulle part où se cacher. Si quelqu'un avait été là, nous l'aurions vu. J'ai vérifié.

– Donc, ce que nous sommes en train de dire, résuma Tanika, c'est que le cadavre de Sir Peter a été trouvé dans une pièce où il était complètement seul, avec une seule porte pour entrer ou sortir, que cette porte était fermée à clé et que la clé se trouvait dans la poche dudit cadavre.

– Il doit y avoir un double de cette clé, dit Judith.

– Un de mes agents a interrogé Rosanna Bailey, la fille de Sir Peter, à ce sujet. Elle lui a affirmé que seule cette vieille clé en fer pouvait ouvrir cette porte et qu'on n'en avait jamais fait de double. Donc, comme il n'y avait que Sir Peter dans ce bureau quand on l'a ouvert, comment l'assassin a-t-il pu pousser cette énorme armoire sur lui, puis sortir du bureau fermé à clé après l'avoir tué, et avant votre arrivée ?

Cette question laissa les trois amies sans voix. Suzie et Becks se tournèrent vers Judith, attendant une réponse.

– Si tu présentes les choses ainsi, cela n'a en effet aucun sens, admit-elle, cherchant à rétablir son statut dans la conversation. Mais la seule conclusion logique est que si Sir Peter a été assassiné, la façon dont le meurtrier est sorti de la pièce devient juste une énigme à élucider. Au même titre que celles de l'identité de l'assassin et de son mobile.

– Ça fait beaucoup d'énigmes, tu ne trouves pas ?

– Cette armoire ne lui est pas tombée dessus toute seule. Quelqu'un l'a poussée sur Sir Peter. Quelqu'un qui, d'ailleurs, ne manque pas de force dans les bras.

– Bon, ça suffit ! trancha Tanika pour couper court à l'échange. J'apprécie beaucoup votre aide, tout comme j'apprécie beaucoup ce que vous avez fait pour moi l'année dernière, mais – et je ne devrais même pas avoir à vous le rappeler : vous n'êtes pas de la police. Ce n'est pas à vous d'enquêter sur ce meurtre. Si meurtre il y a eu, d'ailleurs.

Un agent vint s'adresser à Tanika. Judith et ses amies reconnurent l'homme qui avait emporté le bidon d'huile pour y chercher des empreintes.

– Inspecteur, je viens d'examiner ce bidon.

Sur son visage, on lisait que sa carrière, naguère dans les bas-fonds, commençait à se relever vers son zénith.

Comme il n'ajoutait rien, Tanika le pressa.

– Et alors ?

– C'était un test ? demanda-t-il avec un brin d'arrogance.

– Qu'avez-vous trouvé ?

– Justement : rien du tout.

– Comment ça, rien du tout ?

– Il n'y a aucune empreinte digitale sur ce bidon.

– C'est impossible ! dit Becks, incrédule. Quelqu'un s'en est servi récemment pour faire du pesto avec du basilic ! Très récemment. Je dirais même aujourd'hui.

– Je veux bien vous croire, reprit l'agent, mais entre-temps, toutes les empreintes ont été effacées.

– Qui pourrait faire une chose pareille ? demanda Becks.

– Quelqu'un qui ne veut pas qu'on sache qu'il vient de se servir de cette huile d'olive pour graisser les gonds de la porte du lieu du crime, répondit Judith.

– Nous ne savons pas encore si c'est une scène de crime ! dit Tanika.

– Comme tu l'as déjà dit, Judith, intervint Suzie sans faire aucunement attention à Tanika, il nous suffit de trouver qui s'est servi de ce bidon d'huile d'olive et nous trouverons l'assassin.

– Merci, Suzie, dit Judith.

Elle fouilla dans son sac à main et en sortit une boîte ronde en métal. Elle en fit sauter le couvercle, prit ostensiblement son temps pour y choisir un bonbon acidulé enseveli dans son sucre glace, puis elle le mit dans sa bouche.

– Donc, dans ce cas, je crois que nous avons un assassin à arrêter, pas vous ? dit-elle avant de croquer le bonbon avec gourmandise.

CHAPITRE 7

Un agent de police vint les rcjoindre dans le couloir et informa Tanika que la famille de la victime était dans la salle de séjour, prête à être interrogée.

– Sauf la fiancée du défunt, ajouta-t-il. Elle est toujours à l'étage, avec le vicaire. Elle est encore trop bouleversée pour nous parler.

– Oh ! mon Dieu ! Jenny ! s'exclama Becks, son verre d'eau toujours à la main. Elle a assez souffert aujourd'hui pour ne pas rester coincée avec Colin par-dessus le marché !

Pendant que Becks volait à son secours, Tanika se tourna vers Judith.

– Écoutez, dit-elle. Il se peut que vous ayez raison. Admettons que ce soit un meurtre. En quelque sorte. Mais ce dont vous ne vous rendez pas compte, c'est que cela vous autorise d'autant moins à interférer.

– Bien sûr, dit Judith, qui n'en pensait pas un mot. Nous nous en garderons bien.

– Je ne te crois pas.

– Oh ! Qu'est-ce qui te permet de dire ça ?

– Parce que tu n'as jamais pu t'empêcher d'interférer. C'est dans ta nature.

– Mais cette fois, tu as ma parole. Croix de bois, croix de fer !

– Promis ?

– Promis.

– Je t'en suis reconnaissante. Si maintenant vous pouviez, toutes les trois, rejoindre les autres témoins devant la maison ? Un de mes agents va prendre vos dépositions. Merci.

Tanika entra et traversa le hall, heureuse d'avoir enfin pu régler le problème de Judith et de ses amies.

Judith l'avait rattrapée et marchait à son côté.

– Qu'est-ce que tu fais ? demanda Tanika.

– Je viens avec toi.

– Où ça ?

– À l'entretien avec la famille.

Tanika s'arrêta net.

– Qu'est-ce que tu racontes ? Tu viens juste de dire que tu allais devant la maison pour donner ta déposition !

– Non, je n'ai rien dit de cela. C'est toi qui l'as dit. Moi, j'ai juste promis que je n'allais pas interférer.

– Parce que venir à l'entretien avec la famille, ce n'est pas interférer ?

– Malheureusement, je n'ai pas le choix, dit Judith avec un air de regret que ni elle ni Tanika ne prenaient au sérieux. Sir Peter m'a téléphoné ce matin ; je suis une des dernières personnes à qui il ait parlé. On peut même me définir comme un témoin clé. Je peux apporter des éléments importants, ou, peut-être, la famille en donnera qui me rappelleront un de ses propos. À ce stade, on ne sait jamais, n'est-ce pas ?

Tanika dut admettre la logique du discours de Judith. Sir Peter avait tenu à ce qu'elle vienne à sa réception au cas où un événement fâcheux s'y produirait, et maintenant que cet événement avait eu lieu, la pertinence de sa présence auprès de la famille ne faisait pas de doute.

– D'accord, mais tu dois me promettre de ne poser aucune question.

– Et pourquoi en poserais-je ?

– Parce que tu en poses *toujours*. Tu ne peux pas t'en empêcher.

– Et si je te dis que je ferai de mon mieux ? Attends-moi ici un instant, s'il te plaît…

Judith fit demi-tour pour retrouver Suzie restée en retrait dans le couloir. Elle se haussa sur la pointe des pieds pour lui chuchoter à l'oreille :

– Fais un petit tour des lieux et prends note de tout ce que tu trouves.

Suzie lui jeta un clin d'œil appuyé : message reçu.

Un sourire d'ange aux lèvres, Judith rejoignit Tanika. L'inspecteur la conduisit vers un salon dont les murs étaient revêtus de soie couleur jaune-d'œuf et de tableaux à l'huile surmontés de petites lampes en laiton. Une grande cheminée blanche trônait d'un côté et, de l'autre des baies vitrées coulissantes offraient une large vue sur le jardin et la Tamise. Judith avait rarement vu un intérieur d'une telle élégance.

Tristram et Rosanna, assis dans le salon, levèrent les yeux dans sa direction. Ceux de Tristram étaient rougis par les larmes. Rosanna lui lança un regard glacial.

– Qu'est-ce que vous faites ici ? demanda-t-elle.

– Je m'appelle Judith Potts. Votre père m'a téléphoné ce matin. Il semblait très inquiet à propos de la réception de cet après-midi.

– Cela vous surprend ? demanda Tanika.

Le frère et la sœur parurent décontenancés.

– Il était certainement inquiet à propos du mariage, dit enfin Rosanna. Qui ne le serait pas ? Toutes ces choses à organiser…

– Non, ça n'a rien à voir avec le mariage, dit Judith. Je crois qu'il y avait autre chose. À l'instant où j'ai prononcé le mot « meurtre », il a sursauté. C'est bien le mot : « sursauté ».

– Quoi ? demanda Tristram, comme s'il venait juste de remarquer la présence de Judith. Excusez-moi, qu'est-ce que vous faites ici au juste ? Je n'écoutais pas.

– Votre père m'a invitée à la réception.

– Merci, Judith, dit Tanika, essayant de reprendre le contrôle de la conversation. Puis, s'adressant à Tristram et à Rosanna :

– Pourriez-vous me raconter ce qui s'est passé cet après-midi ?

Tristram contempla le parquet sans rien dire. Rosanna prit le relais et raconta tout, de la réception à la découverte du corps de leur père dans le bureau. Pendant son discours, Judith remarqua qu'un bout de fil noir pendait au parement de sa manche droite. Elle vérifia alors la manche gauche et y vit un bouton doré en forme de nœud marin. Comment une personne tirée à quatre épingles comme Rosanna pouvait-elle ne pas s'apercevoir qu'il manquait un bouton à sa veste ?

– Merci, dit Tanika quand Rosanna eut terminé son récit. Puis-je encore vous demander quelque chose, Tristram ? Les invités ont rapporté à mes agents qu'une violente dispute avait éclaté entre Sir Peter et vous, juste avant qu'il n'entre dans la maison.

Tristram ne chercha plus à dissimuler son sentiment de culpabilité. Il leva la tête et répondit :

– Je ne me le pardonnerai jamais.

– Que s'est-il passé ?

– Au début, je croyais que ça allait m'amuser. Mais je souffrais aussi. Je voulais provoquer une scène. Lui faire cracher toute sa suffisance.

– Sa suffisance ?

– Entre Jenny et moi, il avait choisi Jenny !

La voix de Tristram était vibrante de désespoir.

– Parlons-en justement, dit Tanika. Votre père allait se remarier ?

– Oui, dit Rosanna, après de nombreuses années de célibat.

– Qu'est-il arrivé à votre mère ?

– Maman et papa ont divorcé quand nous étions petits.

– Quel âge aviez-vous ?

– Moi huit ans, et Tristram six.

– Ça a dû être terrible pour vous.

– Je ne m'en souviens pas vraiment, dit Rosanna. Pour moi, c'est comme si Papa avait toujours été célibataire.

– Comment a-t-il rencontré Jenny Page, sa fiancée ?

Rosanna et Tristram échangèrent un bref regard. Visiblement, aucun des deux n'avait envie d'en parler. Mais Rosanna décida d'en finir avec cette histoire aussi vite que possible.

– C'est très simple. Elle est infirmière. Il y a deux ans, papa a eu un gros souci de santé. Tout ce vin rouge, toute cette nourriture trop riche… On lui a diagnostiqué un diabète de type 2, et il a demandé à une agence de lui envoyer une infirmière à domicile. C'était Jenny. Une chose en entraînant une autre, ils ont commencé à sortir ensemble, et voilà où nous en sommes à présent, à la veille de son mariage.

– Merci, ça me paraît assez clair. Mais Tristram, que vouliez-vous dire en évoquant la « suffisance » de votre père ?

– On s'en fiche, non ? rétorqua Tristram, perdant soudain patience. Il est mort, maintenant. Quelle que soit la relation que j'avais avec lui, c'est fini, ça s'est terminé ainsi, et je passerai le reste de mes jours à savoir que j'ai causé sa mort !

– L'expression est un peu forte, vous ne trouvez pas ? dit Tanika.

– Si je n'avais pas rappliqué au cocktail et si je ne l'avais pas provoqué, Jenny n'aurait pas eu une crise de larmes, papa ne l'aurait pas suivie dans la maison, et... Nous ne savons pas ce qui s'est passé ensuite, mais en tout cas il n'aurait pas renversé cette armoire sur lui-même, ou quoi que ce soit d'autre. Tout est de ma faute.

– Ce n'est pas de ta faute, lui dit Rosanna avec dédain. Ce n'est la faute de personne. C'est un horrible accident, c'est tout.

– Puis-je connaître, demanda Tanika, le motif de cette dispute ?

– Jenny avait interdit à Tristram de venir au mariage, dit Rosanna.

– Et pourquoi ?

– Parce que mon frère est assez bête pour dire tout haut ce qu'il devrait penser tout bas.

– C'est-à-dire ? demanda Tanika à Tristram, qui ne répondit rien. Rosanna le fit à sa place.

– Une infirmière – une orpheline, qui plus est – débarque on ne sait d'où, et en moins d'un an, elle met le grappin sur un baronnet, une belle propriété à la campagne et une petite fortune. Elle n'a pas perdu de temps.

– Vous croyez que Jenny ne s'intéressait qu'à l'argent de votre père ?

– Non, à son titre aussi. N'oubliez pas : elle était sur le point de devenir Lady Bailey.

– Sauf que ce n'est plus d'actualité, n'est-ce pas ? dit Judith. Si votre père meurt avant le mariage, plus de titre !

– Vous avez sans doute raison, dit Rosanna, qui paraissait prendre la mesure des faits pour la première fois.

– Alors, demanda Tanika, qui est l'héritier du titre ? J'imagine que c'est vous, Rosanna, en tant que fille aînée ?

Rosanna se tourna vers son frère :

– Je crois que tu es mieux placé que moi pour répondre à cette question.

Tristram, honteux, répondit :

– Le titre de baronnet se transmet de façon patrilinéaire.

– Ce qui veut dire ?

– C'est moi qui hérite le titre de mon père.

– Et tout son argent, ajouta Rosanna. Son domaine tout entier.

– Mais vous n'êtes pas l'aîné ! dit Tanika, étonnée.

– Ce n'est pas moi qui fais les lois de succession, dit Tristram.

– Tu n'es pas non plus obligé de les accepter, dit Rosanna d'un ton cinglant.

Judith eut la nette impression que le frère et la sœur ne s'entendaient pas très bien.

– À quand remonte le titre de baronnet dans votre famille ?

– À la fin de la Première Révolution anglaise, répondit Tristram, donc au milieu du XVIIe siècle.

– Vraiment ? dit Judith. Cela me paraît difficile à croire.

– Pourquoi ? demanda Tanika.

– Parce que Oliver Cromwell a gagné cette guerre et a fait couper la tête du roi. Les titres héréditaires, ce n'était pas son truc.

– Vous avez raison, dit Rosanna, et d'ailleurs notre famille s'est battue au côté de Cromwell durant cette guerre, mais après la chute de la république, nous avons changé de camp et nous avons participé à la restauration de la monarchie. Une fois celle-ci accomplie, en 1660, Charles II a accordé à la famille le titre de baronnet. Vous voyez, les Bailey sont très forts pour retourner leur veste. L'inconstance est une de nos plus fidèles caractéristiques de siècle en siècle. Nous ne nous laissons pas impressionner par de vulgaires principes, et nous changeons d'avis six fois par jour si ça peut nous simplifier la vie. Sauf en cas d'héritage, bien sûr.

– Ça suffit maintenant, les questions, Judith ! coupa Tanika.

– Bien sûr, dit Judith en joignant les mains sur ses genoux. J'ai fini. Continuez.

– Merci !

– J'ai tout de même une dernière chose à vous demander : l'un de vous deux sait-il qui a fait du pesto récemment ?

Tristram, surpris par cette demande, se tourna vers sa sœur.

– C'est toi, Rosanna ?

– Bien sûr que c'est moi ! répondit Rosanna, inconsciente de l'importance de cette question. J'ai préparé des pâtes pour tout le monde au déjeuner. Plein de sucres lents, pour nous donner de l'énergie, et absorber tout cet alcool qu'on allait boire l'après-midi.

Quand elle apprit que Rosanna avait préparé le pesto, Judith se souvint qu'elle ne l'avait vue nulle part à la réception avant la chute de l'armoire. Elle était aussi arrivée à la porte du bureau bien après les autres.

– Où étiez-vous quand l'armoire est tombée ? demanda Judith.

– Pardon ?

– C'est juste que je ne vous ai pas vue dans le jardin avec les autres invités avant la chute de cette armoire.

Rosanna parut désarçonnée, mais se ressaisit vite.

– Oh ! Si ! J'étais bien là ! dit-elle.

– Alors vous ne devriez pas avoir de difficulté à me dire qui est sorti au balcon quand l'événement s'est produit.

– Comment ? dit-elle.

– C'est une question simple. Si vous étiez dehors, dans le jardin, comme nous tous, qui est apparu au balcon après la chute de l'armoire ?

– C'est facile, dit-elle en regardant Judith d'un air hautain. C'était Jenny, non ? C'était elle, au balcon.

– Vous avez raison, c'était elle, dit gentiment Judith. Je vous remercie.

On frappa à la porte. L'agent en uniforme qui avait conduit Judith et Tanika au salon apparut.

– Inspecteur, dit-elle, l'avocat de Sir Peter est ici. Il dit qu'il veut vous parler et que c'est très urgent.

– Faites-le entrer, dit Tanika.

– Merci ! lança une voix aimable derrière la porte.

Celle-ci s'ouvrit pour laisser entrer un homme replet, dans la cinquantaine, aux joues vermeilles et au menton un peu en retrait. C'est du moins ainsi que Judith le décrivit intérieurement. Tout en lui, de l'imperméable Barbour qui avait beaucoup vécu au pantalon en velours côtelé, lui donnait l'air d'un gentleman farmer.

– Andrew Husselbee, dit-il à Tanika pour se présenter. Je suis l'avocat de Sir Peter. Je me suis précipité ici dès que j'ai appris la tragique nouvelle.

– Et pourquoi donc ? demanda Tanika.

Andrew jeta un bref regard à Tristram et Rosanna. Il hésitait à parler devant eux, mais il s'enhardit.

– Sir Peter a rédigé un nouveau testament le mois dernier. Il est de la plus extrême urgence que nous en prenions connaissance.

CHAPITRE 8

Rosanna se leva.

– C'est vrai ? demanda-t-elle avec étonnement. Il l'a vraiment fait ? Il a enfin écrit un nouveau testament ?

– C'est vrai, répondit Andrew.

Judith n'eut pas de mal à comprendre l'intérêt que portait Rosanna à cette nouvelle. Si, selon les arrangements précédents, la fortune de Sir Peter revenait entièrement à Tristram, toute modification laissait supposer que Sir Peter avait augmenté le nombre de bénéficiaires, voire complètement changé la donne pour inclure sa fille première-née, Rosanna. Judith remarqua que le visage de Tristram s'était assombri. Il devait se dire exactement la même chose. Intéressant !

– Cela dit… continua Andrew. Mais je crois qu'il vaut mieux que je n'en dise pas davantage tant que nous n'aurons pas ce testament entre les mains.

– Attendez un peu, dit Judith. Vous êtes bien en train de nous dire que Sir Peter a rédigé un nouveau testament quelques semaines seulement avant sa mort ?

– Je sais, dit Andrew avec regret, ça tombe très mal, et c'est pourquoi je pense qu'il nous faut en prendre connaissance le plus vite possible. Il est dans le coffre-fort de Sir Peter, dans sa chambre.

– Maintenant ? Jenny y est encore, ne la dérangeons

pas, dit Tristram, visiblement désireux de gagner du temps.

Judith et Tanika se regardèrent : elles avaient eu la même pensée. Il y avait à peine quelques minutes, Rosanna avait déclaré que son frère et elle considéraient Jenny comme une croqueuse d'héritage, et soudain il se souciait de son bien-être ?

– Oui, maintenant, dit Andrew, qui se tourna vers Tanika, attendant ses ordres.

– En effet, dit-elle. Il faut que je voie ce testament. Mr. Husselbee, pouvez-vous me conduire à ce coffre-fort ?

Tanika quitta la pièce en compagnie de l'avocat. Mais, alors qu'elle traversait le hall d'entrée pour emprunter l'escalier, elle trouva de nouveau Judith à son côté.

– Encore toi ! Qu'est-ce que tu fais ?

– Tu auras sans doute besoin de moi, répondit Judith. Pour ouvrir le coffre-fort.

– Quoi !?

– Si vous n'arrivez pas à ouvrir le coffre – ce qui ne m'étonnerait pas puisque Sir Peter n'est plus là pour nous en donner la combinaison –, tu vas avoir besoin de moi pour la trouver. Je suis plutôt douée pour ce genre de chose.

Tanika décida qu'elle en avait assez de Judith pour la soirée.

– Non, tu restes ici, s'il te plaît.

– Bien sûr, dit Judith.

Lorsque Tanika et Andrew eurent disparu en haut de l'escalier, Judith se retrouva seule, ce qui lui convenait parfaitement. Il y avait encore beaucoup à explorer dans cette maison.

Elle se dirigea vers un grand tableau à l'huile accroché à l'angle du hall d'entrée. Il représentait Sir Peter et une femme blonde, assis sur un canapé Chesterfield avec une petite fille qui paraissait avoir quatre ans et un petit garçon qui en paraissait deux. Le sourire de Sir Peter exprimait la force tranquille, un bras passé autour des épaules de sa fille et l'autre autour de celles de son épouse, qui tenait dans ses bras le petit Tristram, assis sur ses genoux. Judith médita sur cette composition : le père cherchant à rassembler toute sa famille sous son aile et l'attention de la mère entièrement concentrée sur son fils.

Son regard fut attiré par la première Lady Bailey : elle avait de longs cheveux blonds, un teint de porcelaine et une expression vive et fraîche qu'elle trouva très séduisante. Elle se demanda pourquoi ce couple s'était séparé. Aucune tension ne transparaissait dans le tableau. Et, détail intéressant, alors qu'il s'apprêtait à épouser une autre femme, Sir Peter ne l'avait toujours pas décroché du mur.

Elle regarda l'horloge de parquet posée près de l'escalier : cela faisait deux minutes que Tanika était montée à l'étage. *Hmm*, se dit-elle, *ça prend un peu plus de temps que prévu…*

Elle entendit des pas sur le palier au-dessus d'elle. Tanika se pencha à la balustrade.

– OK, Judith, tu sais vraiment ouvrir les coffres-forts ?

– Absolument, répondit Judith, sinon je ne te l'aurais pas proposé.

– Alors tu veux bien venir nous donner un coup de main ?

– Ah ! Tu as besoin de moi maintenant ? dit-elle avec un sourire innocent.

– N'en fais pas trop.

– Attends-moi, j'arrive.

Suivant Tanika à l'étage, Judith se laissa conduire dans une chambre spacieuse dominée par un grand lit en chêne. D'un côté de la pièce, les fenêtres donnaient sur un bout de jardin où l'on apercevait une plate-bande de buissons un peu décharnés et une haie de laurier-cerise, mais elle remarqua surtout la vue splendide qu'on découvrait par les portes vitrées du balcon : le jardin, les toits et, par-delà la Tamise, le clocher de Marlow. À cette heure de la nuit, la lune projetait un éclat argenté sur le fleuve et le clocher de l'église arborait encore ses lumières de Noël.

Jenny était assise sur un canapé avec Colin. Becks, installée sur une chaise devant elle, lui tenait les mains. Andrew se tenait à côté d'un petit coffre-fort mural qu'il avait dévoilé en faisant glisser un tableau.

Judith alla droit à Jenny.

– Toutes mes condoléances, lui dit-elle.

Jenny la remercia d'un geste du menton, mais elle avait l'air absent.

– Tu es vraiment capable d'ouvrir ce coffre-fort ? demanda Tanika, encore incrédule.

En réalité, Judith ne savait aucunement ouvrir les coffres-forts. Elle avait juste lu l'autobiographie d'un homme qui prétendait avoir ce talent. Tout ce qu'elle voulait, c'était ne pas perdre une miette de la progression de l'affaire. Comme elle l'avait déjà fait maintes fois, elle jugea que son meilleur espoir résidait dans un coup de bluff.

– Moi, non, dit-elle, mais Richard Feynman, oui.

– Qui est-ce ?

– Joueur de bongos, artiste amateur et lauréat du prix Nobel de physique. Il s'était taillé une petite réputation d'ouvreur de coffres-forts quand il travaillait à Los Alamos, pendant la Seconde Guerre mondiale.

– Tu te fiches de nous ? demanda Tanika.

– Pas le moins du monde !

– Et comment s'y prenait-il ?

– C'est ce qu'on va voir dans un instant.

Judith se mit à arpenter la chambre, examinant chaque tableau, chaque bibelot, soulevant et retournant des objets. Elle cherchait quelque chose, mais elle ne disait pas quoi.

– Ne faites pas attention, dit-elle, j'en ai pour une minute. Continuez à parler entre vous.

Les autres échangèrent des regards étonnés. Tanika pensa que le moment était venu de prendre le relais et reprit sa conversation avec Andrew.

– Que pouvez-vous me dire de ce nouveau testament ?

– Rien du tout, j'en ai peur, répondit Andrew. Sir Peter a refusé de me le montrer. La première fois que j'en ai entendu parler, c'est quand il m'a convoqué ici pour être témoin de sa signature. Avec Chris Shepherd, le jardinier de la maison, que nous avions fait venir afin qu'il soit le second témoin.

– Sir Peter ne vous a jamais révélé le contenu du testament ?

– Non, c'est une procédure très inhabituelle, cela m'a beaucoup étonné de sa part.

– Pouvez-vous me dire ce qu'il y avait dans l'ancien testament ?

– Je suppose que oui, maintenant qu'il n'est plus valide. Il léguait la totalité de son domaine et de sa fortune à son deuxième enfant, Tristram.

– Oui, c'est aussi ce qu'ont confirmé ses deux enfants. Y était-il fait mention de Rosanna ?

– Il y avait une clause obligeant Tristram à lui assurer un revenu convenable. Une rente, par exemple. Je n'ai jamais trouvé cet arrangement satisfaisant, mais Sir Peter était inflexible. Tout ce qui comptait pour lui, c'était de protéger le titre de baronnet, son fils devait donc hériter à tout prix.

– Même en étant le second-né ?

– Les Bailey sont une très ancienne famille de haute noblesse : ils n'ont jamais été partisans de la primogéniture matrilinéaire.

– Alors peut-être que ce nouveau testament accorde une part plus équitable à Rosanna ?

– Je l'espère. Elle le mérite largement. D'autant plus qu'elle se donne beaucoup de mal pour sa famille.

– Et d'autant plus, aussi, que son père et son frère ne s'entendaient pas.

– Je ne vous le fais pas dire.

– Tu t'en sors avec ce coffre-fort, Judith ? demanda Tanika.

– Honnêtement, pas si bien que ça, répondit Judith d'un ton léger. La méthode de Feynman était très simple, et il prétendait qu'elle marchait à tous les coups. Mais avec moi, elle ne marche pas. Pas encore.

– Tu peux nous en dire un peu plus ?

– Eh bien ! Quand il travaillait sur la première bombe atomique à Los Alamos, il avait remarqué que ses collègues scientifiques avaient si peur d'oublier les codes de leurs coffres-forts qu'ils utilisaient toujours des dates faciles à retenir. Il suffisait ensuite de faire un peu d'arithmétique : pour les deux premiers chiffres, c'est-à-dire le mois dans le système de datation américain, il ne pouvait s'agir que de 01 à 12. Déjà, le fait de ne disposer que de douze options au lieu de quatre-vingt-dix-neuf facilitait énormément la recherche. D'autant plus que les deux chiffres suivants étaient forcément situés entre 01 et 31 – le nombre de jours dans un mois – et que les deux derniers chiffres étaient forcément ceux d'un millésime des cinquante dernières années. Donc, il réduisait le champ des probabilités pour trouver les codes par force brute, mais il avait rarement besoin de procéder ainsi. En effet, il avait également découvert qu'il n'était pas rare que les gens écrivent la combinaison sur un bout de papier, ou sur le dos d'un carnet, à proximité du coffre-fort. Dans un tiroir, par exemple.

– Vraiment ?

– Oui, et c'est là le problème des tours de magie. Si l'on ne considère que l'effet produit – par exemple l'ouverture par Richard Feynman du coffre-fort où Robert Oppenheimer avait mis les codes de la bombe atomique –, c'est bluffant. Mais dès qu'on explique comment ça marche, tout devient simple et même banal.

Judith fit face au petit groupe assis dans la chambre.

– Procédons de façon logique. Il semble n'y avoir aucun indice dans cette chambre d'un quelconque code à six chiffres, ce qui me porte à croire que Sir Peter n'avait pas besoin d'aide-mémoire particulier. Ce qui, selon la théorie de Richard Feynman, suggère qu'il a choisi une date facile à retenir. Avez-vous essayé la date de son anniversaire ? demanda-t-elle à Jenny.

Jenny acquiesça.

– Celles de ses enfants ? Celle du vôtre ?

Jenny les avait également essayées.

Judith se rapprocha du coffre-fort mural, couvert d'une peinture noire ternie par les années. La marque « Marlow Locksmiths & Co » figurait en relief sur la face avant, en caractères gras sans empattement. Judith les examina et découvrit qu'ils ressemblaient beaucoup à du Futura, une fameuse police de caractères dessinée par Paul Renner en 1927. Ce coffre-fort datait donc d'avant-guerre ?

– Ce coffre-fort a été installé par le père de Sir Peter, dit Judith. Quelqu'un connaît-il sa date de naissance ?

– Oui, je crois, dit Jenny. Il doit être né pendant l'été 1929. Laissez-moi essayer.

Jenny se leva et s'approcha du coffre-fort.

– Je crois qu'il est né en août, indiqua Andrew.

– Vous avez raison, c'était en août, dit Jenny, faisant tourner le cadran du coffre-fort de gauche à droite. Peter m'avait dit que son père était né le jour de l'ouverture de la chasse à la grouse. Le « glorieux douze août », comme il aimait à dire. Cela donnerait donc 1-2 pour douze, 0-8 pour le mois d'août, et 2-9 pour 1929.

On entendit un déclic et la porte se déverrouilla.

– Vous aviez raison, Judith, dit Jenny en tirant la porte du coffre.

Tout le monde s'approcha avec intérêt.

– Le testament est dans une enveloppe Kraft, dit Andrew. Elle n'est pas très grande.

– Je ne comprends pas, dit Jenny, faisant un pas de côté.

– Vous ne comprenez pas quoi ? demanda Tanika. Ah, oui, je vois…

Le coffre-fort était vide.

– Il devrait pourtant être là ! dit Andrew. J'ai vu Sir Peter l'y mettre de mes propres yeux !

– Peut-être l'a-t-il déplacé entre-temps ? proposa Judith.

– Il est strictement impossible qu'il l'ait retiré, dit Andrew.

Judith et Tanika eurent la nette impression qu'il ne leur disait pas tout.

– Et pourquoi ? demanda Tanika.

– Je ne peux pas vous le dire, répondit Andrew, très mal à l'aise.

– J'aimerais vous rappeler, dit Tanika, que Sir Peter Bailey vient de mourir dans des circonstances dramatiques. Si vous savez quoi que ce soit qui puisse nous aider à y voir plus clair, il est de votre devoir de ne pas le garder pour vous.

Andrew se ravisa.

– Vous avez évidemment raison.

– Vous savez ce qu'il y a dans ce testament, n'est-ce pas ? demanda Judith.

– Non, ce n'est pas ça. Honnêtement, je l'ignore. Je peux simplement dire que Rosanna a raison de supposer que Sir Peter a modifié considérablement le testament en sa faveur. C'est juste que j'ai eu un différend avec Sir Peter une fois qu'il a mis le document dans le coffre. Je lui ai dit qu'il n'aurait pas dû en rédiger une nouvelle version sans me demander mon avis. Il m'a répondu que ça ne me regardait pas et qu'il devait agir vite parce que… Eh bien, ce n'est pas facile à dire ! Parce que ce nouveau testament était sa police d'assurance.

– Assurance contre quoi ? demanda Tanika.

– Il craignait d'être assassiné par son fils Tristram.

– Quoi ? s'exclama Jenny, horrifiée.

– Je sais, c'est une déclaration très grave, dit Andrew, et c'est ce que je lui ai dit. Il perdait la tête : pourquoi quiconque, et surtout Tristram, aurait-il eu l'intention de l'assassiner ? Mais une fois qu'il s'était décidé, Sir Peter pouvait être une vraie tête de mule, et fier de l'être. Inébranlable. Il avait peur d'être assassiné par son fils avant d'avoir pu épouser Jenny. Et il lui fallait faire un nouveau testament au plus vite pour assurer ses arrières.

– Sir Peter vous avait-il mise au courant de cela ? demanda Tanika à Jenny.

– Non, pas du tout, répondit Jenny, qui avait beaucoup de mal à encaisser ce qu'elle venait d'entendre.

– Il ne vous a pas dit qu'il craignait pour sa vie ?

– Non.

– Ni même qu'il avait rédigé un nouveau testament ?

– Non, il m'a caché tout ça.

– Pourtant, il a bien dû vous parler de Tristram.

– Ça, oui, bien sûr, répondit Jenny. Nous ne parlions d'ailleurs que de lui. Tristram qui s'efforçait de ruiner notre relation. Tristram et son égoïsme. Un « enfant gâté », comme il l'appelait toujours. En même temps, Peter s'en voulait. Il disait qu'il avait fait preuve de trop d'indulgence pendant son éducation et qu'il aurait dû lui fixer des limites.

– Et vous en pensez quoi ?

– De quoi ?

– De Tristram.

– Je disais toujours à Peter que ça n'avait pas dû être facile pour ses enfants de me voir débarquer dans leur vie et leur voler leur père. Après avoir été un trio inséparable pendant tant d'années ! Je sais bien qu'ils croient que je n'en ai que pour l'argent de Peter, mais j'espérais gagner leur cœur. Un jour. Je voulais leur prouver à quel point j'aimais leur papa. Je n'arrêtais pas de le dire à Peter. Tristram finirait par s'habituer au couple que nous formions. Il finirait par s'habituer à moi. Il fallait juste du temps. Mais qu'il craignait d'être assassiné, non, il ne m'en a jamais parlé !

– À quel moment Sir Peter a-t-il interdit à Tristram d'assister au mariage ? demanda Judith.

Jenny regarda Judith avec étonnement.

– Le mois dernier, continua Judith, quand il a rédigé le nouveau testament ? Ou plus récemment ?

– Ah oui, je vois ! Non. Ils se sont disputés au début du mois de décembre. Juste après, Peter a chassé Tristram de la maison et lui a interdit de venir à notre mariage.

– Tristram habitait ici ?

– Oui, jusqu'à début décembre.

– Et comment a-t-il réagi ? demanda Tanika.

– Il était hors de lui, mais que pouvait-il faire ? Son père venait de le jeter dehors et l'avait averti qu'il ne voulait plus le voir de toutes les fêtes de fin d'année. Il n'accepterait de le revoir que le lendemain du mariage.

– Voilà une échéance bien précise.

– Je pense qu'il se disait qu'une fois que nous serions mariés, il serait trop tard pour que Tristram essaie de le faire changer d'avis.

– Andrew, quand exactement avez-vous été témoin de la signature du nouveau testament ? demanda Tanika.

– Le 15 décembre, répondit Andrew.

Judith résuma la situation.

– Donc, au début du mois de décembre, Sir Peter jette Tristram dehors à la suite d'une grosse querelle. Il lui interdit d'assister à son mariage, et deux semaines plus tard, il rédige un nouveau testament, qu'il considère comme sa police d'assurance – c'est du moins ce qu'il dit à Andrew –, au cas où son fils essaierait de le tuer avant qu'il puisse se remarier. Et nous voici maintenant, à peine un mois plus tard, à la veille de son mariage : Sir Peter meurt soudainement dans des circonstances mystérieuses, et son testament le plus récent, sa « police d'assurance », est introuvable.

– Oui, dit Tanika, qui semblait avoir abandonné toute intention d'éloigner Judith de l'affaire. En gros, c'est ça.

Tout le monde se regarda en silence, pensant à la même chose.

Tristram venait-il d'assassiner son père ?

CHAPITRE 9

Il ne restait plus, devant la maison, qu'une poignée d'invités qui attendaient de donner leur déposition aux deux agents de police. Comme il faisait froid et qu'ils souhaitaient en finir rapidement, ils remarquèrent à peine le faisceau de lumière qui oscillait dans leur direction. C'était Suzie qui, de l'autre côté de la maison, avait lancé l'application lampe torche de son téléphone. Elle vit Judith sortir de la maison et alla la rejoindre.

– Judith !

– Tu trouves quelque chose ?

– Oui, je trouve que je me caille les miches comme il n'est pas permis et que j'ai les pieds gelés. Mais je crois avoir mis le doigt sur quelque chose.

– Vraiment ? dit Judith en regardant autour d'elle pour s'assurer que personne ne pouvait les entendre.

– Oui. Viens voir.

Éclairant le chemin de Judith avec son téléphone, elle lui fit contourner la maison. Elles se trouvèrent bientôt sur la plate-bande d'arbustes que Judith avait aperçue depuis la fenêtre de la chambre de Sir Peter, à l'étage.

– Si la lumière n'avait pas été allumée, je crois que je n'aurais rien vu, dit Suzie en s'approchant de la fenêtre du bureau.

À l'intérieur, un agent de police aidait deux infirmiers à préparer un brancard pour emporter le corps de Sir Peter.

– Qu'as-tu trouvé ? demanda Judith.

Suzie désigna les buissons plantés sous la fenêtre, écarta les branches d'une azalée et pointa la lampe torche de son téléphone vers le sol.

Il y avait une empreinte de pas dans la terre.

– C'est une botte, et ce n'est pas la seule empreinte. La personne qui est venue ici est allée à la fenêtre, puis s'est déplacée le long de la maison.

Elle écarta d'autres branches et révéla, sous la même fenêtre, les empreintes des mêmes bottes qui disparaissaient plus loin sous les azalées.

– Quelqu'un a essayé de voir ce qui se passait dans le bureau, conclut Suzie.

– Oui, ces empreintes datent forcément d'aujourd'hui, dit Judith. Hier, il a plu du matin au soir, tu te souviens ?

– Et tu n'as pas tout vu ! ajouta Suzie, éclairant l'empreinte la plus proche. Il y a une coupure en travers de la semelle gauche. Donc il nous faut simplement trouver le propriétaire d'une paire de bottes dont la semelle gauche est fendue.

– Excellent travail, Suzie !

Cet éloge fit rayonner Suzie de bonheur.

– Il faut informer Tanika immédiatement, poursuivit Judith. Ou plutôt non : elle risque de râler si je me mêle encore de ses affaires. Je vais d'abord chercher Becks. Toi, tu vas voir Tanika et tu lui racontes tout.

– C'est quoi, son problème ? Nous essayons de l'aider, c'est tout.

– Elle est obsédée par l'idée que nous pourrions interférer avec son enquête. Alors note bien : quoi que tu fasses, ne lui dis surtout pas que tu étais en train de chercher des indices quand tu as trouvé les empreintes. Dis-lui que tu es tombée dessus par hasard.

– D'accord, dit Suzie, faisant un effort de mémoire. Je n'étais pas en train de chercher des indices et je suis tombée sur ces empreintes tout à fait par hasard.

Quelques minutes plus tard, Suzie réapparut avec Tanika et la conduisit à travers la plate-bande.

– Je cherchais des indices… lui dit-elle fièrement, sa promesse à Judith déjà oubliée. Elle s'en souvint immédiatement et rectifia :

– Non ! Je ne cherchais pas d'indices, j'étais en train de m'en griller une. Voilà, c'est ça ! Je me trouvais tout à fait par hasard au coin de cette maison en train de fumer une cigarette, et c'est là que j'ai vu les empreintes. Quelle coïncidence !

Tanika savait très bien que la première explication de Suzie était la bonne, mais un indice restait un indice. Pendant qu'elle examinait les empreintes de bottes, Judith et Becks les rejoignirent.

– Ah ! soupira Tanika. Voilà les deux autres mousquetaires.

– Je sais très bien à quoi tu penses, dit Judith.

– Non, crois-moi, tu n'en as aucune idée.

– Ça n'a rien à voir avec moi. C'est Suzie qui m'a demandé de faire venir Becks.

– Moi, je t'ai demandé ça ? s'exclama Suzie juste avant de se rendre compte de son erreur et de se tourner vers Tanika :

– Oui, oui, c'est vrai ! C'est moi qui ai demandé à

Judith d'aller chercher Becks ! ajouta-t-elle avec un aplomb monumental.

– Merci beaucoup pour les empreintes, Suzie, dit Tanika. Mais Judith, pourrais-tu simplement m'expliquer pourquoi tu viens avec Becks ?

– C'est un processus d'identification, répondit Judith. Je pense que tu seras contente de savoir à quel type de bottes correspondent ces traces.

– C'est *moi*, la police ! dit Tanika. Et à la police, on a des bases de données d'empreintes de bottes. Nous pouvons gérer ça nous-mêmes.

– Pourquoi attendre, alors qu'on peut mettre Becks sur le coup ?

– Je ne comprends rien à ce que tu racontes, dit Becks, aussi déboussolée que Tanika.

– Que peux-tu nous dire sur cette empreinte de botte ? demanda Judith.

– Absolument rien, répondit Becks, étonnée de mobiliser tant d'attention. Encore que…

Elle observa plus attentivement la marque laissée dans la terre.

– Si vous insistiez vraiment, continua-t-elle, je pourrais vous dire que ça ressemble énormément à une botte en caoutchouc Hunter pour dames. Vous voyez ces motifs triangulaires sur le talon ? On ne les trouve que sur les modèles féminins de cette marque. Et si vous me poussiez dans mes retranchements, je vous dirais que c'est une taille 40, et un modèle de type Chelsea à cheville étroite. Mais bien entendu, je ne suis pas spécialiste.

– Et voilà le travail, dit Judith. Tu n'as pas besoin d'attendre jusqu'à demain. Ces empreintes ont été laissées par une femme aux chevilles fines qui porte une paire de bottes Chelsea Hunter en caoutchouc, taille 40.

– Avec une fente au talon gauche, ajouta Suzie pour faire bonne mesure. Si tu trouves la propriétaire de ces bottes, je pense que tu trouveras aussi l'assassin.

– Non ! trancha Tanika. Maintenant, arrêtez votre cirque !

– C'est toi qui vas arrêter ton cirque, dit Judith, parce qu'à nous trois, nous avons déjà trouvé un bidon d'huile d'olive dont on a effacé les empreintes digitales, ouvert un coffre-fort pour découvrir qu'un testament a disparu, et maintenant nous venons de trouver les empreintes d'une paire de bottes en caoutchouc dans un massif d'azalées juste en dessous de la fenêtre du lieu du crime.

– Mais c'est ce que j'essaie de vous dire ! Je ne peux pas encore conclure à un meurtre avec certitude.

Judith l'interrompit.

– Je sais que tu es obligée de tenir ce discours. Tu as un règlement à respecter.

– Non, pas un règlement, Judith ! Des lois ! De vraies lois. Du genre « si tu ne nous obéis pas, tu vas en prison ». Ce qui veut dire que je suis obligée de suivre des enchaînements de preuves et un processus bien défini afin d'être sûre de ne rien faire d'illégal.

– Très bien ! dit Judith. Fais à ta façon, mais nous, nous ferons à la nôtre. Et dès que tu seras prête à admettre que Sir Peter a été assassiné et que tu auras besoin de notre aide, nous serons là. Comme la dernière fois. Venez, mesdames.

Elle tourna les talons et quitta les lieux, suivie de près par Suzie. Becks, quant à elle, s'attarda un moment.

– Je n'ai vraiment pas envie d'interférer, dit-elle à Tanika d'un air penaud, mais ce sont mes amies.

Tanika lui adressa un sourire rassurant.

– Ne t'inquiète pas, Becks. Je comprends.

Becks la remercia d'un signe furtif du menton avant d'aller rejoindre Judith et Suzie.

Quand elles furent parties, Tanika examina de nouveau l'empreinte, puis elle se rendit au coin de la maison, embrassant du regard la pelouse qui descendait en pente douce vers la Tamise et la grande tente d'un blanc immaculé brillant sous la lune. Impossible d'imaginer un lieu plus idyllique. Alors pourquoi cette journée s'était-elle terminée sur une mort si atroce ?

Son instinct lui disait que Judith avait raison : Sir Peter avait été assassiné. Mais c'était la voix du cœur, pas celle de son cerveau qui lui soufflait une tout autre conclusion. En effet, elle savait qu'avant de faire accepter l'affaire, il lui faudrait prouver devant un tribunal qu'un individu avait réussi à commettre un meurtre dans une pièce fermée à clé, puis à disparaître comme par magie avant que celle-ci soit ouverte quelques instants plus tard. Si Sir Peter était bien la victime d'un meurtre, comment l'assassin s'y était-il pris ?

Bilan de l'enquête (1)

Rien de tel qu'une grille de mots croisés
pour faire le point sur l'enquête !

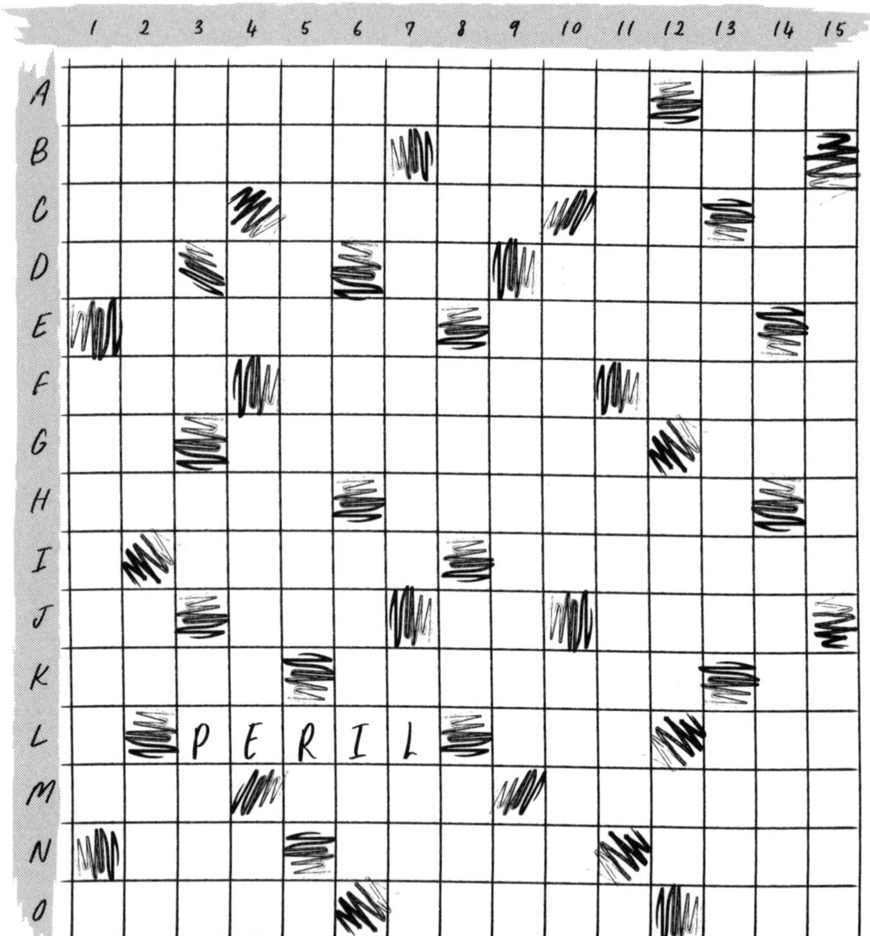

Horizontalement

A. Il finit écrasé sous une armoire. Titre du précédent. B. Andrew Husselbee est celui de la victime. Le mari de Becks l'est. C. *Sloe* sous l'évier de Judith. Le tee-shirt porté par Suzie au cocktail est pour cela. Céder littéralement. Blanc, à la limite. D. Diminutif d'Edward. Rab de poulet. Pronom réfléchi. Sa queue rappelle la coiffure de l'inspectrice. E. Matinale pour Suzie sur Marlow FM. Palpée au cou et au poignet. F. Banque de France. Parties qui pourraient bien tourner. Celui où Ian et Mandie voient Judith est charmant. G. Fleuve breton. Celle de l'enquête échappera-t-elle à la police ? Tintin. H. Débute à Marlow. Fille de la victime. I. L'empreinte dans les azalées en vient. Utiliseras une arme. J. À White Lodge. Commissariat centrale. Abraham y est né. Rien d'intéressant n'est trouvé dans celui de la victime. K. Cri qu'entend souvent Suzie. Personnage important de la ville. Allez à Marlow ! L. Danger en la demeure. Judith l'est pas une bouffée de confiance. La fille de la victime aurait dû être celle de Jenny. M. Pièce de charrue parfois sclérosée. Monta sur les planches. Laisses titre et argent. N. Empreinte à talon fendu. Le mois du poisson. Bouge vachement. O. Nom de famille de Judith. "Où ...-vous, quand l'armoire est tombée ?", question à poser. Période élisabéthaine de 45 ans.

Verticalement

1. Future qui n'apparaît pas à la première. Judith les examine tous, en enquêtant. 2. Une preuve pour la police anglaise. Or dont on fait l'article. Passe-lacets. 3. Celui de l'homme invitant Judith par téléphone est bourru. Première classe. Ça vaut une plaque, à Marlow. Celui du gain peut-il expliquer le meurtre ? 4. Pro du bilan. Lacet de botte. Il aime Noël, lui. Un de l'église de Marlow. 5. L'enquêtrice l'est, d'un sourire, envers Becks. La fin des cours. 6. On ne lui reproche pas son chantier. Mon ami. Mrs Malik. 7. Oublier, en témoignant... Son huile ne joue pas un rôle bidon. 8. Ayant abusé de "scotch à penser". Le Grec pouvait en faire une montagne. *Do*. Nouveau, pour le style du manoir de Judith. 9. Celui du défunt était en chêne. Fils de la victime. Deux à l'heure. 10. Début d'ecchymose. Brisai du verre. Elle remonte dans le nez de Suzie. 11. Bateau de milliardaire passant à l'heure du crime. Ayant signé un contrat dans la police. 12. Becks en a qui ne passeraient jamais par la tête de ses deux amies. Caroubier sans rossignol. Au Club Med, il côtoie le GO. 13. Senior. Qui se fait écraser sous une armoire ne l'est pas. Obstacle en vue. 14. Ses lentilles font grossir. Pâte de farine de mil. Amertume. 15. Suzie en a de réguliers lui envoyant des SMS. Invitation au voyage.

CHAPITRE 10

Judith et ses amies furent les dernières à faire leur déposition. Suzie proposa d'aller prendre un verre chez l'une d'entre elles pour évoquer les événements de la journée, mais Becks n'avait qu'une envie : retrouver ses enfants. Judith déclina également. Quelque plaisir qu'elle ait pris au drame du jour, elle préférait en général rester seule. De plus, cette foule qui l'avait entourée de l'après-midi jusqu'au soir l'avait épuisée. Tout ce qu'elle désirait était de se retrouver chez elle.

Quand elle referma sa porte d'entrée, elle se sentit enveloppée d'une douce sensation de calme. Elle alla prendre un verre sur la console, se versa un bon whisky pour reprendre des forces et se blottit dans son fauteuil favori. Quelle journée extraordinaire, qui avait commencé par un coup de fil de Sir Peter et s'était terminée par son assassinat !

Judith aperçut, juste à côté d'elle, le *Marlow Free Press*. Elle le ramassa. Peut-être comprendrait-elle enfin ce qui l'avait perturbée ce matin-là quand elle avait inscrit ses réponses ? Il en était souvent ainsi avec les mots croisés : quand une définition se révélait impénétrable, le seul moyen de la décrypter était de s'en éloigner et de ne plus y penser du tout, pour y revenir beaucoup plus tard.

Cette fois, comme elle l'avait espéré, la solution du problème qui avait chatouillé son subconscient lui apparut d'un seul coup. Les réponses situées aux quatre coins de la grille, mises bout à bout, formaient un message. En haut à gauche, 1 horizontal donnait SEIZE ; en bas à gauche, 27 vertical donnait CENT. En bas à droite, on lisait DIMANCHE. En haut à gauche, 2 vertical donnait CHEQUERS. Seize et cent indiquaient une heure : 16-00, soit 16 heures. Dimanche se passait d'explication et Chequers faisait très probablement référence au pub The Chequers, sur High Street.

S'agissait-il d'un message secret lié à un événement, ou à une réunion, dimanche à 16 heures au pub The Chequers ? Si tel était le cas, pourquoi le verbicruciste avait-il choisi de communiquer ainsi, et à qui le message était-il destiné ? Tout cela paraissait si improbable que Judith pensa qu'elle s'était trompée. Le fait que les réponses aux quatre coins de la grille puissent former un message n'était qu'une coïncidence. Elle reposa le journal et se promit de consacrer son attention aux événements marquants de la journée, mais ses yeux se fermaient. Au bout de quelques instants, elle ronflait doucement.

Quant à Becks, le temps de regagner le presbytère avec Colin, une terrible scène avait éclaté entre eux. Elle jeta violemment les clés de la voiture sur la table du salon.

– Ce n'est pas à toi de me dire ce que je dois faire !

– Je ne te dis pas ce que tu dois faire, protesta Colin, persuadé d'incarner le bon sens.

– Si, tout à fait, tu essaies de me contrôler.

– Non ! Pas du tout ! Je suis juste en train de te dire que la mort de Sir Peter est l'affaire de la police et que tu n'as pas à t'en mêler.

– Tu es jaloux, c'est tout ! C'est ça, le problème, en fait. L'été dernier, tous les regards étaient braqués sur moi, et tu ne le supportes pas.

– C'est complètement faux…

– Pauvre vicaire de Marlow qui joue les seconds rôles derrière sa femme ! Non que tu t'intéresses à moi, d'ailleurs. Je pourrais élucider des meurtres en long, en large et en travers, ou je pourrais même faire pire – Dieu nous en garde – que tu ne t'en apercevrais même pas.

– Mais d'où te vient toute cette colère ?

– Pourquoi tu ne vas pas dans ton bureau vérifier tes e-mails, comme toujours, et moi j'irai m'occuper des enfants, comme toujours ?

Becks projeta ses chaussures en l'air d'un coup de pied, puis de l'autre, avant de monter l'escalier d'un pas furieux. À chaque marche, elle heurtait la rampe avec l'anneau de sa nouvelle bague en saphir.

Colin resta planté au bas de l'escalier, stupéfait. À vrai dire, la participation de Becks à l'enquête criminelle de l'année passée n'avait suscité en lui aucune jalousie, bien au contraire. Il avait été encore plus fier de sa femme qu'il ne l'avait jamais été. Becks témoignait aussi d'un regain de vitalité qu'il ne lui avait pas vu depuis des années. Mais chaque fois qu'il essayait de le lui dire, il restait muet comme une carpe. Il ne savait pas lui exprimer ses sentiments. Comme il passait le plus clair de son temps à communiquer avec ses paroissiens, l'ironie de la situation ne lui échappait pas.

La triste vérité, c'était que Becks, depuis l'été dernier, était presque constamment en colère contre lui. La seule fois où il s'était hasardé à lui demander si c'était dû à l'approche de la ménopause, elle lui avait fait comprendre une bonne fois pour toutes que ce genre de question ne le mènerait nulle part. Et de toute façon, Colin ne croyait pas réellement que ses hormones la travaillaient : la patience et la tendresse de Becks envers ses enfants, ainsi qu'envers ses paroissiens, restaient intactes : c'était avec lui qu'elle avait un problème. Mais que pouvait-il y faire ?

Pendant que Colin vérifiait ses e-mails – ce qu'il devait faire de toute façon, car il prenait chaque soir des nouvelles de ses paroissiens –, Suzie rentrait chez elle à l'autre bout de la ville, accueillie avec un enthousiasme baveux par Emma, sa chienne doberman. La façade de sa maison était toujours un amas d'échafaudages, de planches et de poutres de fer. Son rez-de-chaussée restait un chaos épouvantable de lino déchiré et de canapés éventrés – les dommages collatéraux du métier de gardienne de chiens, expliquait-elle –, mais elle retrouva au premier étage son logis habituel, beaucoup mieux rangé. Elle ouvrit sa boîte de tabac, en sortit son papier à la réglisse et commença à s'en rouler une.

Elle était encore tout excitée des émotions de la journée. Elle, Suzie, sur le lieu d'un crime en temps réel ! Elle n'arrivait toujours pas à y croire. Le lendemain, son émission sur Marlow FM serait à coup sûr consacrée à ce seul sujet. Sa présence au cocktail, au moment où s'était produit l'horrible événement, promettait des échanges particulièrement juteux avec ses auditeurs.

Elle prit son téléphone portable pour vérifier ce qu'on disait de la mort de Sir Peter sur les réseaux sociaux et dans les gazettes locales, et découvrit un SMS d'un de ses clients réguliers. Dans l'obligation de se rendre à Londres le lendemain pour affaires, il voulait savoir si Suzie pouvait garder son cockapoo. Mais comme il n'était pas question qu'elle rate son émission, elle lui répondit que, malheureusement, elle avait fait le plein de chiens.

Cette formalité expédiée, elle sut exactement avec qui elle avait envie de partager son enthousiasme. Il était beaucoup trop tard pour un *chat* avec sa fille Rachel, mais son autre fille, Amy, vivait en Australie. Elle regarda sa montre et devina qu'Amy venait de rentrer de sa matinée à l'école. Elle sourit, reprit son téléphone et composa le numéro.

Le lendemain matin, Judith avait beau essayer de ne plus penser à la mort de Sir Peter, elle ne tenait pas en place. Elle essaya de composer une nouvelle grille de mots croisés, mais impossible de se concentrer. Elle décida alors de s'intéresser à son dernier puzzle, ça la calmerait peut-être. Elle l'avait trouvé à l'hospice de la Tamise. Le bénévole qui tenait la caisse avait été impressionné en la voyant choisir un puzzle de mille pièces qui représentait, en gros plan, un plat de haricots blancs à la tomate. Ce qu'il ne savait pas, c'est que l'idée de cette masse luisante de haricots soulevait le cœur de Judith et qu'elle avait décidé d'augmenter quelque peu la difficulté du puzzle en le retournant de façon à ne voir qu'une grande surface grise sans aucune image pour se repérer. Mais bien que ce jeu exigeât toute son attention, son esprit ne cessait de dériver vers Sir Peter.

Aux grands maux les grands remèdes, se dit Judith, qui décida de faire un peu de ménage. Celui-ci se borna, il faut bien l'avouer, à ramasser le *Marlow Free Press* de la veille. Elle en profita pour revoir les réponses inscrites aux quatre coins de la grille de mots croisés et se demanda encore une fois si le verbicruciste était parvenu à y placer un message, ou s'il s'agissait d'une coïncidence. En une, elle trouva le numéro de téléphone de la rédaction et le composa. Quand on lui répondit, elle demanda à parler au chef de la rubrique mots croisés.

– Il n'y en a pas chez nous, dit une dame au bout du fil.

– D'accord, mais quelqu'un doit bien s'occuper des verbicrucistes.

– Tout à fait : c'est moi.

– Vous connaissez les gens qui composent vos mots croisés ?

– Oui, je les connais – enfin, il n'y en a qu'un. Je suis en contact avec lui chaque semaine, ou plutôt, devrais-je dire, c'est lui qui prend contact avec moi quand il m'envoie sa grille. Il n'y a jamais besoin de lui courir après. C'est une véritable horloge : il m'envoie sa grille par e-mail tous les lundis à 9 heures du matin.

– Voilà qui est remarquable !

Judith expliqua qu'elle aussi était verbicruciste. Quand la dame la pressa de questions, elle avoua qu'elle composait des grilles pour la presse nationale.

– Incroyable ! Pour tous les journaux ?

Judith préférait s'en tenir au sujet de son appel.

– En vérité, j'admire beaucoup votre verbicruciste, et j'aimerais que vous me mettiez en contact avec lui.

– Je suis désolée, cela m'est impossible.

– Que vous ne puissiez pas me donner ses coordonnées, je le comprends très bien, mais si je vous donne les miennes, pourriez-vous les lui transmettre ?

– C'est bien ça le problème : il nous fait ses grilles de mots croisés à la seule condition que nous ne cherchions jamais à le joindre.

– Pardon ?

– Oui, je sais, c'est étrange, mais c'est ainsi depuis des années. Il ne nous fait pas payer, il ne rate jamais un lundi, et j'ignore son identité. Entre vous et moi, je ne connais même pas son nom, et d'ailleurs je ne sais pas si je dois dire « il » ou « elle ». Ses e-mails sont signés « Higginson ».

– Oui, c'est le nom que je lis dans le journal.

Dans le milieu des verbicrucistes, il n'était pas rare qu'un auteur dissimule son identité derrière un pseudo humoristique. Toutes les grilles de Judith étaient signées « Pepper », allusion plaisante à son nom de famille, Potts[1]. Et le verbicruciste du *Marlow Free Press* avait bien choisi son nom de plume : d'une part Higginson sonnait bien, et d'autre part Higginson Park était le plus grand espace vert de Marlow.

– Vous êtes vraiment sûre de ne pas pouvoir le contacter ?

1. Pepper Potts est un personnage de bande dessinée, partenaire d'Iron Man, héros d'une série de Marvel Comics. (N.d.T.)

– Je vais vous raconter une petite anecdote. Il y a deux ans, j'avais décidé de lui envoyer des fleurs au nom de toute la rédaction. Cela faisait dix ans qu'il nous faisait les mots croisés ! Je me souviens de son e-mail de réponse : très bien élevé, d'une politesse presque surannée, mais il nous disait clairement que si quelqu'un venait à dévoiler son identité, il cesserait définitivement de nous envoyer ses grilles. Et comme il l'a toujours fait gratuitement, nous en sommes restés là.

– Quelqu'un doit bien le connaître !

– Peut-être un de nos anciens à la rédaction, mais d'année en année, ils ont tous pris leur retraite. Actuellement, toutes les personnes qui travaillent au magazine sont là depuis moins de dix ans. D'ailleurs, je ne suis même pas sûre que je devrais vous dire cela, car je n'ai aucune envie de le perdre.

– Non, bien sûr. Mais vous avouerez que c'est bizarre.

– Certes, mais je crains de n'avoir aucun moyen de vous dire qui est ce verbicruciste.

Judith remercia la dame et raccrocha.

Devant la grande baie vitrée du salon, elle médita pendant quelques minutes sur ce qu'elle venait d'entendre. C'était un de ces matins d'hiver où le soleil, caché derrière les nuages, ne laissait voir qu'une tache lumineuse floue. L'herbe de son jardin était couchée en grosses touffes couvertes de givre. *Je devrais tondre la pelouse plus souvent*, se dit-elle, et ce n'était pas la première fois. Non, pas *plus souvent*, se reprit-elle. Juste tondre la pelouse, ce serait déjà bien. Une brume froide flottait sur la Tamise, au-dessus de l'eau. Judith en frissonna jusqu'aux os.

Ne s'était-il passé que vingt-quatre heures depuis qu'elle avait eu Sir Peter au téléphone ? Plus elle y pensait, plus elle se rendait compte qu'il l'avait pratiquement suppliée de venir à sa réception. Ce coup de fil était un appel au secours. Et qui serait assez insensible pour refuser d'aider un homme qui était mort quelques heures après cet appel ?

Judith alla chercher dans son sac à main la pelote de laine rouge et les aiguilles à tricoter qu'elle y gardait d'une année sur l'autre dans l'éventualité, excessivement optimiste, où elle aurait envie de se remettre au tricot.

Elle retira les aiguilles et examina la pelote.

Elle ferait parfaitement l'affaire.

Il était temps de se mettre au travail.

CHAPITRE 11

Au commissariat de Maidenhead, l'inspecteur Tanika Malik essayait, elle aussi, de trouver une explication à la mort de Sir Peter.

Le rapport d'autopsie avait conclu à un décès par traumatisme crânien causé par un objet lourd – l'armoire qui était tombée sur lui, par exemple. Toutes ses autres blessures, contusions et fractures confirmaient qu'il avait été écrasé à mort. Le rapport mentionnait aussi que Sir Peter était mort sur le coup. Il n'y avait aucune drogue ou substance toxique dans son organisme, à part une petite quantité d'alcool, et la victime n'avait aucune blessure pré- ou post-mortem qui ne fût explicable.

Quant à l'enquête informatique menée par la police scientifique, elle n'avait rien trouvé d'intéressant dans l'ordinateur et le téléphone de Sir Peter. La plupart de ses e-mails étaient adressés à des amis pour organiser des dîners ou des parties de chasse. Il semblait vivre dans une parfaite oisiveté. Bien qu'il évoquât souvent Jenny comme « Elle-qui-doit-être-obéie[1] », l'amour

1. Allusion au personnage principal du cycle romanesque *She : A History of Adventure* de Henry Rider Haggard (1887). Titre français : *Elle* ou *Elle-qui-doit-être-obéie*, selon les éditions. (N.d.T.)

sincère qu'il portait à sa fiancée transparaissait clairement dans cette correspondance. Il s'en remettait à elle pour les moindres décisions concernant leur mariage et ne craignait pas de déclarer à tout bout de champ qu'elle était l'amour de sa vie.

Les nombreux messages de Jenny à Peter donnaient l'image d'une femme très pragmatique, peu ouverte aux compromis et qui ne supportait aucune contradiction. La parfaite infirmière, pensa Tanika. Et bien qu'on n'eût trouvé aucun échange entre Sir Peter et son fils Tristram, Rosanna était constamment en contact avec son père pour l'informer des décisions qu'elle prenait concernant les fermages, les subventions du gouvernement, les questions relatives aux employés et les mille et une petites affaires qui font la vie quotidienne d'un grand domaine. Comme Sir Peter ne répondait pas toujours immédiatement, Rosanna, frustrée, le relançait en le bombardant d'e-mails, mais il finissait généralement par se rendre aux suggestions de sa fille, tout comme il se rendait à celles de Jenny.

En fin de compte, Sir Peter n'était peut-être pas, au sein de sa famille, le patriarche autoritaire qu'elle avait imaginé.

Le seul indice qu'avait révélé l'enquête informatique se trouvait dans les SMS de Sir Peter. La semaine précédant Noël, il en avait reçu quatre. Sir Peter les avait tous effacés, ainsi que ses réponses. Il était toujours possible de voir la date et l'heure auxquelles ces messages avaient été envoyés, mais Tanika trouva cette précaution plutôt étrange comparée au mode de communication habituel de Sir Peter, totalement dépourvu de manières. Il prenait parfois un malin plaisir à être intrusif et pouvait même se montrer carrément odieux. Alors qu'y avait-il de si sensible dans cet échange de SMS pour qu'il se soit senti obligé de l'effacer ? Tanika savait qu'il était très improbable que l'opérateur téléphonique daigne lui communiquer le contenu des messages. Elle chargea donc un membre de son équipe d'identifier le propriétaire du numéro de téléphone d'où provenaient ces quatre SMS. Si l'on y parvenait, on pourrait peut-être en reconstituer le contenu.

Poursuivant le fil de sa réflexion, Tanika était de plus en plus tentée de donner raison à Judith. La mort de Sir Peter n'était pas accidentelle. C'est pourquoi elle avait demandé à ses collaborateurs de vérifier les antécédents de Jenny Page et du reste de la famille, en insistant particulièrement sur Tristram. Après tout, Sir Peter était persuadé que son fils voulait le tuer, au point de le chasser de sa maison, de lui interdire l'accès à sa cérémonie de mariage et de rédiger un nouveau testament en guise d'assurance, quel que fût le sens qu'il donnait à ce terme. Cependant, elle devait admettre que l'hypothèse de cette intention meurtrière ne reposait que sur la parole de l'avocat de la famille, Andrew Husselbee. Aucune preuve, que ce soit dans les possessions matérielles ou les échanges numériques de Sir Peter, ne corroborait cette information. Mais alors pourquoi Andrew aurait-il menti sur un sujet d'une telle importance ?

Quant à la façon dont le meurtrier avait opéré, Tanika ne voyait que deux possibilités : selon la première, il aurait poussé l'armoire sur Sir Peter, fermé la porte à clé de l'intérieur et mis la clé dans la poche du défunt avant de se cacher dans le bureau jusqu'à l'irruption des invités. Vu le nombre de témoignages confirmant que Sir Peter était seul dans la pièce quand les convives y étaient entrés, cette option n'était pas crédible. Se pouvait-il vraiment qu'une autre présence humaine dans le bureau leur ait échappé à tous ? La seconde option était tout aussi invraisemblable, car elle impliquait que l'assassin pousse l'armoire sur Sir Peter, se retire du bureau, ferme la porte à clé, puis s'arrange pour faire passer cette clé à travers la porte de sorte qu'elle atterrisse dans la poche de Sir Peter.

Tanika se demanda s'il pouvait y avoir une troisième option. Quelqu'un avait-il fait un double de cette clé ? Il paraissait difficile d'imaginer qu'un artisan, si adroit fût-il, puisse reproduire la clé de fer qui ouvrait le bureau de Sir Peter. Elle semblait trop ancienne pour n'importe quel serrurier de High Street, ce qui n'avait pas empêché l'inspectrice de demander à un agent de vérifier toutes les échoppes de clés minute, tous les serruriers et toutes les entreprises de métallurgie dans un rayon de soixante-dix kilomètres autour de Marlow. Se souvenaient-ils avoir fait un double de cette clé ? Elle avait également demandé à un expert en serrurerie de démonter la serrure du bureau afin d'y chercher toute trace de poussières, débris de rouille ou limaille qui pourrait s'y trouver. Si un double avait été fait, il était forcément constitué d'un métal récent, et la première introduction d'une clé neuve dans la serrure l'aurait rayée, laissant à l'intérieur quelque résidu dont la présence serait difficile à justifier, puisque la famille assurait qu'il n'existait qu'une seule et très vieille clé.

Le téléphone de Tanika sonna. L'identité de l'appelant, « Papa », s'afficha sur le cadran. Sa main hésita quelques secondes avant de décrocher. Sa mère avait succombé à une attaque quelques années plus tôt, et, bien qu'il eût aussi deux fils capables de l'aider, son père était devenu de plus en plus dépendant de sa fille. Il était convaincu que c'était le rôle des filles de prendre soin de leurs parents déclinants. Et Parth, son père, déclinait, c'était indéniable. Sa mémoire lui jouait déjà des tours depuis des années, mais, au cours d'une visite quelques semaines auparavant, Tanika avait découvert l'appartement entièrement couvert de Post-it adressés à lui-même. Elle avait alors compris qu'il fallait agir avant qu'il ne soit trop tard. D'abord, elle avait conseillé à son père de vendre son domicile et de s'installer dans une maison de retraite, mais il avait refusé. Elle avait ensuite suggéré qu'un ergothérapeute vienne lui apprendre à se débrouiller seul chez lui, mais il s'y était également opposé. Elle avait alors trouvé une aide à domicile pour l'assister, une heure chaque matin, dans ses tâches domestiques. Toujours non. En fait, il refusait tout ce qui risquait de modifier son existence, ne fût-ce que d'un iota. Et ce blocage avait fini par inclure la moindre conversation portant sur son éventuelle perte de mémoire. Tanika, bien entendu, avait proposé de l'emmener à l'hôpital pour se faire examiner – cela avait même été sa toute première proposition –, mais son père avait dit non.

Entre-temps, Parth avait pris l'habitude de téléphoner quotidiennement à Tanika pour lui demander de l'aider à régler les petits soucis de son existence. Il lui arrivait souvent de renouveler ses appels plusieurs fois dans la journée, car il ne se souvenait pas de lui avoir déjà parlé.

Tanika n'était donc pas d'humeur à lui répondre, et surtout, elle n'en avait absolument pas le temps.

Elle décrocha.

– Papa ?

– Qu'est-ce que je mange ce soir ?

– Je suis au travail.

– Le frigo est vide.

– Ah, d'accord. Tu ne veux pas sortir t'acheter quelque chose ?

– Tu sais bien que je ne sais pas cuisiner.

– Tu n'as pas besoin de faire quelque chose de compliqué. Un bon repas tout prêt acheté au supermarché…

– Il n'y a rien à manger dans ces machins. Quand j'en ai fini un, j'ai encore faim. Et ça a un goût de plastique.

Tanika décida de sortir l'argument qui couperait court à la conversation.

– Tu veux que je m'arrête en route et que je t'apporte quelque chose ?

– Tu ferais ça pour moi ?

– Oui, et avec joie.

– Un beau poisson. Il me faut ma dose d'oméga 3. C'est ce que tu me dis tout le temps.

– Eh bien ! Je vais te faire du poisson.

Après avoir négocié avec son père le type de poisson qu'il jugeait acceptable et lui avoir promis qu'elle fixerait la créature droit dans les yeux pour s'assurer de sa fraîcheur, Tanika raccrocha enfin.

Pendant quelques instants, elle regarda dans le vide.

Elle fut tirée de sa rêverie par l'ouverture brutale de la porte de son bureau. Un homme proche de la soixantaine, vêtu d'un costume gris bien taillé, entra d'un pas assuré. Solidement bâti, il avait le nez cassé d'un joueur de rugby et les cheveux gris coupés à la tondeuse. Tanika mit un peu de temps à le reconnaître.

– Monsieur ? dit-elle en se levant.

L'homme qui lui faisait face était l'inspecteur principal Gareth Hoskins. Son congé maladie avait permis à Tanika de diriger les investigations sur les affaires criminelles de l'été passé. Par la suite, ce congé s'était prolongé et Tanika était restée inspectrice principale chargée d'enquête.

– Inspecteur, dit Gareth d'un ton amical qui ne laissait rien oublier de leur différence hiérarchique.

– Puis-je savoir ce que vous faites ici ?

– Ici ? C'est mon bureau.

C'était vrai : Tanika avait occupé le bureau de l'inspecteur Hoskins pendant toute son absence.

– Et j'en ai besoin, continua-t-il. Le commissaire m'a confié l'affaire Bailey. Je suis dès à présent l'inspecteur principal chargé de l'enquête. Mais ne vous inquiétez pas, vous demeurez un élément très important de l'équipe. J'aimerais que vous m'assistiez en tant que gestionnaire des documents liés à l'enquête. Vous pourriez me libérer les lieux dans la demi-heure ?

Tanika regarda la fenêtre où étaient scotchés des dessins de sa fille aux crayons de couleur et aux feutres, puis son bureau où étaient posées des photos encadrées, d'elle et de son mari. Toute l'année passée, ce bureau avait été sa seconde maison.

– Bien sûr, monsieur.

– Parfait ! conclut l'inspecteur Hoskins.

Il s'apprêta à sortir, se retourna pour la regarder et lui sourit.

– Ça fait du bien d'être de retour, dit-il.

Mais ses yeux ne souriaient pas.

CHAPITRE 12

Le lendemain matin, Judith fit entrer Suzie et Becks dans son salon où les attendaient une théière pleine et trois tasses sur leur soucoupe. Becks avait apporté un *lemon drizzle cake* encore tiède. Quand elle le posa sur la table de jeu de Judith, son regard, comme toujours, fut attiré par la vitre, plus propre et plus transparente que les autres, qui remplaçait celle qu'une balle de pistolet avait traversée l'année précédente[1].

– Ce n'est qu'un petit gâteau sans prétention, dit-elle en préparant deux parts pour Suzie et Judith.

– Si c'est toi qui l'as fait, dit Judith, je suis certaine qu'il est délicieux.

– Tu n'en veux pas ? demanda Suzie à Becks.

– Oh ! Moi, je surveille ma ligne, répondit Becks avec un grand sourire.

Suzie la regarda. C'était vrai : son amie était encore plus svelte que d'habitude.

– Tu es vraiment la seule personne que je connaisse qui cherche à perdre du poids pendant la période des fêtes, dit Suzie.

Elle se souvint alors de leur échange avec Judith lors de la réception.

1. Voir *Les Dames de Marlow enquêtent*, t. 1, *Mort compte triple*.

– D'ailleurs, Judith m'a fait remarquer combien tu étais en beauté ces jours-ci, et je ne peux que lui donner raison.

– Tu parles sincèrement ? demanda Becks.

– Et regarde cette belle bague que Colin t'a offerte !

– Quelle bague ?

– Le saphir, là, dit Suzie, pointant l'index vers la nouvelle bague de Becks. C'est un vrai, n'est-ce pas ?

– Oh ! oui, c'est un vrai, dit Becks, cachant immédiatement sa main entre ses cuisses. Ce n'est rien du tout !

Suzie regarda Judith. Pourquoi Becks prenait-elle cet air fuyant ?

– C'est bien Colin qui te l'a offerte, non ? insista Suzie.

– Bien sûr que c'est lui ! Qui d'autre m'offrirait un bijou aussi cher ? répondit Becks, mais Judith et Suzie voyaient bien qu'elle mentait.

Cherchant à détourner la conversation, Becks s'adressa à Judith :

– Au fait, pourquoi nous as-tu fait venir ?

Judith décida de respecter l'intimité de Becks.

– Bonne question, dit-elle. Tout simplement pour savoir si vous voulez bien m'aider, toutes les deux.

– T'aider à quoi ? demanda Suzie.

– À élucider l'affaire Peter Bailey.

– Mais cela va sans dire ! Excuse ma balourdise. Tu peux compter sur moi.

– Et toi, Becks ?

Becks hésita très brièvement avant de répondre :

– Absolument. Mais quand j'en aurai le temps. J'ai des responsabilités à la paroisse. Et les enfants ont besoin de moi. Et le mardi, mon amie Zoé est en train de monter une chorale de contestation politique, elle aimerait que je lui donne un coup de main…

– Mais tu vas nous aider, tout de même ? demanda Judith, coupant court à l'interminable liste des responsabilités de Becks.

– Oui, oui ! répondit Becks.

– Excellent ! conclut Judith, ravie.

– Je parie que tu as déjà imaginé quelques théories, non ? demanda Suzie avec un petit rire.

– Tu sais quoi ? dit Judith. Je crois avoir fait beaucoup mieux que ça.

Elle saisit alors la clé qu'elle portait au cou.

Le regard de Suzie et de Becks se fixa immédiatement sur la porte fermée par un gros cadenas, à l'angle de la pièce. L'année passée, elles avaient découvert que Judith avait un peu surréagi après la mort de son mari survenue dans des circonstances douteuses – très douteuses, en réalité. Peu de temps après cette disparition, elle s'était mise à collectionner toute la presse locale et amassait tous les journaux qui lui tombaient sous la main, des bulletins paroissiaux aux quotidiens nationaux.

Au cours de l'automne, Becks avait insisté pour que Judith se débarrasse de toutes ces archives de papier sec et poussiéreux, et pas seulement à cause du risque d'incendie que cela représentait. Plus tard, pendant la semaine qui séparait Noël du jour de l'An, Judith lui avait annoncé qu'elle se sentait prête à faire un peu de nettoyage. Il y avait deux pièces d'archives secrètes. Si Judith n'avait pas l'intention de toucher à la seconde, où se trouvaient les documents les plus anciens – ceux des années 70 qui dataient de la mort de son mari –, la première ne contenait que la paperasse des dix dernières années. Cette pièce n'avait rien d'un saint des saints, elle était plutôt le symptôme d'une tendance de sa personnalité dont le contrôle lui avait échappé. C'était cette première pièce, à laquelle elle tenait le moins, qu'elle était disposée à déblayer avec l'aide de Becks.

Becks, bondissant sur l'occasion, avait immédiatement commandé des bennes, une cargaison de masques de chantier et de sacs pour aspirateur, et des Caddies entiers de produits de nettoyage.

Le résultat n'avait pas été à la hauteur de ses espérances. Judith avait accepté qu'elle l'aide à abattre les piles de journaux qui touchaient presque le plafond ; elle l'avait également autorisée à vider les étagères, tout aussi hautes, pleines à craquer de papier jauni, mais à mesure que l'opération progressait, elle devenait de plus en plus distante. À la fin de la deuxième journée, elles avaient vidé la moitié de la première pièce, et Judith avait déclaré qu'elle en avait assez, qu'elle ne voulait plus terminer le travail. En fait, elle préférait que Becks s'en aille. Cette dernière avait tenté de résister, mais Judith s'était montrée inflexible. Elle désirait que Becks quitte les lieux et que plus personne ne touche à cette pièce.

Depuis, elle n'avait plus laissé entrer ses amies dans ces pièces cadenassées.

Mais cette fois, alors qu'elle se dirigeait vers la porte et leur faisait signe de la suivre, Suzie et Becks se regardèrent avec étonnement : avait-elle recommencé sa collection infernale ?

Judith ouvrit le cadenas et poussa la porte. En entrant, Becks, fut soulagée de constater que la demipièce qu'elle avait nettoyée avec Judith était restée aussi vide qu'elle l'avait laissée. Ou presque : aux étagères étaient fixés des morceaux de papier et ce qu'elle identifia comme de la ficelle d'un rouge éclatant.

– Oh punaise ! s'exclama Suzie en découvrant ce qu'avait fait Judith. C'est comme dans les films !

– C'est de la laine à tricoter ? demanda Becks, surprise.

Un grand plan de la ville de Marlow était affiché au mur. À côté, Judith avait scotché des photos et des sorties d'imprimante représentant Sir Peter et sa famille. Sur l'ensemble, elle avait tissé une toile d'araignée en laine rouge qui reliait chaque photo à des punaises de couleurs plantées à divers emplacements de la carte.

Judith avait fait de ses mains son petit tableau d'enquête policière.

– Où as-tu trouvé ces photos ? demanda Becks.

– Tu n'imagines pas ce qu'on trouve sur Internet, répondit fièrement Judith.

– Et tu y as mis les indices ! constata Suzie en désignant une feuille de papier A4 intitulée INDICES : on y voyait la photo d'un bidon d'huile d'olive, celle de l'empreinte d'une botte en caoutchouc et un clipart représentant un testament.

– Un vrai jeu de société ! s'écria Becks, toute joyeuse. Quelle histoire peut-on raconter à partir d'un bidon d'huile d'olive sans empreintes digitales, d'une botte en caoutchouc au talon fendu et d'un testament disparu ?

– Une histoire qui se termine en meurtre, répondit

sombrement Suzie, examinant les visages de la famille. Alors, qu'en as-tu conclu ? demanda-t-elle à Judith.

– Eh bien, avança Judith, je crois que nous pouvons au moins nous accorder sur le fait que Tristram est notre… Comment dit-on exactement ?

– Je ne sais pas ! dit Suzie.

– Ce que Helen Mirren a joué à la télé[1].

– *The Queen* ? proposa Becks, un peu désorientée.

– Mais non, pas *The Queen* ! *Supect numéro 1*. Voilà ! Tristram est notre supect numéro 1.

– Et plutôt deux fois qu'une ! insista Suzie. Il s'est disputé avec son père quelques minutes avant sa mort.

– Et n'oublions pas que son père craignait déjà de se faire assassiner par son fils.

– Oui, et c'est pourquoi il a fait un nouveau testament.

– Un testament introuvable, ajouta Judith. Ce qui veut dire que l'ancien est encore valide – celui sur lequel Tristram hérite de tout. Ce qui lui fait déjà un sacré mobile.

– Mais nous étions tous dehors avec Tristram quand l'armoire est tombée ! dit Becks. Il ne peut pas être notre assassin.

– Alors qui peut l'être, puisque tout le monde était avec nous dans le jardin ? demanda Suzie.

– Non, pas tout le monde, précisa Judith. Jenny était dans la maison. Pourtant, comme Becks, je ne comprends pas comment elle aurait pu, en même temps

1. L'actrice Helen Mirren a joué le rôle de l'inspecteur principal Jane Tennison dans la série télévisée *Prime Suspect* (*Suspect numéro 1*) de 1991 à 2006. (N.d.T.)

pousser une armoire sur son fiancé au rez-de-chaussée et se trouver au premier étage.

– Et il y a autre chose, dit Suzie. Une future mariée ne tue jamais son fiancé la veille de leur mariage. Surtout quand ce mariage va lui donner accès à une grande fortune.

– Pas seulement à une grande fortune, souligna Becks. Elle allait devenir une lady. Une fois devenue la femme de Sir Peter, elle devenait aussi Lady Bailey.

– Je suis d'accord, dit Judith. Ce qui me fait penser qu'il devait y avoir une troisième personne dans la maison lorsque Sir Peter a été tué. Quelqu'un que nous ne connaissons pas et qui était avec lui dans le bureau.

– Et qui a poussé l'armoire, précisa Suzie.

– Avant de sortir de la pièce fermée à clé, ajouta Becks.

– Oui, il est vrai que cette partie de l'histoire est la plus difficile à expliquer, admit Judith. Mais l'autre explication est que l'armoire serait tombée toute seule, et je la trouve tout aussi invraisemblable. Je propose donc que nous trouvions d'abord qui a poussé l'armoire, et ensuite nous essaierons de comprendre comment il a pu s'y prendre. Et je sais exactement par où commencer pour savoir s'il y avait quelqu'un d'autre dans le bureau. Sa fille aînée, Rosanna. Elle assure qu'elle était à la réception avec nous tous quand Sir Peter a été tué. Mais elle portait une veste rouge vif et je ne me souviens pas de l'avoir vue auparavant. Et vous ?

Becks et Suzie convinrent qu'elles n'avaient repéré aucune veste rouge vif au cocktail.

– Et je dois aussi vous dire, continua Judith, que lorsque j'ai demandé à Rosanna qui était apparu au balcon immédiatement après le crash de l'armoire, elle a fini par citer Jenny, mais il y avait un je-ne-sais-quoi de bizarre dans sa réponse. Si vous voulez mon avis, elle cache quelque chose.

– Par exemple qu'elle était bel et bien dans le bureau de Sir Peter, en train de pousser l'armoire sur son père ? demanda Suzie.

– Exactement ! dit Judith. Voyez-vous, je n'arrête pas de penser à son coup de fil du matin. Il m'appelait parce qu'il pensait que sa vie était en danger. J'en suis convaincue. Cela signifie certainement qu'il me demandait d'enquêter sur sa mort si celle-ci survenait dans des circonstances douteuses. Et je crois que nous devons accepter cette affaire. Même après la mort de notre client. Qu'en pensez-vous ?

CHAPITRE 13

– Je ne comprends pas, dit Jenny en faisant traverser la cuisine de White Lodge à Judith, Becks et Suzie. Peter vous a téléphoné hier matin ?

Judith regarda la jeune femme. Elle avait l'air encore plus absente que la veille. On aurait dit qu'elle s'était retirée à l'intérieur d'elle-même et qu'il lui fallait plus de temps qu'à quiconque pour prendre la mesure des événements.

– Sir Peter m'a invitée à sa réception avec une intention précise, répondit Judith, et je crois que la raison en est celle qu'a mentionnée Andrew, votre avocat, hier soir. Il craignait pour sa vie.

– C'est impossible !

– Pourtant, je suis désolée de vous le dire, mais voyez où nous en sommes.

– Vous croyez vraiment que quelqu'un l'a tué ?

– Je crois que c'est hautement probable. Et je préfère vous prévenir : la police va envisager que vous soyez impliquée dans cette disparition.

Jenny resta bouche bée.

– Mais pourquoi croiraient-ils une telle chose ? Je l'aimais, j'allais l'épouser, il était…

Jenny s'effondra sur une chaise de la cuisine. Becks passa instantanément en mode femme de vicaire.

– J'ai une idée ! Si je nous faisais une bonne tasse de thé ?

Becks alla ouvrir les placards, devinant sans peine où étaient rangées toutes les tasses et quelle porte, parmi des dizaines d'autres, ouvrait sur le frigo pour y trouver le lait.

Judith s'assit à côté de Jenny.

– Je suis désolée de vous demander ceci : avez-vous la moindre idée de qui aurait pu vouloir du mal à Sir Peter ?

– Non, bien sûr que non !

– Et Rosanna ? demanda Suzie.

Jenny hocha la tête.

– Non. Je sais, elle peut vous paraître un peu froide, mais Peter était une personnalité si imposante, et Tristram est un écorché vif ! Rosanna est obligée de cacher son jeu. Peter se fiait totalement à elle. Comme je le fais moi-même. Je ne sais pas comment je m'en serais sortie sans elle.

– Que voulez-vous dire ?

– Elle s'occupe à la perfection du domaine familial. Mais elle se charge aussi de gérer cette maison, et je dois dire qu'elle est formidable.

– Par exemple quand elle fait des pâtes au pesto pour tout le monde, comme hier ? demanda Judith.

– Oui, voilà, c'est tout à fait elle, dit Jenny avec un sourire triste. Elle est brillante. Toujours une longueur d'avance. Je n'avais même pas pensé à manger un morceau, je courais dans tous les sens, complètement stressée. Complètement égocentrique. Ne pensant qu'à moi.

– Vous étiez la mariée, dit Becks avec gentillesse. C'était votre job de ne penser qu'à vous !

– Mais dites-moi, demanda Judith, comment s'entendaient Rosanna et Sir Peter ?

– Il y avait des petites tensions de temps à autre, mais rien de grave.

– Quelles petites tensions ?

– Toujours du business, rien de personnel. Leur relation mutuelle n'en souffrait jamais. Peter n'était pas très organisé : tout ce qu'il aimait, c'était dépenser ses sous pour passer un bon moment. Ou pour ses amis. Je l'aimais pour cette générosité. C'était un homme impétueux.

– Cela posait un problème ?

– Rosanna est tellement prudente, elle compte le moindre penny ! Mais je ne voudrais pas que vous vous mépreniez : Peter ne mettait jamais en danger les affaires de la famille. Il voulait juste dépenser ses revenus pour s'amuser, alors que Rosanna aurait voulu qu'il investisse davantage. Il lui répondait que nous avions plus d'argent que nous ne pourrions en dépenser pendant toute notre vie, alors à quoi bon ?

Becks les rejoignit avec un mug de thé qu'elle tendit à Jenny.

– J'y ai mis deux petites cuillerées de sucre.

– Merci.

– Puis-je vous demander quelque chose ? dit Judith. À l'origine, vous étiez l'infirmière de Sir Peter.

Jenny sourit à ce souvenir.

– Oui, c'est cela. Mais en réalité, nous nous étions déjà rencontrés à Florence.

– Ah bon ? Vous étiez en vacances ?

– Pas du tout. À cette époque, j'avais déjà suivi une formation d'infirmière. Mais le système national de santé était trop dur pour moi. Trop stressant. À l'approche de la trentaine, j'ai quitté le milieu hospitalier et les listes d'attente, et je me suis inscrite dans une agence qui envoyait des infirmières à des gens riches qui avaient besoin d'aide à domicile. Il y a quelques années, je travaillais pour une cliente qui possédait des maisons à Londres, à Paris et à Florence. Elle avait plus de quatre-vingts ans, vivait seule et était physiquement très fragile. J'étais son infirmière personnelle, mais pas seulement pour vérifier sa tension ou m'assurer qu'elle prenait bien ses comprimés. D'ailleurs, ce n'est jamais seulement pour ça. J'étais aussi son amie. Quelqu'un à qui elle pouvait parler.

– Et avec qui elle pouvait jouer aux cartes, aussi, j'imagine, dit Judith en souriant.

Elle se souvenait s'être occupée ainsi de sa grand-tante Betty pendant des années.

– Tout à fait ! Elle était redoutable au rami. Donc voilà ce que je faisais à Florence, et honnêtement, c'était la belle vie. Mais dès que j'avais un moment de libre, j'étais seule. J'attirais l'attention des hommes. Je ne crois pas qu'ils avaient envie de draguer, mais d'un peu de conversation. Ou de me demander si j'avais perdu mon chemin. Vous savez ce que c'est.

Oui, elles savaient toutes.

– Et quand cet homme plus âgé que moi m'a abordée dans un bar, je l'ai d'abord pris pour un autre importun. Un homme qui s'imaginait avoir le droit de m'adresser la parole simplement parce que j'étais seule.

– Que faisait-il à Florence ?

– Peter m'a dit qu'il était venu chercher son fils. Tristram est acteur, et à l'époque, il jouait dans une pièce de théâtre à Florence. Mais il avait une aventure avec quelqu'un de la troupe et refusait de rentrer en Angleterre. Peter était donc venu le chercher en Italie, avant qu'il ait le temps de jeter trop d'argent de papa par les fenêtres. C'est ce qu'il m'a dit. Et à partir du moment où je lui ai appris que j'étais infirmière, il n'a plus voulu parler d'autre chose. Il m'a confié qu'on venait de lui diagnostiquer un diabète de type 2 et qu'il avait besoin de changer radicalement de mode de vie. J'ai tenté de lui expliquer que ce n'était pas une maladie aussi invalidante qu'il avait l'air de le croire, mais il ne m'écoutait pas. Il m'a répondu que dès qu'il aurait retrouvé Tristram pour le ramener au bercail, il aurait besoin d'une personne du métier pour l'aider à se reprendre en main.

Jenny se tut un instant, se remémorant leur rencontre.

– Comme je vous l'ai dit, je ne faisais pas grand cas de lui à l'époque, mais je lui ai donné les coordonnées de mon agence, si d'aventure il voulait engager une infirmière. Franchement, je l'ai fait par politesse. Deux semaines plus tard, il a téléphoné à l'agence et exigé que l'on m'envoie chez lui. Je me demandais bien pourquoi : quand nous nous étions rencontrés, je ne m'étais pas montrée particulièrement amicale. Loin de là, en fait. Mais il a bien signifié à l'agence que c'était à prendre ou à laisser. En même temps, la dame pour laquelle je travaillais s'était rendu compte qu'elle avait besoin d'une aide plus complète que celle que je pouvais lui donner. Elle avait décidé d'aller en maison de retraite. Comme mon contrat avec elle prenait fin, il était facile d'accepter l'offre de Sir Peter. Le travail, c'est le travail.

– Quand était-ce ? demanda Judith.

– Il y a deux ans environ, et j'ai commencé à travailler pour lui en février dernier. Pour être franche, je ne me suis pas attachée à lui. Pas au début. Il était exactement comme je me l'étais imaginé : porto et fromage à la fin de chaque repas, traitant les femmes de « pouliches », et il n'était jamais aussi heureux que quand il tirait sur des faisans avec les autres propriétaires terriens de la région. Tous des hommes, bien entendu. Rien n'était sérieux à ses yeux, il prenait tout à la blague. Un vrai cauchemar, en vérité. Il ne prenait jamais ses médicaments et négligeait sa santé. Exactement tel qu'il s'était décrit.

– Qu'est-ce qui vous a fait changer d'avis ?

– Je n'en sais rien, mais quand on est infirmière à domicile, on ne peut pas vivre aussi près de quelqu'un sans qu'il nous révèle sa vraie nature. Et j'ai compris, à la longue, que toutes les fanfaronnades de Peter n'étaient que cela : des fanfaronnades. Sous cette couche de confiance en soi, il y avait un homme qui… C'est difficile à expliquer, mais je crois qu'il n'était pas si sûr de lui.

– Et pourquoi, à votre avis ?

– Je crois que c'est ce qui arrive quand on naît à la tête d'une grande fortune sans avoir de but dans l'existence. Si l'on ne doit pas lutter un peu, la vie n'a pas grand intérêt, vous ne pensez pas ? Mais ce n'était pas tout : j'ai découvert un aspect de lui beaucoup plus tendre, plus affectueux que je n'avais remarqué de prime abord. Il adore ses enfants.

– Même Tristram ? demanda Judith.

– Oui, même Tristram.

– Ça ne se voit pas tellement.

– Le problème avec ces deux-là, c'est qu'ils se ressemblent trop. Tous deux passionnés, avec une tendance à péter les plombs. Mais je voyais bien combien Peter en souffrait. Il savait que la relation avec son fils était brisée, mais il ne savait pas comment la réparer.

– À en croire Andrew Husselbee, elle était plus que brisée. Sir Peter ne vous a donc jamais dit qu'il soupçonnait son fils de vouloir le tuer ?

– Non, jamais, et pour être honnête avec vous, j'ai du mal à ne pas me sentir trahie. Si seulement il m'avait dit ce qu'il se passait, j'aurais peut-être pu aider à réparer les choses. Ça ne lui ressemblait pas d'avoir des secrets, y compris pour moi. Pourquoi ne m'en a-t-il jamais parlé ?

À cet instant, elles entendirent un bruit derrière la porte. Judith leva le doigt pour imposer le silence, mais on ne perçut rien de plus. Elle fit signe à Suzie de continuer la conversation et s'avança vers la porte sur la pointe des pieds.

– Vous avez raison, dit Suzie, prenant le relais. Il aurait dû vous en parler, ça n'a pas de sens.

Judith ouvrit la porte brusquement et l'on vit apparaître Tristram, qui perdit l'équilibre et tomba à plat sur le carrelage. Quand il se releva, il avait l'air à la fois honteux et furieux. *Et aussi un peu décontenancé*, pensa Judith, qui se dit qu'il n'était peut-être pas si intelligent que ça.

– Vous écoutez souvent aux portes ? demanda-t-elle.

– Oui, quand ce sont mes portes, dit Tristram qui avait recouvré un peu de sa superbe. Je peux écouter à toutes les portes que je veux. Je suis venu demander à Jenny quand elle comptait s'en aller.

Jenny parut ne pas comprendre la question.

– Ici, c'est chez moi, maintenant, dit Tristram. Alors tu pars quand ?

Les quatre femmes étaient scandalisées.

– Son fiancé est mort hier ! dit Becks.

– Oui, je suis au courant. C'était mon père. Mais ça veut dire que la maison est à moi, et je veux qu'elle débarrasse le plancher.

– Vous vous êtes bien vite remis de votre deuil, constata Suzie.

– Pardon ?

– Hier soir vous étiez une âme en peine. Vous me semblez avoir surmonté bien vite le décès de votre père.

– Vous ne pouvez pas savoir ce que j'endure, siffla Tristram d'un ton méprisant.

Judith l'interrompit.

– Ce n'est pas votre maison, dit-elle. Vous n'hériterez de rien avant la fin de la procédure de succession, ce qui prendra des mois. Et de toute façon, qu'est-ce qui vous fait croire que vous en héritez ?

– Dans la famille Bailey, c'est toujours l'aîné de sexe masculin qui hérite. Il en a toujours été ainsi. Depuis le XVIIe siècle.

– Jusqu'à ce que votre père rédige un nouveau testament, le mois dernier…

– Oui, c'est ce que raconte l'avocat. Ce n'est pas vrai pour autant.

Pendant que Tristram parlait, Judith chercha dans son sac à main et en sortit sa boîte de bonbons acidulés.

– Puis-je alors vous poser une question ? dit-elle en choisissant un bonbon au citron, poudré de sucre glace. Pourquoi, exactement, votre père vous a-t-il chassé de la maison au début du mois de décembre ?

Judith mit le bonbon dans sa bouche. Elle savait bien que son attitude détachée mettait Tristram hors de lui.

– C'est pourtant évident, dit-il en serrant le poing droit. On s'est disputés.

– À quel sujet ?

– Je n'ai pas à vous le dire.

– Non, en effet, mais c'est une question légitime.

– Il n'y a rien de légitime dans votre histoire.

– Quel était l'objet de votre querelle ?

– Ça ne vous regarde pas, vous avez compris ? répondit Tristram qui commençait à sortir de ses gonds. Ce qui s'est passé entre mon père et moi ne regarde personne d'autre que nous. D'ailleurs, qu'est-ce que vous fichez ici ?

– Nous sommes les invitées de Jenny, dit Suzie, qui se leva et vint se planter au côté de Judith pour renforcer la barricade entre Tristram et Jenny.

– Oui, dit Becks en rejoignant la barricade, mais on pouvait voir à sa façon de se placer derrière l'épaule de Judith qu'elle n'était pas aussi à l'aise que ses deux amies pour affronter Tristram.

– Et Jenny vous demande de partir, dit Judith, qui glissa sa boîte de bonbons dans son sac pour signifier que la conversation venait de prendre fin. Alors vous feriez mieux de vous en aller.

– Je n'ai pas d'ordres à recevoir de vous.

– Et moi, je crois que vous avez le choix entre deux

solutions : soit vous partez bien gentiment, soit nous appelons la police qui s'assurera que vous partiez, que ça vous plaise ou non.

– C'est absurde ! dit Tristram.

On voyait bien que, ne sachant trop quoi faire, il essayait de gagner du temps.

Il tourna les talons et sortit précipitamment.

Pendant quelques secondes, aucune des quatre femmes ne prononça une parole. Judith pensait aux empreintes de bottes que Suzie avait découvertes devant la fenêtre du bureau. Il était presque certain que la personne qui les avait laissées cherchait à voir ce qui se passait à l'intérieur, or elles venaient de voir Tristram faire la même chose derrière la porte de la cuisine. Ce genre d'indiscrétion était-il une habitude chez lui ?

– Becks, dit-elle, tu es vraiment sûre que ces empreintes devant la fenêtre du bureau ont été laissées par des bottes de femme ?

Becks s'étonna de la question mais y consacra toute l'attention requise.

– Oh ! oui, répondit-elle. Le motif que l'on trouve sur les semelles des bottes Hunter en caoutchouc pour femmes est très différent de celui des modèles pour hommes.

– Donc, à l'extérieur de ce bureau, c'était bien une femme ?

– Oui, à moins que Tristram n'ait porté des bottes pour femme ce soir-là, remarqua Suzie, devinant le raisonnement de Judith.

– Est-ce même envisageable ? demanda Judith.

– Ça dépend, il a peut-être des petits pieds, dit Becks.

– Que voulez-vous dire ? demanda Jenny.

Judith regarda Jenny. Elle se souvint que la chambre à coucher de Sir Peter avait une fenêtre latérale qui surplombait directement celle du bureau du rez-de-chaussée ainsi que les massifs d'arbustes où elles avaient découvert les traces de bottes. Et que Jenny s'était trouvée dans cette pièce juste avant que l'armoire ne tombât sur Sir Peter.

– Vous vous souvenez du moment où vous êtes montée à l'étage après la dispute avec Tristram ? demanda Judith. Avez-vous vu quelqu'un dans le jardin de ce côté de la maison ?

– Non, répondit Jenny. Je n'ai pas regardé par cette fenêtre.

– En êtes-vous sûre ? insista Judith. Il se peut que quelqu'un se soit caché dans les buissons juste au-dessous de la fenêtre de votre chambre.

– Je n'ai vu personne, répéta Jenny.

Elles se rendaient bien compte qu'elle leur cachait quelque chose. Mais quoi ?

– Écoutez, dit Jenny. Je ne devrais pas en avoir honte, mais c'est ainsi. Si je n'ai regardé par aucune fenêtre de la chambre, c'est parce que j'y étais allée pour fumer une cigarette. Je sais bien que je ne devrais pas fumer, et d'ailleurs je ne suis pas vraiment fumeuse, mais c'est Peter qui m'a fait replonger et je craque de temps à autre. Hier, par exemple, quand Tristram m'a humiliée devant tout le monde. Je savais que Peter avait laissé un paquet de cigarettes sur le rebord de la cheminée. Voilà pourquoi je suis montée : pour m'en griller une en douce.

– Ce qui lui est arrivé n'est pas votre faute, dit Becks.

– Je suis son infirmière, j'étais censée veiller sur lui.

– Mais pas vingt-quatre heures sur vingt-quatre.

– On ne peut rien changer au passé, dit Judith avec un profond soupir. C'est impossible. Cependant, ajouta-t-elle plus joyeusement, on peut changer l'avenir, et vous devez savoir que Tristram ne peut rien contre vous. Il ne peut pas vous chasser de cette maison, qui appartient encore à Sir Peter jusqu'à la fin de la procédure de succession. Ce qui veut dire que vous pouvez rester ici.

– Il faut vraiment trouver ce nouveau testament, dit Suzie. Imaginez qu'il vous ait laissé la maison ? Ou une grosse somme d'argent ? Vous n'avez vraiment aucune idée de l'endroit où il pourrait être ?

– Je ne savais même pas qu'il en avait fait un autre, dit Jenny. Il ne m'en a jamais parlé.

– Eh bien ! Nous allons nous lancer à sa recherche, lança joyeusement Judith. Après tout, il s'agit d'une dette morale. Ce testament contient les dernières volontés de Sir Peter : le meilleur moyen de lui rendre justice est de faire l'impossible pour le retrouver.

Jenny alla ouvrir le robinet de l'évier, prit un verre dans un placard et le remplit d'eau. Elle but une gorgée, puis se retourna pour regarder les trois amies.

– Vous avez raison, dit-elle lentement.

Judith sourit.

– Parfait ! dit-elle. Je propose de mettre cette maison sens dessus dessous jusqu'à ce que nous mettions la main sur ce testament.

CHAPITRE 14

Judith, Becks et Suzie commencèrent leurs recherches dans le bureau de Sir Peter. Les cadres et les ferrures des fenêtres portaient des marques de poudre de graphite aux endroits où la police y avait cherché des empreintes digitales. Il y en avait aussi sur l'armoire qui avait écrasé Sir Peter. Au pied de celle-ci, le vieux tapis était encore couvert d'ustensiles de laboratoire et de débris de flacons de verre.

– Vous vous sentez prête à faire ceci, Jenny ? demanda Becks.

– Pas vraiment.

Elles la virent s'armer de courage.

– Le testament de Peter n'était pas dans son coffre-fort, continua Jenny. Il doit bien se trouver quelque part dans cette maison.

– Si c'est trop dur pour vous, n'hésitez pas à nous le dire, dit Becks.

– À votre avis, par où faut-il commencer ? demanda Suzie.

– Peut-être par ici, dans son bureau ? Il y a tout un tas de papiers.

Pendant que Jenny, Becks et Suzie examinaient la pièce, Judith alla inspecter l'armoire. Elle avait été remise debout, mais pas dans sa position d'origine : il y avait un espace entre le meuble et le mur. Judith s'y glissa. Le dos de l'armoire était couvert de poussière et de toiles d'araignée. Au sommet, elle remarqua un vieux moraillon en fer. Elle se retourna et découvrit, à la même hauteur, un crochet profondément enfoncé dans le mur. Bien qu'il ne dépassât que d'environ cinq centimètres, c'était une solide pièce de fer, visiblement alignée pour s'accrocher au moraillon. Il paraissait normal qu'on eût doté un meuble si massif d'un dispositif de sécurité pour l'empêcher de se renverser.

Le crochet n'avait pas été arraché du mur et le moraillon était resté fixé à l'armoire : Judith en conclut qu'avant le meurtre, l'assassin – ou les assassins, vu le poids du meuble – avait décroché l'armoire du mur.

Elle posa les paumes de ses mains contre l'armoire, poussa, et eut la surprise de la sentir basculer très légèrement. Levant les yeux, elle se rendit compte que c'était surtout la grosse corniche de bois sculptée qui la rendait si pesante. Il fallait une certaine force pour la renverser, certainement plus qu'elle-même n'en disposait, mais elle ne douta plus qu'il avait suffi d'une seule personne pour la pousser sur Sir Peter.

Elle sortit de derrière l'armoire.

– Il y a un crochet derrière ce meuble, dit-elle.

– Il a été arraché ? demanda Suzie.

– Non, mais quelqu'un l'a détaché. Peut-être il y a des années, peut-être récemment. Jenny, cette armoire est-elle habituellement fixée au mur ?

– Je n'en ai aucune idée, répondit Jenny. Je n'ai jamais vérifié. Cette armoire vivait sa vie contre le mur, c'est tout. Désolée.

– Cela n'a sans doute pas grande importance. Mais

comme le moraillon est décroché, je ne crois pas impossible que quelqu'un de costaud ait pu faire basculer le meuble. Au fait, puis-je vous poser une question ? Pourquoi Sir Peter possédait-il tant de matériel scientifique ? Je croyais qu'il se contentait d'être un aristocrate de campagne.

– C'était son père, dit Jenny. Il avait fondé une entreprise d'équipement médical après la Seconde Guerre mondiale. Il avait inventé une espèce de machine à rayons X.

– Cela explique les radios accrochées derrière le bureau, dit Judith.

– Oui, c'est cela. Je crois que ce sont les radios thoraciques du père de Sir Peter et de son associé. Les premières radios prises par leur machine.

Pendant cette conversation, Becks s'approcha des ustensiles de laboratoire brisés qui jonchaient le sol.

– C'est dangereux, le magnésium ? Ou, plus exactement, le magnésium en ruban ? demanda-t-elle.

Elle leur montra, sur le tapis, un bocal haut et étroit dont l'étiquette portait les mots « Magnésium en ruban ».

– Le magnésium est tout à fait stable, dit Judith, sauf si tu y mets le feu. Dans ce cas, il s'enflamme comme un feu d'artifice.

– Pourquoi poses-tu cette question ? s'enquit Suzie en se rapprochant de Becks. Ce bocal est vide, on s'en fiche de ce qu'il y a sur l'étiquette.

– Je craignais qu'il ne contienne un résidu, dit Becks, ou quelque chose de toxique. Je ne voulais pas prendre de risque.

– En quoi cela vous intéresse-t-il ? demanda Jenny.

– Ce bocal est intact, dit Becks.

– Et alors ? dit Suzie.

– Eh bien ! Tous les autres bocaux qui se trouvaient dans cette armoire se sont brisés en mille morceaux quand elle est tombée au sol. Mais pas celui-ci. Je trouve cela bizarre, c'est tout.

– Tu as raison, dit Judith.

Elle contempla tout le verre brisé et le matériel scientifique répandus sur le tapis. La masse de débris avait la forme d'un rectangle de la dimension de l'armoire, et le bocal de Becks était la seule pièce qui avait survécu à la chute.

– Attendez un instant, dit Judith, qui chercha autour d'elle un objet long et mince pour soulever le bocal sans y laisser ses empreintes.

Sur la cheminée, elle vit un petit socle en laiton qui devait avoir servi de présentoir à un trophée quelconque. Il portait une plaque gravée d'une inscription dédiée au « Juge George Bailey, Conseiller de la reine[1] » et datée de 1906. La mention d'un magistrat émérite fit deviner à Judith qu'un marteau de président devait avoir été posé autrefois sur le présentoir.

– Y a-t-il normalement un marteau ici ?

Jenny s'approcha, étonnée.

– Oui, dit-elle enfin. Je crois que cet objet appartenait à un parent de Peter.

– Vous savez où il se trouve ?

– Non, désolée. Je ne viens pas très souvent ici. C'était le refuge de Peter.

Frustrée, Judith chercha partout dans le bureau.

1. Q.C. ou *Queen's Counsel*, statut honorifique conféré par le Couronne à un magistrat. (N.d.T.)

Le marteau n'y était pas. Il aurait été parfait pour l'usage qu'elle voulait en faire. Elle trouva cependant un long tournevis dans un porte-crayons plein de stylos et de vieilles pièces de monnaie.

Elle inséra la lame dans l'embouchure du bocal, souleva l'objet et le porta sur le bureau de Sir Peter. Avec d'infinies précautions, elle le remit debout en s'aidant du tournevis.

Le soleil matinal faisait étinceler le verre. Comme s'il venait juste d'être soigneusement nettoyé, pensa Judith.

– Ne touchez à rien ! dit-elle en fouillant dans son sac. Elle en sortit sa boîte de bonbons anglais. Avec la précision d'un scientifique œuvrant dans une centrale à haut risque, elle retira très lentement le couvercle et le posa sur le bureau. Elle éleva la boîte à la hauteur du bocal et souffla, soulevant un nuage de sucre glace qui retomba sur la paroi de verre.

– Qu'est-ce que tu fabriques ? demanda Suzie.

– Je cherche des empreintes digitales, répondit Judith.

– Avec du sucre glace ? dit Becks.

– Cette surface de verre est dure, elle ne risque rien. Bien, voilà qui est très intéressant !

Elle se déplaça autour de la table de façon à faire face à l'autre côté du bocal.

Judith souffla de nouveau du sucre glace dans le rai de lumière et le regarda se déposer sur le verre.

– Si je ne me trompe pas, et je ne crois pas me tromper, il n'y a aucune empreinte digitale.

Elle contempla de nouveau la masse de verre brisé et d'objets de laboratoire répandus sur le sol.

– Pas d'empreintes digitales sur ce bocal ? répéta Jenny, très perplexe.

– Sur le verre, les empreintes restent très longtemps, dit Judith. Des années entières.

– Vous savez ça, vous ?

– Oui, je l'ai appris en regardant de vieux épisodes d'*Arabesque*, répondit timidement Judith.

– Peut-être que ce bocal a été très bien nettoyé, observa Suzie.

– Je ne saurais le dire, dit Jenny. Ça me paraît bizarre. Je ne viens jamais faire le ménage ici, et je ne crois pas que Patricia, notre femme de ménage, y vienne non plus. Peter n'aimait pas qu'on touche à ses affaires. Mais ce n'est pas normal qu'il n'y ait pas d'empreintes digitales. Même si l'on avait nettoyé ce bocal, il garderait les traces de quiconque l'aurait replacé sur l'étagère, vous ne croyez pas ?

– Je suis de votre avis.

– Je peux voir ? demanda Suzie, qui s'approcha et se cogna contre le coin du bureau. Le bocal vacilla, tomba au sol et se brisa.

– Suzie ! s'écria Becks.

– Oh mon Dieu ! Je suis tellement désolée ! dit Suzie, horrifiée par sa maladresse.

– C'était une pièce à conviction, Suzie ! dit Becks du ton d'une mère qui gronde son enfant. On ne batifole pas sur une scène de crime !

– *Batifole* ?

– Tu vois très bien ce que je veux dire !

Elles contemplèrent le bocal brisé. Suzie tenta de sauver son honneur.

– Vous savez, je viens peut-être de nous rendre un service.

– Comment cela ? demanda Becks.

– Je viens de vérifier ton hypothèse. Ce bocal aurait dû se casser en tombant de l'armoire.

– Mais c'est vrai ! dit Judith. Ce bocal était aussi fragile qu'il en avait l'air. Il n'attendait que de se briser.

Elle contempla de nouveau l'armoire et le parterre de débris de verre. Pourquoi ce bocal, contrairement aux autres, était-il resté intact ?

– Je crois qu'il faut le dire à la police, dit Judith.

– Leur dire quoi ? Que j'ai cassé le bocal ? demanda Suzie avec inquiétude.

– Non, ne t'en fais pas pour ça. Nous devons dire à Tanika qu'il y avait un bocal de verre vierge de toute empreinte digitale et qui ne s'est pas cassé lors de la chute de l'armoire. Je crois que c'est important.

Pendant que Becks, Suzie et Jenny continuaient leurs recherches dans la maison, Judith prit son téléphone et appela Tanika. Une fois informée des derniers événements, celle-ci crut ne pas avoir bien entendu.

– Tu es en train de me dire que vous avez trouvé une importante pièce à conviction et que vous l'avez cassée ?

– Inutile de s'attarder sur les aspects négatifs. Et d'ailleurs, ça n'a pas grande importance. S'il y avait des empreintes digitales sur ce bocal, ou plutôt une absence d'empreintes digitales, rien n'est perdu. Le bocal est en plusieurs morceaux, c'est tout. Et pendant que tu y es, il me semble que tu devrais faire rechercher des empreintes sur tous les débris de verre et les ustensiles tombés de l'armoire, parce que je ne serais pas étonnée qu'on trouve une explication commune à tout cela. Souviens-toi du bidon d'huile d'olive : lui non plus ne portait pas d'empreintes digitales. Nous avons affaire à un assassin très prudent qui veille à n'en laisser aucune sur la scène du crime.

– Oui, et au fait, je peux savoir ce que vous faites dans le bureau de Sir Peter ?

– Jenny nous a demandé de l'aider à trouver le testament. Oui, je sais que tu nous demandes toujours de ne pas nous interposer, mais nous ne faisons qu'aider une amie.

– Ne t'inquiète pas pour ça, dit Tanika. Nous aussi, nous avons besoin de remettre la main sur ce document. Peu importe qui le trouve. Et merci pour l'info sur les empreintes ! Je vais envoyer un agent à la recherche d'indices dans le bureau.

Judith n'en croyait pas ses oreilles.

– Nous enquêtons, et toi, tu t'en fiches ?

– Mais vous n'êtes pas en train d'enquêter, tu viens toi-même de me le dire ! Vous aidez une amie ! Et du moment que vous me signalez tout indice qui vous tombera sous la main, vous ne ferez que nous aider dans notre enquête.

Judith remercia Tanika et raccrocha, très perplexe. Depuis quand Tanika acceptait-elle qu'on se mêle d'une de ses enquêtes ? C'était bizarre, à tout le moins.

Elle mit cette pensée de côté et traversa le grand salon pour aller trouver Becks, Suzie et Jenny dans le vestibule. Le long d'un mur, des imperméables étaient accrochés à des patères au-dessus d'une rangée de paires de bottes, en face de deux éviers rectangulaires en porcelaine.

– Quoi de neuf ? demanda Judith.

– Une grosse crise de jalousie, répondit Becks à l'autre bout de la rangée de bottes.

– Moi aussi, dit Suzie. Avoir ça dans sa maison ! Toute une pièce pour ranger les impers et les bottes !

– Je comprends, dit Jenny.

Elle jeta un regard circulaire sur la pièce.

– J'ai grandi privée de tout, continua-t-elle. Je n'avais rien, et je me persuadais de n'avoir besoin de rien. C'est vrai, d'ailleurs, je parle sincèrement. Mais c'est bon, aussi, de ne pas avoir à se faire de souci, de se sentir en sécurité, une fois dans sa vie.

Elle fut heurtée par une vague de chagrin.

– Voulez-vous faire une pause ? demanda Becks.

– Oui, je crois, dit Jenny. Il faut que je sorte. Que j'aille faire un tour. M'aérer la tête.

– Voulez-vous que l'une de nous vous accompagne ?

– Non, ça ira. Restez ici et continuez à chercher le testament.

– Est-ce que vous nous conseillez de chercher à un endroit particulier ? demanda Judith.

– Non, fouillez partout où vous pouvez. Aucune limite. Retournez cette maison de la cave au grenier. Je veux qu'on le trouve, ce testament.

Après le départ de Jenny, Becks fit le point avec Judith sur les résultats de leurs investigations.

– Il n'y a rien dans cette pièce. Nous avons regardé dans tous les placards et dans chacune des poches de manteaux.

– Et même dans les bottes, dit Suzie.

– À propos, dit Judith, je suppose que personne n'a trouvé une botte en caoutchouc taille 40 avec une fente au talon gauche ?

– Il n'y a pas l'ombre d'une botte Hunter pour femme ici, dit Becks, et ça n'a rien d'étonnant.

– Pourquoi ? demanda Suzie.

– Parce que les Hunter pour femmes ne sont plus à la mode depuis vingt ans.

– Attends, dit Suzie, à qui quelque chose échappait. Tu dis qu'il y a une mode même pour les bottes en caoutchouc ?

– Bien sûr.

– Tu te fiches de moi ?

– Je ne vois pas ce que ça a de surprenant. Il y a une mode pour tout.

– Et donc, c'est quoi la mode, en ce moment, pour les bottes en caoutchouc ?

– Facile : Le Chameau Vierzonord.

– Pardon ?

– C'est ce que porte la duchesse de Cambridge.

Suzie fit une pause pour digérer l'information, puis continua :

– Ça m'inspire une foule de questions, mais je ne suis pas sûre de vouloir connaître les réponses. Pour répondre à la tienne, Judith, non, aucune de ces bottes en caoutchouc n'a de fente au talon gauche.

Après avoir cherché encore quelques minutes, les trois femmes décidèrent de changer de décor et se rendirent à la cuisine. Au bout d'une demi-heure de recherches, elles reconnurent qu'aucun testament n'était dissimulé derrière les boîtes de tomates San Marzano ou les bocaux de pâtes. De même dans le petit salon : aucune enveloppe secrète cachée sous les coussins des canapés ou au mur, derrière les tableaux.

– Vous n'avez pas l'impression qu'on perd notre temps ? demanda Suzie.

– N’importe quoi ! répondit Judith. À chaque pièce qu’on fouille, on apprend quelque chose.

– Oui. On apprend qu’on n’a toujours pas trouvé le testament.

– Essayons l’étage, maintenant, dit Judith. Je vous propose de commencer par la chambre de Tristram.

Il fut facile de trouver la chambre qu’avait occupée Tristram avant de se faire chasser de la maison. Les murs étaient couverts d’affiches de théâtre et les étagères chargées de recueils de pièces et de livres sur l’art dramatique.

Pendant que Suzie et Becks commençaient à fouiller la pièce, Judith passa en revue les affiches accrochées au mur. Sur l’une d’elles, intitulée *Savonarole*, le visage de Tristram figurait au premier plan, ceux des quatre autres acteurs apparaissaient légèrement en retrait derrière lui. Au-dessous, on pouvait lire que la pièce était représentée au British Council de Florence. C’était donc cette production dramatique qui retenait Tristram à Florence, avant qu’il fugue avec un membre de la troupe et refuse de rentrer en Angleterre ?

Judith examina les visages : tous des hommes. Tristram s’était-il épris d’un des acteurs, ou alors d’une femme travaillant pour la compagnie théâtrale et qui ne figurait pas sur l’affiche ? Elle lut les noms imprimés sur celle-ci : le metteur en scène et le producteur étaient aussi des hommes. Elle classa mentalement cette information pour un usage ultérieur.

– Pas de testament ici non plus ! dit Suzie, exaspérée.

– Alors cherchons dans une autre pièce, dit Judith. Nous n’allons pas laisser tomber maintenant.

– On peut parfaitement laisser tomber. On peut tout planter là et aller prendre une bonne tasse de thé. Et une part de gâteau.

– Nous avons promis à Jenny de chercher partout, dit Becks. Nous ne pouvons pas lui faire faux bond. Allez, venez ! dit-elle en se dirigeant vers la porte. Il faut maintenant passer à la chambre de Sir Peter et de Jenny.

Dans cette chambre, il n'en fut pas autrement : elles cherchèrent en vain sous le lit, sous le matelas, dans la salle de bains, et Suzie examina aussi le conduit de la petite cheminée dans un coin de la chambre.

– Si le testament avait jamais été dans ce conduit, dit Becks, il aurait brûlé depuis longtemps.

– Pas forcément. Si personne n'a fait de feu depuis la mort de Sir Peter, il y est encore, dit Suzie, très fière de son talent pour la déduction.

– Et alors, il y est, ce testament ?

Suzie jeta un coup d'œil rapide au conduit.

– Non, il n'y est pas !

Laissant Becks et Suzie se chicaner, Judith se souvint que Jenny lui avait dit qu'elle était montée dans sa chambre pour y fumer une cigarette. Sur le rebord de la cheminée, elle trouva un vieux paquet de cigarettes sur lequel était posé un briquet bon marché.

– Tu pourrais ne pas faire semblant de chercher ? dit Suzie avec un brin de reproche.

– Je cherche à reconstituer les événements, dit Judith.

Elle regarda autour d'elle. Il y avait un petit dressing dont elle décida de s'occuper.

– Plus vite on aura fini cette pièce, plus tôt on sera rentrées chez nous, dit Suzie.

– Nous devons chercher à fond, dit Becks, parce que si nous arrivons à prouver qu'il n'y a pas de testament dans cette maison, ce sera une information utile.

– Et même si nous ne le retrouvons pas, dit Judith en inspectant le dressing, qui sait sur quoi nous allons tomber ?

Elle avait dit cela sur un ton qui intéressa fort ses amies.

– Tu as trouvé quelque chose ? demanda Becks.

Judith se pencha et ramassa un objet au sol, au fond du dressing.

– Qu'est-ce que c'est ? demanda Suzie.

– C'est drôle, dit-elle, ça m'avait étonnée sur le moment.

– Quoi donc ?

– La manche de Rosanna.

– Qu'est-ce qu'elle avait de spécial, cette manche ?

– Le fait que Rosanna soit tirée à quatre épingles, pas un cheveu qui dépasse. Une veste toute neuve. Et pourtant, il manquait un bouton à une manche.

– Et alors ? insista Suzie, qui avait perdu depuis longtemps le fil de la conversation.

– Cette veste a des boutons dorés en forme de nœud marin. J'aimerais savoir pourquoi je viens de trouver celui qu'elle avait perdu ce jour-là dans le dressing de la chambre de Sir Peter et Jenny.

Judith ouvrit la main. Au milieu de sa paume brillait un bouton doré.

CHAPITRE 15

Les bureaux administratifs du domaine Bailey se trouvaient à Marlow, dans le bâtiment en brique rouge de l'Old Barrel Store, une ancienne brasserie réhabilitée, tout près de High Street. Une fois passé l'étonnement de trouver Judith et ses amies à la porte, Rosanna les fit entrer dans son bureau. C'était une pièce assez obscure, avec deux fauteuils en cuir disposés devant une cheminée, des tableaux et d'anciens plans des propriétés familiales accrochés au mur, et des piles de paperasse sur un grand bureau. Judith trouva que ce bureau ressemblait assez à celui de Sir Peter, en beaucoup plus propre.

– Je suis désolée, je n'ai que quelques minutes à vous accorder, dit Rosanna en se rasseyant à son bureau. Je dois être à Hambleden dans une demi-heure. J'ai rendez-vous avec un agent de planification pour un chantier de construction.

– Ne vous inquiétez pas, dit Judith. Nous ne vous prendrons pas plus de temps que nécessaire. Nous voulons simplement savoir comment ce bouton de votre veste rouge s'est retrouvé dans le dressing de la chambre de votre père.

Elle laissa tomber le bouton doré sur le bureau.

Rosanna resta de marbre. Elle le ramassa.

– Qu'est-ce que c'est ?

– C'est un bouton de la veste que vous portiez à la réception.

– Et vous l'avez trouvé dans le dressing de mon père ?

– Oui.

– Vous avez raison, il ressemble à celui que j'ai perdu hier. Je n'ai aucune idée de la façon dont il s'est retrouvé dans le dressing. On a fini maintenant ?

Rosanna se leva, mais Suzie n'était pas dupe.

– Non, nous n'avons pas fini, loin de là, dit-elle, faisant un pas en direction de Rosanna d'un air menaçant. Vous étiez cachée dans le dressing, n'est-ce pas ?

– Suzie a raison, ajouta Judith. Cela explique votre air coupable lors de notre première conversation, quand je vous ai demandé qui était sorti sur le balcon juste après la mort de Sir Peter. Vous n'avez pas vu Jenny depuis le jardin, n'est-ce pas ? Parce que vous étiez dans la même pièce qu'elle.

Après ce coup de pression de Suzie puis de Judith, Rosanna regarda Becks, attendant qu'elle prenne la parole. Mais cette dernière se contenta de hocher la tête d'un air désolé, signifiant que cet échange la mettait aussi mal à l'aise qu'elle.

– Ce bouton peut être arrivé dans le dressing pour des tas de raisons, dit Rosanna sans se compromettre.

– Oui, mais il n'y en a qu'une de bonne, dit Judith. Et je vous conseille de nous la donner, car si vous ne le faites pas, c'est la police qui vous la demandera.

Rosanna commençait presque à avoir l'air impressionné.

– Vous êtes en train de me faire du chantage ?

– Pas du tout, dit Judith, qui sortit sa boîte de bonbons de son sac et en fit sauter le couvercle. Je vous fais simplement remarquer que cette conversation n'est ni enregistrée ni notée par écrit. Contrairement à ce que fera la police. Or je suis certaine qu'il y a une explication parfaitement innocente à votre présence dans le dressing de votre père le jour de sa mort. Vous voulez un bonbon ?

Elle tendit la boîte à Rosanna.

– Très bien, dit Rosanna sans prêter la moindre attention à la boîte. Vous avez raison, il y a une explication. D'abord, vous devez savoir que je n'avais aucune intention de me cacher.

Judith referma la boîte.

– Bien sûr, dit-elle.

– Tout est à cause de ce fichu testament.

– Que voulez-vous dire ?

– J'avais découvert qu'il en avait écrit un nouveau juste avant Noël.

– Vraiment ? Pourtant j'ai bien vu comment vous avez réagi quand Andrew Husselbee nous en a parlé. Vous aviez l'air très surprise.

– Il n'y a pas que Tristram qui sache jouer la comédie dans la famille.

– Et comment l'avez-vous appris ?

– Par Chris, le jardinier. Il venait de tailler des haies et de mettre le feu aux branchages. C'était deux semaines avant Noël. Un feu, ça vous attire toujours. Je me suis approchée, nous avons causé et il m'a demandé si je savais ce qu'il y avait dans le nouveau testament de mon père. Ça m'a fait un choc. Car comme je vous l'ai dit, à propos de l'héritage, mon père nous disait toujours, à Tristram et moi, qu'il n'avait pas le choix, le titre de baronnet et le domaine se transmettaient de père en fils depuis des siècles. Tout devait revenir à Tristram. Mais je savais aussi qu'il y avait de l'eau dans le gaz entre mon père et mon frère. Si mon père venait de modifier le testament, je ne pouvais en tirer qu'une conclusion : il me laissait une partie du domaine. Ou la totalité. Bien sûr, une fois mariée à mon père, Jenny devait aussi avoir sa part. Pour moi, l'important n'était pas les quelques années à venir, mais de m'assurer qu'après leur mort, le testament tienne compte du fait que le seul membre de la famille à faire quelque chose de ses dix doigts pour le domaine, c'est moi. Je mérite pleinement ma part.

– Oui, Jenny nous a vanté vos qualités professionnelles, dit Judith.

– Ah bon ? dit Rosanna, étonnée. Je ne pensais pas qu'elle l'avait remarqué. Son seul horizon, c'était mon père. En tout cas, dès que j'ai su qu'il y avait un nouveau testament, je n'ai plus cessé d'y penser. Et vous savez ce que c'est : quand on a un petit vélo dans la tête, on a tendance à travailler du chapeau. Chaque fois que je venais à la maison, j'essayais d'ouvrir le coffre-fort de mon père, parce que j'étais sûre que le testament s'y trouvait. Pire encore : je me suis mise à aller à White Lodge uniquement pour essayer d'ouvrir le coffre.

« J'ai essayé toutes les combinaisons possibles. L'anniversaire de mon père, celui de Jenny, celui de Tristram et le mien. En pure perte. En plus, comme c'était la chambre de Jenny et mon père, ils n'arrêtaient pas d'y entrer et d'en sortir pendant les préparatifs du mariage. Mais le jour du cocktail, j'ai compris que j'avais enfin une chance. J'ai vu Jenny et mon père discuter avec leurs amis dans le jardin, je suis entrée dans la maison et j'ai couru à l'étage. J'avais sur mon téléphone une liste de codes probables, mais aucun n'ouvrait le coffre.

– Vous êtes sûre ? demanda Judith d'un ton caustique.

– Pas plus ce jour-là que les autres je n'ai réussi à ouvrir ce coffre. Alors que je venais juste de commencer, j'ai entendu des cris au-dehors. Avant d'avoir pu me rendre compte de ce qui se passait, j'ai entendu quelqu'un monter l'escalier. Je ne tenais pas à être surprise en train d'essayer d'ouvrir le coffre, ç'aurait été une véritable humiliation. Pas le temps de réfléchir, je me suis cachée dans le dressing. Et juste à temps : j'ai vu Jenny entrer au moment où je fermais la porte.

– Elle vous a vue ? demanda Judith.

– Non, elle est tout de suite allée vers la cheminée. Elle avait l'air très perturbée.

– Que s'est-il passé ensuite ?

– Je ne sais pas, je ne voyais rien. Mais je l'entendais. Je crois qu'elle a allumé une cigarette.

– Oui, c'est ce qu'elle nous a dit.

– Nous savons depuis longtemps que parfois, elle fume en douce avec notre père.

– Je ne comprends pas, dit Becks. C'était son infirmière !

– Oui, je sais. Elle l'était quand elle est arrivée ici. Elle lui a fait tenir un journal de tout ce qu'il mangeait, arrêter l'alcool et boire ces horribles smoothies qui semblent tous à base de kale. Et ça a fonctionné !

Il a beaucoup minci, son diabète est redescendu sous le seuil critique, un vrai miracle. Jenny était une force positive. Mais pour contrôler papa, il faut une volonté de fer. Et mon père a toujours eu un vrai talent pour corrompre les gens. Leur arracher un second verre de vin ou la permission de se resservir à table… La vie, disait-il à qui voulait l'entendre, est faite pour être vécue ! Et je ne sais pas ce qui s'est passé au juste, mais au bout d'un moment, il est retombé dans ses vieilles habitudes, et cette fois Jenny l'a laissé faire.

– Est-ce qu'ils sortaient déjà ensemble ? demanda Becks.

– Je ne sais pas. En y repensant, je crois que c'était le cas. Une fois que Jenny a cessé d'être l'infirmière de mon père pour devenir sa maîtresse, elle a perdu une partie du contrôle qu'elle exerçait sur lui. Et lui, il a acquis des moyens de contrôle sur elle.

– Donc, vous voilà dans le dressing, dit Suzie pour inciter Rosanna à reprendre le fil de son récit.

– Oui, je venais de me décider à en sortir et à avouer ce que j'étais en train de faire. Je suis une adulte, je ne devrais pas me cacher dans les dressings. Mais au même moment, j'ai entendu ce vacarme épouvantable au rez-de-chaussée. J'ai entrebâillé la porte du dressing et j'ai vu Jenny sortir sur le balcon. Pendant une fraction de seconde, j'ai hésité à sortir en courant, mais je me suis retenue. Bonne initiative, parce qu'à peine l'avais-je refermée que j'ai vu Jenny revenir du balcon et courir au rez-de-chaussée. J'avais reçu une telle décharge d'adrénaline qu'il m'a fallu une minute ou deux pour me remettre. Finalement, je suis sortie du dressing pour redescendre au rez-de-chaussée, et c'est là que j'ai appris ce qui venait de se produire. Je suppose que c'est ainsi que ce bouton s'est retrouvé dans le dressing. J'ai dû l'accrocher à quelque chose.

Rosanna regarda les trois femmes comme si elle venait de leur faire un récit parfaitement banal. Judith se demanda quels moyens il fallait déployer pour la faire craquer. Manifestement, c'était une femme qui mettait un point d'honneur à se contrôler en permanence.

Pourtant, il n'échappait pas à Judith que Rosanna venait d'admettre que, lors de leur première rencontre, quand elle avait manifesté de la surprise en apprenant l'existence du nouveau testament, sa réaction n'avait été qu'un numéro d'actrice – très convaincant, d'ailleurs. Alors pourquoi croirait-elle Rosanna maintenant ?

– Donc, vous pensez réellement que quelqu'un a assassiné mon père ? demanda Rosanna.

– Oui, répondit Judith.

– Cela vous étonne ? demanda Becks.

– Oui, évidemment. Mon père était un vieux ronchon sympathique, un personnage de comédie. Qui aurait voulu le tuer ?

– Vous saviez que votre père craignait de se faire assassiner par Tristram ? demanda Suzie.

– C'est impossible. Tristram a toujours été un enfant gâté, il pique une crise à la moindre contrariété, mais il n'aurait jamais pu s'en prendre ainsi à son père.

– Et vous deux, comment vous entendez-vous ? demanda Becks.

– C'est compliqué, admit Rosanna. Je l'aime, mais parfois je ne peux pas le supporter. Il est impatient, c'est son problème. C'est un bon acteur, mais il refuse tous les rôles qu'on lui propose. Dans des petits théâtres de province, ou comme figurant dans de grosses productions londoniennes… Il dit qu'il vaut mieux que ça. Et ensuite, il se plaint de ne pas avoir de travail.

– Ça arrive souvent ? demanda Becks.

– Je crois qu'il n'a pas eu une seule proposition depuis un an.

– Alors comment gagne-t-il sa vie ?

– Papa lui verse une petite pension, et habiter à White Lodge ne lui a jamais rien coûté.

– Où vit-il désormais ?

– Avec notre mère. Elle habite une de ces maisons en terrasse qui font face au vieux supermarché Waitrose. Mais pour répondre à votre question, j'imagine très bien Tristram se vanter devant ses copains d'espérer la mort de son père pour en hériter, mais pas sérieusement. Il ne serait jamais passé à l'acte. Si incroyable que cela paraisse, il aimait notre père.

– Jenny dit qu'ils se ressemblaient trop.

– Oui, nous nous disions souvent que ces deux-là étaient identiques. Prétentieux, arrogants, et pourtant vulnérables et fragiles à leur façon. Un mélange toxique.

– Alors qu'est-ce qui vous rend si certaine que Tristram n'a rien à voir avec la mort de votre père ?

– Il n'a pas assez de tripes pour le faire.

La réponse de Rosanna résonnait d'une telle colère que Judith eut une idée.

– Se peut-il qu'il ait eu un complice ? Quelqu'un de plus culotté que lui, si, comme vous le dites, Tristram était incapable de passer à l'acte ?

Rosanna eut l'air stupéfait et presque honteux.

– Que voulez-vous dire ? dit-elle pour éviter de répondre franchement.

– Il y a bien quelqu'un d'autre, n'est-ce pas ? insista Suzie.

Rosanna ne savait que répondre. Elle regarda au mur un arbre généalogique libellé d'une écriture presque effacée par le temps. Les noms et les branches qui connectaient entre eux tous les membres de la famille Bailey remontaient à des siècles.

Rosanna regarda de nouveau ses visiteuses.

– Non, il n'y a personne, dit-elle.

– Je ne vous crois pas, dit Suzie. Il y a bien quelqu'un.

– Non, il n'y a personne, répéta Rosanna, qui referma d'un coup son ordinateur portable et le débrancha. Maintenant, il faut vraiment que j'aille à ce rendez-vous. Et si vous persistez à dire que mon père a été assassiné, tout ce que je peux vous répondre est que je suis certaine que Tristram est innocent, qu'il n'y a pas le moindre complice, et que ce n'est pas moi non plus. Comme vous venez d'ailleurs, sans le savoir, de le prouver par ce bouton, à ce qu'il me semble. J'étais dans un dressing au premier étage pendant que l'armoire tombait sur mon père. Peut-être devrais-je me féliciter qu'il se soit détaché, car c'est mon alibi.

Elle ramassa le bouton sur son bureau et le mit dans la poche de sa veste.

Rosanna sortit, accompagnée de Judith, profondément frustrée, et de ses amies.

– Vous ne pourrez jamais vous abriter sous cet arbre généalogique, dit-elle à Rosanna pendant que celle-ci débloquait l'antivol de sa bicyclette. Toute cette longue histoire, et elle n'appartient qu'à des hommes ! Comme votre avenir qui n'appartient qu'à votre frère.

– Je ne comprends pas, dit Rosanna.

– Vous êtes l'aînée. C'est vous qui faites tout le travail. Mais Tristram est sur le point de devenir votre patron, parce que c'est lui qui va hériter. Et il ne manquera pas de s'en glorifier à vos dépens, soyez-en sûre, parce que nous savons toutes les deux que c'est ce qu'il va faire. Il brûle même d'impatience de vous raconter que vous gérez le domaine n'importe comment depuis toutes ces années. Et voici le plus beau, ajouta-t-elle, prise d'une intuition soudaine : il va tout faire foirer. C'est certain. Parce qu'il n'est pas comme vous. Il n'est ni intelligent ni travailleur. Mais il est convaincu d'être supérieur à vous – parce que c'est un homme, voilà tout.

Rosanna hésita. Elle semblait avoir une réponse au bord des lèvres. Dans son for intérieur, Judith constata avec plaisir qu'elle était enfin parvenue à la faire tomber de son piédestal.

Mais Rosanna y remonta très vite.

– Vous vous trompez, dit-elle. Nous formons une excellente équipe, Tristram et moi. Il en a toujours été ainsi. À nous deux, nous allons gérer ce domaine à la perfection. Et maintenant, on m'attend à Hambleden.

Elle enfourcha sa bicyclette et s'éloigna.

– Pourquoi le protège-t-elle ? demanda Suzie.

– C'est absurde, dit Judith. Lui, il ne la protégera jamais.

Le téléphone de Becks sonna et la fit sursauter. Elle le sortit de son sac, consulta l'écran subrepticement, rougit jusqu'aux oreilles et le remit dans son sac.

– Tout va bien ? demanda Judith.
– En fait, il faut que je vous quitte.
– Vraiment ? dit Suzie, qui avait bien remarqué son embarras.
– Rien d'intéressant. Des affaires d'église. En fait, c'est même plutôt barbant. Mais il faut que j'y aille. Maintenant.
– On peut t'aider à quelque chose ? demanda Judith.
– Non ! répondit Becks, effarée.
Elle se ressaisit vite, et, plus calme :
– C'est très gentil de votre part, mais ce n'est rien. Je dois y aller. À plus tard !
Avant d'être sommée d'en dire davantage, Becks se précipita dans High Street en direction du presbytère.
– Tu as compris quelque chose ? demanda Suzie.
Elles la virent dépasser le presbytère.
– Bon, elle ne va pas du tout au presbytère, dit Suzie. Je crois qu'elle va à l'église. Puisqu'il s'agit d'affaires d'église, c'est plutôt normal.
Juste avant d'atteindre l'église, Becks s'engouffra dans une ruelle et disparut de leur vue.
Suzie regarda Judith : elles avaient la même idée en tête.
– Attends, dit Suzie. Où va-t-elle ?
– On peut sérieusement se poser cette question.
– Nous devons la suivre.
– Quoi ?
– Ne me raconte pas d'histoires ! Tu as autant envie que moi de savoir ce qui se passe. Parce que tu as raison : Becks a changé, d'aspect et de comportement. Et elle a eu l'air toute gênée quand nous lui avons parlé de sa bague en saphir. Et pourquoi reçoit-elle

de mystérieux appels téléphoniques dont elle ne veut pas nous parler ?

Judith se mordit les lèvres et réfléchit quelques instants.

– Tu as parfaitement raison : j'en ai autant envie que toi ! Allez, viens !

Elle partit à toute vitesse sur les traces de Becks, Suzie sur ses talons.

Quand elles arrivèrent au coin de la ruelle où Becks avait disparu, elles ralentirent et s'arrêtèrent un instant pour reprendre leur souffle. Elles passèrent une tête au-delà du mur, juste à temps pour voir Becks tourner à droite au bout de la ruelle. Elles parcoururent celle-ci aussi vite qu'elles le purent. Arrivées à l'angle, elles s'arrêtèrent net, tendirent le cou et virent Becks s'engager dans une autre petite rue qui longeait le pub des Deux Brasseurs.

Tout en s'efforçant d'être aussi invisibles que possible, ce qui n'était pas une réussite, Judith et Suzie traversèrent la rue. Au bout, elles virent leur amie marcher rapidement vers une maison, arranger ses cheveux d'un geste de la main, s'arrêter et sonner à la porte.

Celle-ci s'ouvrit bientôt. Un homme brun, la quarantaine, apparut et la serra dans ses bras avant de la faire entrer. Quelques instants plus tard, Becks apparut à une fenêtre de l'étage et tira les rideaux.

Judith et Suzie en restèrent sans voix.

– Voilà pourquoi elle ne pouvait rien nous dire sur cette bague ! parvint enfin à articuler Suzie.

– Je n'arrive pas croire cela de Becks ! dit Judith.

– De qui tu parles ? D'une femme qui a épousé l'homme le plus assommant du monde ? Soyons honnêtes, une femme mariée ne peut avoir qu'une raison pour se rendre en secret chez un homme en plein jour, monter direct à l'étage avec lui et tirer les rideaux pour que personne ne voie rien.

Judith regarda son amie. Elle avait raison.

Becks avait un amant !

CHAPITRE 16

Assise à son bureau dans la salle des opérations, Tanika avait du mal à contenir sa frustration. Ce n'était pas tant parce que l'inspecteur principal Hoskins venait de récupérer son poste, même si le moment qu'il avait choisi pour le faire lui paraissait douteux, mais plutôt parce qu'elle se rendait bien compte qu'il se désintéressait déjà de l'affaire Bailey. Après avoir pris connaissance des pistes, il s'était frotté le menton en homme qui pèse soigneusement toutes les données, puis avait déclaré qu'il ne voyait pas comment on pouvait renverser une armoire sur quelqu'un avant de sortir d'une pièce verrouillée dont la clé se trouvait dans la poche du défunt. Il avait écouté attentivement toutes les protestations de Tanika, qui arguait du fait que cette mort était résolument suspecte. Tel avait toujours été le style de l'inspecteur principal Hoskins : écouter attentivement l'opinion des autres. Il avait ensuite déclaré qu'il ne changerait pas d'avis. Ça aussi, c'était son style.

Le fait que Tanika n'ait trouvé aucun indice expliquant comment l'assassin était sorti d'une pièce fermée de l'intérieur n'arrangeait rien. Aucun des serruriers interrogés par son équipe ne se souvenait avoir fait un double de la clé du bureau, et la plupart avaient ajouté qu'ils n'auraient jamais eu la capacité de le faire : elle était bien trop ancienne. Plus décevant encore : quand les experts en serrurerie, au commissariat, avaient démonté la serrure, ils n'avaient trouvé aucun débris métallique provenant d'une clé de fabrication récente. Il n'y avait que de la poussière, de la rouille et de la limaille anciennes laissées par des décennies d'usage.

En ce qui concernait son nouveau rôle dans l'équipe, difficile de ne pas prendre comme un affront personnel cette rétrogradation au poste de gestionnaire de documents. Non que la tâche fût sans importance – il était crucial de s'assurer que tout indice était dûment enregistré et relié aux autres –, mais c'était une déchéance pour elle qui, quelques jours auparavant, était encore inspectrice principale chargée de l'enquête.

Tanika se remit à annoter les scans des relevés de compte bancaire de Sir Peter pour les six derniers mois. Elle savait que ses sentiments personnels n'étaient pas une excuse pour se relâcher dans son travail, et c'est pourquoi, avant de téléverser chaque relevé sur la base de données, elle examinait son contenu. Il fallait évidemment s'assurer que chacun avait été correctement numérisé. Malheureusement, excepté le fait que Sir Peter était à la banque Coutts, comme la reine d'Angleterre, il n'y avait rien de bien intéressant dans ses comptes. Le crédit y était d'un peu plus de vingt mille livres. Sir Peter ne réglait aucune traite pour la maison. Tanika supposa qu'il existait un autre compte en banque pour en couvrir les charges, car celui-ci n'était qu'une longue liste de notes de restaurant, de pub et de taxi, de commandes à la Wine Society et de règlements au Royal Automobile Club de Londres, mais aucune de ces dépenses n'était extravagante. Au bout d'un moment, pourtant, l'œil de

Tanika fut attiré par quatre retraits d'argent liquide faits immédiatement avant Noël. Chacun d'entre eux s'élevait à cinq mille livres, et les retraits avaient eu lieu les 17, 19, 22 et 23 décembre.

Examinant plus attentivement les chiffres, elle s'aperçut qu'au début du mois de décembre, le compte était créditeur d'un peu plus de quarante mille livres. Elle vérifia le relevé du mois de novembre : le crédit avoisinait également cette somme. Pareil pour octobre. Tanika consulta les relevés du reste de l'année : le crédit de Sir Peter ne descendait que très rarement en dessous de quarante mille livres, et quand il retirait du liquide, cela ne dépassait jamais quelques centaines de livres à la fois.

Ces quatre visites à la banque juste avant Noël n'avaient donc rien d'habituel. Pourquoi Sir Peter avait-il effectué ces retraits ? Pour faire des cadeaux de Noël ? La somme était trop importante, et s'il avait l'intention de retirer vingt mille livres en liquide, pourquoi ne l'avait-il pas fait en une fois au lieu de plusieurs retraits étalés sur quelques jours ?

Tanika comprit que là n'était pas le plus important. Quelque chose à propos de ces retraits – ou plutôt de leurs dates – lui rappelait un souvenir, mais lequel ? Méthodique comme à son habitude, elle sortit son carnet et inscrivit les quatre dates auxquelles Sir Peter avait fait ces retraits. Son subconscient essayait de lui transmettre un message. Elle trouvait bizarre que la première et la deuxième date se succèdent à un jour d'intervalle et qu'après un autre intervalle de deux jours, les dix mille livres restantes soient retirées sur deux jours consécutifs.

Elle se pencha sur ces deux dates consécutives et comprit ce qui l'avait intriguée. Par chance, elle disposait de tout ce qu'il fallait pour confirmer son intuition.

Elle récupéra les fichiers où étaient enregistrés les SMS de Sir Peter et ouvrit les copies d'écran de l'échange qu'il avait effacé. C'était bien ce dont elle se souvenait : le contenu des messages avait disparu, mais les dates et l'identité du destinataire demeuraient. Chaque message avait été envoyé la veille d'un retrait de cinq mille livres en liquide. Les SMS effacés avaient été envoyés les 16, 18, 21 et 22 décembre, et les retraits avaient eu lieu les 17, 19, 22 et 23 décembre.

Tout devint clair : à quatre reprises, quelqu'un avait envoyé à Sir Peter un SMS pour exiger cinq mille livres en cash, et à chaque fois, Sir Peter s'était rendu le lendemain à sa banque, avait retiré l'argent et l'avait versé au demandeur. Il avait ensuite pris soin d'effacer le message de demande de fonds ainsi que sa réponse.

Tanika se souvint qu'au temps où elle était encore chargée de l'enquête, elle avait demandé à un membre de son équipe d'identifier le numéro de téléphone d'où provenaient les SMS envoyés à Sir Peter. C'était le moment de vérifier le résultat de cette recherche : elle eut le plaisir de découvrir un nouveau lien dans le dossier. Elle cliqua dessus et apprit bientôt que les SMS provenaient d'un numéro virtuel lié à une société basée au Vanuatu, dans le Pacifique Sud.

Il n'y avait plus de doute à avoir : cet échange était, au mieux, de nature douteuse, et au pire, illégal. Elle sortit de la salle des opérations avant même de savoir ce qu'elle allait faire de ces informations. Quand elle arriva à la porte du bureau de l'inspecteur principal

Hoskins, elle frappa une fois et entra sans y avoir été invitée.

– Chef… dit-elle avant de s'arrêter net. L'inspecteur principal Hoskins était déjà en entretien avec le commissaire.

– Pardonnez mon intrusion, s'excusa-t-elle.

– Non, je vous en prie, entrez, inspecteur, dit Hoskins.

Tanika se souvint que son supérieur hiérarchique était toujours d'une grande amabilité avec elle en présence de ses propres supérieurs.

Quant au commissaire, Tanika ne lui avait jamais trouvé qu'un seul signe particulier : il avait toujours l'air au bord de l'épuisement.

– J'espère, lui dit ce dernier, que votre réaffectation ne vous contrarie pas trop. J'étais justement en train de dire à l'inspecteur principal Hoskins que vous aviez brillamment occupé sa place pendant son absence. J'en déduis que vous avez l'intention de passer votre examen d'inspecteur principal ?

Tanika resta coite.

– Je vous demande pardon, monsieur le commissaire ?

– Comme vous avez été inspecteur principal par intérim l'année dernière, j'espère que vous allez avaliser cela en passant l'examen.

En réalité, Tanika n'y avait pas vraiment pensé. Durant l'année précédente, elle avait plutôt cherché à garder la tête hors de l'eau, à travailler du mieux qu'elle pouvait, à prendre soin de sa fille et à s'occuper de son père, tout en espérant vaguement que l'inspecteur principal Hoskins prolongerait son congé maladie jusqu'aux calendes grecques.

– Je me joins à cet espoir, dit l'inspecteur Hoskins, qui passa vite au sujet suivant. Alors, qu'avez-vous à me dire d'assez important pour nous interrompre ?

Tanika expliqua que Sir Peter avait reçu quatre SMS d'un numéro de téléphone à carte prépayée enregistré au Vanuatu, qu'il les avait tous effacés avec ses réponses, et qu'il avait à chaque fois retiré cinq mille livres en liquide le lendemain.

– Ce n'est pas le comportement d'un homme qui n'a rien à se reprocher, conclut-elle.

Elle remarqua que le commissaire étudiait l'inspecteur Hoskins dans l'attente de sa réaction.

– Je suis d'accord avec vous, dit Hoskins.

Tanika fut parcourue d'un frisson de joie. Enfin, l'affaire allait être traitée avec le sérieux qu'elle méritait !

– Cependant, continua-t-il, tout le monde a ses secrets, ses petites cachotteries. J'en ai bien, moi. Et même si Sir Peter était trempé jusqu'au cou dans des transactions douteuses, de quelque nature qu'elles soient, le rapport d'autopsie a bien conclu que sa mort avait été causée par la chute de l'armoire. Il n'y avait aucune toxine ou autre substance particulière dans son organisme. Seulement de l'alcool, ce qui, je n'ai pas besoin de vous le rappeler, peut avoir affaibli son esprit. Et on l'a trouvé seul dans une pièce verrouillée dont la seule et unique clé était dans sa poche. Par conséquent, indépendamment de ce qu'il se passait d'autre dans la vie de Sir Peter, comment pourrions-nous raisonnablement avancer qu'il a été assassiné ?

– Cette mort n'en est pas moins suspecte, inspecteur.

– Là, je ne suis plus du tout d'accord avec vous. Il

n'y a rien de suspect là-dedans. Il a été écrasé par un très gros meuble. C'est tout.

– Mais comment ce meuble est-il tombé ? Et pourquoi à ce moment précis ? Il devait se marier le lendemain, et son testament est toujours introuvable.

– Des testaments, il en disparaît tous les jours. Et si vous êtes tellement certaine qu'il s'agit d'un meurtre, expliquez-moi comment l'assassin est sorti de la pièce après le crime.

Tout en parlant, il jeta au commissaire un clin d'œil complice qu'il n'essaya même pas de dissimuler à Tanika.

Plutôt que de perdre son sang-froid devant ces deux hommes qui étaient aussi ses supérieurs hiérarchiques, Tanika, comme d'habitude en pareil cas, étouffa sa fureur sous une docilité de surface.

– Je n'en sais rien, inspecteur.

– Oui, et vous n'en savez rien parce que c'est impossible. Comme vous venez de l'admettre. Et nous avons déjà perdu suffisamment de temps à essayer d'enquêter sur un meurtre là où il n'y en a pas. Je vous propose donc de terminer l'enregistrement des indices concrets, et plus tard, quand vous aurez fini, ce sera bien le diable si je ne vous trouve pas une jolie petite affaire criminelle à élucider.

– Oui, inspecteur, dit-elle, un sourire pincé aux lèvres.

Elle quitta la pièce.

Le temps de retourner à son bureau, elle comprit que l'intransigeance de l'inspecteur Hoskins ne lui laissait qu'une seule solution. S'il refusait de prendre l'affaire au sérieux, elle connaissait trois personnes qui, elles, ne la prenaient pas du tout de cette manière. Tout en élaborant sa stratégie, elle sourit malgré elle. Il était temps que Tanika Malik – première de la classe, fille dévouée de son père, maman et épouse accomplie – rejoigne le côté obscur.

CHAPITRE 17

Le lendemain de la rencontre clandestine de Becks avec le mystérieux quadragénaire, Judith et Suzie se donnèrent rendez-vous à l'écluse de Hurley. Le lieu les arrangeait toutes les deux : Judith pouvait s'y rendre à pied de chez elle, et Suzie pouvait y faire courir les chiens dont elle s'occupait ce jour-là.

Pendant qu'Emma et Princess, une magnifique chienne saluki beige, couraient dans le pré en faisant de grandes boucles, Judith et Suzie étaient assises sur un banc, juste en amont d'une rangée de péniches amarrées au bord du fleuve.

Judith commença.

– Becks ne doit jamais apprendre que nous l'avons suivie. Elle ne nous le pardonnerait jamais. Même moi, je ne nous le pardonne pas.

– Non, évidemment, dit Suzie, mais nous devons tout de même lui en parler.

– Pas un mot. On ne s'en mêle pas.

– Non, en effet, tu as raison. Ce que Becks décide de faire de sa vie ne nous regarde pas.

– Tout à fait.

Elles communièrent pendant quelques minutes dans un silence de bonnes camarades.

– On pourrait peut-être juste lui demander, reprit Suzie.

– Il n'en est pas question ! dit fermement Judith.

– Non, c'est vrai.

Nouveau silence, pendant lequel Judith devina que Suzie s'apprêtait à changer d'avis une nouvelle fois.

– Si c'est ce que nous croyons, dit Judith pour faire progresser la conversation, elle doit vivre un enfer.

– Oui, j'imagine, confirma Suzie. Elle, toujours si parfaite ! Si elle était vraiment heureuse, elle n'aurait jamais fait cela. Alors, pour revenir à ce que nous disions, si nous devions lui en parler, que lui dirions-nous ?

– Rien du tout ! Nous venons de nous mettre d'accord : nous ne lui dirons rien.

– Je sais, et nous ne lui dirons rien, promis ! Mais si nous le faisions – au conditionnel –, je dis bien *faisions*, que dirions-nous ?

Judith soupira. Suzie ne lâcherait jamais prise.

– Nous lui dirions, je crois, que nous sommes ses amies. Que, quelle que soit l'épreuve qu'elle traverse, nous sommes de son côté et qu'elle peut nous parler quand elle le désire.

– Magnifique ! Et après, on lui demande par qui elle se fait sauter ?

– Non ! Jamais de la vie !

– Et pourquoi ?

– Ce ne sont pas nos affaires ! Suzie, regarde-moi ! Tu dois me le promettre. Nous devons absolument éviter de franchir la limite. Nous sommes les amies de Becks.

– D'accord, dit Suzie, pas du tout satisfaite de la directive. Ne t'inquiète pas pour moi, je serai une tombe.

Judith contempla son amie. Elle ne connaissait

pratiquement personne qui fût moins capable qu'elle de tenir une promesse. Pratiquement, c'est-à-dire à part elle-même, bien entendu. C'était pour cela qu'elle aimait tant la compagnie de Suzie.

– Mais bon sang ! reprit Suzie, émerveillée. Becks, tromper son mari ! Qui l'eût cru ?

– Je sais, c'est incroyable, dit Judith. Tu veux que je te dise ? Je ne sens plus mon derrière.

Suzie éclata de rire.

– Tu as raison, il fait trop froid pour rester assises ici en plein hiver. D'ailleurs, il faut que j'y aille, je dois me rendre chez un gardeur de chiens.

– Quoi !?

– J'ai mon émission de radio tout à l'heure. Et si j'ai le droit d'amener Emma – elle reste assise bien tranquille dans un coin et elle me regarde –, il n'est pas question de faire mon émission au studio avec Princess.

– Attends, dit Judith. Tu es toi-même gardeuse de chiens !

– Je sais.

– Alors pourquoi as-tu besoin d'un gardeur de chiens ?

– Qu'est-ce que tu veux que je te dise ? Parfois, une gardeuse de chiens a besoin d'un gardeur de chiens, dit Suzie, un peu irritée par la question. Elle se leva.

– Attends un peu, insista Judith, il y a quelque chose que je ne comprends pas. On te paie pour garder Princess, et tu donnes cet argent à un autre gardeur de chiens pour qu'il te garde Princess ?

– Oui, sinon je ne pourrais pas garder Princess, et j'ai déjà refusé pas mal de boulot pour pouvoir faire mon émission. En plus, mon gardeur de chiens est très cher, bien plus que moi. Et je t'assure que ça m'emmerde ! Les gardeurs de chiens sont hors de prix à Marlow !

Suzie siffla les deux chiennes. Pendant qu'elle remettait sa laisse à Emma, Judith remarqua que le saluki ne portait pas de collier ; celui-ci était encore fixé à la laisse que Suzie tenait à la main.

– Tu l'as lâchée sans son collier ? Tu es sûre que c'est une bonne idée ?

– Non, pas du tout, répondit Suzie en rattachant le collier au cou de Princess. Mais son maître ne la laisse jamais courir. C'est un chien de concours, tu sais, et il est fou d'angoisse à l'idée qu'elle se casse une patte et ne puisse plus jamais gagner de prix.

– Mais quel rapport avec le collier ?

Suzie lui montra une petite breloque en plastique gris attachée au collier de Princess, à côté de sa plaque d'identification.

– Ça, c'est un GPS, avec une application qui permet de repérer la chienne à distance. C'est pour retrouver Princess si jamais on la vole. Ou si elle se perd dans les bois. Mais il y a un autre usage, dont je me suis aperçue la première fois que je l'ai laissée en liberté : le maître s'assure ainsi que si je lui dis qu'elle ne court pas sans sa laisse, je tiens parole.

– C'est très futé de ta part, dit Judith, mais quel est donc ce maître qui n'autorise pas sa chienne à courir librement ?

– Eh bien moi, je suis persuadée que si Princess gagne aux concours, c'est précisément parce que je la laisse courir comme ça lui chante ! Ça lui fait faire de l'exercice.

– Ça me paraît évident. Viens, maintenant.

Les deux amies reprirent le chemin de Hurley. Alors qu'elles passaient le long de la première péniche, elles entendirent derrière elles une voix féminine :

– Je me disais bien que c'était vous !

Elles se retournèrent et virent Rosanna debout sur le pont de la péniche.

– Bonjour ! dit Judith.

– Que faites-vous ici ? demanda Suzie.

– Ici, c'est chez moi ! dit Rosanna en désignant la péniche.

Elle retira sa bicyclette d'un porte-vélos et la déposa sur l'herbe.

– C'est magnifique ! dit Judith.

À l'intérieur de la péniche, à travers les hublots, elle aperçut une femme vêtue d'un gros pull en laine et d'un pantalon de pyjama à fleurs. Elle avait de longs cheveux blonds et lisses dont les pointes étaient teintes en un bleu éclatant.

– J'ai réfléchi à ce que vous me disiez hier, dit Rosanna.

Suzie allait répondre, mais Judith lui donna un grand coup de coude dans les côtes pour la faire taire.

– Vous aviez raison, continua Rosanna. Tristram va tout faire foirer.

Il y avait en elle une vulnérabilité – et même une fragilité – que Judith ne lui avait pas encore vue.

– Et s'il est innocent, continua-t-elle, peu importe ce que je vous dis à son sujet, n'est-ce pas ? Je voudrais vous demander une chose… Êtes-vous vraiment sûres que mon père croyait que Tristram avait l'intention… C'est vraiment absurde… L'intention de le tuer ?

– C'est ce que nous a dit Andrew Husselbee.

Entendant le nom de l'avocat, Rosanna lança un regard en direction de la femme à l'intérieur de la péniche.

– Si c'est Andrew qui le dit, cela doit être vrai, dit-elle, comme s'adressant à elle-même. Et je ne suis pas sûre que ce soit important, mais je crois que Tristram a une maîtresse. Depuis des années. Une relation dont il n'a jamais voulu nous parler.

– Vous le lui avez demandé ?

– Plus d'une fois, mais sa vie privée, c'est sa vie privée. Tristram est comme ça.

– Que pouvez-vous nous dire au sujet de cette femme ?

– Presque rien. Mais l'été dernier, à White Lodge, j'ai surpris Tristram en train de dire des petits mots tendres au téléphone. Je l'ai un peu taquiné, et il a rougi jusqu'aux oreilles. Comme si je l'avais pris en flagrant délit.

– C'était quoi, les petits mots tendres ? demanda Suzie.

– Il fallait être patient, leur temps viendrait, il fallait qu'ils se soutiennent mutuellement, ce genre de choses…

– Et vous n'avez aucune idée de qui était à l'autre bout du fil ? demanda Suzie.

– Aucune idée. Mais le comportement de Tristram était vraiment bizarre. Quand je l'ai questionné un peu plus tard, il a même nié avoir été au téléphone avec qui que ce soit.

– Pourquoi, à votre avis ? demanda Judith.

– Je ne sais pas, mais hier, avant de vous quitter, j'étais sur le point de vous en parler.

– Merci, dit Judith.

Rosanna leur adressa un sourire triste, monta sur son vélo et s'éloigna.

– L'affaire se corse ! dit Suzie.

– Je n'aurais pas mieux dit, admit Judith. Mais si Rosanna nous a rapporté cette conversation telle qu'elle l'a entendue, cela ne ressemblait pas à des propos d'amoureux. Tristram avait plutôt l'air de s'adresser à un complice.

– Entièrement d'accord.

Le téléphone de Judith se mit à sonner. Elle le sortit de son sac et regarda l'identité de l'appelant.

– C'est Tanika, dit-elle. Que peut-elle bien vouloir ?

CHAPITRE 18

Judith, Becks et Suzie regardaient de jeunes enfants s'en donner à cœur joie et à grands cris sur les balançoires et les toboggans de Higginson Park. Judith adorait les voir jouer : leur énergie, leurs exclamations joyeuses… Elle se demandait souvent comment la société parvenait à transformer ces petites boules de joie et de liberté en adultes ternes et ennuyeux. Mais cette fois-ci, elle surveillait aussi Becks du coin de l'œil. Son amie avait une liaison : cette révélation la perturbait bien plus qu'elle ne voulait l'admettre. Suzie avait rappelé à juste titre que Becks était animée d'un grand sens du devoir : qu'avait-il bien pu lui arriver pour qu'elle se rende coupable d'une telle transgression ?

– J'adore regarder les balançoires et les toboggans, dit Suzie.

Judith sourit, car elle partageait son sentiment.

– Je me souviens du temps où j'amenais mes deux petits au jardin public, dit Becks. Nous habitions alors Greenwich. Un jour, Sam est monté sur une grande araignée en bois, je me demande bien comment il avait fait son compte : c'était très dangereux.

– Mais il en est redescendu sain et sauf, non ? C'est toujours comme ça.

– Il est tombé et il s'est cassé un bras. Ce fut le pire jour de ma vie.

– Oh ! s'exclama Suzie, retenant un rire.

Judith sourit aussi. Liaison extraconjugale ou pas, Becks ne changerait jamais.

– Ce n'est pas drôle. Pourquoi riez-vous de cette histoire ?

– Non, c'est vrai, ce n'est pas drôle. Mais il n'y a que toi pour prendre les aires de jeux pour des salles de torture.

– Elles le sont quand elles ne sont pas bien surveillées.

Une dame entre quarante et cinquante ans, vêtue d'une longue doudoune grise, vit Suzie et s'approcha.

– Êtes-vous Suzie Harris ? demanda-t-elle. De Marlow FM ?

Suzie parut grandir de trois centimètres.

– Oui, c'est moi, dit-elle.

– J'écoute votre émission tous les jours, je vous trouve formidable. Je peux avoir un autographe ?

– De moi ? répondit Suzie avec une impressionnante modestie qui ne l'empêcha pas de sortir aussitôt de sa poche un stylo et une carte de visite. Moi, je ne suis rien, ajouta-t-elle en laissant sur le verso de la carte une signature très ornementée. Les auditeurs sont tout ! C'est vous, les vraies stars de la station de radio.

– Merci infiniment ! dit la dame avant de se tourner vers Judith et Becks.

– Votre amie est célèbre, leur dit-elle comme pour résumer la situation. Puis elle s'éloigna.

Quand elle eut disparu, Judith vit combien cette petite interaction avait flatté Suzie. Elle se rengorgeait comme une mère poule.

– Ça t'arrive souvent ? demanda Becks.

– Non, dit Suzie au comble de la fierté. C'est la première fois !

Judith n'était pas sûre que l'adulation de parfaits inconnus fût la forme la plus saine d'estime de soi, mais cela lui rappela que la première fois qu'elle avait vu Suzie, celle-ci s'était adressée à une équipe de télévision locale alors que Tanika le lui avait spécifiquement interdit. Elle avait un penchant pour les feux de la rampe, c'était évident.

– Bonjour tout le monde ! lança une voix féminine à leur côté. Merci d'avoir accepté cette petite rencontre !

Tanika venait de les rejoindre.

– Nous sommes toujours à ton service, dit Judith, mais pourquoi ces méthodes de conspirateur ?

– On vient de me retirer l'affaire.

– Quoi ? s'exclamèrent-elles d'une seule voix.

– Enfin, pas tout à fait, mais j'ai été rétrogradée.

Les trois amies étaient scandalisées.

– Toi qui es si douée dans ton travail ! dit Becks.

– Merci, c'est très gentil de ta part.

– Comment ça, gentil ? corrigea Judith. C'est la vérité, voilà tout !

– Pourtant, j'ai joué la comédie. Toute cette année passée.

– Que veux-tu dire ?

– Je veux dire que l'inspecteur principal Hoskins pouvait revenir de son congé maladie quand il le voulait.

– Et c'est maintenant qu'il y a un nouveau meurtre qu'il revient sans prévenir ? Il ne voulait pas te laisser récolter les lauriers une fois de plus.

– Oui, le moment est très mal choisi, dit Tanika qui ne voulait pas dire de mal d'un supérieur. Mais le plus inquiétant est qu'il ne croit pas que Sir Peter ait été assassiné.

– Foutaises !

Elles regardèrent Judith, interloquées. Que venait-elle de dire ?

– Mais toi, tu le crois ? demanda Becks.

– Honnêtement, c'est ce que je crois depuis le début.

– Tu aurais pu nous le dire ! observa Judith.

– Je ne pouvais pas vous le dire tant que j'étais encore inspecteur principal. Mais maintenant que je ne le suis plus, ce que j'en pense n'a plus d'importance. L'enquête va rester ouverte : l'inspecteur Hoskins est trop malin pour la clore immédiatement, mais personne ne la fera avancer.

– Nous devons absolument trouver l'assassin ! dit Suzie.

Tout près, une petite fille de quatre ans venait de les entendre. Elle fondit en larmes et traversa l'aire de jeux en courant pour se précipiter dans les bras de sa maman.

– Oups ! Désolée ! dit Suzie.

– Cependant, continua Tanika, je ne peux pas m'opposer aux ordres de mon supérieur.

Judith finit par comprendre.

– Je vois ! dit-elle. Voilà pourquoi tu m'as dit au téléphone que notre recherche du testament à White Lodge ne te dérangeait pas. Et aussi pourquoi tu nous as fixé ce rendez-vous secret.

– Officiellement, je ne peux rien vous demander. Je

ne suis pas ici en tant qu'inspecteur de police. Mais si vous pouviez continuer à chercher ici et là, ça m'arrangerait. Voyez ce que vous pouvez trouver sur Sir Peter et sa famille, parce que je crois que sur ce point, nous n'avons même pas commencé à soulever le voile.

Judith ne répondit pas immédiatement. Tanika comprit qu'elle hésitait. Après tout, si elle et ses deux amies l'avaient si bien aidée l'année passée, pourquoi accepteraient-elles cette fois encore d'être considérées comme des détectives amateurs ?

– Qu'as-tu trouvé d'intéressant sur l'huile d'olive utilisée sur les gonds de la porte dans le bureau de Sir Peter ? demanda Judith.

Tanika comprit que Judith était en train de tester la sincérité de sa proposition. Elle hocha la tête.

– Nous l'avons fait analyser, et il s'agit de la même huile d'olive que celle du bidon que tu as trouvé dans la cuisine.

– Le bidon dont toutes les empreintes digitales ont été effacées.

– Et je dois également te dire que le matériel scientifique tombé de l'armoire n'en portait aucune non plus. Mais quand j'ai dit ça à l'inspecteur Hoskins, il m'a rétorqué que les Bailey avaient une très bonne femme de ménage.

– Pourtant, Jenny l'avait précisé : même une bonne femme de ménage aurait laissé des empreintes en reposant sur les étagères les objets qu'elle venait de nettoyer.

– C'est aussi mon avis, dit Tanika. Quelqu'un les a toutes effacées dans une intention précise. Mais il y a une chose sur laquelle je tiens à attirer particulièrement votre attention : Sir Peter a retiré cinq mille livres en cash à quatre dates différentes juste avant Noël. À chaque fois, il venait de recevoir un SMS d'un numéro de téléphone intraçable, enregistré au Vanuatu. Message qu'il supprimait juste après. Il a également effacé toutes ses réponses.

– Ça, c'est carrément louche, dit Suzie.

– À quelles dates ? demanda Judith.

Tanika jeta un coup d'œil autour d'elle pour s'assurer que personne ne les regardait. Elle tendit une petite feuille de papier sur laquelle elle avait inscrit les dates. Judith la glissa dans son sac à main et en tira sa boîte de bonbons. Elle l'ouvrit et la tendit à Tanika.

– Tu en veux un ? lui demanda-t-elle.

Elles savaient bien, l'une et l'autre, que Judith était en train de proposer beaucoup plus qu'un bonbon. Tanika n'ignorait rien du pacte qu'elle s'apprêtait à signer.

– Merci, dit-elle, c'est adorable.

Elle prit un bonbon et le mit dans sa bouche.

– As-tu fait des recherches sur les antécédents de la famille ?

– Nous l'avons fait pour les personnages clés. Je suis désolée de le dire, mais ils sont tous blancs comme neige. L'agence d'infirmières de Jenny nous l'a décrite comme efficace, fiable, totalement digne de confiance, ajoutant qu'elle avait travaillé pour eux pendant presque quinze ans. Personne ne s'est jamais plaint d'elle.

– Et Rosanna Bailey ?

– Je me suis adressée à quelques-uns de ses employés. Ils m'ont tous brossé le portrait d'une femme très compétente, mais qui ne souffrait guère les imbéciles. Quelqu'un m'a confié qu'elle pouvait être impitoyable. Le genre d'employeur qui peut virer un de ses salariés en CDI un vendredi et engager un employé temporaire le lundi suivant pour prendre sa place si ça peut lui faire économiser quelques livres.

– La patronne typique, dit Suzie. Et Tristram ?

– Sur Tristram, j'ai eu des avis assez contrastés. Certains me l'ont décrit comme arrogant et prétentieux, le parfait gosse de riche qui n'a jamais travaillé de sa vie. Mais j'ai aussi parlé à son ancien professeur principal qui estimait que derrière toute cette arrogance, il y avait une personnalité très peu sûre d'elle, et que Tristram aurait fait n'importe quoi pour se faire accepter.

– Est-ce qu'on lui connaît une petite amie ? demanda Judith.

– Non, pourquoi ? demanda Tanika. Il en a une ?

– Rosanna nous a dit qu'elle l'avait entendu susurrer ce qu'elle appelait « des petits mots tendres » au téléphone, l'été dernier.

– Si c'était l'été dernier, ce n'était peut-être qu'un feu de paille.

– Possible. Mais d'après Rosanna, il recommandait à cette personne de prendre son mal en patience. As-tu progressé sur la façon dont l'assassin a réussi à sortir du bureau après le crime ?

– Non, sur ce point, nous sommes dans le noir complet. C'est très frustrant. Mais Sir Peter a été assassiné, je n'ai aucun doute là-dessus…

– Moi, je n'en suis pas si sûre, dit Becks en l'interrompant.

Judith lui coupa la parole :

– Pas maintenant, Becks !

– De toute façon, dit Tanika, si quelqu'un peut élucider ce mystère, c'est vous trois. Maintenant, je dois retourner au bureau avant qu'on s'aperçoive de mon absence. Dès que vous trouverez la moindre chose, vous avez mon numéro. Appelez quand vous voulez, le jour ou la nuit.

Tanika les quitta. Les trois amies la regardèrent s'éloigner vers la grille du parc.

– Il faut que tu cesses de dire qu'il n'a pas été assassiné, Becks ! dit Suzie.

– Oui, je sais, pardon !

– Je n'arrive pas à croire qu'on ait rétrogradé Tanika, dit Judith. C'est la nouvelle la plus scandaleuse que j'aie jamais entendue.

– Alors il est d'autant plus urgent que nous trouvions l'assassin, dit Suzie. Pour qu'elle retrouve son job.

– Oui, tu as raison. Et à mon avis, nous devrions commencer par la mystérieuse maîtresse. Parce que je pense à quelqu'un qui pourrait nous aider à l'identifier.

– Qui ?

– La personne qui a recueilli Tristram quand il a été chassé de White Lodge et que tout le reste de sa famille s'est détourné de lui : sa mère. Rosanna nous a dit qu'elle habitait une des maisons en terrasse devant le vieux Waitrose. Je vous propose d'y aller, d'identifier la maison et d'échanger quelques mots avec Lady Bailey. Vous êtes d'accord ?

CHAPITRE 19

Quand le moment fut venu de repérer la maison où habitait Lady Bailey, les connaissances irréprochables de Becks en matière d'art de vivre bourgeois leur furent encore une fois d'un grand secours. Plus d'une douzaine de maisons en terrasse, toutes identiques, étaient alignées devant elles. Lady Bailey pouvait habiter n'importe laquelle, mais Becks s'avança d'un pas décidé vers la septième et frappa à la porte.

– Qu'est-ce qui te fait croire que c'est là ? demanda Judith.

Becks s'étonna de la perplexité de son amie.

– Toutes les autres ont leurs porte et fenêtres soit peintes en noir ou en blanc, soit en bois naturel, répondit-elle. Celle-ci est la seule à être peinte en Farrow and Ball.

– Pardon ? dit Suzie.

– Et même en *Haleine d'éléphant*, il me semble.

Suzie resta interdite.

– Tu pourrais répéter, s'il te plaît ?

– *Haleine d'éléphant* est une couleur du nuancier de peintures Farrow and Ball, dit Becks, étonnée d'avoir à expliquer ce détail. À mi-chemin entre *Dos de souris* et *Saumon mort*, ajouta-t-elle pour clarifier la situation. Puisque ça ne semblait pas être le cas, elle continua :

– Cette teinte faisait fureur il y a une dizaine d'années.

– Tu es en train de me dire qu'il y a une mode pour les nuances de peinture ? demanda Judith en souriant. Comme pour les bottes en caoutchouc ?

– Évidemment !

– On ne vit décidément pas dans le même monde, dit Suzie, sidérée.

Une femme, la soixantaine passée, ouvrit la porte, cigarette à la main. Elle portait un manteau en faux léopard, un pantalon de jogging gris clair et des mules en fausse fourrure blanche.

Suzie eut un sourire narquois, persuadée qu'en dépit de ses jolis discours, Becks avait frappé à la mauvaise porte.

– Lady Bailey ? demanda Judith, qui savait bien, elle, que Becks avait tapé dans le mille.

– Oui ? répondit la femme d'une voix traînante mais distinguée.

L'étonnement de Suzie fut à son comble. Elle fit un effort pour ne pas béer de stupéfaction.

– Nous sommes des amies de votre famille, commença Judith, et nous vous présentons toutes nos condoléances.

Lady Bailey projeta un peu de cendre dans la rue.

– C'est très gentil de votre part, dit-elle.

– Nous aidons aussi la police à comprendre ce qui s'est passé. Auriez-vous l'obligeance de nous laisser discuter avec vous quelques minutes ?

Lady Bailey regarda les trois visiteuses et eut l'air de penser qu'après tout, elle n'avait rien de plus intéressant à faire dans l'immédiat.

– Entrez, je vous en prie, dit-elle.

Judith précéda ses amies dans l'entrée, qui débouchait sur un salon coquet et confortable, avec des poutres de chêne sombre et, aux murs, des tableaux accrochés un peu de travers. Devant la fenêtre, un grand vase de pavots en soie cachait la circulation des voitures. Sur une console, à côté d'un petit écran de télévision, étaient posées des photos de famille dans des cadres argentés. De l'autre côté de l'écran trônait un grand cendrier plein de mégots de cigarette.

La pièce sentait le vieux tabac rance.

– Quelqu'un veut un verre ? demanda Lady Bailey.

– Merci beaucoup ! répondit Becks.

– Gin ou vodka ?

– Une tasse de thé suffira, merci ! dit Becks avec un regard appuyé à Judith et Suzie pour leur signifier clairement qu'il n'était pas question de se mettre à boire du gin avec Lady Bailey.

– Alors attendez-moi un instant, j'en ai pour deux minutes, dit Lady Bailey, qui disparut dans la petite cuisine.

Dès qu'elles furent seules, Judith se leva pour voir de plus près les photos encadrées. Il y en avait trois de Lady Bailey avec Tristram, et une de Rosanna, qui apparaissait seule sur le cliché.

Elle vit aussi une enveloppe portant le logo d'une banque, la ramassa, fit signe à Suzie de monter la garde – celle-ci comprit immédiatement et se glissa près de la porte. Judith ouvrit l'enveloppe et en tira le relevé de compte. Becks, horrifiée, fit un mouvement des lèvres qui signifiait : QU'EST-CE QUE TU FAIS !?

Judith examina très vite le document. Il révélait

un train de vie simple et modeste : de petits achats, presque quotidiens, au supermarché Sainsburys, mais aucune extravagance, ni voyage ni restaurant. Pour les revenus, elle nota une petite retraite mensuelle de trois cents livres et un virement permanent de mille livres qui tombait également chaque mois.

Suzie se mit à tousser bruyamment. Judith parvint juste à temps à coincer l'enveloppe entre son dos et le coussin du canapé tandis que Lady Bailey entrait avec un plateau pour le thé.

– Est-ce que je pourrais avoir un peu de sucre, s'il vous plaît ? demanda Judith dans l'espoir de renvoyer Lady Bailey à la cuisine.

– Bien sûr, il y en a sur le plateau.

– C'est du sucre roux ?

– Il y a un petit ramequin de sucre roux et un petit ramequin de sucre blanc.

Le sourire de Judith se crispa de désespoir : comment allait-elle remettre le relevé bancaire de Lady Bailey dans son enveloppe sans être vue ?

– Désolée de vous embêter, dit Becks, mais auriez-vous du lait d'avoine ?

– Mais bien sûr ! dit Lady Bailey, avec un sourire qui signifiait qu'elle était consciente du défi que lui lançait Becks. Elle retourna à la cuisine.

Judith remit très vite le relevé dans l'enveloppe et la reposa sur la table en la lissant de la main. Elle se retourna avec un grand sourire au moment précis où Lady Bailey revenait avec une brique de lait d'avoine.

– Merci, c'est très gentil, dit Becks.

– Ils sont beaux, vos enfants ! dit Judith en désignant les photos posées sur la console.

– Merci, dit Lady Bailey, heureuse de parler d'autre chose. Ils comptent beaucoup pour moi.

– Ça se voit. Parlez-moi d'eux.

– C'est mon sujet de conversation préféré. Qu'aimeriez-vous savoir ?

– Est-ce qu'ils s'entendaient bien avec leur père ?

Lady Bailey but une gorgée de thé avant de répondre.

– Bien sûr !

Judith haussa un sourcil.

– Je vois où vous voulez en venir, continua Lady Bailey, mais Tristram et Peter étaient destinés à avoir une relation orageuse, c'était écrit. Je crois que Peter était jaloux de son fils.

– Vraiment ?

– Peter était vaniteux. Ne laissez personne vous dire le contraire. Et il éprouvait sans aucun doute de la jalousie vis-à-vis de Tristram, à cause de sa jeunesse, de son physique. Il détestait tout ce qui pouvait lui rappeler qu'il prenait de l'âge ; quoi que fasse Tristram, il s'évertuait à le rabaisser. Pour lui qui n'avait déjà pas beaucoup confiance en lui-même, c'était très dur.

– Nous avons appris que Tristram s'est disputé violemment avec son père le mois dernier, raison pour laquelle il habite chez vous actuellement. Or nous étions à la réception où… où Sir Peter est mort. Juste avant son décès, une autre violente dispute avait éclaté entre Tristram et lui, et nous y avons assisté. Tristram n'avait pas tellement l'air de manquer de confiance en lui.

– Il a fait ça ? Quel idiot ! Il n'y peut rien, c'est un mécanisme de défense. Quand il se sent acculé, il sort les griffes. Mais c'est de la fanfaronnade, rien de plus. Plus on le connaît, plus on découvre son côté vulnérable. Comme un bébé labrador. Avec la loyauté qui va avec.

Judith écoutait, intriguée. Cette description de Tristram par Lady Bailey concordait avec celles que leur avaient faites Rosanna et l'ancien professeur principal. Le jeune homme y apparaissait beaucoup plus fragile et impressionnable qu'à première vue.

– Vous savez ce qu'on dit couramment : *dis-moi qui tu fréquentes, je te dirai qui tu es* ? continua Lady Bailey. Eh bien, sur ce point, Tristram passe le test haut la main.

– Qui sont ses amis ?

– Moi, bien sûr, pour commencer. Mais il en a d'autres, principalement d'anciens camarades d'école.

– Des filles, aussi ? demanda Judith d'un ton léger, comme s'il s'agissait d'un sujet anodin.

– Je crois qu'il a toujours une petite amie du moment, dit Lady Bailey avec une sorte de fierté. Non qu'il m'en dise quoi que ce soit, mais j'ai l'impression qu'il rebondit toujours d'une fille à l'autre.

– Il y en a eu plusieurs ?

– Bien entendu !

– Nous nous sommes laissé dire qu'il y en avait eu une, en particulier, à laquelle il devait tenir un peu plus qu'aux autres. Il lui passait des coups de fil en secret.

– Intéressant, dit Lady Bailey, qui but une gorgée de thé le temps de trouver quoi répondre. Depuis qu'il s'est installé chez moi, il m'arrive d'entrer dans le salon et de le surprendre au téléphone, et à ce moment il coupe l'appel ou change de pièce. C'est compréhensible.

Cette maison a seulement deux pièces en bas et deux à l'étage. Mais je me plais à imaginer qu'il se casera un jour. J'espère vraiment que vous avez raison.

– Vous ne l'avez jamais entendu mentionner le nom de cette femme ? demanda Judith.

Elle se rappela que, selon Jenny, Tristram avait fugué avec un membre de l'équipe, entièrement masculine, de la pièce qu'il jouait à Florence, et ajouta :

– Ou de cet homme ?

– Je ne crois pas qu'il se soit jamais intéressé aux hommes, dit Lady Bailey. Il n'en avait pas besoin, il a toujours beaucoup plu aux femmes. Mais quoi qu'il en soit, je ne lui demanderai rien. Quand Tristram ne veut pas qu'on se mêle de ses affaires, personne ne s'en mêle. Il peut être assez secret dans ces circonstances.

Judith adressa un bref regard à Becks et Suzie. Elles aussi venaient de tiquer sur le mot « secret ». Était-ce une autre preuve que Lady Bailey et Rosanna n'avaient pas surpris Tristram en pleine conversation amoureuse mais en communication avec un ou une complice ?

– Et Rosanna ? demanda Judith, cherchant à ne pas trop attirer l'attention de Lady Bailey sur leur intérêt pour Tristram. Comment s'entendait-elle avec Sir Peter ?

– Je vais être honnête avec vous. Rosanna est loyale et travailleuse, mais elle n'a jamais apprécié son père. Pour elle, ce n'était qu'un misogyne. Ce qu'il n'était pas, je tiens à le préciser. Il n'a jamais détesté les femmes, oh non ! Il ne détestait pas les femmes. Il n'était pas anti-femmes, il était pro-hommes, voilà la vérité. Macho, oui, mais pas misogyne.

– J'ai entendu dire qu'ils n'étaient pas toujours d'accord sur la tenue des affaires du domaine.

– Ça, vous pouvez le dire ! Rosanna et son père étaient à couteaux tirés. Parfois, je craignais que cela ne se termine violemment – je ne veux pas dire qu'elle aurait été capable de lui faire du mal, ajouta précipitamment Lady Bailey. Mais il y a de la colère en elle. Je me demande souvent si ce n'est pas ce qui fait d'elle un tel bourreau de travail. Elle veut prouver à son père qu'elle y arrive aussi bien qu'un homme. Ça ne vous gêne pas si je fume ?

– Pas du tout, dit Judith. Vous êtes chez vous, vous faites ce que vous voulez.

Lady Bailey tendit le bras vers un paquet blanc imprimé du logo Cartier. Elle en tira une longue et fine cigarette, puis l'alluma avec un briquet en or.

– Vous fumez quelle marque ? demanda Suzie, curieuse.

– Cartier.

– Le joaillier ?

– Oui, c'est ça.

– Il fait des cigarettes, lui ?

– Oui, maintenant je dois les faire venir de France. C'est mon péché mignon. Vous fumez ?

– Oui, dit Suzie, mais pas celles-ci.

Ce paquet en carton aux arêtes biseautées ne lui disait rien qui vaille.

– Vous en voulez une tout de même ? demanda Lady Bailey.

Suzie était en proie à un dilemme. Voyant Lady Bailey en train de fumer, elle avait très envie d'une cigarette. Mais d'une part, elle était trop gênée pour sortir son paquet de tabac et son papier à rouler et, d'autre part, elle ne se sentait pas le courage de fumer une cigarette d'importation fabriquée par un joaillier français.

– Non, merci, dit-elle.

– Puis-je maintenant vous demander ce qui s'est passé entre votre mari et vous ? demanda Judith.

Lady Bailey tira une longue bouffée avant de répondre.

– J'essaie de me concentrer sur le présent, dit-elle. Nous ne nous sommes jamais perdus de vue. Nous prenons encore les grandes décisions ensemble.

– Pour les enfants, c'est ce qu'il y a de mieux, dit Becks dans toute sa sagesse de femme de vicaire.

– En fait, ce qu'on vous demande, dit Suzie, c'est qui de vous deux a quitté l'autre, et pourquoi.

Trop bien élevée pour répondre à une question aussi frontale, Lady Bailey eut l'air choqué. Mais d'un autre côté, elle ne manquait pas de lucidité.

– C'est moi qui l'ai quitté, dit-elle.

Un silence. Judith et ses amies attendirent qu'elle reprenne la parole.

– Il n'y a jamais eu entre nous de cassures irréparables ni de cruauté. S'il y a un défaut que Peter n'avait pas, c'était bien la cruauté.

– Mais alors, c'était quoi ? demanda Becks.

– Ses aventures. Il ne pouvait pas rencontrer une femme sans essayer de la mettre dans son lit, et toutes ne résistaient pas à ses avances. Quand je le lui reprochais, il n'essayait même pas de s'en cacher. Il prétendait toujours qu'il avait des pulsions à satisfaire, comme si c'était une excuse. Il disait aussi qu'aucune de ces femmes ne comptait pour lui : il s'amusait un peu, c'est tout. Quand je lui demandais si moi, je comptais pour lui, il riait sans répondre. Selon lui, mon travail consistait à lui donner des enfants et à supporter ses incartades, et puis un jour on vieillirait ensemble. C'était ainsi dans la famille Bailey. Son père en avait fait autant, et Peter faisait de même.

– Il n'éprouvait aucun remords ?

– Pas le moindre. La culpabilité était totalement étrangère à Peter. C'est d'ailleurs ce qui m'a d'abord attirée en lui. La vie à son côté était une fête permanente. Il croquait le monde à pleines dents, et après lui le déluge. Mais je me disais qu'il changerait après notre mariage.

– Les hommes ne changent jamais, soupira tristement Suzie.

– Il y en a qui changent, dit Becks tout aussi tristement.

Elles échangèrent un sourire de sympathie.

– Pourquoi avait-il décidé de se remarier ? demanda Judith.

– Je n'en sais rien, répondit Lady Bailey, mais aucun de nous ne rajeunit et Peter a toujours été hypocondriaque. Et comme j'avais déjà fait mon job en lui donnant des enfants, peut-être avait-il envie d'essayer une infirmière, pour changer.

Lady Bailey était visiblement beaucoup plus affectée par le remariage de Sir Peter qu'elle voulait bien le laisser entendre. Judith la contempla et se souvint du tableau qu'elle avait vu dans le hall de White Lodge. Sir Peter y entourait de son bras sa femme et sa fille, et Lady Bailey serrait Tristram dans ses bras. En l'observant écraser son mégot dans le cendrier, Judith fut surtout frappée de voir que la femme du tableau, pétillante et pleine de vie, avait fait place, des années plus tard, à un être terne et fatigué.

Judith sentait aussi que Lady Bailey commençait à en avoir assez de leur présence dans sa maison.

– Puis-je vous poser une autre question ? Sir Peter a récemment payé vingt mille livres en liquide à une personne inconnue. Juste avant Noël. Je n'imagine pas que ce soit à vous qu'il les ait versées ?

– Ha ! s'exclama Lady Bailey. Cet homme ne me donne rien, rien du tout ! Il est riche, il est l'ami de tout le monde, mais il faut faire partie de sa bande. Si vous le quittez, ou s'il vous chasse, vous êtes morte pour lui. Il me donne juste ma pitance. Vous voyez dans quelle maison je dois vivre ? Il ne me reste que le titre.

Judith ressentit une décharge électrique.

– Vous avez raison ! dit-elle. C'est tout ce qu'il vous reste !

– Que voulez-vous dire ?

– Vous n'avez pas d'argent, dit Judith, exposant sa théorie, ni une grande demeure. Mais le titre, vous l'avez. Lady Bailey. Et vous l'auriez perdu au moment précis où Sir Peter aurait épousé Jenny Page, n'est-ce pas ?

– Je vous serais reconnaissante de ne pas prononcer ici le nom de cette femme. Merci.

– Elle était sur le point de devenir Lady Bailey. Et vous, vous seriez devenue quoi ? Mrs. Bailey. Sacrée dégringolade, non ?

– Dois-je comprendre que vous insinuez que j'ai tué

mon ex-mari pour garder mon titre ? dit Lady Bailey, horrifiée. Je ne suis pas tombée si bas, même si j'en ai l'air !

– Si ce n'est pas vous qui avez reçu cet argent, avança Becks pour calmer le jeu, avez-vous une idée de qui il peut s'agir ?

Lady Bailey regarda Becks, dont la fraîcheur d'Anglaise blonde et rosée semblait l'apaiser.

– Je n'en ai aucune idée, admit-elle. Vingt mille livres, c'est beaucoup, même pour Peter.

– Avez-vous une idée de qui aurait pu lui vouloir du mal ?

Lady Bailey dressa l'oreille, intriguée.

– Vous pensez que sa mort n'est pas accidentelle ?

– Il a été assassiné, dit Suzie avant que Becks eût pu avancer une opinion plus nuancée.

– Quelle horreur ! dit Lady Bailey en frissonnant.

– Donc, si vous deviez nommer quelqu'un qui aurait pu vouloir sa mort, qui choisiriez-vous ?

Lady Bailey ne répondit pas immédiatement, mais son silence était éloquent. Judith la pressa :

– Vous pensez bien à quelqu'un, n'est-ce pas ?

On entendit le bruit d'une clé dans la serrure de la porte d'entrée. Lady Bailey se leva. Tristram entra.

– Qu'est-ce que vous faites ici ? demanda-t-il.

– J'étais justement en train de les raccompagner, dit Lady Bailey, se rangeant instantanément du côté de son fils.

– C'est bien, lança Tristram avant de monter l'escalier quatre à quatre.

– Je dois vraiment vous demander de partir, dit Lady Bailey en se dirigeant vers l'entrée.

Judith et ses amis échangèrent un regard. Elles avaient toutes les trois noté l'air soumis de Lady Bailey en présence de son fils.

Elles se laissèrent conduire vers la sortie.

– Il y a bien quelqu'un, n'est-ce pas ? insista Judith. Quelqu'un qui voulait peut-être du mal à votre ex-mari ?

– C'est possible, dit Lady Bailey. Il s'appelle Chris Shepherd.

Judith mit quelques instants à se rappeler ce nom.

– Le jardinier de la famille ?

– Oui, c'est le seul nom qui me vienne à l'esprit.

– Pourquoi ?

– Il vous dira pourquoi lui-même. Il le raconte à quiconque le lui demande.

– Vous ne pouvez pas nous donner un indice, histoire de savoir quoi lui demander ?

– Le père de Sir Peter a trahi le grand-père de Chris. Les deux familles se livrent une guerre à mort depuis ce temps.

– Et savez-vous où nous pouvons le trouver ?

– À cette heure, il doit être au pub des Deux Brasseurs en train de terminer son déjeuner, toujours sous forme liquide. Il faut que vous laisse, Tristram doit avoir faim. Et je dois aussi vous demander de ne pas revenir. Je vous en ai déjà trop dit.

Sur ces mots, elle les poussa sur le trottoir et referma la porte derrière elles. Elles entendirent le bruit de la clé dans la serrure.

– Eh bien ! Ça ne s'est pas passé comme je m'y attendais, dit Suzie, exprimant tout haut ce qu'elles pensaient toutes les trois.

– Faisons une petite promenade, proposa Judith.

Becks regarda sa montre.

– Il faut que je sois au presbytère à 2 heures. Il y a une réunion du conseil paroissial.

– Je suis certaine que nous aurons fini avant.

– Fini quoi ? demanda Suzie. Où allons-nous ?

– Tu ne devines pas ? Aux Deux Brasseurs. Nous devons parler à Chris Shepherd.

CHAPITRE 20

En chemin vers le pub des Deux Brasseurs, les trois amies firent un point approfondi sur leur conversation avec Lady Bailey. Ce que Judith en avait principalement retenu, c'était qu'une fois de plus, même si l'on pouvait supposer que les appels de Tristram étaient destinés à sa maîtresse, il pouvait aussi bien s'agir d'un complice, homme ou femme, avec lequel il projetait d'assassiner Sir Peter. Suzie, pour sa part, avait surtout observé – et elle avait beaucoup de mal à dépasser cette impression – que Lady Bailey avait beau parler comme Margaret Thatcher, elle s'habillait comme Patsy Stone dans *Absolutely Fabulous*. Quant à Becks, elle resta muette jusqu'à leur arrivée au pub, à tel point que même Suzie le remarqua.

– Ça va, Becks ? demanda-t-elle.

– Je ne suis pas sûre de pouvoir entrer ici, répondit Becks en regardant à travers la fenêtre.

– Un pub, c'est trop bas de gamme pour toi ?

– Mais non, bien sûr ! Ce n'est pas ça.

– C'est quoi, alors ?

– C'est que… Je n'ai pas envie d'entrer, dit Becks de façon peu convaincante.

– Tu sais, dit Judith, tu as parfaitement le droit d'être vue dans un pub à l'heure du déjeuner. Même en tant que femme de vicaire.

– Ce n'est pas ça… répondit mollement Becks. Bon, d'accord, ça va aller. On y va. Entrons. Et voyons si Chris Shepherd est ici.

Becks entra la première. Judith et Suzie échangèrent un regard perplexe avant de la suivre. Une fois dans le pub, elles comprirent pourquoi leur amie avait tant hésité. Deux hommes étaient assis au bar. L'un d'eux portait un vieux pull gris en polaire, un pantalon de jardinier avec des pièces de cuir aux genoux, et il lisait le *Marlow Free Press*. L'autre était l'homme qu'elles avaient vu prendre Becks dans ses bras, juste avant qu'elle entre dans sa maison et tire les rideaux pour rester seule avec lui. Il était assis devant son assiette de pain et de fromage, mais l'intensité avec laquelle il se concentrait sur son déjeuner suggérait qu'il avait vu Becks et s'efforçait de ne pas regarder dans sa direction.

Quant à Becks, Suzie et Judith la virent rougir mais firent comme si de rien n'était.

– Vous croyez que c'est Chris ? demanda Becks en indiquant le lecteur du journal.

– On va voir ça, dit Judith, qui décida de prendre la situation en main.

Elle traversa la salle, s'arrêta devant le comptoir et demanda, souriante :

– Désolée de vous déranger, mais seriez-vous Chris Shepherd, par hasard ?

S'étant rapprochées, elles découvrirent un homme qui avait passé la cinquantaine. Il avait des cheveux noirs frisés et un visage ridé et basané. Judith trouva qu'il ressemblait à une noix.

– Qu'est-ce que vous lui voulez ? demanda-t-il d'une voix bourrue.

– Vous êtes le jardinier de Sir Peter Bailey ?

Chris abaissa son journal et regarda les trois femmes droit dans les yeux.

– Nous sommes des amies de Jenny, dit Judith, et elle cherche à comprendre ce qui est arrivé à Sir Peter.

Le silence de Chris était peut-être une invitation à en dire davantage ; on pouvait aussi l'interpréter comme un refus catégorique de leur adresser la parole. C'était impossible à dire.

– Pourquoi n'étiez-vous pas à la réception, la veille du mariage ? demanda Suzie.

– J'avais pas envie d'y aller.

– Vous étiez invité ? demanda Judith.

– Le mariage, ça me suffisait. Pas besoin d'aller à la fête la veille.

Confrontée à la réticence de Chris, Judith décida d'y aller franchement avec lui.

– Nous ne croyons pas que la mort de Sir Peter soit accidentelle.

Chris releva les yeux.

– Et, continua Judith, nous sortons à l'instant de chez Lady Bailey, qui nous a appris que le père de Sir Peter avait causé du tort à votre grand-père.

– Ah, elle a dit ça ?

– Elle a dit qu'il y avait une guerre à mort entre vos deux familles.

– Ça fait quinze ans que je travaille pour Sir Peter : est-ce que ça ressemble à une guerre à mort, à votre avis ?

– Non, maintenant que vous le présentez ainsi, pas vraiment.

– S'il y a un conflit, c'est du côté de Lady Bailey.

Contre son ex, si vous voulez mon avis. Parce que si vous cherchez quelqu'un qui ne pardonne jamais et n'oublie rien, et que je crois capable de tuer n'importe qui pour servir son propre intérêt, c'est bien elle.

– Vous ne l'appréciez pas ? demanda Becks avant de se rendre compte que Chris avait répondu à sa question avant qu'elle ne la pose.

– Mais pourquoi a-t-elle parlé de guerre à mort ? demanda Judith.

– Il faut vraiment que je vous l'explique ?

– Elle nous a assuré que vous le feriez volontiers.

– Elle ne comprend vraiment pas grand-chose à la vie, cette bonne femme.

– Racontez-nous.

– Bon, puisque vous insistez. Mais on va faire vite, parce que c'est du passé. Ça a commencé après la Seconde Guerre mondiale, quand le père de Sir Peter a quitté le ministère de la Guerre. Il y avait été administrateur chargé du département où l'on avait développé la radiologie, si je me souviens bien. Son chercheur favori était mon grand-père, et c'étaient les meilleurs amis du monde. Ils étaient tous deux originaires de Marlow et c'est là qu'ils se sont retrouvés après la guerre. Le père de Sir Peter a convaincu mon grand-père de monter une entreprise avec lui pour fabriquer des appareils de radiologie.

– Donc, l'une des deux radios thoraciques affichées dans le bureau de Sir Peter est celle de votre grand-père ? demanda Judith, se rappelant ce que lui avait appris Jenny : les deux radios étaient celles du père de Sir Peter et de son associé.

– Oui, c'est ce qu'on m'a toujours dit.

– Ça fait bizarre de voir une photo des organes de votre grand-père dans la maison d'un autre, dit Suzie, ce qui fit sourire Chris pour la première fois.

– Vous avez tout compris, dit-il. Quoi qu'il en soit, cette compagnie de radiologie était surtout une activité secondaire pour le père de Sir Peter, son activité principale étant d'administrer tout ce grand domaine. Il ne s'intéressait pas à la science et n'y connaissait rien ; il s'occupait juste de l'aspect financier. Pour mon grand-père, au contraire, c'était l'œuvre de sa vie.

– Attendez, dit Judith, qui commençait à entrevoir quelque chose. À qui appartenait, à l'origine, tout ce matériel scientifique qui se trouve dans le bureau de Sir Peter ?

– À mon grand-père.

– Mais il se trouve maintenant chez les Bailey. Comment est-ce possible ?

– Mon grand-père avait inventé un prototype de machine à rayons X pour le compte du père de Sir Peter, mais ils n'avaient trouvé aucun hôpital pour acheter les machines. Et par conséquent, personne pour les fabriquer. Le jeu n'en valant pas la chandelle, ils ont liquidé la compagnie. Pour le remercier de tout son travail, le père de Sir Peter lui a racheté ses parts. Il en a profité pour rafler tout le matériel scientifique de la compagnie. Mais devinez ce qui s'est passé ensuite ! Peu après, le père de Sir Peter a trouvé une usine tout à fait disposée à fabriquer les machines. Et des hôpitaux prêts à passer commande. Et parce qu'il avait racheté les parts de mon grand-père, toute l'entreprise était désormais à lui. C'est lui qui a récolté tout le pognon.

– Il a arnaqué votre grand-père.

– C'est ça, il l'a arnaqué, dit Chris.

– C'est dégoûtant ! dit Judith.

– Je ne vous donne pas tort, mais c'était il y a soixante-dix ans. Plus de soixante-dix ans, même. Et ce que Lady Bailey oublie, c'est que mon grand-père s'en est remis. Il s'en foutait. Les machines portaient son nom, et personne n'a jamais prétendu qu'il n'en était pas le créateur. Pas même le père de Sir Peter, qui ne manquait jamais de rappeler que le gars qui avait conçu les machines, c'était mon grand-père.

– Et qu'a fait votre grand-père par la suite ?

– Il est devenu prof de science au collège Borlase de Marlow et a toujours dit qu'il était beaucoup plus heureux dans l'enseignement que s'il avait fait fortune.

– Moi, je ne sais pas comment j'aurais pu pardonner aux Bailey, dit Suzie.

– Oui, vous êtes comme Lady Bailey. Mais moi, je préférerais vraiment qu'elle lâche l'affaire. Tout le monde n'est pas aigri comme elle. Moi, j'ai grandi en étant très fier de mon grand-père. Il n'y a pas un seul appareil de radiologie dans tout le pays qui ne lui doive son existence. C'est déjà pas mal, vous ne trouvez pas ?

Chris finit sa pinte de bière. Judith comprit qu'il ne leur accorderait plus beaucoup de temps.

– Et comment vous êtes-vous retrouvé jardinier chez Sir Peter ? demanda-t-elle.

– Il m'a proposé le job. Quand je traversais une période difficile. Un divorce compliqué, mon entreprise qui avait coulé. J'étais sur les rotules. On s'est rencontrés dans la rue, on est allés prendre un verre au pub – ce pub, d'ailleurs –, et un verre en amenant un autre… À la fin de la soirée, j'étais le nouveau jardinier de Sir Peter. Et je le suis toujours.

– Comme ça, en un claquement de doigts ? demanda Suzie.

– C'était son père qui avait escroqué mon grand-père. Pas Sir Peter, rien à voir. Rien à voir avec moi non plus. Et Sir Peter avait promis de toujours veiller sur moi, de réparer les erreurs du passé. Et il l'a fait.

– Réparer les erreurs du passé ? Comment ça ? demanda Judith.

Chris hésita un très court moment, puis répondit.

– Je viens de vous le dire ! Il m'a donné du travail quand plus personne d'autre ne voulait de moi. Mais si vous cherchez quelqu'un qui avait un problème avec Sir Peter, c'est du côté de Tristram que vous devriez regarder.

– Oui, tout le monde nous le dit. Ils avaient des rapports compliqués.

– Toujours à se sauter à la gorge, ces deux-là !

– Il y a eu entre eux une querelle particulièrement violente au début du mois de décembre, vous pouvez me le confirmer ?

Chris regarda attentivement Judith.

– Vous êtes au courant ?

– Sir Peter soupçonnait Tristram de vouloir le tuer. Ou du moins, c'est ce qu'a dit Andrew Husselbee, l'avocat de famille.

– À votre place, je ne croirais rien de ce que raconte ce bonhomme. C'est facile de savoir quand il ment : il a les lèvres qui tremblent.

– Il n'est pas digne de confiance ?

– C'est un avocat, répondit Chris comme si cette

réponse suffisait à clore le débat. Sur ce point précis, pourtant, il ne ment pas. J'étais dans le jardin à ce moment-là. Quand ils ont commencé à s'engueuler, ils étaient tous les deux dans le bureau. Ils criaient si fort qu'on les entendait malgré la fenêtre fermée. Mais je n'ai pas pris cela très au sérieux.

– Qu'avez-vous entendu ?

– C'était inimaginable. Sir Peter hurlait, il parlait de poison, et il disait qu'il allait faire le nécessaire pour éviter toute tentation à Tristram. Dès cet instant, il allait garder son bureau fermé à clé jusqu'au mariage. Car après, Tristram ne pourrait plus rien faire, il serait trop tard.

– Il croyait que Tristram allait l'empoisonner ?

– Je ne prendrais pas ça très au sérieux non plus, si j'étais vous. Sir Peter pétait les plombs tout le temps et tenait des propos délirants. Il adorait ce genre de drame. Il faisait si peu de chose de sa vie, fallait bien qu'il envoie tout valdinguer de temps à autre.

– Il a tout de même dit qu'il allait fermer le bureau à clé pour éviter à Tristram la tentation de lui nuire.

– Oui, un truc dans ce genre. Mais ça ne change rien à l'affaire, n'est-ce pas ? En fin de compte, personne n'a empoisonné personne, c'est l'armoire de grand-papa qui est tombée sur Sir Peter, à ce que j'ai entendu. Et la haine que Tristram éprouvait contre son père, franchement je m'en fiche : il n'a pas pu faire le coup. Il n'en a pas le courage. Ne vous laissez pas impressionner par ses grands airs, ce gars n'a pas de colonne vertébrale. C'est le genre à se faire embrigader dans une secte, vous voyez ? Je crois qu'il ne sait même pas qui il est.

– Oui, mais croyez-vous qu'il serait capable d'empoisonner quelqu'un ? demanda Judith.

– Ah, ça, c'est très possible ! S'il voulait vous tuer, c'est exactement comme ça qu'il s'y prendrait, vous avez raison. Il le ferait à distance. Comme un lâche. Sans se salir les mains. D'ailleurs, ce garçon ne s'est jamais sali les mains de toute façon, il n'a jamais bougé le petit doigt. Je suis sûr que même renverser une armoire, ce serait trop de boulot pour lui.

– Avez-vous dit à la police que Tristram et Sir Peter s'étaient querellés à propos de poison ? demanda Judith.

– Pourquoi faire ? C'était il y a des semaines. Et ça n'a pas eu de conséquences, pas vrai ?

Chris se tourna vers le barman.

– Tu veux bien mettre ma pinte sur l'ardoise ?

– Bien sûr, répondit le barman.

– Parce que notre entretien est terminé, déclara-t-il aux trois femmes.

Chris descendit de son tabouret et se dirigea vers la porte.

– Une dernière question, s'il vous plaît, dit Judith à Chris qui lui tournait le dos. Qu'y avait-il dans le dernier testament de Sir Peter ?

Chris s'arrêta net et fit volte-face.

– Pourquoi vous me demandez ça ?

– Andrew Husselbee nous a dit que vous étiez témoin.

– Alors pourquoi vous ne lui demandez pas, à lui, ce qu'il y avait dedans ?

– Parce qu'il n'en sait rien. Sir Peter n'a pas voulu lui montrer ce testament.

– Il ne me l'a pas montré non plus, mais ça prouve qu'on s'entendait bien, Sir Peter et moi, non ? Pensez-y. Il avait assez confiance en moi pour me désigner comme témoin de son testament. Et moi, je l'estimais assez pour accepter.

Chris tourna les talons et quitta le pub.

Avant que les trois amies aient pu dire quelque chose, le barman vint récupérer la pinte vide et le magazine de Chris.

– C'est le *Marlow Free Press* de cette semaine ? demanda Judith.

– Oui.

– Vous pourriez me le passer une seconde ?

Il lui tendit le magazine. Elle alla directement à la page des mots croisés, la déchira, la plia en deux et la glissa dans son sac à main.

– Merci. Le reste, je n'en ai pas besoin.

– Ça roule, dit le barman, qui reprit le magazine et s'éloigna.

– Ce sont les mots croisés de la semaine, expliqua-t-elle à ses amies. Alors, que pensez-vous de Mr Shepherd ?

– Je ne crois pas un mot de ce qu'il raconte, répondit Suzie. Personne n'est capable de prendre avec tant de philosophie ce qu'il faut bien appeler un détournement de fortune familiale.

– Je suis assez d'accord avec toi, dit Judith.

– Mais il est jardinier, non ? argua Becks. S'il se consacre au jardinage, il n'est pas aussi avide d'argent que la plupart des gens. Et il a sans doute raison sur un point : Sir Peter devait avoir confiance en lui pour lui demander d'être témoin de son testament.

– Peut-être, admit Suzie. Mais que pensez-vous de cette histoire : Sir Peter terrorisé à l'idée que Tristram l'empoisonne ?

– Ça m'a l'air bien tiré par les cheveux, dit Becks. Ses amies la virent jeter un regard nerveux à l'homme qu'elle avait rejoint la veille.

– Becks, tout va bien ? demanda Suzie.

– Oui, pourquoi ?

– Parce que tu n'arrêtes pas de mater cet homme, là-bas, dit Suzie, n'accordant aucune attention à l'avertissement que Judith lui adressait du regard.

Becks rougit.

– Je ne vois pas de quoi tu parles, dit-elle.

– Et moi non plus, dit Judith, soulagée par la sonnerie soudaine de son téléphone. Elle fouilla dans son sac et l'en sortit. Elle ne reconnaissait pas le numéro qui s'affichait.

– Allô ?

– C'est Jenny, Mrs. Potts ! dit une voix très perturbée à l'autre bout du fil.

– Je peux vous aider ?

– Oui, c'est Tristram… Il est ici à White Lodge, il crie, il me menace ! Je vous en prie, venez tout de suite ! Je ne suis pas en sécurité !

CHAPITRE 21

Suzie gara son van près de White Lodge en faisant crisser les pneus. Les trois amies en sortirent et se précipitèrent vers la maison. Des cris se faisaient entendre de l'intérieur. Comme la porte d'entrée était fermée à clé, elles contournèrent le bâtiment et entrèrent par le vestibule.

– Rappelle ces trois emmerdeuses, il ne faut pas qu'elles viennent ici ! criait Tristram.

– Non, c'est toi qui dois partir, je t'en supplie ! implorait Jenny.

– Vite ! dit Judith en pénétrant dans le hall d'entrée.

– Il n'est rien arrivé à papa, pourquoi dis-tu à tout le monde qu'il a été tué ?

– Je ne dis rien de tout ça, mais il lui est vraiment arrivé quelque chose et nous devons savoir quoi !

Les voix provenaient de la salle de séjour. Judith, Becks et Suzie y découvrirent Jenny recroquevillée dans un fauteuil pendant que Tristram, debout devant elle, la menaçait du doigt.

– Les revoilà, dit-il, c'est incroyable ! Pourquoi êtes-vous toujours dans nos pattes ?

– Éloignez-vous de Jenny immédiatement ! dit Judith sur un ton qui n'admettait aucune résistance.

Tristram, furieux, la fusilla du regard.

– J’ai dit « immédiatement », répéta Judith.

Levant les bras, il fit un pas en arrière.

– Et quittez cette maison ! ajouta Judith.

Becks, Suzie et Jenny crurent que Tristram s’apprêtait à défier Judith, mais il se contenta de hausser les épaules d’un air dédaigneux.

– Vous n’avez rien de mieux à faire ? leur demanda-t-il.

– Et vous ? rétorqua Suzie.

– Je suis chez moi ici.

– Non, pas encore.

– Et peut-être jamais, ajouta Judith. Tout dépend de ce qu’il y a dans le testament de votre père.

– Ha ! dit Tristram, qui se préparait à quitter la pièce. Navré de vous décevoir, mais il n’y a pas de nouveau testament !

– Parce que vous pensez qu’il a demandé à son avocat et à Chris Shepherd d’être les témoins d’un testament qui n’existe pas ? questionna Judith.

– C’est exactement ce que je pense. Ce testament n’était pas dans le coffre-fort quand vous l’avez ouvert. Et j’en ai parlé à Andrew : il m’a confirmé que le seul testament dont il ait connaissance me laisse tout le domaine. C’est donc juste une question de temps.

Il jeta un regard mauvais à Jenny et sortit du salon.

Judith prit son courage à deux mains et le suivit vers la sortie.

– Nous avons parlé à Chris Shepherd, lança-t-elle.

Alors qu’il s’apprêtait à passer la porte, Tristram s’arrêta net dans l’entrée, lui tournant le dos.

– Vous n’aviez pas remarqué sa présence, dans le jardin, début décembre, juste en dessous des fenêtres du bureau de votre père, pendant votre grosse dispute. Il nous a dit exactement pourquoi votre père vous a chassé de cette maison, vous a interdit de venir à son mariage et a modifié son testament. Chris a tout entendu. Jusqu'au moindre mot.

Becks et Suzie, qui avaient suivi Judith, lui jetèrent un regard étonné : Chris n'avait rien dit de tout ça. Elle posa un index sur ses lèvres pour leur ordonner de se taire.

Tristram se retourna et s'approcha d'elle. Judith ne bougea pas.

– Nous allons dire à la police, continua-t-elle, que votre père avait décidé de garder son bureau fermé à clé à la suite de cette dispute. Pour que vous ne soyez pas tenté de recourir au poison.

Elle essayait de présenter la chose comme un élément d'une longue liste de révélations, et non comme la seconde des deux seules confidences que leur avait faites Chris.

– À moins que vous n'ayez une version différente des événements et que vous ne vouliez rétablir la vérité, continua-t-elle d'une voix lasse, fatiguée à l'avance de la réponse de Tristram.

– Je jetais un œil sur les vieux bocaux de l'armoire de grand-père, dit-il. Je n'arrivais pas à croire que ces produits chimiques étaient là depuis tout ce temps – presque trois quarts de siècle. Je pensais connaître par cœur le contenu de tous ces récipients, mais ce jour-là, j'ai remarqué un petit flacon de verre que je n'avais jamais vu sur l'étagère du haut. Sur l'étiquette était inscrit : « Cyanure ». J'étais en train de l'examiner quand mon père est entré, m'a vu le flacon en main, a perdu les pédales et a piqué une crise monumentale. Comme s'il croyait vraiment que je voulais lui faire la peau. Si tel avait été le cas, je n'aurais pas été assez bête pour me montrer devant lui, dans son bureau, un flacon de cyanure à la main !

– Oui, mais ce n'est pas tout. Chris nous a dit autre chose, dit Judith.

Elle espérait que ce mensonge inciterait Tristram à leur livrer d'autres informations, mais il n'avait pas l'air de comprendre.

– Non, c'est tout. Il a refusé de me croire. C'était toujours ainsi entre lui et moi, encore plus depuis que cette pute lui a mis le grappin dessus.

– Je suppose que vous parlez de Jenny ?

– Elle se croit tellement maligne, tout ça parce qu'elle a réussi à s'insinuer dans cette maison et s'est débrouillée pour que mon père tombe amoureux d'elle – ce qui n'a rien de compliqué : du bon bordeaux en quantité suffisante et trois repas par jour, et il s'entiche de n'importe qui. Mais en fin de compte, c'est elle, le dindon de la farce. Parce que sa cupidité ne l'a menée nulle part. Il est mort avant qu'elle ne l'épouse.

Pendant que Tristram parlait, elles virent Jenny debout dans l'embrasure de la porte, à côté de la cuisine. Elle ne perdait pas un mot de ce qu'il disait.

Tristram fut interrompu par la sonnerie de son téléphone. Il vit qu'il avait reçu un message, lança un regard paniqué à Jenny et remit le téléphone dans sa poche. Il continuait de sonner.

– Vous ne répondez pas ? demanda Judith.

– Non ! dit-il d'abord, puis il parut changer d'avis et sortit en hâte de la maison.

Les quatre femmes virent Tristram sortir son téléphone de sa poche et répondre à l'appel tout en se dirigeant vers sa vieille voiture de sport. Il semblait se disputer avec la personne au bout de fil et commençait visiblement à perdre patience.

– Que dites-vous de ça ? demanda Judith. Serait-ce un autre de ses coups de fil clandestins ?

– De quoi parlez-vous ? demanda Jenny.

– Lady Bailey nous a confié que depuis qu'il s'était installé chez elle, elle avait surpris son fils passant des coups de téléphone en cachette à plusieurs reprises.

– Et Rosanna nous a dit la même chose, ajouta Suzie.

– Vraiment ? dit Jenny. Et qui appelle-t-il ?

– Nous l'ignorons, déplora Judith. Lady Bailey et Rosanna pensent qu'il appelle sa petite amie. De notre côté, nous pensons plutôt qu'il pourrait s'agir de son ou sa complice. Quelqu'un qui aurait poussé l'armoire sur Sir Peter dans son bureau, pendant que Tristram était dehors, tout sucre, tout miel, en train de se fabriquer un alibi.

– Vraiment, vous croyez ça ? demanda Jenny.

– Nous savons que Tristram est blanc comme neige. Il était avec nous dans le jardin. Mais il y avait bien quelqu'un dans le bureau pour renverser l'armoire sur Sir Peter. Et comme c'est à Tristram que profite le plus la mort de son père, ce quelqu'un pourrait bien être son complice.

– Ce même quelqu'un à qui il est en train de parler au téléphone, ajouta Suzie.

Elles aperçurent Tristram, toujours au téléphone, entrer dans sa voiture, démarrer et partir en faisant voler le gravier.

– Il nous faut donc trouver à qui il téléphone, s'exclama Jenny, soudain prise d'enthousiasme. C'est peut-être le meurtrier de Peter !

– Je pense que vous avez raison, dit Judith.

– Nous devrions le suivre.

– C'est un peu trop tard, regretta Becks. Nous ne pouvons plus le rattraper maintenant.

– Tu es sûre ? dit Suzie, qui venait d'avoir une idée. Moi, je crois savoir *exactement* comment le suivre.

CHAPITRE 22

– Chers auditeurs, nous interrompons maintenant notre programme pour faire une annonce d'urgence, dit Suzie au micro du studio de Marlow FM.

Le présentateur de ce début d'après-midi, un professeur de géographie à la retraite qui s'appelait Trevor, se tenait immobile dans un coin du studio, terrorisé par ces trois femmes qui avaient fait irruption quelques secondes plus tôt pour l'arracher au micro.

– Suzie Harris à l'antenne ! continua-t-elle. Nos auditeurs fidèles savent que j'ai une petite affaire de garde de chiens. Eh bien ! Il vient de se passer quelque chose de terrible. Ma belle chienne doberman, Emma, a été kidnappée. Là, juste à l'instant ! À Marlow ! Je n'ai pas vu son ravisseur, mais je crois que c'était un homme qui conduisait une voiture de sport vert foncé, une vieille Triumph, peut-être une Spitfire. Une voiture à deux places à capote de toile noire. Si, en regardant par la fenêtre, vous voyez passer une voiture de sport vert foncé, appelez-nous tout de suite ! Il faut que je retrouve ma petite Emma chérie. Donc, si vous apercevez cette voiture, vite, à vos téléphones ! Vous connaissez le numéro.

Suzie consulta l'écran de l'ordinateur, vérifia la

playlist, puis retourna au micro et continua, d'une voix veloutée :

– Et maintenant, une chanson de Neil Diamond !

Elle cliqua sur une icône et baissa le curseur du micro.

– Merci, Trevor ! dit-elle.

Trevor fit un petit signe du menton mais resta muet. C'était surtout parce que le studio de Marlow FM était minuscule – il était installé dans un petit local à l'arrière de l'école des Sea Cadets[1] – et que ces trois femmes étaient beaucoup trop près de lui à son goût. Un voyant vert s'alluma sur la console de mixage et Suzie bondit, effectuant avec brio un fondu-enchaîné entre la chanson et sa voix.

– Cher auditeur, c'est à vous !

– Bonjour Suzie ! dit une voix nasillarde.

– Maggie ! Comment allez-vous ? dit Suzie, qui grimaça soudain, car elle venait de faire une erreur tactique. Tout le monde à Marlow FM savait qu'il ne fallait *jamais* demander à Maggie comment elle allait.

– Oh ! ça pourrait aller mieux, répondit Maggie d'un air lugubre. Pour être honnête, ma sciatique me…

– Désolée, Maggie, on n'a pas le temps ! Avez-vous vu une voiture de sport vert foncé ?

– Oh, oui, je l'ai vue !

En une fraction de seconde, Suzie reprit son rôle de présentatrice euphorique.

– Super ! Et où l'avez-vous vue ?

– Elle vient de passer devant ma fenêtre.

1. Organisation caritative dédiée à la formation de jeunes officiers de marine dont le siège social se trouve à Marlow. (N.d.T.)

– Quelle rue habitez-vous ?

– Station Road.

Un autre voyant vert s'alluma à côté du premier.

– Merci de votre appel, Maggie. OK tout le monde, il semble donc que cette voiture de sport soit actuellement sur Station Road. Je dois prendre un autre appel.

Suzie actionna un commutateur sur la console.

– Bienvenue à Marlow FM, c'est à vous !

– Je viens juste de voir une voiture verte tourner sur Dedmere Road ! gronda un vieux monsieur.

– Merci de votre appel, Brian ! Donc, si elle était sur Station Road et se trouve maintenant sur Dedmere Road, elle va vers l'est en direction du centre commercial. Alors, tous les auditeurs de la région est de Marlow, vite, à vos fenêtres, et ouvrez l'œil au cas où vous verriez une voiture de sport verte. La vie d'un chien est en jeu !

Suzie remit la chanson à l'antenne en attendant l'appel suivant.

– Tu es fascinante ! dit Becks.

– Je pense que j'ai un bon feeling avec mes auditeurs, reconnut Suzie.

De nouveau, un voyant vert s'alluma.

– Bienvenue à Marlow FM ! C'est à vous ! dit Suzie en baissant progressivement le volume de la chanson.

– Oooh désolée ! Je suis à bout de souffle ! dit une vieille dame.

– C'est bon, prenez votre temps !

– Je viens de suivre une voiture de sport verte dans ma rue. Avec ma voiturette pour personne à mobilité réduite…

Imaginant une vieille dame poursuivant la voiture de

Tristram en voiturette de handicapé, les trois femmes échangèrent un regard étonné.

– Mais j'ai perdu sa trace ! Votre pauvre chien !

– Quel chien ? demanda Suzie. Ah oui, bien sûr ! Mon chien ! Désolée, c'est l'émotion. Vous vous souvenez de l'endroit où vous avez perdu la trace de la voiture ?

– Au carrefour de Dedmere Road et d'Alison Road. Ça m'a pris un peu de temps pour enfourcher la voiturette, et quand je suis arrivée au carrefour, la voiture verte avait disparu.

– Merci, chère auditrice ! Qui d'autre a vu une voiture de sport verte sur Alison Road ces dernières minutes ? Si c'est le cas, appelez-nous !

Suzie poussa le curseur et fit à nouveau entendre la chanson. Elle se tourna vers ses amies, toute rose d'excitation.

– Comment t'y retrouves-tu parmi tous ces boutons ? demanda Judith.

Trevor avança d'un demi-pas.

– Je vais vous expliquer…

Suzie lui coupa la parole.

– C'est juste des boutons, dit-elle. Si l'on sait conduire une voiture, on peut se débrouiller avec une console de radio.

Trevor était très mécontent de voir ses compétences si durement acquises balayées d'un revers de main, mais il n'osa pas contredire Suzie.

– Allons, allons ! s'impatientait Suzie, s'adressant à la console de mixage et particulièrement aux voyants verts. Mais aucun ne s'alluma.

Les secondes devinrent des minutes. Après

Neil Diamond, Suzie lança *Caravan* de Barbra Dickson. Les trois amies durent se rendre à l'évidence : personne d'autre n'avait vu la voiture de sport de Tristram. Suzie avait beau interrompre la chanson toutes les trente secondes pour implorer l'aide de ses auditeurs, il n'y eut plus aucun appel.

Au bout de dix minutes, admettant que la piste était morte, elles se préparèrent à quitter le studio.

– Et votre chien ? demanda Trevor d'une voix plaintive.

– Ah oui, c'est vrai ! dit Suzie, qui se pencha de nouveau vers le micro, poussa un curseur et dit :

– OK tout le monde, pas d'inquiétude, on a retrouvé Emma. Saine et sauve. Un grand merci à tous nos fidèles auditeurs qui ont appelé, c'est grâce à vous qu'on l'a retrouvée ! Et rappelez-vous : si vous avez besoin de quelqu'un qui se décarcasse pour vos animaux favoris, pensez à Suzie Harris ! Vous venez de voir jusqu'où je peux aller pour mon chien. J'en ferai autant pour les vôtres !

Tirant le curseur vers elle, Suzie adressa un grand sourire à l'intention d'un Trevor qui n'y comprenait plus rien, et quitta le studio avec ses amies.

– On l'a perdu, dit Suzie, déçue.

Judith, regardant son amie, vit combien elle était à l'aise à la console de mixage. Elle comprenait maintenant pourquoi Suzie avait renoncé à une partie de son gagne-pain pour suivre sa carrière radiophonique, même sans être payée.

– Pas nécessairement, dit-elle. Il est possible que tes auditeurs aient perdu la trace de cette voiture sur Alison Road parce que c'était sa destination. Il a peut-être bifurqué vers un jardin ou un garage, et le véhicule a disparu de leur vue.

– Mais comment allons-nous savoir où il s'est arrêté ? demanda Becks.

– Ou même s'il s'est arrêté ! ajouta Suzie.

– Nous, aucune chance, dit Judith, mais je connais quelqu'un qui peut y parvenir.

CHAPITRE 23

Une fois chez elle, Judith appela Tanika pour lui raconter comment Tristram s'était enfui dans sa voiture pendant un coup de téléphone orageux, et qu'elles avaient perdu sa trace au carrefour de Dedmere Road et d'Alison Road.

– Comment êtes-vous parvenues à le suivre si loin ? demanda Tanika.

– Tu ne veux pas le savoir. Mais si tu parviens à identifier le numéro de la personne qui a appelé Tristram cet après-midi, juste avant 14 heures, tu as de très fortes chances de découvrir l'identité de celui ou celle qui était en train de tuer Sir Peter dans son bureau pendant que Tristram restait dehors au vu et au su de tous.

– C'est une très bonne idée, mais malheureusement je ne crois pas que ce soit en mon pouvoir.

– Et pourquoi donc ?

– Je ne suis plus inspecteur principal. Je n'ai pas le droit d'émettre un mandat de saisie de relevé téléphonique.

– Alors demande à ton inspecteur principal de le faire.

– Il ne le fera pas. Désolée. Chaque fois que je lui suggère la moindre démarche qui pourrait faire avancer l'enquête, il n'y prête aucun intérêt. Je te rappelle tout de même que, selon lui, retirer vingt mille livres en liquide après avoir reçu des SMS d'un numéro de téléphone à carte prépayée enregistré dans le Pacifique Sud est tout à fait normal. Pour lui, il n'y a pas eu meurtre. Et ce n'est pas un coup de fil, même étrange, reçu par Tristram qui va le faire changer d'avis.

Judith fit la moue.

– Parle-moi un peu de ton inspecteur principal.

– C'est un bon flic, dit Tanika qui ne tenait pas à dénigrer un collègue. Il est compétent.

– Arrête de te payer ma tête, dit Judith. Il te met au placard, il m'a plutôt l'air d'un gros macho. Et si tu lui passais par-dessus en t'adressant à son chef ?

– Le commissaire ? Il prendra certainement le parti de l'inspecteur Hoskins.

– Un autre macho, donc.

– Un autre macho.

– Je ne comprends pas comment tu fais pour supporter ça, dit Judith.

Elle n'attendait pas de réponse. L'existence d'un monde où les hommes se taillaient la part du lion, que ce fût à propos de pouvoir, de statut social ou d'argent, n'était une révélation ni pour l'une ni pour l'autre.

– Et si tu l'empoisonnais ? reprit-elle.

– Oh, nous n'en sommes pas là ! dit Tanika en riant. Pas encore, en tout cas.

– Si je te parle de poison, c'est parce que nous avons trouvé un autre élément du plus haut intérêt.

Judith lui raconta la conversation avec Lady Bailey, puis avec Chris qui leur avait appris que sa famille était passée à côté d'une véritable fortune, détournée par le père de Sir Peter. Elle lui apprit également que

Chris avait entendu, à la fin du mois de novembre, la dispute qui avait décidé Sir Peter à chasser Tristram de sa maison.

– Vraiment ? demanda Tanika. Sir Peter croyait que son fils voulait l'empoisonner ?

– Nous nous sommes retrouvées nez à nez avec Tristram juste avant qu'il ne nous file entre les pattes, et il ne l'a pas nié. Il a juste précisé que c'était une erreur tout à fait innocente. Il était en train de regarder un flacon de cyanure dans le bureau quand son père est entré. Selon lui, c'était un horrible malentendu. Je dois ajouter que tous les membres de la famille à qui nous avons pu nous adresser nous ont peint le même portrait de Sir Peter : un homme enclin au mélodrame et très soupe au lait. Je crois tout à fait possible qu'il se soit trompé sur ce point-là.

– D'ailleurs, il faut bien reconnaître que Sir Peter n'a pas été empoisonné. Alors que sommes-nous en train de dire ? Que tous les efforts de Sir Peter pour écrire un nouveau testament et persuader son avocat que Tristram avait des idées de meurtre n'étaient qu'une réaction exagérée de sa part ?

– Je ne sais pas. Il se peut aussi qu'après cet épisode, Tristram ait renoncé à se servir du cyanure et décidé à la place d'écraser son père avec l'armoire.

– Voici ce que je peux faire : je vais demander à l'équipe qui a répertorié tout le contenu du bureau si un flacon de cyanure a été trouvé, et si c'est le cas, Chris Shepherd a peut-être raison.

– Et s'il n'y a pas de cyanure, Chris peut toujours avoir raison, mais quelqu'un a emporté le flacon.

– Oui, c'est également possible. Nous allons

travailler là-dessus et voir si l'on trouve quelque chose. Merci pour tout ton travail ! Je suis vraiment désolée que tu ne puisses pas bénéficier d'un mandat officiel pour cette recherche.

– Ne t'inquiète pas. Nous savons toutes les deux à qui nous devons cela, et ce n'est pas à toi.

Après avoir raccroché, Judith prit conscience qu'elle avait de longs moments de réflexion devant elle. Elle opta donc pour une baignade d'après-midi. L'eau de la Tamise était glaciale, mais ce froid lui aiguisait l'esprit. Tout comme la tasse de chocolat chaud qui succéderait à ce bain, devant la cheminée, promettait de la détendre. Cependant, elle avait beau nager, Judith n'arrivait pas à se concentrer correctement. Chaque fois qu'elle réfléchissait à un quelconque détail de l'affaire, elle revenait toujours irrésistiblement au fait que si elle et ses amies parvenaient à déterminer le lieu où Tristram s'était rendu, elles auraient peut-être une bonne chance d'identifier la personne qui avait tué Sir Peter pour son compte.

À condition, bien sûr, que Tristram soit impliqué dans la mort de son père.

Judith prit son iPad, chercha le numéro de téléphone fixe de Lady Bailey et l'appela pour lui demander si elle, ou Tristram, connaissaient quelqu'un habitant Alison Road ou le voisinage de cette rue.

– Alison Road ? répondit Lady Bailey comme s'il s'était agi d'un pays lointain. Qu'est-ce qu'il fiche à Alison Road ?

Clairement, elle était saoule.

– Je n'en sais rien, dit Judith, qui décida de profiter de l'état d'ébriété de Lady Bailey. Mais comme vous nous l'avez dit, il a ses petits secrets en ce moment, non ?

– Ha ! répondit Lady Bailey. Vous parlez de sa dulcinée, n'est-ce pas ?

– Je suis si heureuse que nous soyons d'accord ! dit Judith. Ça dure depuis combien de temps ?

– Des années ! J'ai évoqué le sujet et il a tout nié, évidemment. Toujours aussi secret : vous avez raison, c'est exactement le mot pour le décrire. Mais on ne peut rien cacher à une maman. Quand je mets son linge dans la machine, je sens un parfum de femme sur ses chemises. Et parfois, il découche…

Judith sentit une réticence chez Lady Bailey, qui se demandait soudain si elle n'en disait pas trop.

– Je suis tellement contente pour lui ! dit Judith afin qu'elle continue sur sa lancée.

– C'est vrai ? J'en suis ravie. Moi aussi, je suis très contente pour lui !

Après avoir remercié Lady Bailey et raccroché, Judith décida d'appeler Jenny au cas où elle aurait quelque chose à ajouter à ses récentes découvertes.

– Donc vous venez d'appeler Lady Bailey ? demanda Jenny quand Judith lui eut exposé l'objet de son appel.

– Oui, mais seulement à propos de Tristram, et seulement pour essayer de savoir qui pouvait vouloir du mal à Sir Peter. Elle m'a dit qu'elle soupçonnait son fils de fréquenter quelqu'un depuis l'année passée. Peut-être même depuis plus longtemps encore.

– Voilà qui est très intéressant, dit Jenny, parce que j'ai beaucoup réfléchi de mon côté et je ne me souviens pas avoir entendu quiconque dire que Tristram avait une liaison. Peter, en tout cas, n'en avait jamais entendu parler.

– Savez-vous si Tristram connaît quelqu'un qui habite Alison Road ?

– Pourquoi Alison Road ?

Judith lui expliqua qu'elles avaient suivi la trace de la voiture de Tristram, mais qu'elles l'avaient perdue après son virage sur Alison Road.

– Désolée, dit Jenny. Ça ne me dit rien. Rosanna habite une péniche amarrée juste après l'écluse de Hurley, donc il n'allait pas chez elle.

– Oui, nous l'avons rencontrée, Suzie et moi, sur sa péniche. Elle n'y habite pas seule, n'est-ce pas ?

– Oui, elle vit avec sa compagne, Katie Husselbee.

– Husselbee ? Y a-t-il un rapport avec votre avocat ?

– C'est sa fille. Tout le monde l'appelle Kat. Elle est avocate, elle aussi. Elle exerce dans le cabinet de son père, mais sa grande passion, c'est l'écologie et l'environnement. Kat travaille beaucoup pour des groupes d'activistes, à titre gracieux. Une femme remarquable.

Judith ne faisait pas les progrès qu'elle avait espérés.

– Et Chris Shepherd ? Est-ce qu'il habite du côté d'Alison Road ?

– Pourquoi pensez-vous à Chris ?

– Lady Bailey croit qu'il éprouvait de la rancune contre Sir Peter.

Jenny réfléchit brièvement.

– Je n'y crois pas trop, dit-elle. Chris peut être un peu bourru, mais c'est un homme en or. Il adore la nature, la vie à l'extérieur, et il a largement de quoi s'occuper ici. D'ailleurs ça n'a pas d'importance : il n'habite pas Marlow, il vient tous les jours de Reading dans son vieux camion. Quand celui-ci veut bien démarrer, ajouta-t-elle en riant. Il tombe sans arrêt en panne.

Judith savait que Reading était à quelques kilomètres de Marlow, vers le sud-ouest, et que la voiture de Tristram, la dernière fois qu'on l'avait vue, sortait de la ville en direction de l'est.

Il y eut un silence. Judith sentit que Jenny rassemblait son courage pour continuer.

Elle attendit.

– Vous n'allez tout de même pas le croire ? demanda Jenny.

– Qui ?

– Tristram. Ce qu'il a dit tout à l'heure sur moi. Il m'a décrite comme une croqueuse d'héritage.

– Absolument pas !

– Mais moi, je ne peux pas le nier, dit Jenny. J'ai toujours dit que c'était de l'amour et rien d'autre – et ça l'était, croyez-moi, ou plutôt de l'affection, de l'attirance… Peter était si agréable à vivre, il était la vie même !

Jenny se tut un instant pour se ressaisir. Au prix d'un effort, elle poursuivit :

– Mais Tristram n'a pas tort non plus. Je désirais aussi la sécurité que Peter m'apportait. Je n'y peux rien : je ne rajeunis pas, et ma carrière d'infirmière m'a tenue éloignée des rencontres amoureuses. J'avais fini par me faire à l'idée de travailler jusqu'à la fin de mes jours. La sécurité financière jouait donc un grand rôle dans l'attrait que j'éprouvais pour Peter.

Judith perçut dans la voix de Jenny que cette confession la soulageait.

– C'est tout naturel, dit Judith. Rosanna nous a dit que vous étiez orpheline.

– Oui. Dans mon enfance, j'ai été baladée de famille d'accueil en famille d'accueil. Certaines plus sympathiques que les autres, et j'ai parfois eu des frères et sœurs d'adoption formidables, mais c'était rarement le cas. Pour être honnête, depuis toujours, ma vie a été une lutte permanente. Pour faire mes études, obtenir une formation qualifiée, réussir dans mon travail… Alors l'idée de tirer un trait définitif sur tout cela…

Jenny se tut. Judith sentit qu'elle ne lui avait pas encore tout confié.

– Je crois que ce que j'essaie de vous dire, c'est que mes motivations pour épouser Peter n'étaient pas immaculées.

– Si l'on cherche bien, personne n'a des motivations entièrement pures.

– Mais c'est pour cela que je veux que son testament soit retrouvé. Je veux savoir combien d'argent il m'a laissé.

Judith comprit où Jenny avait voulu en venir : à cette honteuse confession qui lui brûlait les lèvres.

– C'est compréhensible.

– Cela fait de moi quelqu'un de mauvais. Une croqueuse d'héritage.

– S'il y avait en jeu, pour moi, une somme d'argent telle que peut représenter la propriété de Sir Peter, je ne serais pas différente de vous.

Judith mit fin à l'appel, se versa une petite larme de « scotch à penser », et passa dans la pièce voisine pour examiner son tableau d'enquête policière.

Son regard fut attiré par la photo de Tristram. Elle

avait imprimé un portrait en noir et blanc, un de ces « 18 x 25 » que les acteurs mettent dans leur book pour intéresser d'éventuels metteurs en scène. C'était vraiment un très beau jeune homme, mais on ne le voyait jamais sourire, ce qu'elle trouva intéressant. L'image qu'il cherchait à donner de lui était celle d'un Heathcliff : beau, ténébreux, dangereux. Judith se souvint pourtant que Rosanna, Lady Bailey et Chris Shepherd avaient insisté sur le fait que Tristram était de ces chiens qui aboient mais ne mordent pas. Alors qui était-il ? Un individu dangereux capable de meurtre – comme le pensait son père – ou un être faible qui ne savait pas gérer sa colère ?

Judith pensa qu'il serait utile, par souci d'efficacité, d'ajouter une petite rallonge à son whisky, mais au lieu de rapporter son verre près la carafe qui se trouvait dans le salon, elle alla chercher la carafe. Elle se versa juste une goutte de liquide doré et en sirota une petite gorgée méditative.

Où en était-on ?

Tout suggérait que, même si Tristram n'avait pas poussé l'armoire sur son père, il restait très probablement impliqué. Sans aucun doute, c'était lui qui profitait le plus de la mort de Sir Peter. À moins – si impensable que cela paraisse – qu'il ait trouvé un moyen de le tuer sans avoir mis un pied dans le bureau ?

Judith passa en revue les autres photographies punaisées au mur. Elle se souvint que Rosanna avait menti dès le début sur l'endroit où elle se trouvait au moment du meurtre. *La pauvre* ! se dit Judith : le seul membre de la famille proche à faire quelque chose de ses dix doigts et à gagner sa vie. En plus, bien qu'étant l'aînée des enfants de Sir Peter et de Lady Bailey, elle n'était pas censée toucher le moindre sou ou hériter de la maison à la mort de son père – ce qui, comme elle l'avait fait remarquer, l'inclinait plutôt à préférer qu'il reste en vie. Une fois que Tristram aurait hérité, il serait aux commandes de tout le domaine. Elle s'était peut-être cachée dans le dressing pour des motifs assez douteux, mais elle pouvait difficilement avoir voulu la mort de son père.

Tout gravitait autour de ce testament. Parce que si, selon toute vraisemblance, Sir Peter l'avait modifié pour y inclure Rosanna, cela changeait tout. Cette recherche était très frustrante, et Judith reconnut le sentiment qu'elle éprouvait quand elle avait du mal à composer une grille de mots croisés. Les différentes options tourbillonnaient dans sa tête. Elle comprit qu'elle ne ferait plus de progrès dans l'immédiat.

À propos de mots croisés, elle se souvint de la page du *Marlow Free Press* qu'elle avait déchirée dans le magazine de Chris Shepherd. Elle se reversa une minuscule dose de whisky, retourna au salon, s'installa dans son fauteuil et sortit de son sac la feuille de journal qu'elle lissa sur ses genoux.

Plutôt que de lire toutes les définitions, elle alla directement à celles qui correspondaient aux quatre angles de la grille dans le sens horizontal.

1 horizontal s'énonçait ainsi : *Aussi seul sur son île les six autres jours*, en huit lettres.

Celle-ci était simple : « les six autres jours » impliquaient qu'il y en avait sept, cela se référait donc à une semaine. L'île évoquait probablement Vendredi, le personnage de *Robinson Crusoé*, qui était effectivement seul sur son île avant l'arrivée du héros. La solution était, sans nul doute, VENDREDI.

Judith passa à la définition suivante, 26 horizontal : *Groupe hospitalier en pleine confusion*, en sept lettres.

Elle mit un peu de temps à la décrypter. En tant que verbicruciste, elle avait déjà vu le mot « groupe » signifier simplement « groupe de lettres », faisant allusion à un mot qu'il fallait reconstituer. « Hospitalier » se référait à l'activité médicale. La lumière se fit dans son esprit : groupe = mot, hospitalier = médical, et comme « médical » était en pleine confusion, il fallait en trouver une anagramme. La seule qu'elle put trouver était DÉCIMAL, et elle s'y tint pour le moment.

28 horizontal, malgré sa brièveté, se révéla la définition la plus impénétrable : *Vente*, en quatre lettres. Judith sécha quelques minutes. L'idée de « sécher » lui rappela intuitivement qu'au lieu de désigner un acte commercial, la définition pouvait être une forme du verbe « venter », comme dans « il vente ». C'était possible, mais cela ne l'avançait pas beaucoup. Elle chercha un synonyme de « vent » et trouva « souffle », « brise » ou simplement « air ». Les deux premiers mots n'avaient pas grand sens dans le contexte et ne correspondaient pas au nombre de lettres requis, mais elle finit par avancer l'hypothèse que « vente » était le substantif « vent » additionné d'un *e* final, et que si l'on transposait au mot « air », on obtenait AIRE. Un peu bancal, mais ça tenait debout quand même.

Et de trois : restait la quatrième. L'hypothèse précédente fut confirmée quand elle attaqua la dernière définition : *Là où ça va comme sur des roulettes*, en neuf lettres. Elle fit abstraction du « comme » : l'important, c'étaient les roulettes, et il s'agissait forcément d'un lieu. De quoi était-il question ? De patins, de planche à roulettes ? Oui, probablement de skateboard, parce qu'en rapprochant cet objet de l'aire de la définition précédente, on pouvait penser à une aire de skate. Judith comprit que le mot de neuf lettres était SKATEPARK.

Judith contempla les réponses qu'elle venait d'inscrire aux quatre coins de la grille. En les lisant dans le sens antihoraire à partir du 1 horizontal, comme elle l'avait fait avec la grille du numéro précédent, elle obtenait VENDREDI, DÉCIMAL, AIRE et SKATEPARK. « Décimal » évoquant le nombre 10, cela pouvait-il signifier « 10 heures » ? Judith trouva cela un peu tiré par les cheveux, mais si tel était bien le sens de ces mots, il s'agissait d'un autre rendez-vous vendredi, à 10 heures, au skatepark de Marlow. Était-ce bien cela ? Et si oui, qui avait laissé ce message, et pourquoi ?

Judith ne retint qu'une chose : le lendemain était vendredi et elle savait exactement où elle serait à 10 heures.

CHAPITRE 24

Le lendemain matin, Judith appela Becks pour lui donner rendez-vous au skatepark de Marlow à 10 heures. Elle n'appela pas Suzie : elle préférait passer directement chez elle pour lui demander de l'accompagner. Depuis sa visite à Marlow FM, Judith brûlait d'envie d'aborder avec son amie le sujet de sa carrière radiophonique, estimant que, quand on est à ce point douée pour une activité, on mérite de l'exercer à plein temps. Même si cela signifiait, à terme, que Suzie gagne en notoriété, ce qui risquait fort, soupçonnait Judith, de lui monter à la tête.

Arrivant à bicyclette, elle eut la mauvaise surprise de constater que la façade de la maison de Suzie était encore en chantier, toute en échafaudages et en bâches déchirées. Elle ne lui avait pas rendu visite depuis l'été dernier, mais elle supposait que son amie avait fait terminer les travaux entre-temps.

– Quel bon vent t'amène ? demanda Suzie en ouvrant la porte.

– Juste un petit bonjour. Je peux entrer ?

Suzie disparut à l'intérieur, laissant la porte ouverte. Judith suivit son amie dans l'entrée au sol couvert de linoléum. Emma lui sauta au cou en bavant de bonheur.

– Oui, oui, tu es une bonne fille ! dit Judith en lui frottant affectueusement les oreilles.

Après s'être entendue avec Suzie sur la bonne mine d'Emma, puis avoir décliné la proposition d'une tasse de thé, Judith décida d'aller droit au but.

– J'ai besoin d'un coup de main sur une affaire un peu mystérieuse sur laquelle je bloque. Peux-tu venir avec moi au skatepark à 10 heures ?

– Bien sûr, tant que ça ne me met pas en retard pour mon émission.

– Ne t'inquiète pas, ça ne prendra pas si longtemps. À propos d'émission, c'est aussi le sujet de ma visite.

– Pourquoi ?

– Parce que hier, j'ai vu combien tu étais douée pour ce travail. Ta dextérité avec tous ces boutons, tous ces leviers, la façon dont tu t'adresses aux gens… Moi, j'en serais incapable. Tu as un contact authentique avec tes auditeurs. Et puis, je connais l'importance de cette station de radio pour la communauté locale. Quand je t'ai entendue discuter avec les personnes qui t'appelaient, c'était une évidence.

– Tu le penses vraiment ? demanda Suzie, toute fière.

– Oui, mais je déplore aussi que tu refuses des gardes de chiens pour faire de la radio.

– Ce n'est pas le cas.

– Mais si !

– Mais non.

– Tu me l'as dit, littéralement !

– Moi, je t'ai dit ça ?

– Oui, l'autre jour, à l'écluse de Hurley.

– Ah oui, c'est vrai. Je me suis un peu trahie. Mais

ce n'est pas dramatique, c'est seulement le matin que je ne peux pas garder les chiens, car je dois préparer l'émission.

– Bien sûr. Mais je me demandais si tu pouvais te faire rémunérer pour ton job d'animatrice radio afin de compenser ces gardes de chien que tu refuses.

– Impossible : nous sommes tous bénévoles.

– Alors pourquoi ne travaillerais-tu pas pour une autre station de radio ? Une qui te paierait.

– Pourquoi voudrais-je travailler pour une autre station ? Marlow FM, c'est ma place !

– Mais comment fais-tu pour gagner ta vie ?

– Tu me crois fauchée ? dit Suzie, vexée.

– Suzie ! Ta maison n'a toujours pas de façade !

En vérité, depuis que Suzie refusait des commandes de promeneuse de chiens, tous ses comptes avaient plongé dans le rouge, et le contrôle de ses dépenses par carte avait commencé à lui échapper. De surcroît, Noël était une période de l'année financièrement dangereuse. La baisse de ses revenus l'angoissait jusqu'à la nausée, mais elle se débarrassait du problème en s'appliquant à ne pas y penser.

– Ça n'a rien à voir avec l'argent, dit-elle. L'entrepreneur va revenir. Il va finir le boulot.

– Tu parles de celui qui n'est pas venu le finir l'année dernière ?

Suzie ne répondit pas immédiatement.

– Peut-être, dit-elle enfin.

– Il faut que tu ailles en voir un autre !

– Je ne peux pas, dit Suzie, la voix étranglée par la frustration. J'ai déjà payé le premier !

– Mais il ne reviendra pas.

– Si, si, il pourrait revenir !

– Quand as-tu été en contact avec lui pour la dernière fois ?

– Quand ? Tu veux dire en quelle année ? Écoute, cesse de te tracasser pour moi, ajouta-t-elle avec une allégresse qui n'avait rien de sincère. Il va bien se présenter une solution. Il s'en présente toujours. Mais l'essentiel, c'est que tu me trouves bonne présentatrice radio, non ?

Judith ne put s'empêcher de sourire de la vanité de son amie.

– Non, tu n'es pas bonne, tu es la meilleure. Il faut que tu continues ton émission, mais il faut aussi que tu gagnes ta vie.

– Merci ! J'apprécie beaucoup ce que tu me dis. Et tu as raison, il faut que j'arrive à concilier la radio avec un travail rémunéré. Je vais y réfléchir sérieusement. Bon, et maintenant, allons au skatepark ! Tu m'expliqueras tout en route.

Judith laissa son amie charger son vélo dans le coffre du van, et elles se rendirent à Higginson Park. Elles traversèrent à pied le terrain de cricket pour atteindre le skatepark. Becks les attendait déjà. Bottes fourrées aux pieds, elle portait aux mains des gants également fourrés qu'elle frappait l'un contre l'autre pour se réchauffer.

– Alors, demanda-t-elle, c'est quoi, cette nouvelle énigme ?

Judith lui expliqua que depuis quelque temps, le verbicruciste du *Marlow Free Press* envoyait des messages secrets.

– Des messages secrets pour donner rendez-vous au skatepark ? demanda Becks, étonnée.

– Il doit y avoir une explication simple, dit Suzie. Ce doit être pour passer de la drogue.

– Ordinairement, les verbicrucistes ne font pas de trafic de drogue, dit Judith.

– Et ils n'élucident pas des meurtres non plus, ordinairement.

– Touchée ! dit Judith en souriant.

Une demi-douzaine d'enfants montaient et descendaient sur les rampes de béton avec leur planche à roulettes ou leur trottinette. Aucun d'eux ne semblait avoir plus de dix ans. La plupart étaient accompagnés de leurs parents.

– Je serais tout de même étonnée qu'il s'agisse de drogue, dit Becks.

La cloche de l'église de Tous-les-Saints sonna 10 heures. Elles regardèrent autour d'elles. En dehors des enfants occupés à patiner, elles virent une vieille dame se diriger vers un banc et s'asseoir à côté d'un homme qui semblait avoir à peu près son âge. Il portait des gants épais et un chapeau en tweed. Elles virent ensuite un joggeur trottiner dans leur direction, en même temps que s'approchait une jeune femme qui courait depuis le sentier de halage. Le jeune homme regarda sa montre. Judith et ses amies se regardèrent avec attention : peut-être était-ce le rendez-vous de 10 heures ?

Après avoir consulté l'heure, le jeune homme reprit sa course autour du terrain de cricket, tandis que la jeune femme, une fois atteinte la rampe du skatepark la plus proche, fit demi-retour et repartit d'où elle était venue.

Les deux joggeurs n'avaient, à aucun moment, été à moins de vingt mètres l'un de l'autre.

Au dixième coup de cloche, les trois amies durent se rendre à l'évidence : elles n'avaient assisté à aucun rendez-vous secret.

– On attend encore cinq minutes ? proposa Judith.

Au bout des cinq minutes à se geler debout dans le parc, elles ne voyaient que les enfants qui sautaient et roulaient sur les rampes, les parents qui les surveillaient, et le vieux couple assis sur le banc. C'était tout.

– Nous avons bien perdu notre temps ! dit Suzie.

Judith était d'accord. Et si elle s'était trompée ? Et s'il n'y avait aucun message secret dans les mots croisés cryptiques du *Marlow Free Press* ?

– Non, pas forcément, dit Becks. Elle tendit le bras vers une femme qui traversait Higginson Park en direction du fleuve. Regardez, c'est Lady Bailey !

– Normal, lâcha Suzie, blasée. Il faut bien qu'elle soit quelque part.

– Il faut absolument l'arrêter avant qu'elle ne disparaisse ! suggéra Becks.

Elle se mit à courir dans sa direction, au grand étonnement de ses deux amies qui finirent par la suivre.

– Bonjour, Lady Bailey ! dit Becks.

– Bonjour, répondit celle-ci en s'arrêtant.

– Quelle jolie paire de bottes en caoutchouc vous avez là !

– En quoi vous intéressent-elles ?

Judith et Suzie comprirent enfin de quoi il était question. Lady Bailey portait des bottes en caoutchouc de type Chelsea, rose bonbon et étroites aux chevilles.

Becks, un sourire aux lèvres, partit à l'assaut.

– Il n'y a que la marque Hunter qui fabrique des bottes de cette couleur, n'est-ce pas ?

– Oh, c'est juste un petit trait de fantaisie !

– Et je vois que vous portez leurs Chelsea à chevilles étroites.

– Oui, j'ai la chance d'avoir de bons gènes, mais je ne vois pas en quoi ça vous intéresse.

Judith aperçut une zone bourbeuse et humide à côté du sentier.

– Cela vous ennuierait-il de vous tenir debout à cet endroit pendant une seconde ? demanda-t-elle.

– C'est ridicule ! dit Lady Bailey qui commençait à perdre patience.

– Ça nous aiderait beaucoup, insista Judith.

– Vous parlez sérieusement ?

– Cela ne vous prendra qu'un petit moment, et ensuite nous partirons. Promis.

Lady Bailey comprit que plus vite elle obtempérerait, plus vite elle serait débarrassée de ces trois importunes. Elle fit quelques pas et s'arrêta, les pieds dans la boue.

– Voilà, vous êtes contentes ? dit-elle.

– Presque, dit Judith. Pouvez-vous revenir vers nous ?

– Comme vous voudrez, dit Lady Bailey qui s'exécuta. Je peux m'en aller maintenant ?

– Non, dit Judith en examinant les traces des bottes.

– Plaît-il ?

– Non, vous restez ici.

Lady Bailey venait de laisser dans le sol bourbeux deux empreintes bien dessinées. Le talon de la semelle gauche était fendu d'un bord à l'autre.

– C'était donc vous ! s'exclama Suzie. C'était vous dans les buissons, devant le bureau de Sir Peter, quand il a été tué !

– Je ne vois pas de quoi vous parlez, dit Lady Bailey, très mal à l'aise.

– Après la mort de Sir Peter, dit Judith, nous avons trouvé des traces de bottes dans la terre, sous la fenêtre de son bureau. Et Becks a reconnu que c'étaient des bottes Hunter de taille 40.

– De la gamme Chelsea, précisa Suzie.

– Mais surtout, il y avait une coupure nette qui traversait le talon de la semelle gauche. Une entaille qui correspond exactement à celle que l'on voit ici, sur votre empreinte. Vous étiez là quand il a été tué, n'est-ce pas ?

Lady Bailey perdit toute contenance.

– Oh mon Dieu, dit-elle, je vous prie de me croire ! Je n'ai rien à voir avec sa mort !

– Alors permettez-nous de nous joindre à votre petite promenade. Vous pourrez nous expliquer tout ce qui s'est passé cet après-midi-là.

Lady Bailey les contempla quelques instants puis fit un signe du menton, tel un prisonnier qui vient d'apprendre qu'il n'échappera pas à l'échafaud.

– Vous avez raison. De toute façon, cette histoire me ronge, et ça me fera du bien de m'en libérer. Cette fois, je vous le promets, je vous dirai la vérité, toute la vérité et rien que la vérité.

CHAPITRE 25

Elles s'engagèrent sur le sentier de halage qui longeait la Tamise.

– Alors vous l'admettez, dit Judith. Vous étiez devant la fenêtre du bureau de votre ex-mari quand il a été tué.

– À vous entendre, ce serait un crime !

– Il a été assassiné, et vous étiez là ! Ça ressemble pas mal à un crime.

– Je voulais voir, c'est tout.

– Voir quoi ?

– La voir, elle.

Lady Bailey s'aperçut que ses trois interlocutrices ne comprenaient pas.

– Cette femme.

– Jenny, vous voulez dire ? dit Becks.

– Je sais, je n'aurais pas dû, mais c'était plus fort que moi. Ça me démangeait. Je ne l'avais jamais vue. Et comment aurais-je pu la voir ? Je ne vais jamais à White Lodge. Mais elle allait épouser Peter et je voulais savoir à quoi elle ressemblait. Il fallait que je me prépare psychologiquement : la presse locale allait certainement diffuser des photos de la jeune mariée. Même si ce n'était pas le cas, Rosanna se serait fait un plaisir de me les montrer – elle ne rate pas une occasion de retourner le couteau dans la plaie. Une vraie peau de vache, celle-là. Mais voilà : je voulais voir de quoi elle avait l'air.

Les trois amies éprouvèrent de la compassion pour elle.

– Racontez-nous ce qu'il s'est passé, dit Judith plus doucement.

– Il y a un sentier communal qui passe le long du jardin et qui relie la Tamise à la petite route qui mène à White Lodge. Très peu de gens le connaissent. De ce côté du terrain, Peter a laissé les massifs de laurier-cerise recouvrir presque complètement le chemin, mais je sais qu'il existe toujours. J'avais entendu parler de la réception que donnait Peter – je ne manque pas d'amis bien intentionnés qui brûlaient de m'en informer –, et pendant que la fête battait son plein, j'ai traversé le pont suspendu de Marlow, emprunté le sentier de halage jusqu'au jardin de White Lodge, repoussé le premier buisson, et je me suis faufilée le long du vieux chemin, entre les lauriers-cerises et la clôture de la propriété voisine.

« À peu près à mi-chemin, il y a un assez grand massif d'arbustes juste à côté de la haie de laurier, ce qui m'a permis de passer à travers pour me cacher dans les buddleias. J'étais assez fière de moi. De là, j'avais une vue imprenable sur le jardin et toute la réception, ainsi que sur la tente dressée au bord du fleuve.

– Votre initiative ne vous a pas semblé un peu téméraire ? demanda Becks.

– Bien sûr que si, mais vous savez ce que c'est, une idée fixe ! Tout ce qui comptait pour moi, c'était de voir la fiancée. Mais impossible de la reconnaître parmi tout ce monde, j'étais trop loin. Je me suis rendu compte que si je traversais la pelouse jusqu'à la maison, je pourrais avoir une meilleure vue tout en restant dissimulée par l'angle du mur. J'ai donc décidé d'aller voir de plus près.

– Vous n'aviez pas peur d'être repérée ? demanda Judith, impressionnée.

– Oh ! Si, bien sûr, j'avais très peur. Mais il n'y avait aucune chance que quelqu'un se promène de ce côté de la maison, il n'y a rien à y faire. Il n'y a que le bureau de Peter au rez-de-chaussée, et sa chambre juste au-dessus. Et les rideaux du bureau étaient fermés.

– Vraiment ? demanda Judith, incrédule.

– Vraiment. Je n'aurais pas eu cette audace s'ils avaient été ouverts.

Judith et ses amies se regardèrent : elles avaient toutes les trois constaté en entrant dans le bureau de Sir Peter que les rideaux étaient grands ouverts.

– En tout cas, continua Lady Bailey, j'étais sur le point de traverser la pelouse vers la maison quand j'ai vu Tristram sortir par la porte principale.

– Vous l'avez bien vu ? demanda Judith. Vous êtes sûre que c'était lui ?

– Évidemment, c'est mon fils. J'ai eu de la chance. Si j'avais fait un pas pour sortir de mes buissons une seconde plus tôt, il m'aurait remarquée. Au lieu de cela, je l'ai vu avancer dans l'allée principale puis s'engager sur la route, et là, il a disparu. Comme la voie était libre, je me suis approchée de la fenêtre du bureau.

– Une petite question, dit Judith. Comment vous a paru votre fils ?

– Je ne sais pas. Que voulez-vous dire ?

– Avait-il l'air fâché, perturbé ? Ou pressé ?

– Non, il marchait vers la route, c'est tout. Rien de remarquable à cela.

– Y avait-il quelqu'un avec lui ?

– Non, et je ne vois pas en quoi c'est important. Peter et ses invités étaient sur la pelouse du côté du fleuve, Tristram était parti, il n'y avait plus de sujet d'inquiétude. Et si vous voulez le savoir, j'ai décidé de ne pas ramper comme une voleuse et d'avancer la tête haute. Si l'on me voyait, je pouvais toujours inventer une excuse pour expliquer ma présence. Je n'avais rien préparé, c'était ma nouvelle stratégie. Après tout, cette maison avait été la mienne, autrefois.

– Donc, vous traversez la pelouse et vous vous cachez dans les buissons sous la fenêtre du bureau, dit Becks.

– Non, certainement pas ! À ce moment, je n'ai plus aucune intention de me cacher dans des buissons. Je veux voir cette femme, c'est tout. Mais au moment où je commence à examiner la fête depuis le coin de la maison, j'entends une voiture arriver en faisant crisser le gravier. Et là, je n'en reviens pas : c'est Tristram au volant de sa voiture de sport. Il vient juste de partir, et maintenant le revoilà ? Dès lors, tout va très vite. Je vois Peter s'avancer vers Tristram, et c'est là, oui, que je me cache dans les buissons. Et je fais bien, parce que Tristram et Peter commencent à s'affronter violemment, à quelques pas de moi… C'est à ce moment que je découvre enfin cette femme. Je ne comprends pas ce qu'il lui trouve. Vraiment pas. D'accord, elle est mince, mais elle est jeune, c'est normal qu'elle soit mince ! À part ça, elle a un visage anguleux, elle est tout en coudes et en genoux – c'est la pensée qui me vient alors. Et cette coupe de cheveux ! La veille de son mariage, on peut bien s'offrir une coupe décente, tout de même !

– Vous entendiez ce qu'ils se disaient ? demanda Judith pour lui faire reprendre le fil de son récit.

– Oui, des choses inacceptables. Tristram se montre très insolent, je dois l'admettre. Il dit qu'il se fiche bien du mal qu'il peut faire, qu'il est chez lui et qu'il a le droit d'aller et venir comme il l'entend. Quant à la future belle-mère, elle est en larmes. Ça veut épouser un homme comme Peter, et ça n'a aucun cran ! Elle dit qu'elle monte dans sa chambre pour ne plus entendre ces deux-là se disputer. Une fois qu'elle est partie, la querelle entre Peter et Tristram redouble de violence – je n'ai jamais vu Peter dans une telle fureur. Il dit à Tristram qu'il connaît ses projets, qu'il est au courant depuis longtemps, et que c'est pour cette raison qu'il lui a interdit de venir au mariage.

– Sir Peter a vraiment dit qu'il était au courant du projet de Tristram ? demanda Judith.

Lady Bailey prit conscience qu'elle venait, involontairement, d'impliquer son fils.

– C'est juste une façon de parler. Il était furieux, voilà tout. Et Peter est entré dans la maison, mais Tristram était encore là. Il avait une mine à faire peur. Rien d'étonnant à cela, il déteste se disputer avec qui que ce soit. Il a juste son petit caractère, et Peter lui faisait toujours perdre son sang-froid. Après que Tristram est retourné au cocktail, je ne me suis pas attardée. Je suis sortie des buissons et je me suis époussetée avant de regagner la lisière du jardin. Pour être honnête, je me sentais un peu idiote : j'étais passée à un cheveu d'être remarquée, et je me suis rendu compte que je ne savais absolument pas ce que j'aurais dit si l'on m'avait découverte. J'en tremblais, je vous l'avoue sans honte. Je suis retournée dans la haie de laurier, mais j'ai jeté un ultime regard à la maison, et c'est là que je l'ai vu pour la dernière fois.

– Qui ? demanda Becks.

– Peter. Il était dans son bureau.

– Mais vous venez de nous dire que les rideaux étaient tirés !

– Oui, désolée, j'aurais dû le préciser. Quand j'ai regardé depuis la haie, je l'ai vu ouvrir les rideaux.

– Y avait-il quelqu'un d'autre dans le bureau ?

– Pas que je sache, mais je n'ai pas regardé attentivement. Je m'inquiétais plutôt pour Tristram. Il était à la réception, en grande conversation avec des dames, c'était tout ce je que voyais.

– Les dames, c'était nous, dit Becks.

– Très bien. Dans ce cas, je n'ai pas besoin de vous préciser que Tristram n'a rien à voir avec la mort de son père.

– Mais avez-vous pu voir ce qui se passait dans le bureau quand l'armoire est tombée ? demanda Judith.

– J'étais trop loin, il y avait une éclaircie et le soleil frappait la fenêtre du bureau ; je ne pouvais pas voir à l'intérieur.

– Cela me paraît un peu trop facile, dit Suzie.

– Je n'y peux rien. Il y avait un rayon de soleil sur les fenêtres quand j'ai entendu ce bruit terrible qui venait de la maison. Sur le coup, j'ai pensé qu'un serveur venait de laisser tomber un plateau chargé de bouteilles, ou autre chose de ce genre. Je ne pouvais absolument pas imaginer que je venais d'entendre l'instant de la mort de Peter. C'est horrible, vraiment, quand on y pense. J'ai quitté les lieux aussi vite que j'ai pu.

– Avez-vous vu les invités se précipiter vers la maison ?

– Non, à ce moment-là j'étais en train de me faufiler entre la haie et la clôture. Mais puisque vous me le demandiez, voilà comment mes empreintes de bottes se sont retrouvées sous la fenêtre du bureau de Peter.

Lady Bailey leur adressa un regard qui signifiait que l'affaire était close.

– Je vous ai déjà posé cette question, dit Judith, mais êtes-vous sûre que ce n'est pas vous qui avez demandé vingt mille livres à Sir Peter ?

– Jamais de la vie ! J'ai encore ma fierté.

– Pour être honnête avec vous, dit Suzie, je ne vois pas beaucoup de fierté chez une personne qui se cache dans les buissons chez son ex-mari.

– Et si nous voulons faire preuve de logique, dit Judith, vous nous avez assurées que vous étiez dans les buissons quand l'armoire est tombée, mais ce n'est que votre parole.

– Qu'insinuez-vous par là ?

– Si vous venez d'admettre que vous étiez devant la fenêtre du bureau, c'est uniquement parce que Becks a été capable de reconnaître à cinquante mètres la marque et le modèle de vos bottes Hunter.

Becks rougit de satisfaction à ce compliment.

– Toutefois, continua Judith, Peter qui ouvre les rideaux et vous qui n'arrivez pas à voir à l'intérieur à cause d'un reflet du soleil sur les fenêtres, c'est une histoire que vous ne pouvez pas prouver.

– Bien sûr que non. J'étais seule.

– Alors laissez-moi vous raconter une autre histoire. Vous vous êtes approchée de la fenêtre du bureau quand vous avez vu que Sir Peter était à l'intérieur. Comme vous avez constaté qu'il était seul, vous avez contourné la maison et vous êtes entrée par la porte principale pour aller directement au bureau, où vous avez écrasé votre ex-mari sous l'armoire. Puis vous êtes vite sortie de la maison avant que quiconque ne vous voie. Ensuite, comme tous les invités se précipitaient à l'intérieur, la voie était libre, vous êtes retournée dans votre haie de laurier et vous avez filé.

– Cela ne s'est pas du tout passé ainsi ! Comment osez-vous ? dit Lady Bailey, furieuse. C'est moi qui suis lésée dans cette affaire, c'est moi qui ai été trahie par mon mari, c'est lui qui m'a obligée à le quitter ! Et maintenant, j'habite un trou de souris, je vis de ses aumônes et je ne possède rien !

Judith observa Lady Bailey et vit en elle tant d'amertume, tant de déception et de rage, qu'elle ne douta plus avoir devant elle une femme capable de renverser une lourde armoire.

– Vous avez raison, dit-elle. Le titre, c'est tout ce qu'il vous reste. Un titre que vous auriez perdu si Sir Peter s'était remarié. Mais Tristram et vous, vous avez toujours été comme larrons en foire. Même sur le tableau accroché dans le hall de White Lodge, on remarque combien vous êtes proches l'un de l'autre. Une fois Sir Peter mort, Tristram héritait de toute la fortune familiale, n'est-ce pas ? Et il ne laisserait jamais sa mère vivre dans une quasi-pauvreté, dans une petite maison de quatre pièces. Je crois même qu'en jouant bien vos cartes, vous auriez été autorisée à habiter de nouveau White Lodge. Tout bien considéré, vous aviez pas mal de raisons de vouloir la mort de votre mari. Et comme vous étiez sur les lieux – vous l'avez reconnu vous-même –, vous aviez la possibilité de le tuer. D'ailleurs, maintenant que j'y pense, vous pourriez bien être le complice que nous cherchons depuis le début. Cette personne à qui votre fils téléphone pour l'inciter à prendre patience et à attendre.

– Mais de quoi parlez-vous donc ?

– Quand nous vous avons demandé si Tristram téléphonait en cachette, vous avez répondu que c'était le cas, en précisant qu'il appelait une petite amie en secret. Je me demande donc si vous ne nous avez pas dit cela pour nous détourner de notre piste. En réalité, c'était avec vous qu'il parlait au téléphone quand Rosanna l'a surpris. Parce que la complice de votre fils, c'est vous. Et c'était vous aussi qui étiez dans le bureau, en train de tuer Sir Peter, pendant que Tristram se fabriquait un alibi à l'extérieur.

– Vous êtes complètement folle ! dit Lady Bailey. Oui, je suis proche de Tristram, et je reconnais qu'il a été lésé, mais j'étais de l'autre côté du jardin et déjà loin de la maison quand j'ai entendu ce vacarme.

– Peut-être, mais vous ne pouvez pas le prouver.

– Attendez ! dit Lady Bailey qui venait de se souvenir d'un détail. Si, je peux le prouver ! Quand je suis sortie de la haie, du côté du fleuve, quelqu'un m'a vue. Je me demande comment j'ai pu oublier ça. À peine avais-je posé le pied sur le sentier de halage que j'ai aperçu le major Tom Lewis à bord de son yacht. Il m'a crié « bonjour ! » J'ai répondu quelque chose, je ne sais plus quoi, mais il m'a vue. Quelques secondes après l'accident.

Judith se souvint alors de ce gros yacht qui passait devant le jardin juste avant la mort de Sir Peter.

– C'est ça ! dit Suzie, sceptique. Et c'est maintenant que vous nous sortez votre alibi ? Ça aussi, c'est trop facile.

– Pas besoin de prendre ce ton avec moi. Si vous tenez à m'accuser de meurtre, demandez au major Lewis s'il m'a vue, il confirmera mes propos. Et maintenant, je crois que vous m'avez assez humiliée pour aujourd'hui.

Lady Bailey toisa les trois femmes, puis repartit vers High Street. Tandis qu'elle s'éloignait, elles ne dirent rien pendant quelques minutes.

– Je crois que nous tenons notre assassin, dit Suzie.

– Moi aussi, dit Becks. Judith, bravo pour avoir compris que c'était sa mère que Tristram appelait en secret !

– Oui, dit Suzie, mais maintenant, ce que j'aimerais comprendre, c'est ce premier passage de Tristram à la maison. Il devait être à pied, puisque Lady Bailey a dit qu'il est revenu en voiture quelques minutes plus tard.

– Si toutefois on peut croire Lady Bailey. Il faut que nous parlions au major Lewis, vous ne croyez pas ?

– Je peux m'en charger, dit Becks. Ce soir, il y a vêpres et il chante dans la chorale. Je lui demanderai quand je le verrai.

– Bonne idée, acquiesça Judith. Et en attendant, nous devrions partir à la recherche de ce sentier qui longe le jardin de Sir Peter, histoire de savoir si le récit de Lady Bailey a une petite chance de tenir debout. Ensuite, nous devons comprendre pourquoi Tristram était à White Lodge avant les événements. J'ai d'ailleurs une petite idée là-dessus, et il y a des chances que la réponse soit exactement celle que nous cherchons.

– Pourquoi ? demanda Suzie avec passion. C'est quoi, ta petite idée sur Tristram ?

– Une chose à la fois. D'abord la haie, Tristram ensuite.

Bilan de l'enquête (2)

Rien de tel qu'une grille de mots croisés
pour faire le point sur l'enquête !

	1	2	3	4	5	6	7	8	9	10	11	12	13	14	15
A										■					
B							■							■	
C					■							■			
D		■							■						■
E				■				■			■				
F			■			■							■		
G							■					■			■
H		■	R	E	I	N	E	■						■	
I				■							■				
J	■					■			■						
K		■								■			■		
L							■					■			
M					■				■					■	
N						■									■
O			■					■				■			

Horizontalement

A. Il ne vit plus à son crochet. Judith repère immédiatement celle de Becks. **B.** Lady Bailey en a du lait. Il n'y a jamais ... de courir après Higginson. **C.** Sir Peter avait un don pour les corrompre. Banque de Sir Peter et de feue Elizabeth II. Soie sur soi. **D.** Dans le jardin. Boîte à marteaux. **E.** Madame sans gènes. Les dossiers de l'écran. Groupe sanguin. Art centenaire. **F.** Son Altesse. L'argent des labos. Tristram l'est, en rejoignant les femmes. Souffrance du jeune welter. **G.** Bleu de Newton. Suit celui qui le fait. Divine Citroën. **H.** Helen Mirren l'a jouée à la télé. Haut du bahut. **I.** Vieille copine. Infirmières à Marlow. Chienne doberman de Suzie. **J.** Risqués. InterCity. Gai de faire le guet. **K.** Vices liquides qui collent à Judith. Steaks à cœur. Sheeran du Yorskhire. **L.** Ils volent plus haut que les cygnes. La compteuse du baril. Prélude au compostage. **M.** Gardienne du palais. Jeu fréquemment cité en Italie. Union pharmacologique ne manquant pas de cachet. **N.** Ceux comme George Bailey avaient droit à un marteau de président. La ville de rencontre des personnes qui auraient dû se marier. **O.** Arobase d'adresse e-mail. Rosanna est le ... membre de la famille disant savoir faire quelque chose de ses dix doigts. Fourberie d'escarpin. Judith en boit plus ici que dans *Mort compte triple*.

Verticalement

1. Un milligramme ne suffit pas à en faire un ruban. Prince d'un autre royaume. **2.** Coco rococo. Suzie en conduit un vieux défraîchi. Elle finit avec un mufle. S'avère exigeante. **3.** Comme la boîte de bonbons de Judith. Endroit où se cache Rosanna. **4.** Ça l'est, de fermer une ancienne porte à charnières huilées. Mal dit. T'en prends au tabac. **5.** Trendy. Plume du *Marlow Free Press*. Intercardinale. **6.** Elle vaut parfois un fromage. La paix dans les donuts. Cœur de Mie. **7.** Parlé au fond du château favori d'Elizabeth II. Serra comme Cantona. Ligue du Super Bowl. **8.** Apollinaire l'eut en tête. Hypothèse de Suzie. Great Marlow l'est aussi *old* que Judith. **9.** Façon de s'arrêter. Becks pense que Chris Shepherd ne l'est pas d'argent. Début d'une spirale infernale pour le sapeur. Oui moins ouï. **10.** Tel un meuble retenu au mur par un crochet. Il peut se changer en livre. **11.** Patron auquel il ne manque presque rien pour qu'il travaille. Dix points, c'est tout. Pseudo de Judith quand elle publie ses grilles. **12.** Porteur de flemme olympique. Agité du bocal, invisible en mer Rouge. Princesse sensible à la Force. Il est étain. **13.** Remontant pour Judith. Celui du Millénaire est sur la Tamise. Au contact d'un con, il en faut. **14.** Une des Dames de Marlow. Faire mal au chœur. Interjection. **15.** Mèche. Match nul. Domaine de Chris.

CHAPITRE 26

Alors qu'elles approchaient du pont de Marlow – un pont suspendu d'époque victorienne qui reliait la petite ville au village de Bisham –, leur marche fut interrompue par un groupe de voitures immobilisées qui klaxonnaient avec véhémence. Un peu plus loin, des gens bloquaient la circulation en brandissant des banderoles.

– Que se passe-t-il ? demanda Becks à un passant qui observait la scène.

– C'est une manifestation pour le climat, répondit-il.

– Mais nous devons traverser le pont !

– Ils n'arrêtent que les voitures, ils laissent passer les piétons.

– Alors on y va, dit Judith.

Elles dépassèrent les voitures en stationnement. Une vingtaine de personnes armées de drapeaux, de banderoles, de crécelles et de sifflets faisaient autant de bruit que possible, et deux agents de police essayaient tant bien que mal de les faire circuler. Pendant que les manifestants scandaient : « Il n'y a pas d'autre planète ! Il n'y a pas d'autre planète ! », Judith découvrit Rosanna en tête du groupe, assise en tailleur sur la chaussée. Elle portait une pancarte où l'on pouvait lire : « Vous m'ignorez, mais vous allez le regretter ».

Judith et ses amies s'approchèrent d'elle. Becks semblait nerveuse.

– Je ne devrais pas être ici, dit-elle.

– Mais c'est merveilleux tout ça ! s'exclama Judith alors qu'elles rejoignaient Rosanna.

Étonnée de les voir, elle se leva.

– Que faites-vous ici ? demanda-t-elle.

– Comme le poulet qui a traversé la route : nous cherchons à aller de l'autre côté, dit Judith. Mais je suis très heureuse de vous voir vous battre pour vos convictions, vous, les jeunes. Rien ne change dans cette société sans une action directe : demandez aux suffragettes ! Cela dit, je n'imaginais pas que vous étiez du genre à vous engager pour le climat.

– Je ne suis pas une habituée des manifs, dit Rosanna, un peu gênée, mais parfois, on n'a pas le choix. Les événements nous obligent à passer à l'action.

– Oui, vous avez raison, dit Judith en la regardant calmement. Il y a des moments où il faut s'engager.

Une femme blonde aux pointes teintes en bleu, celle que Judith et Suzie avaient vue à bord de la péniche de Rosanna, vint les rejoindre. Comme elles l'avaient appris entre-temps, il s'agissait de Kat, la fille d'Andrew Husselbee.

– Ces dames t'embêtent ? demanda-t-elle à Rosanna avant de faire face à Judith.

– C'est notre droit de manifester en public, poursuivit-elle. Un droit garanti par la Convention européenne des droits de l'homme.

Maintenant qu'elle voyait Kat de plus près, Judith remarqua dans ses yeux une lueur de ferveur presque inquiétante.

– Vous êtes Kat, la fille d'Andrew Husselbee, n'est-ce pas ? demanda Judith.

– Qu'est-ce que ça peut vous faire ? Viens, Rosanna, on a du boulot.

Kat emmena Rosanna, mais quand elles eurent rejoint le groupe des manifestants, elle changea d'avis et retourna vers Judith et ses amies.

– Mon père est d'accord avec moi. Vous le savez, n'est-ce pas ?

– Je n'en doute pas, dit Judith.

Avant que Kat ait pu se rendre compte de ce qui se passait, Judith avait sorti sa boîte de bonbons de son sac à main et en avait fait sauter le couvercle.

– Vous en voulez un ?

Kat ne comprenait pas très bien ce que faisait Judith. Elle regarda autour d'elle – les manifestants, la police –, puis se tourna vers cette femme qui lui tendait une boîte de bonbons.

– Non merci, dit-elle.

– Comme vous voudrez, dit Judith, en prenant un pour elle-même et contemplant cette scène animée. Ce n'est pas vraiment comme Mai 68 à Paris. Mais il n'y a jamais rien eu de comparable à Mai 68, ni avant ni après, ajouta-t-elle un peu tristement.

– Vous étiez à Paris en mai 68 ?

– Vous connaissez ?

– Quand on s'intéresse à l'activisme social, on connaît forcément. C'était comment ?

Judith, les yeux brillants, se souvint.

– Je sortais juste d'Oxford et je traversais une période un peu morose. Je suis donc allée à Paris, ce printemps-là. C'était magnifique – *a posteriori,* bien sûr.

Sur le coup, ça nous a surtout paru un peu ennuyeux et il faisait très chaud. Mais puis-je vous poser une question ? Nous aidons la police à comprendre ce qui est arrivé au père de Rosanna. Pourriez-vous nous dire ce que vous pensez de la famille Bailey ?

– Rien de plus facile, dit Kat. Les Bailey représentent tout ce qui va mal dans ce pays : s'enrichir sur le dos de ceux qui travaillent d'arrache-pied, et être riches de génération en génération, bien qu'ils n'aient jamais rien fait pour mériter cet argent. Des vampires.

– Voilà un avis mesuré ! conclut Suzie en souriant.

– Vous les aimez, vous ? demanda Kat, irritée.

– Nous les connaissons à peine, dit Becks.

– Au moins, dit Kat, le père de Rosanna avait fini par se rendre compte de la réalité.

– Que voulez-vous dire ? demanda Judith.

– Il a déshérité Tristram, non ? Et à juste titre. Ce garçon ne mérite absolument pas d'hériter, étant donné son comportement.

– Comment savez-vous qu'il l'a déshérité ?

– Son père me l'a dit. Le jour de Noël. Jenny avait mis les petits plats dans les grands ; elle avait même cuisiné vegan pour moi, ce qui est une première dans cette famille, je vous l'assure. Plus tard, j'ai trouvé Sir Peter dans son bureau, un verre de vin à la main. Il contemplait ces affreuses radios accrochées au mur derrière son bureau. Je lui ai trouvé l'air vieux, très vieux. Faible, alors qu'il n'a jamais eu l'air faible. Je lui ai demandé si tout allait bien, et il m'a répondu qu'il craignait d'avoir causé du tort à Tristram. C'est là qu'il m'a avoué qu'il avait rédigé un nouveau testament pour déshériter son fils. Il s'inquiétait d'avoir mal agi.

Je lui ai répondu que c'était son argent et qu'il pouvait en faire ce que bon lui semblait.

– Vous a-t-il dit à qui il laissait sa fortune ?

– À qui ? À Rosanna par exemple ? Je ne le lui ai pas demandé. C'était Noël.

– Mais Rosanna pense-t-elle maintenant qu'elle va hériter ?

– Elle n'en a aucune idée. Elle n'en est pas sûre. Honnêtement, je m'inquiète pour elle. Elle n'a plus que ce foutu testament en tête et ne parle plus que de ça. Je crois même que ça la rend un peu zinzin. Encore un exemple de la corruption que provoque l'argent. Et plus il y en a, plus il corrompt. Mais de toute façon, cela n'a plus d'importance, car le nouveau testament est introuvable.

– Et ça ne vous dérange pas ?

– Moi ? Je suis avocate. J'ai vu trop de familles se déchirer autour de leur héritage. Si on le trouve, eh bien ! on l'aura trouvé ; sinon, tant pis. C'est tout. Il y a des soucis plus importants en ce monde, conclut Kat en désignant les autres manifestants.

– Nous n'allons pas vous retenir davantage, dit Judith, mais une dernière question : pourquoi n'étiez-vous pas à la réception ?

– Pardon ?

– Vous êtes l'amie de Rosanna, mais je ne vous ai pas vue à la réception que donnait Sir Peter la veille de son mariage. Pourquoi ?

– Si vous croyez que j'ai envie de me pavaner tout l'après-midi avec des bourges…

Quelque chose sonnait faux dans la réponse de Kat, qui s'aperçut que Judith ne la croyait pas complètement.

– Bon, d'accord, reprit-elle. Si vous voulez vraiment le savoir, j'étais chez le coiffeur. Pour le grand jour. OK ?

Judith sourit intérieurement. Il était évident qu'une combattante écologiste comme Kat avait du mal à avouer qu'elle se faisait une beauté pour se rendre à un mariage huppé.

– Quel coiffeur ?

– Divas and Dudes.

– Je le connais ! dit Becks, qui se souvenait y avoir emmené ses enfants quand ils étaient petits. Mais c'est un coiffeur pour enfants, non ?

– La patronne est une vieille amie, elle me coiffe depuis des années. En tout cas, si vous cherchez à insinuer que je suis impliquée, j'étais chez le coiffeur.

Un jeune homme aux joues rubicondes vint les trouver, très agité.

– La police commence à parler d'évacuer les manifestants !

– Et merde ! cria Kat.

Ils partirent précipitamment, et quelques secondes plus tard Kat s'expliquait vivement avec les policiers.

– Nous tenons la première preuve que Sir Peter a bel et bien déshérité Tristram, dit Suzie. Nous sommes d'accord ?

– Oui, à condition, bien sûr, que Kat dise la vérité, précisa Judith.

– Pourquoi mentirait-elle ?

Des photographes commençaient à mitrailler les manifestants.

– Excusez-moi, intervint Becks. Ça vous ennuie si l'on ne reste pas là ? Si l'on s'en va – maintenant ?

– Bien sûr que non ! dit Judith.

Les trois femmes traversèrent le pont et prirent à gauche le long du fleuve, passèrent l'hôtel du *Compleat Angler*, et prirent le chemin de halage en direction de Bourne End.

– Nous devrions vérifier l'alibi de Kat, dit Judith.

– Tu ne la crois pas ? demanda Becks.

– Je ne crois personne tant que nous n'avons pas prouvé qu'il ou elle dit vrai.

– T'as bien raison ! dit Suzie. Mais avoue que ce serait bizarre si elle avait assassiné Sir Peter dans le bureau pendant que sa petite copine était en haut, cachée dans le dressing.

– Oui, je vois ce que tu veux dire. Présenté ainsi, c'est effectivement assez bizarre.

– Mais sommes-nous vraiment sûres qu'il y avait quelqu'un dans le bureau et qu'il a tué Sir Peter ? demanda Becks.

– Oui ! répondirent Judith et Suzie à l'unisson.

– Désolée, je m'assurais que nous en étions encore sûres.

– Oui ! Sûres et certaines ! dit Suzie.

Passant entre des demeures splendides et des yachts, parfois plus splendides encore, amarrés au rivage, elles se demandèrent quelle maison de multimillionnaire chacune d'elles aimerait posséder. Pour Suzie, c'était la taille qui comptait, et elle était particulièrement attirée par un énorme yacht de trois étages amarré devant une maison à l'architecture très moderne dont la façade n'était qu'une grande paroi de verre dressée devant l'écluse de Marlow. Becks était horrifiée.

– Tu imagines, tout ce verre à nettoyer ? dit-elle.

– Je crois que si je pouvais m'offrir une telle maison, je n'aurais aucun mal à payer quelqu'un pour nettoyer les vitres, répondit Suzie.

Judith appréciait cette conversation sans y prendre part. Après tout, elle habitait déjà une maison au bord de la Tamise qu'elle trouvait parfaite à tout point de vue.

Le sentier de halage s'arrêtait devant une grille fermée. Elles avaient toujours cru qu'il se terminait là, mais une épaisse haie de laurier-cerise marquait la limite du jardin des Bailey. S'il fallait en croire Lady Bailey, le sentier continuait normalement au-delà de cette limite, mais il était désormais coupé par la haie.

– On y va ? demanda Judith.

Becks et Suzie n'étaient pas convaincues.

– N'ayez crainte, je vous précède.

Tout en écartant le feuillage épais, elle repensait à l'été dernier, quand elle avait traversé d'autres buissons pour finalement y découvrir, entre deux eaux, le cadavre de son voisin. Elle redoubla de courage. Se faufilant entre l'épaisse haie de laurier à sa gauche et une haute palissade de bois à sa droite, Judith finit par découvrir avec soulagement une sorte de sentier qu'elle pouvait suivre, même s'il fallait encore repousser les branches. Elle se sentait comme une voiture prise entre les rouleaux d'une station de lavage.

Après s'être battue contre la végétation pendant encore une minute, elle aperçut une petite trouée et s'arrêta. Elle écarta les branches et découvrit, de l'autre côté, un massif d'arbustes. White Lodge se trouvait à peine plus loin, par-delà la pelouse. Elle distinguait bien les azalées qui croissaient sous la fenêtre du bureau de Sir Peter et, juste au-dessus, une fenêtre plus petite, celle de sa chambre.

Elle vit aussi, par terre, un mégot de cigarette. Au moment où ses amies la rejoignirent, elle se pencha pour le ramasser. Autour du filtre, en lettres d'or, apparaissait la marque Cartier.

– Elle disait vrai ! dit Judith. Lady Bailey est venue ici.

– Pour espionner son ex-mari ! dit Suzie, presque admirative. Et maintenant, qu'est-ce qu'on fait ? On va s'occuper de Tristram ?

– Non, dit Judith. Je crois que le moment est enfin venu de retrouver le testament de Sir Peter.

CHAPITRE 27

À White Lodge, Jenny était dans le bureau, notant le moindre détail de la pièce. De fines échardes de verre scintillaient encore entre les poils du tapis. Sans leur présence et sans le cadre brisé de la porte, il ne serait resté aucun signe évident de la récente tragédie.

Elle entendit Judith l'appeler de l'intérieur de la maison.

– Dans le bureau ! lui répondit-elle.

Judith, Becks et Suzie firent leur apparition.

– Tout va bien ? demanda Becks.

– J'essaie de comprendre ce qui s'est passé ici. Comment on a pu faire ça à Peter. Comment Tristram a pu faire ça, ajouta-t-elle.

Judith lui lança un regard étonné.

– Je cherche juste à raisonner logiquement. Il est la seule personne qui profite de la mort de son père. Et je sais que vous le soupçonnez d'avoir un complice, mais si, en réalité, c'était plus simple ? Tristram a tué son père tout seul.

– Même en étant dehors dans le jardin ? demanda Becks.

– J'ai réfléchi à cela aussi : peut-être Peter était-il seul dans ce bureau et aurait renversé cette armoire sur lui par maladresse ?

– Comment aurait-il fait ça ? demanda Suzie.

– Je ne sais pas. Peut-être en essayant d'atteindre quelque chose en haut du meuble. Un jour, je l'ai surpris en train de planquer des orangettes au chocolat sur l'armoire. C'était lui tout craché. Qui mange encore des orangettes, de nos jours ? Quoi qu'il en soit, sa dispute avec Tristram l'avait mis hors de lui, alors on peut imaginer qu'il est entré ici, qu'il a fermé la porte afin d'être tranquille, puis qu'il a cherché à prendre quelque chose sur l'armoire et l'a renversée sur lui. Ce serait alors un horrible, un abominable accident. Ensuite, nous sommes tous entrés en forçant la porte, mais je me demande une chose : et si je m'étais trompée quand j'ai pris son pouls ? Il était peut-être encore vivant.

– Vous croyez cela vraisemblable ? demanda Judith.

– Je ne sais pas. C'est mon métier de savoir prendre un pouls, mais j'étais bouleversée. En état de choc. Peut-être me suis-je trompée ? On m'a fait sortir de cette pièce avant que j'aie pu vérifier de nouveau. Il est possible, je dis bien *possible*, qu'il ait été encore vivant.

– Ah, je comprends ! dit Judith, qui se rappela que lorsqu'elle avait attendu dehors avec les autres invités, juste après le drame, elle n'avait pas vu Tristram parmi eux.

Elle reprit :

– Vous êtes en train d'insinuer que Tristram aurait pu se faufiler dans le bureau alors que nous étions tous dehors en train d'attendre la police ?

– C'est une possibilité. Et il ne faut pas oublier que parmi les outils de laboratoire tombés de l'armoire, certains étaient très lourds.

– Vous pensez donc que Tristram aurait pu ramasser un de ces objets pour administrer le coup de grâce ? Et que Peter serait mort quelques minutes après la chute du meuble ?

– Je ne sais pas, répondit Jenny. Présenté ainsi, ça ne paraît pas très vraisemblable.

– C'est pourtant tout à fait plausible, vous avez raison. J'en déduis qu'il est d'autant plus important de retrouver le testament.

– Oui, dit Jenny, et j'ai pensé à cela aussi. Vous et moi, nous avons fouillé cette maison de fond en comble et nous n'avons rien trouvé. Avez-vous pensé que si nous ne l'avons pas trouvé, c'est parce qu'il n'est pas ici ?

– Ce serait logique, dit Becks. Mais alors, où est-il ?

– Je n'en sais rien, mais là encore, pour nous en tenir au plus simple, s'il n'est pas dans la maison, c'est peut-être parce qu'il est dehors.

– C'est exactement ce que je pense ! dit Judith. En fait, nous venons juste de découvrir que Lady Bailey a vu Tristram sortir de la maison quelques minutes avant son arrivée en voiture.

– Vraiment ? demanda Jenny, très étonnée.

– Et donc, s'il est venu ici avant le meurtre pour prendre le testament, la question est : qu'en a-t-il fait ?

– Facile ! triompha Suzie. Il l'a brûlé. Dans une cheminée. Et ici, continua-t-elle en s'emballant quelque peu, on a le choix entre trois cheminées, n'est-ce pas ? Celle du bureau, celle du salon et celle de votre chambre, au premier étage.

– Selon moi, il ne l'a pas brûlé, dit Judith.

– Comment peux-tu en être sûre ?

– Sûre, non. Mais imagine qu'il ait été surpris en train de brûler le document quelques minutes avant la mort de son père. Comment aurait-il pu expliquer ça ? Et vous savez ce qui se passe quand on brûle du papier dans une cheminée : il en reste toujours des petits bouts qui ont résisté au feu. C'était trop risqué. J'aurais tendance à être de l'avis de Jenny : il peut avoir caché le document à l'extérieur. Quelque part entre la porte d'entrée et la route. Qui aurait l'idée de le chercher par là ?

Judith en tête, les quatre femmes sortirent de la maison et parcoururent l'allée couverte de gravier. Le court de tennis s'étendait à leur gauche, derrière une petite haie de troènes.

– Impossible de cacher un testament dans une haie de troènes, dit Jenny.

– Non, admit Suzie. On le verrait tout de suite.

– Nous pourrions chercher derrière la hêtraie, suggéra Judith en désignant une rangée de hêtres buissonnants dont les feuilles mortes recouvraient l'allée sur toute sa largeur.

Elles eurent tôt fait de constater que personne n'y avait caché de document. Il y avait cependant une arche en brique qui menait au jardin géométrique en haies de buis et à l'orangerie vitrée pleine de fleurs exotiques.

Elles traversèrent l'arche pour jeter un coup d'œil, mais elles ne virent aucun endroit où l'on aurait pu dissimuler un testament.

Suzie essaya d'ouvrir la porte de l'orangerie. Elle était fermée à clé.

– Elle est toujours verrouillée ? demanda-t-elle.

– Oui, la clé est dans la maison, répondit Jenny. Contre les voleurs.

Jenny se tut et fronça les sourcils.

– Qu'y a-t-il ? demanda Judith.

– Quelqu'un a fouillé dans le compost, répondit Jenny.

Elle leur montra, adossée à l'orangerie, une grosse caisse en grillage pleine d'un terreau composté brun clair dont la surface était lisse, mais il y avait près du bord un petit tas plus foncé.

– C'était complètement lisse la dernière fois que je suis passée, dit Jenny.

– Pas question que je mette la main là-dedans, dit Becks.

– Je n'en ai pas très envie non plus, dit Judith.

– Ce ne sont que des feuilles mortes, dit Suzie, qui retira son manteau et le tendit à Jenny.

Elle retroussa ses manches et enfonça une main dans la terre humide. Elle se concentra, le visage crispé, pendant que ses doigts exploraient la masse de compost.

– J'espère que tu ne deviendras jamais vétérinaire ! dit Becks.

– Tiens, tiens ! dit Suzie. Qu'est-ce que c'est que ça ?

Elle retira son bras. Elle tenait du bout des doigts un petit morceau de papier déchiré, humide, mais il portait une tache d'encre bleue.

Elle le posa sur le côté, et bien que l'encre fût en partie dissoute par l'humidité, on y distinguait les restes d'une écriture manuscrite.

Ceci est
Étant sain de

– C'est l'écriture de Peter ! dit Jenny.

Suzie replongea la main dans le trou qu'elle avait pratiqué dans le compost et fouilla de nouveau. Au bout de quelques instants, elle en tira un autre morceau de papier.

– Qu'y a-t-il sur celui-là ? demanda Judith, impatiente.

– Voyons un peu… dit Suzie en le posant à côté du premier fragment.

Elles y découvrirent le nom et la signature de Chris Shepherd.

Suzie retourna au compost une troisième fois et se mit à en retirer des mottes jusqu'à ce qu'elle atteigne la profondeur à laquelle le papier avait été enfoui. Elle put extraire les derniers morceaux et les tendit à Judith qui les plaça à côté des précédents, en cherchant à reconstruire le document original. Quand Suzie eut terminé ses fouilles, il était presque entièrement reconstitué, et elles furent en mesure de le lire.

Le 10 décembre 2022

Ceci est le testament et les dernières volontés de Sir Peter Bailey. Étant sain de corps et d'esprit, je lègue mon domaine entier à Jenny Page. Si je mourais dans des circonstances suspectes, je vous prie d'enquêter à propos de mon fils, Tristram Bailey, qui est capable de tout pour s'assurer que je n'épouse pas la femme de ma vie.

Sous le texte figurait la signature ornée de Sir Peter, ainsi que les signatures, les noms et les adresses d'Andrew Husselbee et de Chris Shepherd.

– Il m'a tout laissé ! dit Jenny, encore incapable de croire à ce qu'elle venait de lire.

Judith, Becks et Suzie restaient sans voix, gênées.

– Mais est-il valide, maintenant que nous l'avons trouvé ? demanda Jenny.

– Désolée, dit Judith, je ne vois pas comment il pourrait l'être.

– Mais voyez vous-même ! Il m'a tout laissé !

– Dans un testament qui a été déchiré.

– Ce sont les dernières volontés de Peter !

Les trois amies remarquèrent que Jenny était au bord de la crise de nerfs, ce qui était compréhensible. Suzie et Judith jetèrent un regard à Becks pour l'inciter à agir. Cette dernière passa son bras autour de la taille de Jenny.

– Retournons à l'intérieur, dit-elle. Judith et Suzie appelleront la police.

Pendant que Becks ramenait à la maison une Jenny bouleversée, Suzie interrogea Judith du regard pour qu'elle lui confirme la nature précise de ce qu'elles venaient de découvrir.

Judith acquiesça de la tête.

– C'est exact, ce testament n'a aucune valeur légale, dit-elle. Et puis je ne peux pas m'empêcher de remarquer que l'enveloppe est manquante.

– Que veux-tu dire ?

– Nous avons le testament, mais où est l'enveloppe dans laquelle il se trouvait ?

– On s'en fout, de l'enveloppe ! dit Suzie. Tout ce qui compte, c'est le testament. Tristram l'a fauché dans la maison juste avant de tuer Sir Peter, comme l'a dit Jenny. Il l'a récupéré, l'a déchiré, l'a caché dans le compost avant de partir vers la route pour sauter dans sa voiture de sport et faire son entrée fracassante quelques secondes plus tard. Et maintenant, Jenny ne peut plus rien hériter, c'est ça ? Elle a perdu la maison et tout le pognon de Sir Peter.

Silencieusement, elles méditèrent quelques instants sur l'horreur que cela représentait pour Jenny.

Judith sentait la colère monter en elle.

– Sir Peter avait vu venir le coup, dit-elle. C'est pourquoi il m'avait invitée à sa réception. C'est aussi pourquoi il avait écrit un nouveau testament, avant même leur mariage, léguant la totalité de sa fortune à Jenny. Parce qu'il redoutait d'être assassiné par Tristram.

– Ce que Tristram a fini par faire. Même si nous ne pouvons pas le prouver. Et maintenant, il hérite de tout. Le titre, la maison, la fortune. On peut dire qu'il s'en tire bien.

– Mais comment a-t-il fait le coup ? demanda Judith, furieuse. Comment est-il parvenu à tuer son père alors qu'il était dehors, avec nous, au moment même où Sir Peter est mort ?

CHAPITRE 28

Quand l'inspecteur principal Gareth Hoskins arriva, accompagné de deux policiers, Judith les conduisit directement au tas de compost où elles avaient trouvé le document.

– Qu'est-ce qui a bien pu vous donner l'idée de regarder dans un tas de compost ? demanda-t-il.

– Tristram Bailey a été vu en train de quitter la maison juste avant le meurtre.

– Le meurtre ? répéta l'inspecteur Hoskins d'un ton moqueur.

– Permettez-moi de ne pas revenir sur ce point. Le testament de Sir Peter est sur le compost. Quelqu'un l'a déchiré avant de l'y cacher. Je pense aussi que vous devriez au moins noter que l'enveloppe dans laquelle se trouvait le testament a disparu.

– Vous vous inquiétez parce qu'il n'y a pas d'enveloppe ?

– Moi non, mais j'espère que vous allez le faire, dit-elle, tournant les talons pour s'éloigner.

– Une minute, dit l'inspecteur Hoskins, mécontent que Judith ait mis fin à la conversation. Même si Tristram Bailey a quitté la maison juste avant la mort de Sir Peter, qu'est-ce qui vous a fait penser à chercher dans ce tas de compost ?

– Comme vous le savez, j'en suis sûre, avant de chasser Tristram de sa maison au début du mois dernier, Sir Peter l'avait accusé de vouloir le tuer – l'empoisonner, pour être précise –, puis il a rédigé un nouveau testament. Ce qui nous a menées vers le tas de compost n'a été qu'un processus de déduction.

– Comment se fait-il que vous soyez au courant de tout cela ?

– Et vous, comment se fait-il que vous ne le soyez pas ?

L'inspecteur Hoskins ne répondit pas immédiatement.

– Je vais avoir besoin d'une déposition officielle de votre part, dit-il.

– Naturellement. Ce que vous ferez de l'information n'appartient qu'à vous.

Avec un sourire qui mettait définitivement fin à l'échange, Judith retourna vers la maison. Voyant une Jaguar bleu foncé garée devant White Lodge, elle se demanda qui avait bien pu arriver pendant qu'elle parlait à la police.

Une fois entrée, elle trouva Jenny et Suzie dans la cuisine en compagnie d'Andrew Husselbee.

– Bonjour, Mrs. Potts ! dit-il chaleureusement.

– Je vous en prie, appelez-moi Judith. Que faites-vous ici ?

– Jenny m'a téléphoné. Elle m'a tout raconté.

– Il dit que le testament n'a pas valeur légale ! dit Jenny.

– C'est très regrettable, dit-il avec tristesse, mais c'est la loi.

– Ce sont les volontés de Peter ! sanglota Jenny.

– Nous ne pouvons l'affirmer.

– Mais si ! Il a signé le document ! Il l'a daté ! C'est son écriture ! Il m'a tout laissé ! Je dois avoir son argent ! Je *veux* son argent !

– Il peut y avoir une autre explication, tout aussi valable. Il a rédigé le testament, comme vous venez de le dire, mais il a ensuite changé d'avis et a tout déchiré.

– Pour le cacher dans le tas de compost ? demanda Suzie.

– Bonne remarque, dit Judith. Pourquoi ne l'a-t-il pas simplement jeté à la corbeille ?

– Malheureusement, nous ne le saurons jamais, dit Andrew. Mais juridiquement, un testament déchiré n'est pas valide. De quelque façon qu'on tourne la chose, il ne l'est pas. J'aurais grand tort de vous laisser croire le contraire. Je suis désolé. Mais puis-je vous demander, à propos de ce testament déchiré que vous avez trouvé, si Sir Peter avait légué quelque chose à d'autres personnes que Jenny ?

– Non ! Il m'a tout légué, à moi ! dit Jenny, qui ne cherchait plus à dissimuler sa vénalité.

– Que voulez-vous dire ? demanda Judith.

– J'aimerais savoir s'il avait légué quelque chose à Chris Shepherd.

– Et pourquoi diable l'aurait-il fait ?

– Lorsque nous sommes venus en tant que témoins, Chris a demandé à Peter s'il l'avait inclus dans son testament. Sir Peter l'avait rassuré en lui répondant par l'affirmative, et en lui assurant qu'il pouvait lui faire confiance. Cependant, comme je l'ai expliqué plus tard à Sir Peter, le testament aurait été invalide s'il avait mentionné un legs à Chris, de quelque nature que ce soit.

– Pourquoi cela ?

– Légalement, le bénéficiaire d'un testament ne peut pas en être témoin.

– Ça semble logique, dit Suzie.

– Mais Peter m'avait assuré qu'il avait fait, selon son expression, un « pieux mensonge » afin que Chris accepte d'être témoin de son testament. Il ne lui avait, en réalité, rien légué du tout. À ce sujet, Sir Peter s'était d'ailleurs montré très condescendant et m'avait dit quelque chose du genre « Pourquoi léguerais-je quoi que ce soit à mon jardinier ? » C'était un aspect peu reluisant de Sir Peter, il pouvait faire preuve d'un vrai mépris de classe quand l'envie lui en prenait. Peut-être suis-je trop curieux en cherchant à connaître le fin mot de l'histoire.

– Attendez ! dit Judith, réfléchissant à toute vitesse. Chris croyait que Sir Peter avait prévu de lui léguer quelque chose ?

– Oui, mais uniquement parce que Sir Peter le lui avait annoncé.

– Alors, s'il a trouvé le testament, dit Suzie, il s'est rendu compte que Sir Peter lui avait menti ! Il a déchiré le document et l'a caché dans le compost – un choix tout naturel de la part d'un jardinier ! Ensuite, la veille du mariage, il est allé voir Sir Peter dans son bureau et l'a tué !

Le visage d'Andrew s'assombrit.

– Qu'en pensez-vous ? demanda Becks.

– C'est possible, mais Chris savait depuis des semaines que Sir Peter ne lui avait rien laissé ! Je le lui ai dit le jour même où nous avons signé en tant que témoins. J'étais en train de quitter White Lodge et Chris allait reprendre son travail au jardin. Je suis allé le voir pour le lui dire. C'était la bonne décision : pour un avocat, c'est indispensable. Même si la tâche est embarrassante. À long terme, c'est toujours la meilleure solution. Je l'ai informé qu'en dépit de ce que Sir Peter lui avait laissé entendre, il ne recevrait de lui aucun héritage. Je suis désolé d'ajouter que ça l'a quelque peu incommodé.

– Seulement quelque peu ? C'est comme ça qu'on parle quand on est avocat ? dit Suzie.

– Non, il était hors de lui, dit Andrew. J'ai dû l'empêcher de retourner dans la maison. Il voulait affronter Sir Peter sur-le-champ.

Les trois amies se regardèrent. Pourquoi Chris ne leur avait-il rien dit de tout ça quand elles l'avaient interrogé aux Deux Brasseurs ?

– Qu'est-ce que ça peut nous faire, ce qu'il savait ou ne savait pas ? dit Jenny. Peter ne lui a rien laissé, contrairement à moi, et c'est ça qui compte. Tout doit me revenir !

– Oui, et pourtant ça n'a aucune chance de se produire, dit Andrew avec tristesse. Je possède le seul testament intact de Sir Peter, celui qu'il a rédigé il y a des années. Et dans celui-ci, il lègue tout son domaine à Tristram. Je suis vraiment navré.

– Mais Tristram ne peut pas tout empocher !

– Je crains bien que si.

– Cette maison ? Tout l'argent ?

Andrew ne dit rien, et ce fut toute la réponse dont Jenny avait besoin. Elle sortit de la pièce.

– Quel terrible dénouement ! dit Andrew avec gravité. Je crois que Jenny va avoir besoin de l'affection de ses amies pendant quelque temps.

– Quand Tristram touchera-t-il l'héritage ? demanda Judith.

– À partir de la date du décès, il faut attendre un an pour la probation. Je m'arrangerai pour ne pas soumettre le testament au Trésor public avant le trois cent soixante-cinquième jour.

Avec un autre sourire triste, Andrew prit congé.

– C'est affreux, dit Becks. Jenny aurait dû hériter de tout. C'est ce que voulait Sir Peter.

– Oui, mais pourquoi a-t-il menti à Chris Shepherd ? demanda Suzie. Pourquoi n'a-t-il pas simplement cherché un autre témoin pour son testament ?

– Parce que nous avons affaire à un certain type d'Anglais, tu ne crois pas ? dit Judith. Riche, éduqué jusqu'aux oreilles, et qui ne prend jamais rien tout à fait au sérieux parce que rien ne l'atteint vraiment. Toujours, sa richesse le protège et l'isole de ses erreurs.

– Il ne devient jamais adulte, dit Suzie.

– Exactement. Alors, quel que soit son interlocuteur, il lui dit ce qu'il veut entendre. Toi et moi, nous appelons ça mentir, mais lui, il appelle ça s'arranger pour que tout le monde soit content. Ce n'est qu'un enfant, en définitive. Sir Peter était un menteur. Il mentait à sa femme quand il la trompait. Et il a menti à son jardinier quand il lui a promis de lui laisser un peu d'argent. Tenez, d'ailleurs, voici une chose que j'aimerais savoir : pourquoi n'a-t-il rien laissé à Rosanna dans son nouveau testament ?

– Tu as raison, dit Becks. C'est étrange. Mais ça ne change rien, car Rosanna n'a jamais réussi à ouvrir le coffre-fort de la chambre de son père. Ce nouveau testament, elle ne l'a jamais trouvé. Dans le cas contraire, elle n'aurait eu aucune raison de se cacher dans le dressing pendant qu'il se faisait tuer à l'étage au-dessous.

– Mais pourquoi ne lui avoir laissé aucune part de l'héritage ? insista Judith.

– Je n'en sais rien, dit Suzie. Peut-être lui en voulait-il ? Ou peut-être venait-il d'avoir une violente dispute avec sa fille, de celles évoquées devant nous par Jenny et confirmées par Lady Bailey ? Souvenez-vous : elle a même précisé qu'elle craignait parfois que ces différends ne mènent à des actes de violence.

– Jenny disait pourtant que ces accrochages n'avaient rien de personnel, dit Becks. Ils tournaient toujours autour du travail.

– Toute dispute est toujours personnelle, dit Suzie. Et toutes les personnes que nous avons interrogées nous ont confirmé que Sir Peter était un personnage mélodramatique. Tout ce qui tourne autour de ce nouveau testament tient du mélodrame, d'ailleurs. Laisser tout son domaine à sa maîtresse, accuser son fils de vouloir l'assassiner…

Suzie s'enflamma soudain :

– Sir Peter accuse son fils d'être son assassin. Pourquoi ne pas l'admettre ? C'est Tristram qui l'a tué ! Ce n'est pourtant pas difficile à comprendre !

– Mais c'est impossible, dit Becks. Quand son père est mort, il était avec nous.

– Ou alors, continua Suzie, la version de Jenny est la bonne : Sir Peter n'était pas tout à fait mort quand nous avons trouvé son corps. Tristram aurait très bien pu pénétrer dans le bureau après notre départ pour l'achever avec un gros machin d'équipement de labo.

– J'en doute, dit Judith. Cela signifierait que Sir Peter serait resté au sol, blessé, pendant plusieurs minutes. Je suis persuadée que si son agonie avait été longue, le médecin légiste n'aurait pas manqué d'en faire état dans son rapport post-mortem. Si vous voulez mon avis, je continue de parier sur le mystérieux complice de Tristram. Le brin de causette qu'il est venu nous faire juste au bon moment me paraît trop joli pour être honnête.

– Mais comment allons-nous le retrouver, ce complice ? demanda Becks.

– Ce ou *cette* complice, ajouta Suzie.

– Voilà la bonne question ! dit Judith qui venait d'avoir une idée. Nous allons le localiser. Après tout, nous sommes plus ou moins certaines que Tristram est allé le voir directement après cette dispute au téléphone l'autre jour. À moins que nous ne l'ayons perdu sur Alison Road par pure coïncidence.

– Mais comment localiser son interlocuteur ? demanda Becks.

Judith sourit à Suzie.

– Suzie, dit-elle, quand dois-tu promener ce joli saluki que j'ai vu l'autre jour ?

CHAPITRE

29

Malheureusement, Suzie venait d'informer le propriétaire de Princess qu'elle ne serait plus en mesure de garder sa chienne. Judith eut du mal à cacher son irritation en apprenant que son amie continuait à refuser du travail rémunéré, mais elle se rendit compte qu'elle pouvait se passer de Princess pour mettre son plan à exécution. Il suffisait de se procurer une de ces breloques GPS comme celle que Princess portait à son collier. Ensuite, au lieu de l'utiliser sur un chien, on pouvait s'en servir pour suivre la voiture de Tristram.

Après une petite expédition dans un magasin d'articles pour chiens huppés, Suzie acquit un GPS de la même marque. Cet achat fut suivi d'un long après-midi sur Internet durant lequel les trois amies s'efforcèrent de créer un compte pour synchroniser l'objet avec le téléphone de Suzie. Une fois les deux appareils connectés, elles retrouvèrent la voiture de sport de Tristram, qui était garée près de la maison de Lady Bailey. Pendant que Suzie et Becks surveillaient les alentours pour s'assurer de ne pas être observées, Judith détacha deux boutons-pression qui fixaient la capote de toile noire à l'arrière de la voiture et inséra le GPS entre les sièges en cuir. Elle rattacha les deux boutons, remit la capote en place, puis s'éloigna, vite rejointe par ses deux amies.

– Maintenant, dit-elle, tout ce que nous avons à faire, c'est d'attendre qu'il aille à Alison Road, et nous saurons exactement chez qui il va.

Pendant deux jours, Tristram ne prit pas sa voiture. Le troisième, il se rendit juste au supermarché. Le jour suivant, il partit pour Londres et revint le soir. C'était extrêmement frustrant : à aucun moment il ne s'était approché d'Alison Road.

Mais le cinquième jour, en fin d'après-midi, Suzie était chez elle avec Emma quand elle entendit retentir l'alarme du GPS. Sur son téléphone, l'application de traçage l'informa que l'appareil était en mouvement. Au début, l'itinéraire de Tristram ne montrait rien d'intéressant, mais le cœur de Suzie bondit quand elle vit, sur son écran, le point bleu s'engager sur Station Road. C'était le trajet qu'avait suivi Tristram la dernière fois, avant qu'elles ne perdent sa trace.

Quand le point dépassa Dedmere Road pour s'arrêter au milieu d'Alison Road, elle sut qu'elles venaient de taper dans le mille. La petite amie – ou le complice – de Tristram devait se trouver à cet endroit précis.

Elle appela Becks et Judith, passa les prendre chez elles dans son van, puis elles se dirigèrent – avec Emma – vers Alison Road, où Suzie gara le van dans un virage, à quelques maisons de distance du point bleu.

Elle coupa le moteur et demanda à ses amies de s'installer à l'arrière du véhicule. De là, il serait possible de surveiller la scène à travers le pare-brise sans se faire remarquer. Elle avait apporté, pour l'occasion, trois chaises de camping et quelques denrées ramassées dans sa cuisine au cas où elles auraient faim.

– Bravo, excellent travail ! dit Judith une fois la scène d'observation installée. Emma était couchée à leurs pieds sur une vieille couverture.

Elles eurent de la chance ce soir-là. La voiture de Tristram était dissimulée par une épaisse haie, mais elle était garée à côté d'une petite camionnette dont le flanc portait les mots « Marlow Mocha » en lettres anglaises dorées. Mieux encore : elles distinguaient très bien l'intérieur de la maison. Les rideaux étaient ouverts sur un salon surélevé où se tenait Tristram, visiblement en pleine dispute avec une femme.

Cette femme n'était pas bien visible, mais elle paraissait avoir la quarantaine et des cheveux bruns lisses qui lui arrivaient aux épaules. Elle portait une petite tunique à fleurs et un jean.

– Décidément, il s'engueule avec tout le monde ! remarqua Suzie.

– Ça m'en a tout l'air, dit Becks.

– Mais est-ce bien de cela qu'il s'agit ? insinua Judith. Si j'observe le langage corporel de Tristram, il essaie plutôt de la convaincre. Ou de s'excuser. Je pense qu'il argumente, pas qu'il se querelle.

– Et elle ne bouge pas d'un poil, tu ne crois pas ? ajouta Suzie avec un ricanement amer. Il a du mal à la convaincre.

– Qui est-ce ? demanda Judith. L'avez-vous déjà vue ?

– Pas moi, dit Becks.

– Moi non plus, dit Suzie, mais je reconnais le van. C'est une camionnette à café qu'on voit devant la gare.

– Mais oui ! dit Becks. Je l'ai déjà vue !

– Alors qu'en concluons-nous ? demanda Judith. Sommes-nous devant la maîtresse ou la complice de Tristram ?

Pendant qu'elle disait ces mots, elles virent la femme se lever et enlacer Tristram. Ce geste parut le calmer. Ils s'embrassèrent avec passion.

– Quelle indécence ! dit Becks en voyant que le baiser se prolongeait.

Heureusement pour elle, la femme prit Tristram par la main et ils sortirent du salon.

– Cela répond en tout cas à au moins une de nos questions, analysa Judith. Que cette femme soit ou non la complice de Tristram, elle est incontestablement la maîtresse que nous cherchons depuis longtemps. Celle dont il ne révèle l'existence à personne. Et je me demande pourquoi.

– Alors, qu'est-ce qu'on fait ? demanda Becks.

– Eh bien ! dit Suzie, toute contente, j'ai deux paquets de Party Rings[1], un gros paquet de Curly modèle familial et une bouteille de trois litres de limonade en promo. Je vous propose un pique-nique.

Elle déchira le paquet familial et en sortit un petit sachet.

– Qui veut des Curly ?

– *Des Curly ?* répondit Judith, révulsée, laissant s'exprimer sa Lady Bracknell intérieure.

– Tant pis pour toi, dit Suzie en gobant quelques croquettes arôme cacahuète. Notre première filature, ça se fête ! ajouta-t-elle la bouche pleine, tout en ouvrant

1. Biscuits industriels en forme d'anneau glacé de couleurs vives. (N.d.T.)

la bouteille de limonade avec un joyeux *pschitt*. Désolée, je n'ai qu'un seul mug.

Elle sortit un vieux mug de la poche de son manteau et le remplit.

– Des donuts ! C'est ça que j'aurais dû acheter. Des donuts !

Elle prit une gorgée de limonade.

– Comme dans les films !

Suzie croqua encore quelques Curly.

– Alors, tu as trouvé d'autres mots croisés farfelus ? demanda-t-elle à Judith pour entretenir la conversation.

– Dans le *Marlow Free Press*, tu veux dire ? Non. Le magazine paraît demain.

– Tu crois qu'il y aura un autre message secret ?

– Aucune idée. Mais c'est possible.

– Je continue de penser que c'est un truc de trafiquant de drogue.

– Mais si l'on veut acheter ou vendre de la drogue, il suffit de décrocher son téléphone ou d'envoyer un texto, non ?

– Oui, comme l'inconnu qui a demandé à Sir Peter cette grosse somme en liquide, dit Becks.

– Exactement, dit Judith. Je suis persuadée que nous ne saurons pas ce qui est arrivé le jour de sa mort tant que nous n'aurons pas identifié avec certitude le destinataire de tout cet argent et la raison de sa demande.

– C'est en tout cas quelqu'un qui s'y connaît en technologie, dit Suzie. Il s'est servi d'un numéro de téléphone bidon.

– C'est dans le genre de ce que pourrait faire mon fils, Sam, dit Becks. Créer un faux numéro de téléphone et acheter quelque chose d'abominable sur le Dark Web, de la nitroglycérine par exemple, juste pour s'assurer qu'il peut le faire.

– Tu parles sérieusement ? demanda Judith.

– C'est un ado de dix-sept ans, et pour ce genre de truc, les ados peuvent se montrer complètement idiots. Comment vont tes enfants, Suzie ?

– Mes deux filles ? À merveille ! Rachel vient me voir avec son compagnon le week-end prochain, et j'ai l'intention d'aller voir Amy en Australie au printemps.

Un téléphone sonna. Becks sortit le portable de son sac à main, identifia l'appelant et coupa l'appel aussitôt.

Judith et Suzie échangèrent un regard. Becks était rouge comme une tomate.

– Qui était-ce ? demanda Suzie.

– Oh ! Personne ! répondit Becks.

Son téléphone se remit à sonner. Becks, en pleine panique, prit l'appel.

– Je ne peux pas te parler maintenant ! chuchota-t-elle. Non, pas maintenant ! Attends un peu.

Elle raccrocha et glissa précipitamment le téléphone dans son sac.

– Bon, dit Suzie. C'était quoi, ça ?

– Comment ça, c'était quoi ? dit Becks.

– Ce coup de fil.

– Oh… Ce n'était rien.

– Pour moi, ça n'a pas l'air d'être rien, insista Suzie. Judith, il faudrait maintenant qu'on parle de cet éléphant dans son magasin de porcelaine, tu ne crois pas ?

– Quel éléphant ? Quel magasin ? demanda Becks.

– Tu as raison, dit Judith à Suzie. Mais laisse-moi m'en charger, ajouta-t-elle, consciente de la délicatesse qu'exigeait la démarche.

– On t'a vue avec cet homme ! lança Suzie.

Bon, eh bien tant pis ! se dit Judith.

– Quel homme ? demanda Becks, très mal à l'aise.

– Après notre entretien avec Rosanna, dans son bureau. Tu te souviens ? Tu as reçu un appel et tu as dû partir pour régler des affaires d'église, disais-tu. Mais tu n'es pas allée à l'église. Ni au presbytère.

– Vous m'avez suivie ?

– Oui, et nous en sommes navrées, répondit Judith, mais nous l'avons fait parce que nous nous inquiétions pour toi. Et nous ne t'espionnions pas vraiment, nous voulions juste nous assurer que tu n'avais pas de problème.

– Et qu'avez-vous vu ? demanda Becks d'une voix étranglée. Elle devinait déjà la réponse.

– Tu es allée chez un homme. Et – ce n'est pas facile à dire – vous aviez l'air… très proches. Ensuite nous t'avons vue fermer les rideaux à l'étage.

– Vous avez vu tout ça ?

– Ce n'est pas tout, car nous avons vu le même homme au pub des Deux Brasseurs quand nous sommes allées interroger Chris Shepherd. C'est même pour cette raison que tu ne voulais pas entrer dans le pub. Tu l'avais vu assis au comptoir. Et quand nous sommes entrées toutes les trois, vous avez fait semblant de ne pas vous connaître pendant tout notre entretien avec Chris.

– Ce qui veut bien dire qu'il y a anguille sous roche, dit Suzie. Sinon, pourquoi deux personnes qui se connaissent feraient-elles mine d'être de parfaits inconnus l'un pour l'autre en public ?

Becks regarda ses amies. Elle ne pouvait plus donner le change.

– Mon Dieu ! leur dit-elle. Je suis dans un tel pétrin. Il faut que vous m'aidiez.

CHAPITRE 30

– Quoi que tu t'apprêtes à nous dire, dit Judith, cela n'aura aucune conséquence. Tu le sais, n'est-ce pas ?

– Je confirme ! ajouta Suzie.

Becks fit un signe de la tête. La déclaration solennelle de ses amies ne lui facilitait pas les choses. Elle ne savait par où commencer.

– Tout ce que nous voulons, c'est t'aider. Tu as un amant.

– Quoi ? dit Becks, surprise. Non !

– Inutile de nous le cacher, dit Suzie. Nous voyons très bien que Colin est assommant. Quelle idée, aussi, d'épouser un vicaire !

– Épouser un vicaire ? dit Becks, blessée. Moi, ça ne me pose aucun problème. Enfin, ça ne m'en a jamais posé. J'ai épousé un banquier, nous étions pleins aux as, nous allions au théâtre et au restaurant, c'était formidable. Mais il est devenu vicaire et depuis, je l'ai toujours soutenu.

– Mais toi aussi, tu as des besoins ! intervint Judith.

– Non, vraiment pas. Je sais bien qu'il pourrait être un peu plus exaltant, mais il m'a donné deux enfants merveilleux et c'est un type bien. Pour moi, ça compte énormément. Et il m'aime. Je le sais. Jamais je ne le trahirai, ni lui ni les enfants.

– Attends, dit Suzie, déboussolée. Tu n'as pas d'amant ?

– Non.

– Pourquoi donc ?

– Et la façon dont tu étais habillée à la réception de Sir Peter ? lança Judith, cherchant à détourner la conversation de l'opinion qu'avait Suzie de la vie conjugale de Becks. Et cette bague en saphir toute neuve ? Dis-nous ce qui se passe !

– J'ai honte de vous l'avouer.

– Si c'est pire que d'avoir un amant, qu'est-ce que ça peut bien être ? dit Suzie.

– Déjà, dit Judith, commence par nous dire qui est cet homme.

– Quel homme ?

– Celui que tu vas voir en plein jour en tirant les rideaux !

– Il s'appelle Viv. Viv Rodericks.

– Et pourquoi as-tu fait semblant de ne pas le connaître quand nous étions au pub ?

– Je le lui ai fait promettre. Personne ne doit rien savoir à notre sujet.

– Alors c'est ça, tu as bien un amant ! dit Suzie, ravie de remettre la conversation sur ses rails.

– Non, ce n'est pas mon amant. C'est bien pire que ça.

Suzie n'y comprenait plus rien.

– Qu'est-ce qui peut être pire ?

– C'est…

Becks prit son courage à deux mains :

– C'est mon conseiller financier.

Judith et Suzie restèrent abasourdies.

– Si j'ai tiré les rideaux, c'est parce que le soleil tapait sur son écran d'ordinateur.

– Et quand il t'a prise dans ses bras ?

– Il y a une explication. Après nos aventures de l'été dernier, je me suis senti pousser des ailes. Colin était très impressionné par mes capacités, et j'appréciais aussi, je dois l'admettre, d'être le centre d'attention pour nos paroissiens. Les regards braqués sur moi, ça me plaisait. Mais, les mois passant, Colin est redevenu Colin. Gentil, bien sûr, comme toujours, mais inattentif. Quant aux enfants, ils ont complètement oublié que leur mère avait contribué à élucider une série de meurtres. Je suis redevenue le chauffeur qui vient les chercher en retard à l'école, le traiteur qui refuse de mettre des tablettes de chocolat dans leur boîte à déjeuner. Mais moi, j'avais changé ! Je m'en rendais bien compte. Et j'ai décidé de me révolter. Et de faire quelque chose dont j'avais toujours rêvé, mais que je n'avais jamais osé.

– Comment ? s'indigna Suzie. Tu prives tes mômes de tablettes de chocolat ?

– Suzie, pas maintenant, dit Judith. Becks, qu'as-tu décidé de faire ?

– J'ai pris sur mes économies. Pas grand-chose : cinq cents livres. Et je les ai investies. Les marchés financiers m'ont toujours intéressée. Au moins depuis le temps où Colin travaillait à la banque, mais je n'étais jamais passée à l'acte.

– Ah, j'ai compris ! dit Suzie. Tu as tout perdu. Ensuite, tu as pris un peu plus sur tes économies pour compenser la perte – je sais bien, c'est ce que je ferais aussi. Et quand tu t'es de nouveau retrouvée à sec, tu t'es dit que le seul moyen de récupérer ton argent était de prendre encore plus de risques. Et avant d'avoir eu le temps de t'en rendre compte, tu t'es retrouvée dans une spirale d'endettement. Oh ! Je comprends ! Ça m'est arrivé. Je connais. J'ai même acheté le tee-shirt. En fait, non, je n'ai pas acheté le tee-shirt, je l'ai pris à crédit et j'ai fait effacer la dette par un tribunal.

Suzie se rendit compte qu'elle avait mal interprété l'ambiance qui régnait dans le van.

– Excusez-moi, ajouta-t-elle. Nous disions donc ?

– Si tu es endettée, dit Judith, il ne manque pas d'institutions pour t'aider. Le Bureau de conseil aux citoyens, par exemple.

– Non, c'est encore pire que ça !

– Pire qu'être endettée ?

– J'ai investi dans des cryptomonnaies. Sam ne parlait que de ça depuis des mois. Et en six mois, ces cinq cents livres sont devenues un peu plus de cent mille livres.

Judith et Suzie restèrent muettes comme des carpes.

– Et c'est ça qui t'embête ? finit par balbutier Suzie.

– Oui, c'est horrible ! Ce n'est qu'après avoir commencé à gagner tout cet argent que je me suis vraiment renseignée et que j'ai découvert l'immoralité des cryptomonnaies ! Tous ces ordinateurs qui minent des bitcoins vingt-quatre heures sur vingt-quatre consomment plus d'électricité que toute la Norvège ! Et c'est avec *ça* que je m'enrichis !

Suzie cherchait à s'orienter au sein de cette nouvelle réalité.

– Attends un peu. Tu es sérieusement en train de nous dire que tu es riche et que ça te pose un problème ?

– Pour tenter de réparer cette catastrophe, j'ai pris

contact avec Viv. Je l'ai rencontré à l'église, parmi les paroissiens. C'est un financier éthique. Il m'a aidée à trouver des sociétés qui ne détruisent pas la planète. Ensemble, nous avons sorti mon argent du système crypto et nous l'avons placé dans une entreprise du Royaume-Uni qui effectue des recherches sur l'énergie propre pour le marché des voitures électriques.

– Mais c'est très bien, ça ! dit Judith. Tu investis ton argent pour le progrès mondial.

– C'est ce que je croyais, mais dès le lendemain, cette entreprise a liquidé son département Énergie propre pour se concentrer sur son activité de base, qui est, j'aurais dû vous le dire, la fabrication de pots d'échappement pour voitures à essence. Les parts ont pris de la valeur à toute vitesse : en vingt-quatre heures, elles avaient augmenté de quinze pour cent !

– Voilà donc pourquoi il te prenait dans ses bras ! dit Judith, ravie. Pour te plaindre sincèrement !

– Oui, tout à fait ! C'est un désastre ! Tout ce que je touche se transforme en or, et j'ai tellement honte ! Il y a tant de pauvreté à Marlow ! Ne serait-ce que parmi nos paroissiens !

– Eh bien ! Donne cet argent à une bonne cause, suggéra Judith dont le regard croisa inopinément celui de Suzie.

Chacune des deux savait, par une sorte de télépathie, que l'autre pensait à la même chose. Suzie était fauchée, elle avait besoin d'argent pour payer un maçon et terminer l'extension de sa maison. Et Becks cherchait une bonne cause pour investir sa fortune. Elle était parfaitement placée pour résoudre certains tourments financiers de Suzie. Celle-ci serra les mâchoires – elle avait sa fierté – et Judith, bien qu'elle n'eût rien dit, se sentit gênée.

Becks, pour sa part, continuait à se débattre dans son petit monde de souffrance financière.

– Cet argent, je veux en faire don, dit-elle. Je sais que c'est la bonne solution. Mais d'un autre côté, je l'ai gagné, et je l'ai gagné toute seule. Pas en tant qu'épouse de Colin ou mère de mes enfants. Et donc, renoncer à cet argent me donne la sensation de… de ne pas pouvoir exister par moi-même. Vous comprenez ? De ne rien pouvoir accomplir de ma propre initiative.

Suzie n'avait pas quitté son air renfrogné. Les paroles de Becks paraissaient se figer en une brume froide autour de ses deux amies.

– Ne le dis pas, dit Suzie à Judith.

– Ne dis pas quoi ? demanda Becks.

– Si ça te cause tant de soucis, dit Judith à Becks pour détourner le sujet de Suzie, as-tu pensé à en parler à Colin ?

– Il me désapprouverait et n'aurait que des réactions irrationnelles.

– En es-tu sûre ? Parce que tu as raison : c'est quelqu'un de bien. Et je crois qu'il sera heureux que tu sois heureuse.

– Dites, il fait un froid de canard ici ! dit Suzie en se frottant les mains pour les réchauffer. On n'est pas près de voir Tristram et sa copine de sitôt, et nous savons qu'elle servira ses cafés demain matin devant la gare. Je vous propose d'aller la voir et de lui parler à ce moment-là. Mais là, on fiche le camp, d'accord ?

– Ça me va, dit Becks.

Judith comprit que Becks mettait fin à la surveillance

pour les mêmes raisons que Suzie : elles étaient toutes les deux gênées par cette conversation qui menaçait de toucher un point sensible.

Suzie ouvrit les portes arrière du van et sortit, Judith sur ses pas. Alors qu'elles traversaient la rue, Judith tenta de lui parler.

– Suzie…

Mais Suzie l'interrompit :

– Fais gaffe à ce que personne ne nous regarde.

Passant le long de la camionnette Marlow Mocha, elle s'approcha de la voiture de sport de Tristram.

Pendant que Judith surveillait la rue, Suzie détacha les boutons-pression de la capote, récupéra la breloque GPS entre les sièges et remit la capote en place. Quand Suzie vint la rejoindre, Judith se rendit compte que le moment de parler à son amie – même pour lui dire qu'elle ne la considérait pas comme un cas social à qui Becks devait faire la charité – était passé.

Quand elles eurent traversé la rue et regagné le van de Suzie, elles s'aperçurent que Becks était partie.

CHAPITRE

31

Le lendemain matin, les trois amies se retrouvèrent à la gare de Marlow, simple cabane en bois située non loin du centre commercial. Il n'y passait qu'un seul train, et celui-ci n'avait qu'une voiture. Les citadins l'avaient affectueusement surnommé « l'âne de Marlow ».

Suzie s'assit sur un banc à côté de Becks.

– Tu es partie bien vite hier soir, lui dit-elle.

– Désolée, dit Becks, qui n'avait pas l'air désolé du tout. Il fallait que je m'en aille.

– Tu aurais pu nous dire au revoir.

Judith avait l'habitude de voir Suzie et Becks se chamailler, mais ce matin-là, il y avait dans leur échange une tension qui l'inquiéta. Depuis sa confession, Becks était visiblement nerveuse, et Judith voyait que Suzie redoutait d'avoir à évoquer, tôt ou tard, son besoin d'argent. Elle tenta de les dérider.

– Allons, vous deux ! Nous sommes ici pour découvrir celui, ou celle, qui a peut-être tué Sir Peter !

D'un geste du menton, elle indiqua la camionnette de Marlow Mocha. La femme qu'elles avaient vue la veille avec Tristram servait une petite file de clients. Elles furent un peu déçues de constater qu'elle avait l'air aimable et compétente, avec toujours un petit mot gentil ou une plaisanterie pour chacun.

– Elle est très jolie, dit Becks, résumant leur opinion commune.

– C'est vrai qu'elle est belle ! confirma Judith.

Quelques minutes plus tard, les clients étaient partis. La femme sortit de sa camionnette et essuya la petite table qu'elle avait posée à côté du véhicule pour y mettre le lait et le sucre.

– Je crois qu'il est temps de lui faire bonne impression, dit Judith.

– Quel est ton plan ? demanda Becks.

– D'abord on lui commande un café, et ensuite on improvise.

Judith et ses amies se dirigèrent vers la camionnette. À leur arrivée, tout en remplissant un petit pot de sachets de sucre, la jeune femme les accueillit par un « Bonjour mesdames ! », avec la diction parfaite d'une personne très bien élevée.

– Que puis-je faire pour vous ? ajouta-t-elle

La découvrant de plus près, Judith remarqua que ses cheveux bruns étaient retenus par un serre-tête noir. Elle portait un collier de perles et un chemisier cintré rose vif sous un gilet molletonné bleu marine sans manches. Judith lui trouva un air de haute bourgeoisie et même de jeune personne de la famille royale.

– Un café noir allongé pour moi, dit Judith. Et pour vous deux, ce sera quoi ?

– Un crème, dit Suzie, avec du lait entier.

– Vous avez des infusions ? demanda Becks.

– Nous avons tout. Qu'est-ce qui vous ferait plaisir ?

– Curcuma, vous avez ?

– Une infusion de curcuma et deux cafés noirs allongés, dont un au lait dans les règles de l'art !

Elle leur tourna le dos pour actionner sa machine à café. Les trois amies se regardèrent en silence, très étonnées. Il leur semblait impossible qu'une femme si ouverte et si sympathique soit mêlée à un meurtre.

– Puis-je vous demander comment vous vous appelez ? demanda Judith.

– Sarah, répondit la femme par-dessus son épaule tandis que la machine projetait un nuage de vapeur dans une tasse. Sarah Fitzherbert.

– Vous bénéficiez ici d'un excellent emplacement, Sarah.

– Je vous remercie. Il m'a fallu convaincre le conseil municipal de l'intérêt d'avoir une camionnette à café devant la gare.

– Pourquoi ? Ils n'étaient pas d'accord ?

– Pour moi, c'était une évidence. J'ai passé deux semaines ici à compter les gens qui prenaient le train et en descendaient aux heures de pointe, et j'ai calculé que, sur vingt personnes, il suffisait qu'une seule m'achète quelque chose pour que ce soit rentable.

– Vous avez un vrai sens de l'initiative.

– Oui, quand on veut vraiment faire quelque chose et qu'on y réfléchit bien, on y arrive, dit Sarah en se retournant vers la machine à café.

Elle déposa les tasses sur le comptoir et leur demanda :

– Aimeriez-vous aussi des biscuits ou un peu de gâteau ? Tout est fait maison.

– Merci, ils ont l'air délicieux, mais nous n'avons besoin de rien d'autre.

– Un brownie, s'il vous plaît, dit Suzie au même moment.

– Et voilà ! dit Sarah en souriant. Très bon choix, ils sont coulants à souhait.

Sarah posa un brownie sur une serviette en papier.

– Ce sera tout ? demanda-t-elle.

– Oui, je crois, dit Judith en sortant son portefeuille de son sac. Lorsqu'elle eut posé sa carte bancaire sur le terminal, elle décida d'en venir au fait.

– Vous savez, depuis le début de cette conversation, j'ai l'impression de vous avoir déjà croisée et j'essaie de savoir où et quand. Je crois avoir trouvé : vous êtes l'amie de Tristram, n'est-ce pas ? Il me semble vous avoir vue avec lui. Ou peut-être m'a-t-il parlé d'une Sarah Fitzherbert ?

– Il vous a parlé de moi ?

– Je ne me souviens pas bien. À mon âge, on oublie presque tout !

– Mais vous le connaissez ?

Judith décela une nuance d'angoisse dans sa voix.

– Honnêtement, dit-elle, nous ne connaissons Tristram que depuis la mort de son père. Quelle histoire abominable ! Je ne sais pas si vous avez connu Sir Peter.

– Je l'ai très bien connu. Ma famille et les Bailey sont amis depuis des années. Nous avons pratiquement grandi ensemble, Tristram et moi.

– Voilà qui explique pourquoi vous êtes si bons amis.

– Des amis intimes, même, ajouta Suzie avec un clin d'œil appuyé.

Sarah, étonnée, regarda Suzie.

– Je suis désolée, dit Judith, nous aurions dû commencer par le début. Voyez-vous, nous cherchons à comprendre ce qui est réellement arrivé à Sir Peter. Nous étions chez lui quand il est mort. Ce fut un terrible choc, et la police me semble un peu démunie dans cette affaire.

– Vraiment ?

– Oui, reprit Judith, qui se dit que le moment était venu de glaner des informations. Pour commencer, la police soupçonne Tristram d'être impliqué dans la mort de son père. Nous n'en croyons rien, je vous rassure.

– Ah bon ? s'étonna Suzie.

– Nous l'avons cru au début, dit Becks, plus prompte à deviner la stratégie de Judith. Mais à présent, nous en doutons.

– C'est vous qui voyez, dit Suzie, haussant les épaules.

Elle n'avait toujours pas compris. Judith entreprit de ramener l'attention sur Sarah.

– Il se trouve, dit-elle, que Tristram est le grand bénéficiaire du décès de son père. Et un certain nombre de preuves circonstancielles semblent indiquer qu'il espérait qu'on en arrive là. Leurs disputes fréquentes et violentes, Sir Peter qui le chasse de sa maison peu avant la fin de l'année… Quand on y pense, il n'y a rien d'étonnant à ce que la police s'imagine que Tristram puisse être derrière la mort de son père.

– Ça l'affecte beaucoup, dit Sarah. Tout le monde le traite comme un suspect. Simplement parce qu'il hérite.

– Nous sommes convaincues qu'il n'y est pour rien, et pour cause : quand son père est mort, il était avec nous et nous discutions dans le jardin.

– Ça y est, j'ai compris ! s'écria Suzie, qui venait de voir la lumière. Désolée ! Moi aussi.

– Donc, continua Judith, nous nous sommes demandé si vous auriez quelques informations sur Tristram qui pourraient aider la police à mieux le comprendre.

– Ça vous intéresse vraiment ?

– Vraiment.

– Parce que personne ne comprend Tristram aussi bien que moi. Nous sortons ensemble depuis l'âge de quatorze ans.

– Ça dure depuis si longtemps entre vous ! dit Judith, surprise.

– Tantôt oui, tantôt non, admit Sarah, dont le sourire se raidit un peu. Et c'est plus souvent non que oui, pour être honnête, mais nous finissons toujours par nous retrouver.

– Ah, je vois ! dit Suzie. Il est cavaleur.

– Oui, mais l'important, c'est qu'il revienne toujours. Pas qu'il s'en aille, mais qu'il revienne.

Judith trouva qu'elle prenait la chose avec un optimisme déconcertant. Comme une femme au foyer des années 50 cherchant à sauver les apparences à tout prix.

– En ce moment, vous êtes ensemble ? demanda Suzie.

– Bien sûr ! dit Sarah.

– Même après votre scène d'hier ?

Sarah ouvrit de grands yeux.

– Vous êtes au courant ?

Comme Suzie venait d'abattre trop de cartes à son goût, Judith chercha à rétablir leur position.

– Il se peut, dit-elle, que nous soyons passées devant votre maison hier et que nous vous ayons vue dans votre salon avec Tristram.

– Mais là n'est pas la question, dit Becks, puisant dans toutes ses ressources de femme de vicaire compatissante. Tout ce qui nous intéresse, en ce moment, c'est de mieux comprendre Tristram.

Il y avait tant de gentillesse dans la remarque de Becks – ou peut-être était-ce aussi parce qu'elle portait, comme elle, un gilet molletonné sur un chemisier cintré – que Sarah accepta de se confier.

– Tristram est comme un enfant, dit-elle avec indulgence. Il a des impulsions et il essaie de les gérer. C'est tout. C'est aussi sa grande qualité : il est spontané, il dégage une grande énergie. Et il est très beau, ce qui ne gâche rien, bien sûr !

– Quand vous évoquez ses impulsions, vous parlez seulement de ses liaisons ou est-ce une considération plus générale ? demanda Judith.

– Ce ne sont pas des liaisons, il s'amuse, c'est tout, rectifia Sarah en souriant, les yeux brillants de dévotion. Mais oui, il est impulsif de manière générale. Par exemple, quand son père est mort, il m'a dit que tout était fini entre nous. Vous vous rendez compte ?

– Il vous a expliqué pourquoi ? demanda Suzie.

– Non, c'est cela qui est bizarre : il m'a dit qu'il le fallait, et c'était tout.

– *Il le fallait ?*

– C'est ce qu'il n'arrêtait pas de me dire, comme si ça expliquait quoi que ce soit.

– Alors que vous vous connaissez depuis tout ce temps ? demanda Judith pour faire avancer le sujet.

– Exactement ! Après avoir attendu si longtemps ! Avoir toléré toutes ses infidélités, toujours être celle qui pardonne… Et maintenant que son père est mort, il me largue ? J'étais… Je n'ai pas de mots pour décrire le sentiment que j'ai éprouvé.

– C'est pourquoi vous l'avez appelé l'autre jour et vous lui avez passé un sacré savon, dit Judith.

Sarah, complètement absorbée par son histoire, ne s'aperçut pas que Judith venait de lui en révéler une partie dont elle ne pouvait pas, normalement, avoir connaissance.

– Je lui ai dit que s'il ne revenait pas immédiatement sur sa décision, je ferais quelque chose qu'il regretterait. Il m'a traitée de folle – folle, c'était le mot qu'il répétait sans cesse ! – alors que c'était lui qui était fou de croire que c'était fini entre nous. Il fallait que j'enfonce le clou, il devait comprendre ce qui était réellement en jeu.

– Et quand il est venu vous voir…

– C'était moi qui lui avais fait une scène, mais c'est lui qui a fondu en larmes dès qu'il m'a vue. Immédiatement. Il m'a dit qu'il avait fait une énorme bêtise et qu'il me demandait pardon, de tout son cœur. Et je lui ai pardonné. Mais c'est bien le fin mot de l'histoire : j'exerce toujours cet effet sur lui. Je suis son espace de sécurité, je l'apaise. Il a passé la nuit avec moi, et le lendemain matin, j'ai su que nous serions toujours ensemble. Je le lui ai fait promettre.

– Et il vous l'a promis ?

– Bien sûr. Mais en fait, nous avons toujours été ensemble. Même quand il croyait le contraire. Nous mourrons ensemble. Nous nous sommes promis à l'adolescence que nous resterions inséparables. Comme ces vieux couples qu'on voit dans les journaux.

– Et quand vous l'épouserez, vous deviendrez Lady Bailey, dit Judith afin d'étudier la réaction de Sarah.

Multimillionnaire et châtelaine de White Lodge, une des plus belles demeures de Marlow.

– Exactement ! dit Sarah, incapable de dissimuler sa folle espérance.

Elle parut se rendre compte qu'elle venait d'en dire trop, prit un chiffon et se retourna pour nettoyer les tuyaux de la machine à café.

Judith et ses amies se regardèrent sans rien dire. Elles partageaient le même sentiment : Sarah voulait désespérément devenir Lady Bailey.

– Je n'imagine pas que vous soyez fiancés. L'êtes-vous ? demanda Judith.

– Nous sommes fiancés depuis toujours, dit Sarah, le dos tourné. Tristram a demandé ma main quand nous avions dix-sept ans.

– Et vous allez vous marier ?

– Oh ! Oui ! Maintenant, c'est possible. Tristram n'a plus à s'inquiéter à cause de son père.

– C'est à cause de son père qu'il ne vous a pas encore épousée ? demanda Suzie avec étonnement.

Sarah se retourna vers elles.

– Sir Peter m'a toujours appréciée, ce n'est pas ce que je voulais dire. C'est plutôt que Tristram n'existait que dans l'ombre de son père. J'ai toujours senti qu'il ne pourrait jamais réellement commencer à vivre tant que son père serait vivant. Et maintenant…

Sarah ne fit aucun effort pour leur cacher sa joie à l'idée d'un avenir sans Sir Peter.

– Où étiez-vous à 15 heures, le vendredi où Sir Peter est mort ? demanda Judith.

– Pardon ?

– La police voudra savoir où vous étiez, maintenant

qu'elle est au courant de votre relation avec Tristram. Et je suppose qu'elle va trouver un peu bizarre que vous ne soyez pas venue à la réception.

– Ça, c'est facile à expliquer. J'étais invitée, bien sûr, mais j'ai refusé d'y aller.

– Pourquoi ? demanda Suzie.

– À cause de la façon dont Sir Peter traitait Tristram.

– Ah, je vois ! dit Judith. Comme il n'était pas invité, vous n'avez pas voulu y aller non plus.

– Savez-vous qu'il n'a jamais vu Tristram jouer sur scène ? Pas une seule fois. Il disait que Tristram ne faisait pas un vrai métier. Lui qui n'avait jamais travaillé de sa vie ! Mais tout va changer maintenant. Je vais remettre de l'ordre dans cette famille, je vous l'assure. C'est ce que j'ai toujours voulu faire.

– Oui, mais répondez à notre question ! dit Suzie.

– Où j'étais quand il est mort ? Ça aussi, c'est facile : je me promenais.

– Seule ?

– Oui, seule.

– Quelqu'un vous a-t-il vue ?

– Attendez, j'essaie de me rappeler. J'ai fait le café ici jusqu'à 13 heures, je suis rentrée chez moi pour déjeuner, et vers 14 heures je suis partie à pied en direction de Bourne End. Je suis certaine que vous trouverez des gens qui m'auront vue. Ah oui, c'est vrai ! Je suis entrée au pub The Bounty pour me servir de leurs toilettes avant de rentrer. J'ai demandé à l'un des serveurs. Ce devait être autour de 15 heures.

– Vers 15 heures, vous vous êtes adressée à un serveur du Bounty ? demanda Suzie. À l'heure de la mort de Sir Peter à Marlow ?

Sarah parut comprendre soudain le pourquoi de la question.

– Oh ! dit-elle. Si vous le présentez ainsi, la réponse est oui.

Un train venait d'entrer en gare et des passagers en descendaient. Quelques-uns s'approchèrent de la camionnette de Sarah.

– Il faut que je m'occupe de mes clients, dit Sarah. Auriez-vous la gentillesse de prendre vos tasses et de leur laisser la place ?

– Bien sûr ! dit Suzie, qui ramassa les trois tasses et s'éloigna, suivie de ses amies.

Quand elles furent à une certaine distance, Suzie leur confia qu'elle avait trouvé Sarah complètement folle.

– Oui, confirma Judith. Surprenante, n'est-ce pas ? Ce doit être le titre nobiliaire : il corrompt tous ceux qui sont en contact avec la famille. Tout le monde veut être Lady Bailey.

Elle réfléchit un instant, puis continua :

– Sauf peut-être Jenny. Je n'ai jamais eu l'impression qu'elle s'intéressait au statut que le titre allait lui donner. Elle ne cherchait que la sécurité financière, ce qui peut se comprendre.

– Alors que conclure ? dit Becks. Que nous avons enfin compris ce qui s'est passé ? Tristram était dehors à la réception, l'air parfaitement innocent, pendant que Sarah tuait Sir Peter dans la maison ? Pour pouvoir épouser Tristram et devenir Lady Bailey.

– C'est possible, dit Judith. Nous devons savoir si Sarah était réellement au pub The Bounty à 15 heures comme elle l'affirme.

– Voici ce que je propose, dit Suzie. Après mon émission de radio, j'irai au Bounty et je demanderai si quelqu'un se souvient d'avoir vu Sarah cet après-midi-là.

– Bonne idée ! D'ailleurs, cela me rappelle une chose : Becks, as-tu parlé au major Tom Lewis hier soir ?

– Ah oui, désolée ! J'avais oublié de vous le dire. Oui, et les nouvelles ne sont pas bonnes. Il s'est acheté un de ces très gros yachts à trois ponts avec le gouvernail au pont supérieur, et il m'a dit qu'il passait le long de White Lodge à bord de ce yacht au moment où les cloches de l'église de Tous-les-Saints sonnaient 3 heures. Quelques secondes plus tard, il a entendu un énorme bruit de verre brisé et la chute de quelque chose de massif venant de la maison. Presque au même moment, il a vu les invités accourir vers la maison et Lady Bailey sortir d'un massif de laurier-cerise avant de prendre le sentier de halage, juste devant lui.

– Presque au même moment ? demanda Suzie.

– Je lui ai demandé combien de temps s'était exactement écoulé entre le bruit de chute et l'apparition de Lady Bailey sur le sentier. Il m'a répondu : quelques secondes, pas plus. Il en était certain.

– En quelques secondes, il est impossible de pousser l'armoire sur Sir Peter dans le bureau, de sortir de la maison et de traverser le jardin puis les massifs de buissons jusqu'au fleuve, dit Suzie.

– C'est encore pire que ça. Il m'a également dit que de sa position surélevée, il voyait le jardin tout entier. Et qu'après la chute, il a vu des gens entrer dans la maison, mais n'a vu sortir personne. Aucun d'eux, et pas plus Lady Bailey que les autres, n'a quitté la maison pour traverser la pelouse jusqu'à la haie. Il a ajouté que si quelqu'un était sorti de la maison, il l'aurait vu.

– Je vois, dit Judith, déçue.

– Mais ce n'est pas grave, continua Suzie, essayant de ne pas avoir l'air trop découragée. Cela veut juste dire que l'assassin ne peut pas être Lady Bailey. Moi, ça ne me dérange pas, parce que je mise plutôt sur Sarah Fitzherbert. Je vous parie que je ne trouverai personne au Bounty qui dira l'avoir vue ce vendredi après-midi vers 15 heures.

– Tu as raison, dit Becks. Si nous éliminons Lady Bailey de la liste, comme nous avons toujours su que Jenny et Rosanna étaient à l'étage, dans la chambre, et que Tristram était dans le jardin, alors qui d'autre que Sarah peut être l'assassin ?

– Nous devrions peut-être vérifier l'alibi de Kat Husselbee au moment du meurtre, dit Judith. Par acquit de conscience. En rentrant chez moi, je ferai un saut à Divas and Dudes.

Elle se tut, car elle venait de voir approcher un véhicule.

– Judith ? dit Becks.

– En voilà un joli camion !

C'était un camion utilitaire rutilant, aux jantes en alliage, chargé d'une tondeuse à gazon et d'outils de jardinage.

– Oui, c'est un très beau camion, reprit Suzie, mais pour le moment, on cherche à savoir qui a tué Sir Peter Bailey.

– Et qu'est-ce que je fais, à ton avis ? dit Judith,

sans quitter le camion des yeux. Tu as vu le conducteur ? C'est Chris Shepherd.

– Qu'est-ce que tu veux que ça nous fasse ? répliqua Suzie.

– Mesdames, je crois que nous venons de trouver ce que nous cherchons depuis si longtemps.

– Ah bon ?

– Mais je crois aussi qu'il va falloir invoquer l'esprit de Kat Husselbee.

Judith s'avança au milieu de la chaussée et étendit les bras pour arrêter le camion.

CHAPITRE 32

Au volant de son camion, Chris Shepherd vit une femme s'avancer et lui barrer la route. Il écrasa la pédale de frein juste à temps pour éviter de la renverser. Cette femme qui le regardait par-dessus le capot n'était autre que Judith Potts.

– Bonjour ! dit-elle joyeusement, comme si elle avait l'habitude de se planter tous les jours au milieu de la circulation.

Ça ne m'étonnerait pas d'elle, grommela Chris entre ses dents.

Il baissa la vitre.

– Qu'est-ce que vous faites ? cria-t-il.

Judith contourna le véhicule pour s'arrêter côté conducteur. Chris aperçut alors les deux amies de Judith debout au bord de la route. La plus grande des deux s'avança pour continuer à lui bloquer le passage.

– Quel beau camion vous avez ! dit Judith.

– Vous pourriez vous tirer de là ?

– Juste une question. Quand l'avez-vous acheté ?

– Vous vous fichez de moi !

– Quand nous avons interrogé Jenny Page à votre sujet, elle nous a dit que vous conduisiez un vieux coucou qui tombait sans arrêt en panne. Mais là, je suis bien obligée de constater que celui-ci est loin d'être une ruine. Vous vous l'êtes offert pour Noël ?

– Vous pourriez dire à votre amie de bouger de là ?

– Avec plaisir, mais seulement quand vous m'aurez dit à quel moment vous avez acheté ce camion.

– Je n'ai rien à vous dire.

– Suzie, tu notes le numéro de la plaque, s'il te plaît ? Je suis sûre qu'on le retrouvera sur Internet.

– Qu'est-ce que c'est que ce cirque ? lança Chris qui jeta un œil au rétroviseur et vit une voiture stationnée derrière lui, attendant qu'il reparte.

– Quand avez-vous acheté votre camion ? répéta Judith. C'est une question simple.

Une autre voiture s'arrêta derrière le camion de Chris. Le premier automobiliste klaxonna.

– Ces gens sont en train de perdre patience, ajouta-t-elle.

– D'accord, si ça peut vous faire plaisir. Je l'ai acheté juste après Noël.

– Ah, juste après Noël ! Comme c'est intéressant !

– Et maintenant faut que j'aille à White Lodge. Je travaille, moi !

Chris appuya sur l'accélérateur. Judith fit signe à Suzie de s'écarter, ce qu'elle fit immédiatement. Chris repartit, laissant Judith sur le bord de la route.

Un autre klaxon retentit. Judith se rendit compte qu'elle bloquait encore la circulation.

– Désolée ! cria-t-elle en rejoignant ses amies. Les voitures circulèrent. Elle adressa un grand signe du bras à leurs conducteurs pour se faire pardonner le petit incident qu'elle venait de provoquer.

– Je n'ai rien compris à ce qui vient de se passer, dit Becks.

– Excusez-moi, dit Judith, je n'ai pas eu le temps de vous expliquer, mais ne trouvez-vous pas étrange qu'un jardinier conduise un si beau camion ?

– Si, dit Suzie, mais il a le droit de dépenser son argent comme il l'entend.

– Je suis bien d'accord avec toi, et mieux encore : je lui rends grâce pour ses goûts de luxe. Venez maintenant !

Judith mena la marche sur Station Road, ses amies sur ses talons.

– Où allons-nous ? dit Becks, qui n'avait pas bien suivi les événements récents.

– À la bibliothèque, bien sûr ! répondit Judith, comme si la chose allait de soi.

La bibliothèque municipale de Marlow était installée dans une ancienne villa du début du XXe siècle ; une extension avait été construite à l'arrière. Elles entrèrent par la porte vitrée blanche, saluèrent la bibliothécaire d'un sourire et traversèrent la section des livres pour enfants pour rejoindre celle des périodiques.

– Qu'est-ce qu'on cherche ? chuchota Becks.

– Toute la presse locale de parution récente, dit Judith. Et en particulier les petites annonces de véhicules à vendre depuis le 23 décembre.

– C'est une date bien précise !

– Oui, parce que j'ai une théorie bien précise. Rappelez-vous : nous sommes encore à la recherche des vingt mille livres en liquide que Sir Peter a retirées de son compte juste avant Noël.

Ce fut Suzie qui comprit la première.

– Tu crois qu'il les a données à Chris ?

– Je n'en ai aucune idée, mais pour autant que je sache, il n'y a qu'une seule personne proche de la famille à avoir dépensé une aussi grosse somme d'argent en une fois depuis Noël. Donc, commençons à chercher.

Elles se mirent à éplucher les annonces de la presse locale. Au bout de quelques minutes, Suzie poussa un « Ha ! » de satisfaction.

– Tu as trouvé le camion ? demanda Judith.

Suzie regarda ses amies comme si elle venait de s'apercevoir de leur présence, puis répondit :

– Non.

Elle déchira une page du journal qu'elle lisait, la plia en quatre et la glissa dans une poche de son manteau, puis elle posa un index sur ses lèvres pour signifier qu'elle ne désirait pas en dire davantage. Elles se replongèrent dans les petites annonces, mais Becks et Judith eurent besoin d'un peu de temps pour s'y remettre : quelle était donc cette page que Suzie venait de déchirer ?

En fait, elles trouvèrent assez vite ce qu'elles cherchaient. La plupart des journaux locaux publiaient une rubrique hebdomadaire d'annonces de véhicules à vendre, ce qui réduisait le nombre de périodiques à consulter depuis Noël. Celle-ci se trouvait dans le *Maidenhead Advertiser* daté du 10 janvier : un particulier proposait un camion Ford Ranger d'occasion pour dix-neuf mille livres. Comme l'annonce comportait un numéro d'appel, Judith emprunta le téléphone de Becks et appela. Une voix d'homme répondit.

– Bonjour ! dit Judith, ici le commissariat de Maidenhead.

Becks et Suzie, scandalisées, fusillèrent Judith du regard, mais celle-ci se contenta de hausser les épaules : que pouvait-elle faire d'autre ?

– Pourquoi m'appelez-vous ? demanda l'homme.

– Nous sommes à la recherche d'une somme d'argent qui semble avoir été obtenue de manière frauduleuse.

– Je n'ai rien à me reprocher.

– Nous n'insinuons rien de tel, mais pourriez-vous nous confirmer deux détails ? Il y a quelques semaines, vous avez vendu votre camion Ford Ranger à un certain Chris Shepherd. C'est bien cela ?

– Oui ! dit l'homme, content d'aider la police.

– Et il a payé en liquide, non ?

– J'ai les documents, tout est en règle !

– Pourriez-vous répondre à la question, s'il vous plaît ? Il a bien payé en liquide ?

– Oui.

– Êtes-vous encore en possession de tout ou partie de cette somme ?

– Il m'en reste la presque totalité. Je n'ai pas encore eu le temps de la mettre à la banque.

– Ah, c'est formidable ! dit Judith.

Elle se ressaisit et ajouta :

– Ne touchez surtout pas à cet argent. Un policier viendra le récupérer. Nous vous recontacterons pour fixer la date et l'heure.

Judith raccrocha. Suzie la félicita d'un pouce en l'air.

– Tu sais que c'est illégal de se faire passer pour un officier de police ? dit Becks.

– Je ne me suis pas fait passer pour un officier de police ! dit Judith, feignant l'indignation.

– Si, je viens de t'entendre ! Et avec mon téléphone,

en plus ! Si la police localise l'appel, elle va croire que c'est moi !

– Tu t'inquiètes trop, dit Judith.

– Non, justement, je crois que je ne m'inquiète pas assez. Nous t'avons bien entendue : tu t'es fait passer pour un officier de police.

– Mais non ! Si tu te souviens bien, j'ai dit : « Bonjour, ici le commissariat de Maidenhead. » Je me faisais passer pour un bâtiment, et je serais étonnée qu'il existe une loi qui interdise de se faire passer pour un bâtiment. Mais ne te tracasse pas, Tanika réglera tout ça quand nous lui en aurons parlé. Entre-temps, je vous propose d'aller dire deux mots à notre jardinier trop riche pour être honnête.

Suzie les emmena à White Lodge. Elles y trouvèrent Chris qui ratissait des feuilles mortes près du court de tennis.

– Rebonjour ! lança joyeusement Judith.

Chris leva les yeux à l'approche des trois femmes, mais il continua de ratisser sans répondre.

– J'aimerais savoir une chose : comment avez-vous réussi à obtenir cet argent de Sir Peter ? Quel moyen de pression avez-vous employé ?

Chris se pencha, ramassa deux morceaux de carton et s'en servit pour porter une poignée de feuilles à sa brouette.

– Et il y a autre chose que j'aimerais savoir, continua Judith. Comment avez-vous réussi à vous servir d'un numéro de téléphone bidon enregistré à… au… Où, déjà ?

– Au Vantiti, dit Suzie, sûre de son fait. Non, ce n'est pas ça. Au Vantutu ?

– C'est ça, au Vanuatu ! Merci, Suzie ! dit Judith, qui se tourna vers Chris. Peu importe comment vous vous y êtes pris. L'important est que, muni de ce téléphone pour dissimuler votre identité, vous avez demandé quatre fois de l'argent liquide à Sir Peter pour une somme totale de vingt mille livres La raison est évidente. Vous lui en vouliez, et c'est compréhensible. Depuis toutes ces années, Sir Peter vous assurait qu'il ne vous laisserait pas tomber, et vous avez découvert qu'il vous avait trahi. Tout comme son père avait trahi votre grand-père.

– Je ne sais pas de quoi vous parlez, dit Chris, mais toutes les trois voyaient clairement qu'il ne perdait pas une miette de ce que disait Judith.

– Ne recommencez pas à nous raconter des histoires. Ça ne passe plus. Nous nous sommes adressées à Andrew Husselbee : vous étiez furieux quand il vous a révélé qu'en étant témoin du testament de Sir Peter, vous vous interdisiez *de facto* de recevoir de lui le moindre héritage. Alors que, l'après-midi même, Sir Peter vous avait assuré qu'il vous laissait de l'argent.

– Vous ne lâchez jamais l'affaire, vous !

– Merci, je le prends comme un compliment. C'est vrai, nous ne lâchons jamais l'affaire. Je disais donc que je comprenais très bien pourquoi vous vouliez extorquer de l'argent à Sir Peter. Cependant, vous avez fait une boulette en payant votre nouveau camion avec l'argent que Sir Peter vous a donné. Nous avons appelé le monsieur qui vous a vendu le camion, il a encore presque toute la somme en billets. Couverts des empreintes digitales de Sir Peter, j'en suis sûre. Et des vôtres, maintenant que j'y pense. Ce qui va vous mettre dans une position très inconfortable. Mais cela me ramène à ma première question : comment avez-vous réussi à obtenir cet argent de Sir Peter ?

Chris regarda Judith et décida de feindre le détachement.

– Bon, d'accord, dit-il. Puisque vous me le demandez, vous avez raison, Sir Peter m'a donné cet argent pour acheter un camion. Mais il n'y avait rien de louche dans tout ça, c'était juste une transaction, sans entourloupe.

– Merci. Pouvez-vous nous décrire cette transaction dans le détail ?

– Juste avant Noël, j'ai envoyé un texto à Sir Peter pour lui dire que j'étais un petit-neveu de l'avocat de son père.

– Un message anonyme envoyé d'un numéro bidon !

– J'ai le droit de protéger mon identité. C'est un droit humain fondamental. En tout cas, je lui ai dit qu'en fouillant dans les papiers de mon grand-oncle, j'avais trouvé la preuve que le père de Sir Peter avait arnaqué son associé autrefois. J'ai ajouté qu'il s'agissait d'une entreprise qui fabriquait des équipements de radiologie et que l'homme que son père avait arnaqué s'appelait Mike Shepherd.

– C'est le nom de votre grand-père ?

– Oui, Mike Shepherd, c'était mon grand-père. Dans ce texto à Sir Peter, j'expliquais que pour cinq mille livres, j'étais prêt à lui vendre les documents qui incriminaient son père.

– C'est du chantage ! dit Becks.

– Non, je ne crois pas. J'avais quelque chose à vendre et lui l'argent pour l'acheter. Alors, ce quelque chose, je le lui ai vendu.

– Non que je veuille insister lourdement, dit Judith, mais Becks a raison : c'est du chantage pur et simple. Et ces documents, vous ne les avez pas, bien entendu ! Autrement, vous les auriez sortis il y a des années. La famille Bailey vous les aurait échangés contre un pactole. Et vous n'auriez certainement pas eu besoin de le faire de façon anonyme, en vous cachant derrière un numéro factice.

Chris haussa les épaules pour leur montrer qu'il s'en fichait.

– Et Sir Peter est tombé dans le panneau, n'est-ce pas ? continua Judith.

– C'étaient cinq mille livres, c'est-à-dire pas grand-chose pour lui.

– Et comment l'échange devait-il se faire ?

– C'était très simple : il envoyait l'argent à une boîte postale, et dès réception, je lui envoyais les documents.

– Mais cela ne s'est pas passé ainsi, n'est-ce pas ? Parce que cinq mille livres, ce n'était pas assez. Vous avez alors demandé une autre somme en cash, puis une autre, et encore une autre.

– C'est pas ma faute si j'ai d'abord sous-estimé la somme qu'il était prêt à payer ! Une fois qu'il m'a versé vingt mille livres, son dernier texto était assez clair : il refusait de payer davantage. Ça ne me gênait pas, car vingt mille billets, c'était déjà bien plus que je me serais attendu à toucher par son testament. Et j'avais toujours rêvé d'acheter un camion décent, or vingt mille livres, c'était suffisant. Plus que suffisant.

Chris ne pouvait s'empêcher de sourire.

– Ce que vous avez fait est illégal, dit Becks.

– Ah, vous croyez ? Pourtant je lui ai donné les documents, non ?

– C'est tout ce que vous trouvez à dire ? demanda Judith.

– Bien sûr que je les lui ai donnés ! Et si on ne les retrouve plus jamais, c'est pas mon problème ! Je crois bien qu'il les a détruits presque immédiatement après les avoir reçus. Ils prouvaient tout de même que son père était un voleur !

Judith se redressa de toute sa hauteur, qui n'était pas très haute.

– Nous savons, vous et moi, que vous mentez sur l'existence de ces documents, dit-elle. C'est tout simplement une arnaque.

Souriant d'un air mauvais, Chris écrasa Judith du regard.

– Prouvez-le !

– Non, pas de ça avec moi ! dit Judith, laissant exploser sa colère. Vous ne vous êtes pas contenté de vingt mille livres, j'en suis persuadée. Vous aviez pourtant espéré vous en satisfaire, vous vous êtes même acheté un beau camion tout neuf pour vous consoler, mais ça n'a pas marché. C'est pourquoi vous avez conçu un nouveau projet. Et vous savez ce que ça me rappelle ? Le personnage de Leonard dans *Retour à Howard's End*. À la fin du roman, il meurt écrasé par une bibliothèque. C'est une métaphore appropriée, comme celle de Sir Peter écrasé dans son bureau par l'armoire de votre grand-père, pleine d'instruments de laboratoire. Cela a même quelque chose de poétique : en prenant cette armoire à votre grand-père, le père de Sir Peter lui a volé son avenir. Et maintenant, cette même armoire, en écrasant le fils de l'homme qui a nui à votre famille, devient l'instrument de la vengeance.

– L'histoire est jolie, mais ce n'est qu'une histoire.

– Où étiez-vous à 15 heures le jour où Sir Peter est mort ?

– Ça ne vous regarde pas.

– Vous étiez dans son bureau et vous renversiez l'armoire sur lui.

– Et merde ! cracha Chris. Si vous tenez tant à le savoir, j'étais au garage Platts, d'accord ?

– Et vous y faisiez quoi ?

– Ce foutu camion faisait de la fumée ! dit-il amèrement. Le mécanicien m'a dit que je m'étais fait refiler un tacot. Ça fait des années que j'attends de recevoir le genre de compensation que ma famille a toujours méritée, et je finis par acheter un camion qui fonctionne à peine. C'est ça, rigolez !

– Je trouve qu'il n'y a pas de quoi rire.

– Tant mieux, parce que moi non plus !

– J'y vois tout de même une sorte d'ironie. Votre vieux camion qui tombe tout le temps en panne, votre nouveau camion qui fait de même… Avez-vous déjà envisagé de ne pas avoir de camion du tout ?

Judith vit un conflit d'émotions contradictoires sur le visage de Chris : il y avait de la rage, de la colère, mais aussi, de façon intéressante, une sorte de dégoût de soi-même. Elle faillit avoir pitié de lui. Faillit, seulement.

– Vous voulez connaître la vérité ? dit-il avec amertume. Ça fait des années que cet homme me ment. Pire encore : qu'il se moque de moi. Il m'embobine, il me promet de réparer les erreurs du passé, mais il n'en a jamais eu l'intention. Il est même arrivé à me persuader d'être témoin de son testament : ça, c'est pervers ! Alors oui, ce fric que je lui ai pris, ce n'est rien à côté de ce qu'il me devait, de ce qu'il devait à ma famille ! Et je suis content qu'il soit mort. C'est ça que vous cherchez à me faire avouer ? Depuis qu'il est parti, le monde ne s'en porte que mieux. Ça va, maintenant ? Vous êtes contente ?

Chris reprit sa brouette et s'éloigna d'un pas mal assuré. Judith se rendit compte que Lady Bailey avait raison : il y avait réellement eu un conflit sanglant entre Chris Shepherd et Sir Peter. Rien n'aurait empêché le premier de renverser l'armoire sur le second. De plus, il avait été obligé d'avouer qu'il lui avait extorqué de l'argent en décembre. Comment ne pas être tenté de voir en lui son assassin du mois de janvier ?

CHAPITRE 33

Judith aurait voulu s'entretenir avec Tanika l'après-midi même, mais celle-ci, occupée par une autre affaire, ne pouvait quitter le commissariat. Elles ne se retrouvèrent que le lendemain, avec Becks et Suzie, à l'écluse de Marlow. Elles informèrent Tanika de ce que Sarah Fitzherbert leur avait confié et lui apprirent également que c'était Chris Shepherd qui avait extorqué vingt mille livres à Sir Peter.

– Je ne comprends pas comment tu y arrives, Judith, dit Tanika, très admirative.

– Le fait que nous nous fondions sur la présomption que Sir Peter a été assassiné nous aide beaucoup.

Tanika soupira.

– Je sais. L'inspecteur Hoskins prétend toujours que nous avons mieux à faire que nous concentrer sur cette enquête.

– Il doit tout de même avoir changé de disque depuis que nous avons retrouvé le testament de Sir Peter déchiré et enfoui dans un tas de compost !

– Il devrait, mais c'est ça le problème : il est têtu comme une mule. Tout ce qu'il sait, c'est que tant qu'on n'aura pas expliqué comment Sir Peter a été tué alors qu'il se trouvait seul dans une pièce fermée à clé, on ne pourra pas conclure à un meurtre. D'ailleurs, avez-vous progressé à ce sujet ?

– Non, dit Judith, mais Jenny a eu une idée. Elle se demande si, dans la confusion du moment, il était possible que Sir Peter soit encore vivant après la chute de l'armoire, quand elle a cherché son pouls sans le trouver. Cela aurait permis à Tristram, une fois tout le monde sorti du bureau, d'entrer et de tuer son père, une dizaine de minutes après l'instant officiel de sa mort. Ce qui expliquerait pourquoi on a retrouvé Sir Peter dans une pièce fermée à clé : ce dernier l'aurait lui-même fermée avant de glisser la clé dans sa poche.

– Belle théorie, dit Tanika, mais malheureusement elle ne tient pas la route.

– Je m'attendais à cette réponse.

– En combien de temps avez-vous réussi à forcer la porte du bureau ?

– En quelques minutes, dit Suzie. Quatre ou cinq, je dirais.

– Eh bien, je peux vous assurer que, selon le médecin légiste, Sir Peter est mort de ses blessures en quelques secondes. Il n'a pas pu se raccrocher à la vie pendant les quatre ou cinq minutes qu'il vous a fallu pour enfoncer la porte. Si son cœur avait continué de battre pendant tout ce temps, peu importe à quelle intensité, la répartition du sang dans le corps et l'aspect des ecchymoses auraient été complètement différents. S'il avait vécu ces quelques minutes de plus, le médecin légiste aurait été capable de le dire.

– Et il ne s'agit pas seulement de ces quelques minutes, admit Judith. Il nous a fallu une bonne minute, voire un peu plus, pour quitter la pièce. Et moi, je suis restée encore un moment pour examiner le bureau et parler avec Suzie.

– Alors vous avez votre réponse, conclut Tanika. Tristram ne peut en aucun cas avoir tué Sir Peter après votre sortie du bureau. Je suis désolée, mais il n'y a qu'une seule explication compatible avec l'examen post-mortem : si Sir Peter avait l'air mort quand vous êtes entrées dans le bureau, c'est parce qu'il l'était.

– Mais cela voudrait dire que l'assassin a réussi à sortir d'une pièce verrouillée ! dit Becks. Or c'est impossible !

Même elle semblait avoir conscience de l'inutilité de cette précision.

– Il peut y avoir une autre explication, ajouta Tanika. Même si elle est difficile à entendre.

– Ne le dis pas ! dit Judith d'un ton légèrement menaçant.

– Écoutez. Je suis d'accord avec vous sur le fait que Sir Peter avait une vie… compliquée. Comme vous l'avez découvert, son jardinier lui fait du chantage pour des fautes commises par son père. Son ex-femme, sur le point de perdre son titre nobiliaire, l'espionne dans les buissons. Et sa fille première-née, qui n'hérite de rien, se cache dans le dressing de sa chambre. Par-dessus le marché, nous avons la fiancée de Sir Peter qui, sur le point de devenir fabuleusement riche, perd tout brusquement, et le fils second-né qui a l'air de plus en plus coupable chaque fois qu'on trouve un nouvel indice.

– Ne le dis pas, je t'en prie ! répéta Judith, s'efforçant de détourner Tanika du point où elle voulait en venir. As-tu trouvé des empreintes digitales sur le testament déchiré ?

Tanika soupira.

– Au début, l'inspecteur Hoskins ne voulait pas qu'on analyse ces bouts de papier, mais je l'ai convaincu que cela paraîtrait suspect si nous ne le faisions pas. Donc nous l'avons fait, et ça lui a donné une belle occasion de se payer ma tête : nous avons trouvé sur ce papier des empreintes partielles correspondant à Sir Peter, à Andrew Husselbee et à Chris Shepherd. À personne d'autre. Les trois personnes dont on a retrouvé les empreintes sur le testament sont celles qui ont présidé à son établissement, comme on pouvait s'y attendre. Ce qui donne encore un argument à l'inspecteur Hoskins pour dire que Sir Peter n'a pas été assassiné. Et s'il avait raison, en fin de compte ?

– Elle l'a dit ! gémit Judith.

– Oui, je sais qu'au bout de toutes ces recherches, ça fait mal. Et que ça reste hypothétique. Mais est-ce tellement plus improbable que tous les autres scénarios ?

– Mais comment peut-il s'agir d'un accident ? se lamenta Judith, indignée.

– Jenny nous a dit que Sir Peter rangeait parfois des objets sur l'armoire, rappela Becks.

– Qu'est-ce que ça change ? demanda Judith.

– Désolée, mais elle l'a bien dit. Elle nous a parlé d'orangettes au chocolat qu'il avait cachées au sommet de l'armoire. Si j'en parle, c'est parce que je n'arrête pas d'y penser. Parce que nous savons que le testament de Sir Peter n'était pas dans son coffre-fort quand celui-ci a été ouvert. Toi-même, tu as dit que le coffre était vide. Alors le testament n'était-il pas plutôt sur l'armoire ? Peut-être que Sir Peter essayait de le récupérer après la dispute et a renversé l'armoire sur lui ?

– Excellente, ta théorie ! dit Suzie.

– Non, absolument pas ! dit Judith, excédée. S'il avait essayé de le récupérer sur l'armoire juste avant de mourir, pourquoi le testament n'était-il pas à côté du corps ?

– Tu rigoles ? dit posément Suzie. Tu crois que dans toute cette confusion, avec la découverte du cadavre et tout, on l'aurait remarqué ?

– Nous, peut-être pas, intervint Becks qui venait d'avoir une idée et ne la trouvait pas mauvaise ; mais Tristram, si, assurément. Qu'en pensez-vous ? Il peut l'avoir mis dans sa poche en douce avant de le déchirer et de le cacher dans le compost un peu plus tard.

– C'est possible, approuva Tanika. Et surtout, ça pourrait expliquer comment on a pu trouver Sir Peter derrière une porte fermée à clé avec l'unique clé du bureau dans sa poche.

– Écoutez, dit Judith, en pleine improvisation, ce qui n'échappa pas à ses amies. Ne nous polarisons pas trop sur cette porte fermée. Il y avait peut-être une autre clé ? L'assassin aurait alors fermé la porte de l'extérieur avec un double, laissant la clé d'origine dans la poche de Sir Peter.

– Hélas ! dit Tanika. C'est impossible. Avant qu'on me retire l'enquête, j'ai fait démonter la serrure. Il ne s'y trouvait aucun fragment, aucune limaille de métal récent. Une seule clé ouvre cette porte, et on l'a trouvée dans la poche de Sir Peter.

Judith, déçue, fit la moue. Elle avait beau être en désaccord avec la suggestion de Tanika, elle était bien obligée d'admettre que celle-ci comportait une certaine logique. Pourtant, comprenant en un éclair qu'elle avait failli se laisser séduire par la facilité, elle se ressaisit :

– Non, je ne peux pas accepter ça ! Sir Peter est mon client depuis le début. Il m'a engagée parce qu'il savait que sa vie était en danger. As-tu trouvé du poison dans l'armoire ?

Elle venait de se souvenir de cette piste, qui pouvait encore mener à la certitude du meurtre.

– Là encore, c'est une impasse, dit Tanika. La police a répertorié tout ce qui est tombé de l'armoire, et il n'y avait de cyanure dans aucun flacon, ni aucune étiquette le mentionnant, ni quoi que ce soit sur le tapis qui ressemble à du poison.

– Parce que quelqu'un l'a retiré du bureau avant la mort de Sir Peter ! argumenta Judith, qui avait récupéré toute son énergie. Et quand on est animé de bonnes intentions, on n'a aucune raison de subtiliser un flacon de poison.

– Judith, dit Tanika avec patience, peut-être n'y avait-il pas de poison dans le bureau parce que Sir Peter s'en était débarrassé après sa dispute avec Tristram début décembre.

– Ou alors, proposa Suzie, Chris Shepherd ne nous a peut-être pas dit la vérité. Après tout, nous savons qu'il a extorqué vingt mille livres à Sir Peter par chantage. Pourquoi devrions-nous le croire quand il dit que Sir Peter et Tristram se sont disputés à propos d'un flacon de cyanure ? Si ça se trouve, il a tout inventé.

Judith ne trouva rien à répondre à cela dans l'immédiat.

– Je prends toute la mesure de la déception que cela

vous cause, dit Tanika, mais je crois qu'il va falloir nous faire à l'idée que Sir Peter n'a pas été assassiné.

– Je n'en crois rien, persista Judith. Je ne veux même pas en entendre parler !

– Je comprends. Parfois, c'est dur. Tu as passé tout ce temps à croire à un meurtre, et tu as mis tant d'intelligence et de perspicacité à dévoiler ce qui se passe à White Lodge, mais imagine que sa mort soit réellement accidentelle ?

Le téléphone de Tanika sonna. Elle prit l'appel.

– Inspecteur Malik, dit-elle.

Elle s'éloigna de Judith et de ses amies pour mieux entendre.

– Vous pouvez répéter ?

Visiblement, les nouvelles n'étaient pas bonnes.

– D'accord, je serai là dans cinq minutes, ajouta-t-elle en hâte. Envoyez l'équipe, je resterai jusqu'à l'arrivée de l'inspecteur principal.

Tanika raccrocha et regarda ses amies avec l'air d'avoir vu un fantôme.

– Que se passe-t-il ? demanda Judith.

– C'est Sarah Fitzherbert. On vient de la trouver chez elle. Morte. Excusez-moi, il faut que je file à Alison Road.

À son arrivée chez Sarah, Tanika s'efforçait de rejeter d'emblée toute hypothèse de meurtre. Un agent en uniforme était déjà là et posait du ruban de police. Quand Tanika lui eut montré sa carte, il expliqua qu'une voisine avait vu Sarah par la fenêtre, affalée sur son canapé. Elle avait frappé à la porte, et comme la jeune femme ne répondait pas, elle était allée chercher son double des clés, était entrée et avait trouvé Sarah, morte.

– Quelle est la cause du décès ? demanda Tanika.

– Il semble qu'elle soit morte dans son sommeil.

– Vous croyez qu'il s'agit d'un suicide ?

– Elle n'a laissé aucune lettre.

– Très bien, j'entre pour examiner le lieu du décès avant l'arrivée de l'inspecteur Hoskins.

– Entendu, inspecteur.

Tanika poussa la porte du salon. Elle y trouva Sarah assise sur le canapé, affaissée sur l'accoudoir. Tanika vit à la pâleur de son visage que sa mort remontait à un certain temps.

Devant elle, un grand verre était renversé sur la moquette. Sarah avait absorbé presque tout son contenu, mais il restait dans le fond quelques gouttes d'un liquide transparent. Tanika repensa à la conversation qu'elle avait eue avec Judith quelques minutes auparavant, et un frisson lui parcourut l'échine. Elle examina le corps de plus près, il n'y avait aucune raison de croire à un empoisonnement. Ce verre, elle l'avait peut-être renversé au moment de sa mort subite ?

Et pourtant, elle ne pouvait s'empêcher de penser à ce flacon de cyanure qui, selon Chris Shepherd, s'était trouvé dans le bureau de Sir Peter et avait disparu depuis. Tanika connaissait un test post-mortem pour déceler un empoisonnement au cyanure, et même s'il était moins infaillible qu'on le laissait croire au cinéma, l'odeur d'amande amère était décelable dans environ un cas sur trois. Dans les deux autres cas, il n'y avait pas d'odeur. Tanika approcha son nez du visage de Sarah et inspira.

L'odeur d'amande amère était bien là. Faible, mais incontestable.

Cette découverte aurait dû la surprendre, mais elle lui inspira plutôt une immense tristesse. À la seconde où elle avait appris la mort de Sarah, Tanika avait été intimement convaincue qu'il s'agissait d'un meurtre. Combien de jeunes femmes en bonne santé meurent de mort naturelle dans leur appartement ? Elle ne croyait pas non plus à un suicide : il n'y avait pas de lettre.

Il ne pouvait y avoir qu'une seule conclusion : l'assassin venait de frapper à nouveau.

Tanika sentit une rage froide monter en elle. Contre l'assassin, mais aussi contre elle-même. Elle était persuadée que si elle avait considéré la mort de Sir Peter comme un assassinat dès le début, ce second meurtre ne se serait probablement pas produit. À cet instant, Tanika fit le vœu de faire tout ce qui serait en son pouvoir pour mener cette enquête jusqu'à l'arrestation de l'assassin. Même si cela devait lui coûter sa carrière.

Elle entendit au loin le bruit d'une sirène.

CHAPITRE 34

Dès l'arrivée de l'inspecteur principal Hoskins et de son équipe, tout alla très vite. Tanika ne devrait pourtant avoir le compte rendu que plus tard dans l'après-midi, car, si l'inspecteur avait commencé par la remercier d'avoir été le premier officier de police sur les lieux, il l'avait renvoyée illico au commissariat de Maidenhead pour lui faire enregistrer les éléments de l'enquête à mesure qu'ils lui parviendraient.

Cette tâche absorba Tanika jusqu'à 1 heure du matin. Elle imaginait son mari et sa fille profondément endormis, bien au chaud dans leurs lits. Malgré sa hâte de les retrouver, elle resta un peu à son bureau, trop fatiguée pour se lever de sa chaise – mais pas seulement pour cette raison. Tanika ressentait de la honte. Elle savait que si la police avait pris des décisions différentes, Sarah aurait de fortes chances d'être encore en vie.

Tanika souhaita la bonne nuit aux agents qui allaient travailler jusqu'au matin, puis elle descendit l'escalier vers la sortie. Arrivée au rez-de-chaussée, au lieu de traverser le hall d'accueil, elle poussa la porte de la sortie de secours et se rendit à l'arrière du bâtiment.

Dehors, il gelait. Mais Tanika était attirée par le ciel sans nuages et les étoiles scintillantes. Ainsi que par le souvenir d'un certain coup de fil qu'elle avait passé à Judith, de cet endroit même, l'année précédente.

Elle savait ce qu'elle avait à faire. Elle sortit son téléphone et composa un numéro.

Au bout de la ligne, on ne décrocha pas tout de suite. Tanika était sur le point de raccrocher quand une voix masculine retentit :

– Allô ?

– Judith, c'est moi, Tanika !

– Bon Dieu ! Ne quitte pas ! dit la voix, suivie d'un silence.

Tanika se dit que Judith devait être en train de boire un peu d'eau pour faire passer le chat qu'elle avait dans la gorge, mais elle n'avait que partiellement raison : dans le verre de Judith, sur sa table de chevet, ce n'était pas de l'eau.

– Ah, c'est mieux ! dit Judith, la voix beaucoup plus claire. Comment vas-tu ?

– Moi, très bien.

– Et Becks, et Suzie ?

– Ne t'inquiète pas, tout le monde va bien. Je voulais juste te tenir au courant à propos de Sarah Fitzherbert.

– Je suis tout ouïe, dit Judith, frémissant d'impatience.

– Tu vas être contente d'apprendre qu'après la mort de Sarah, l'inspecteur Hoskins a demandé à interroger Tristram Bailey. Il l'a mis en garde à vue, en attendant qu'il soit officiellement accusé.

– Tu crois que c'est lui qui l'a tuée ?

– Sarah Fitzherbert a été empoisonnée au cyanure. Nous en avons trouvé des traces dans le verre qu'elle a bu avant de mourir.

– C'est le poison que nous cherchions !

– C'est ce que j'ai dit à l'inspecteur Hoskins. Et je dois reconnaître, à son crédit, qu'il m'a écoutée pour une fois.

– Pense-t-il qu'il y ait un lien entre les deux décès ?

– Oui, et ce n'est pas trop tôt !

– Et le flacon qui contenait le cyanure, l'avez-vous retrouvé ?

– Pas encore, mais un de nos agents est en train de fouiller la maison de Lady Bailey et la voiture de Tristram.

– Voilà qui ne va pas plaire à Lady Bailey.

– À ce que j'ai entendu, elle l'a fait savoir sans équivoque.

– Et Tristram, a-t-il avoué ?

– Pas encore. Il nie être pour quoi que ce soit dans la mort de Sarah.

– Et il joue bien son rôle ?

– Je n'ai pas assisté à son interrogatoire, mais j'ai vu la vidéo. Pour être honnête, il se comporte comme un homme qui vient de perdre la femme qu'il aime. Il est en état de choc. Incapable d'aligner deux pensées cohérentes. Une vraie catastrophe.

– À moins que tout cela ne soit qu'un numéro de théâtre. Après tout, il est acteur.

– Qu'il soit bon ou mauvais acteur, les preuves matérielles sont irréfutables. Le verre dans lequel Sarah a bu est couvert de ses empreintes digitales, ainsi que de celles de Sarah, bien sûr.

– C'est une excellente nouvelle ! Que s'est-il passé, à ton avis ?

– Selon l'inspecteur Hoskins, le meurtre de Sarah

n'a aucun sens. Surtout maintenant que nous savons qu'elle était la maîtresse de Tristram.

– Selon Hoskins, peut-être, mais pas selon toi.

– En effet. Je pense que Sarah est peut-être liée à l'assassinat de Sir Peter.

– Oui, nous y avons pensé. Elle désirait follement épouser Tristram : elle a été très claire sur ce point quand nous lui avons parlé. Elle aurait fait n'importe quoi pour lui.

– Jusqu'à tuer ?

– Oui, très probablement. Elle avait de nombreux intérêts en jeu. Tristram n'avait qu'à lui raconter qu'ils se marieraient dès qu'ils seraient débarrassés de son père. Et je me souviens de ce que nous a dit Lady Bailey : juste avant la mort de Peter, les rideaux du bureau étaient fermés. Peut-être parce que Sarah y était déjà cachée et ne voulait pas qu'on la voie de l'extérieur. Ensuite, au moment où son fiancé était dehors en train de se constituer un alibi parfaitement officiel, elle a attendu que Sir Peter entre dans le bureau et a précipité l'armoire sur lui.

– Et comment est-elle parvenue à attirer Sir Peter dans le bureau ?

– Peut-être en l'appelant, tout simplement ? Dans la maison, à part elle et Sir Peter, il n'y avait à ce moment que Jenny et Rosanna, toutes deux à l'étage. Elles n'auraient rien entendu.

– Alors qu'es-tu en train de dire ? Que Sarah se serait arrangée pour que Sir Peter se tienne devant l'armoire ?

– Ça n'aurait présenté aucune difficulté : « Oh ! Sir Peter, je cherche à attraper telle ou telle chose sur l'étagère du haut. Pourriez-vous m'aider, s'il vous plaît ? » Et quand il se tient au bon endroit, elle balance l'armoire. En supposant qu'elle ait été assez forte pour la renverser.

– Je vais te dire ce que je ne comprends pas dans cette histoire, dit Tanika. Si nous revenons à la mort de Sir Peter…

– À son assassinat, corrigea Judith.

– Oui, bien sûr, désolée : à son assassinat. Tout est lié à son mariage, n'est-ce pas ? Le fait qu'il soit mort la veille de l'événement ne peut pas être une coïncidence.

– Tu as raison. À moins qu'il ne s'agisse d'une fausse piste délibérée. Après tout, corrélation n'est pas causalité. L'assassin peut l'avoir tué la veille de son mariage pour nous faire croire que les deux événements sont liés sans qu'ils le soient réellement.

– C'est possible, dit Tanika que cette hypothèse n'avait pas l'air d'enthousiasmer. En tout cas, vu la chronologie, il est beaucoup plus simple de supposer que le meurtre et le mariage sont liés. Et c'est cela que je n'arrive pas à comprendre. Pourquoi compliquer les choses à ce point ?

– Que veux-tu dire ?

– Pour tuer Sir Peter, il suffit de l'étouffer avec un oreiller pendant son sommeil.

– Peut-être. Mais il faut d'abord régler le problème de Jenny.

– D'accord. Alors on peut très bien attendre que Jenny s'absente, le tuer par balle et faire croire à un cambriolage qui a mal tourné. Pourquoi se donner le mal de le tuer dans une pièce verrouillée pendant une réception donnée la veille de son mariage ?

– Bon, récapitulons. Jenny est hors de soupçon parce qu'elle était à l'étage quand Sir Peter a été tué : nous l'avons tous vue. Et Rosanna était dans la même pièce qu'elle, donc elle ne peut pas être l'assassin non plus, même si elle était cachée dans le dressing. Ensuite, si nous cherchons d'autres personnes à qui profite le meurtre de Sir Peter : Tristram était dehors, à la vue de tous, et n'est entré dans la maison qu'en même temps que nous tous. Quant à Lady Bailey, je dois te dire que Becks s'est renseignée auprès du major Tom Lewis, qui passait ce jour-là le long du domaine à bord de son yacht. Il assure qu'elle est apparue sur le sentier de halage quelques secondes après la chute de l'armoire, et que si quelqu'un était sorti de la maison pour traverser la pelouse, il n'aurait pas manqué de le voir. Lady Bailey est elle aussi hors de soupçon.

– Et Chris Shepherd ?

– Après ton départ, cet après-midi, je suis allée faire un petit tour à Marlow à bicyclette. Mon premier arrêt fut le garage Platts, où un charmant mécanicien m'a confirmé que ce vendredi-là, il avait passé plusieurs heures avec Chris à réparer son camion. Il a ajouté que ce camion était une arnaque, ce qui n'est que justice, mais des dizaines d'employés du garage jurent que Chris n'a pas quitté les lieux de tout l'après-midi. Il ne peut pas être l'assassin, pas plus que les autres. Ensuite, je suis passée voir la charmante dame du salon de coiffure Divas and Dudes.

– Pourquoi ?

– Pour vérifier l'alibi de Kat Husselbee, juste au cas où elle aurait tué Sir Peter dans le bureau, soit pour le compte de Rosanna, soit pour une autre raison qu'il nous resterait à découvrir. La propriétaire du salon nous a dit que cet après-midi-là, celui de la mort de Sir Peter, entre 14 et 17 heures, elle faisait une coupe et une couleur à Kat. En somme, chaque personne qui pourrait avoir désiré la mort de Sir Peter possède un alibi solide pour l'heure du meurtre. Tout le monde est blanc comme neige, excepté Sarah Fitzherbert.

– Mais tu m'as dit qu'elle était au Bounty à ce moment-là.

– C'est ce qu'elle nous a dit, mais j'en doute. Suzie est allée promener ses chiens vers le Bounty aujourd'hui. Elle n'a trouvé aucun membre du personnel qui se souvienne avoir vu Sarah à 15 heures le jour de la mort de Sir Peter.

– Elle vous aurait menti ?

– Ça y ressemble. Il n'y a qu'un employé du Bounty qui était absent aujourd'hui et que Suzie n'a pas pu interroger, mais s'il s'avère qu'il ne l'a pas vue non plus, personne au pub ne peut confirmer que Sarah y était au moment du crime. Ce qui est étrange, tout de même, non ? On aurait pu croire que quelqu'un au moins se souviendrait d'elle.

– Mais personne ne s'en souvient, car au lieu d'être au pub, elle tuait quelqu'un dans le bureau, dit Tanika, évaluant l'hypothèse. Judith, tu es surprenante ! Tout s'éclaire désormais. Sarah a tué Sir Peter afin de pouvoir épouser son amoureux, Tristram, et hériter avec lui du titre nobiliaire, de la maison et de toute la fortune familiale. Mais en réalité Tristram s'est servi d'elle. Et une fois la tâche de Sarah accomplie, il l'a tuée pour qu'elle ne révèle jamais la responsabilité de son amant dans la mort de son père.

– D'ailleurs, cela correspond à ce que Chris Shepherd nous a dit : selon lui, Tristram n'aurait jamais eu le courage de pousser une armoire sur son père, tandis que j'imagine très bien une battante comme Sarah le faire. Ensuite, toujours selon l'hypothèse de Chris, il ne restait plus à Tristram, en bon couard qu'il est, qu'à tuer Sarah avec du cyanure.

– Demain, j'enverrai un agent au Bounty pour interroger ce dernier membre du personnel. On ne sait jamais.

– Bonne idée ! dit Judith.

Après avoir remercié Tanika de l'avoir tenue au courant, Judith essaya d'être satisfaite de savoir Tristram derrière les barreaux. Mais quelque chose clochait. Il restait encore beaucoup d'éléments de l'affaire non élucidés, notamment la façon dont Sarah, après le meurtre, avait pu sortir du bureau fermé à clé.

Pas la peine d'espérer dormir ce soir, se dit Judith. Elle rejeta les couvertures de son lit, attrapa sa robe de chambre et descendit au rez-de-chaussée pour consulter son tableau d'enquête policière. Dès le premier regard, elle sut qu'il avait sérieusement besoin d'une mise à jour et qu'il faudrait relier tous les nouveaux éléments avec les anciens.

La nuit allait être longue.

CHAPITRE 35

Au matin, Judith avait mis à jour toutes les cartes et posé encore plus de punaises et de fil de laine rouge sur son tableau, mais elle n'en savait toujours pas plus quant à l'identité du meurtrier de Sir Peter, ni même comment le meurtre de Sarah s'intégrait à l'affaire dans son ensemble… Il était tentant de supposer que Sarah avait tué la première, et Tristram ensuite, mais ce que Judith ne comprenait pas, c'était comment Tristram avait pu être assez bête pour laisser ses empreintes digitales sur le verre de Sarah. C'était peut-être une erreur, ou alors quelqu'un essayait de lui faire porter le chapeau ?

Judith entendit le claquement de la boîte aux lettres.

Laissant tomber momentanément l'affaire, elle traversa le salon à toute vitesse vers la porte d'entrée et découvrit, sur le parquet, le *Marlow Free Press* de la semaine. Elle le ramassa, alla à sa table de bridge et ouvrit le magazine avant même de s'asseoir. Elle prit un crayon et partit à l'attaque des définitions des quatre coins de la grille.

1 horizontal : *Dans certains hôtels, on peut le chercher longtemps*, en six lettres.

Cette définition ne présentait aucune difficulté pour Judith. Elle savait qu'aux États-Unis, la superstition menait certains constructeurs d'hôtels à omettre la chambre 13, voire le treizième étage tout entier. Elle inscrivit donc TREIZE dans les cases.

Stimulée par cette première victoire, elle aborda le 3 horizontal : *Il a intérêt à compter sur Amy plutôt que sur ses amis*, en six lettres. Celle-ci était plus difficile et elle resta quelques minutes à interroger sa mémoire. Amy pouvait être un personnage historique ou de fiction. N'ayant rien trouvé côté histoire, elle passa aux Amy littéraires et pensa d'abord à Amy Dorrit, l'héroïne du roman de Charles Dickens *La Petite Dorrit*. À la fin du roman, Arthur Clennam, emprisonné, prend conscience de son amour pour Amy. Malheureusement, Clennam était un nom de sept lettres et ses déboires n'étaient pas particulièrement liés à une trahison amicale. Elle chercha longtemps dans la littérature, mais peut-être s'agissait-il de cinéma ? Une autre Amy apparut dans son esprit sous les traits de Grace Kelly, interprétant le rôle de la femme de Will Kane dans *Le train sifflera trois fois*. Tout concordait : le shérif Will Kane, abandonné de tous – y compris de ses amis – sauf d'Amy, sa femme, était incarné par Gary Cooper. KANE n'ayant pas le bon nombre de lettres, elle inscrivit COOPER, en six lettres, dans la grille.

À peine avait-elle abordé la troisième définition que Judith avait compris de quoi il s'agissait : *Ainsi appelait-on Stoke, Desborough et Burnham*, en quatre lettres. Tout féru de mots croisés – ou même tout citoyen de Marlow – savait que Stoke, Desborough et Burnham étaient d'anciennes subdivisions du Buckinghamshire appelées « centaines » ou « cents ». « Centaines » ne rentrait pas dans les cases, contrairement à CENT, qu'elle inscrivit en toutes lettres.

Malgré l'apparence hermétique de la quatrième définition : *Immaculé, plein d'énergie et beau, tel un oiseau d'eau,* en dix lettres, Judith en vint rapidement à bout. Ayant passé en revue tous les oiseaux aquatiques qu'elle connaissait, et en particulier les cygnes de la Tamise – tel que celui qu'elle avait failli affronter lors d'une de ses récentes baignades fluviales –, Judith devina une allusion poétique et pensa au poème de Stéphane Mallarmé, *Le Cygne*. Mais bien sûr ! Il était question du premier vers : *Le vierge, le vivace et le bel aujourd'hui…* Ce cygne-là était beaucoup plus métaphorique, mais elle nota AUJOURD'HUI et relut les quatre solutions en partant du coin supérieur gauche de la grille afin d'y déceler le message qu'elles contenaient peut-être.

Elle lut TREIZE, CENT, AUJOURD'HUI, COOPER. Cela suggérait un rendez-vous « aujourd'hui » – le jour de la parution du magazine – à 13 heures, mais à quoi se référait « Cooper » ? Maintenant qu'elle y pensait, il y avait un café nommé Coopers au centre commercial.

Judith comprit enfin que le mystérieux verbicruciste serait au café Coopers à 13 heures. Et cette fois, pas question de le rater ! Elle aurait le fin mot de l'histoire.

Mais avant cela, il fallait mettre la main sur l'auteur de deux meurtres, ou sur deux meurtriers, et elle savait déjà comment elle allait s'y prendre.

Becks entra dans la salle d'enquête de Judith.

– J'ai apporté un *carrot cake*. Et un bocal de glaçage en plus. Il n'y a jamais assez de glaçage.

– Merci, tu es adorable ! dit Judith en conduisant Becks à une petite table qu'elle avait dressée pour l'occasion.

Suzie les y attendait déjà devant une théière, des tasses sur leur soucoupe et des assiettes à dessert.

– J'étais certaine que tu apporterais quelque chose, alors j'ai déjà sorti les assiettes !

– Je n'ai pas beaucoup de temps, dit Suzie : je dois partir pour mon émission dans un petit moment.

– Et moi, ajouta Becks, à midi, je dois aller aider le Rotary à servir une soupe populaire à Elgin Hall.

– Bien sûr ! dit Judith. Il se trouve que moi aussi, je dois m'absenter bientôt, mais en attendant, nous avons intérêt à bien récapituler tout ce que nous savons de l'affaire.

– *Tout ?* demanda Becks en regardant sa montre.

– Le plus possible, en tout cas. Ce nouveau meurtre nous oblige à tout reprendre depuis le début afin de s'assurer que nos pistes sont encore valides.

– Mais nous connaissons les assassins ! Sarah a tué Peter et Tristram a tué Sarah.

– Je n'en suis pas convaincue, dit Judith. Ne trouvez-vous pas intéressant que personne ne nous ait parlé de Sarah avant que nous ne découvrions son existence ? Ni Sir Peter, quand il m'a téléphoné, ni personne d'autre depuis.

– Ils ne pensaient pas qu'elle était impliquée, dit Suzie avec indifférence. Pourquoi auraient-ils parlé d'elle ?

– Parce que nous revenons sans arrêt à la culpabilité de Tristram, et même le testament de Sir Peter le nomme comme son meurtrier. Dans ce cas pourquoi, alors que Tristram a un alibi parfait, personne n'a-t-il émis l'hypothèse qu'il ait convaincu sa maîtresse de commettre le meurtre à sa place ?

– Ah ! dit Becks, je vois ce que tu veux dire !

Elle se leva, son assiette de gâteau à la main, et s'arrêta devant le tableau d'enquête. Elle désigna la photo d'un bidon d'huile d'olive que Judith avait trouvée sur Internet.

– J'ai également pensé à ceci : l'idée d'appliquer de l'huile d'olive sur des charnières qui grincent peut provenir d'une personne qui travaille dans la restauration, telle que Sarah.

– Bien vu, dit Suzie.

– Écoutez, dit Judith. Pourquoi ne pas passer en revue tous les suspects, l'un après l'autre, pour évaluer leur éventuelle culpabilité ?

Suzie et Becks acceptèrent avec enthousiasme la méthode de leur amie, mais à chaque suspect qu'elles évoquaient, elles devaient vite admettre que chacun disposait d'un alibi infaillible. Quant à la possibilité de sortir d'une pièce verrouillée, elles n'entrevirent à aucun moment ne serait-ce que le début d'une explication.

Elles arrivèrent à cette conclusion : dans la mesure où personne ne pouvait confirmer son alibi, le seul suspect qui pouvait se trouver dans le bureau au moment de la mort de Sir Peter restait Sarah Fitzherbert.

– N'oublions pas, dit Judith, que nous sommes encore dans l'attente du témoignage du dernier membre du personnel du pub The Bounty.

Elle prit son téléphone et composa un numéro.

– Ah ! Tanika ! As-tu pu confirmer l'alibi de Sarah Fitzherbert ?

Elle écouta ce que Tanika avait à dire sur le sujet.

– Oh ! dit enfin Judith. Je vois. Merci pour l'information. Oui, à plus tard !

– Qu'a-t-elle dit ? demanda Suzie avec intérêt.

– Tanika a demandé à son chef d'envoyer un agent au Bounty ce matin. Il a réussi à s'adresser au membre de l'équipe qui n'avait pas encore été interrogé, et celui-ci a fait une déposition selon laquelle, au moment précis de la mort de Sir Peter, il était au pub et parlait avec Sarah Fitzherbert.

– Quoi ! dit Suzie, consternée.

– Exactement comme nous l'a dit Sarah, elle était à des kilomètres de White Lodge et elle demandait où étaient les toilettes.

– Ce barman est bien sûr de l'heure ?

– Apparemment, oui. Il était à la Great Marlow School avec Sarah, dans une plus petite classe. Il l'a reconnue, mais il ne se souvenait pas de son nom. Alors après lui avoir parlé, il a fait une recherche sur Google. Il a montré à la police l'historique de son navigateur : sa recherche a commencé à 15 h 03. Il aurait été impossible que Sarah soit au Bounty à 15 h 03 si elle avait tué Sir Peter dans son bureau deux minutes avant.

– Mais ça ne colle pas ! dit Suzie. Ça veut dire que tout le monde a un alibi ! Jenny était à l'étage, dans sa chambre, quand Sir Peter a été tué. Rosanna aussi, cachée dans le dressing. Lady Bailey sortait d'une haie sur le sentier de halage, sous les yeux du major Lewis. Chris Shepherd faisait réparer son camion au garage Platts. Kat Husselbee se faisait couper les cheveux chez Divas and Dudes. Et cette fichue Sarah

Fitzherbert était à deux kilomètres de là, dans les toilettes du Bounty ! Tous ces gens avaient un mobile pour vouloir la mort de Sir Peter, mais aucun d'eux ne pouvait, techniquement, renverser sur lui l'armoire de son bureau.

– Pourtant, l'un d'entre eux l'a bien fait, dit Judith, il nous faut seulement trouver qui. À moins, bien sûr, qu'une autre personne se soit trouvée dans le bureau et ait commis le crime.

– Qui donc ?

– Je ne vois absolument personne d'autre qui ait intérêt à ce que Sir Peter meure.

Elles se regardèrent : la maîtrise de cette enquête était en train de leur échapper. Comment Sir Peter pouvait-il se faire tuer par quelqu'un qui n'était pas dans la même pièce que lui ?

– Examinons les preuves matérielles, dit Judith. Elles nous aideront peut-être à identifier l'assassin ou sa méthode.

Cette nouvelle approche n'apporta rien. Que ce fût à propos du bidon d'huile d'olive, des empreintes de bottes sur la plate-bande ou du testament perdu, retrouvé déchiré dans le tas de compost, elles n'apprenaient rien qu'elles ne savaient déjà et l'enquête n'avançait pas d'un pouce.

Par souci d'exhaustivité, Becks leur rappela le bocal de verre qu'elles avaient trouvé intact sur le sol du bureau.

– Bonne remarque, releva Judith. Ce bocal avait quelque chose de louche.

– J'ai prouvé combien il était fragile ! dit fièrement Suzie.

– Oui, en le renversant au sol et en le cassant, lui rappela Becks.

– C'est bien ce que je dis, j'ai démontré sa fragilité !

Pour parler d'autre chose, Suzie continua :

– J'aimerais aussi savoir ceci : Judith, qu'est-ce qui t'a inspiré l'idée d'y chercher des empreintes digitales ?

– Je ne sais pas. Chercher des empreintes sur une éventuelle pièce à conviction me paraissait aller de soi. Et je ne me serais certainement pas donné cette peine s'il n'y avait pas eu ce grand rayon de soleil qui frappait la fenêtre et illuminait le bocal, ce qui m'a permis de constater qu'il n'y avait aucune trace ou empreinte sur le verre. Mais au fait, c'est vrai !

Judith cueillit sur son tableau d'enquête la photo du bocal de laboratoire qu'elle avait imprimée.

– Nous l'avons examiné dans la matinée, n'est-ce pas ? dit-elle.

– Oui, dit Suzie. Et alors ?

– À quelle heure ? dit Judith, les yeux brillants d'excitation.

– Vers 10 heures et demie, je pense, avança Becks. Ou un peu avant.

– Sans doute pas beaucoup plus tard, dit Suzie. À 11 heures, j'étais à Marlow FM.

Judith était stupéfaite.

– Mais c'est impossible !

– Quoi ?

Une alarme retentit sur le téléphone de Suzie. Elle l'interrompit.

– À propos d'heure, dit-elle, il faut que je vous quitte. Je dois aller à la station de radio.

– Bien sûr, dit Judith, je ne veux pas te mettre en retard.

– Mais tu viens de faire une grande avancée dans l'enquête !

– Je n'en suis pas encore sûre, répondit Judith, pas tout à fait sincère.

En réalité, elle venait de faire une découverte étonnante, mais elle ignorait encore sa signification.

Lorsque Becks annonça qu'elle devait partir elle aussi, Judith se dit que le moment était venu de faire comme à l'ordinaire quand elle avait un problème à résoudre. En raccompagnant ses amies à la porte, elle leur dit :

– Un bon bain remettra un peu d'ordre dans mes idées. Pouvez-vous me rejoindre à White Lodge cet après-midi, un peu avant 15 heures ?

– Pourquoi 15 heures ? demanda Becks.

– Pas 15 heures, juste avant. 14 h 55, par exemple. Cela devrait suffire. Si je ne me trompe pas, cet après-midi, nous connaîtrons l'identité de l'assassin.

CHAPITRE 36

L'eau du fleuve eut un effet revigorant sur Judith, et bien qu'elle ne fût pas encore capable de prouver qui était l'assassin, elle avait identifié un aspect crucial de l'affaire, à condition que l'expérience qu'elle s'apprêtait à faire à 15 heures donne les résultats qu'elle espérait. En attendant, le moment était idéal pour se rendre au café Coopers afin d'élucider le mystère des messages secrets du verbicruciste du *Marlow Free Press*. Une fois sur place, elle pourrait continuer à réfléchir à l'affaire. Cela promettait d'être un grand jour.

Le café Coopers se trouvait dans un centre commercial non loin de chez Suzie. C'était un cube de brique rouge, identique à tous les autres cubes d'une rangée monotone de bâtiments en brique rouge, mais l'intérieur avait été transformé en bar branché. Des canapés confortables étaient posés près de l'entrée, et la salle était meublée de tables et de chaises cerclées de métal. Des lampes industrielles à faible consommation, suspendues au plafond, éclairaient l'ensemble. Typique de ce genre de lieu, le chien du patron, un labrador noir, dormait sur un des canapés, et la salle était pleine d'une clientèle d'ouvriers, d'étudiants, de promeneurs et de jeunes parents, tous venus prendre leur dose de caféine.

Judith repéra une table libre dans un coin et s'y installa. Lorsque le serveur vint prendre sa commande, elle opta d'abord pour une infusion de menthe poivrée, mais elle se souvint que Coopers faisait le meilleur café de Marlow et trouva dommage de ne pas en profiter. Elle changea d'avis pour un bon latte au lait entier. Peut-être aussi un de leurs sandwichs à la saucisse ? Non que Judith eût faim, mais elle devait commander suffisamment pour tenir jusqu'à 13 heures. Et une part du gâteau au chocolat et au caramel qu'elle avait vu sur le comptoir en arrivant ferait parfaitement l'affaire.

Judith s'efforçait de se concentrer sur les clients du café tandis que son esprit continuait à rebondir en tout sens autour de l'affaire Bailey comme une balle de flipper, mais elle se calma en se rappelant qu'elle ne serait pas fixée avant 15 heures. Il fallait être patiente. Et surtout, elle devait éviter toute distraction afin de ne pas rater « Higginson ».

Elle se força donc à balayer régulièrement la salle du regard. Plus l'aiguille de l'horloge approchait les 13 heures, plus l'excitation montait en elle. Y avait-il parmi ces clients un trafiquant de drogue ? Ou une espèce de contrebandier ? Ou – elle penchait plutôt vers cette hypothèse – un couple illégitime ?

Elle examina avec une attention particulière les visages de trois personnes assises seules à une table. Une étudiante, écouteurs aux oreilles, qui travaillait sur son ordinateur portable ; un homme de la cinquantaine qui déjeunait, son golden retriever à ses pieds ; et une femme d'une soixantaine d'années, habillée comme pour une promenade hivernale, mais qui lisait un vieux livre pendant que sa tasse de café refroidissait.

Judith supposa instinctivement que cette lectrice était à l'origine des énigmes. Elle avait l'air d'attendre quelque chose.

C'est à ce moment qu'entra le vieil homme que Judith avait vu assis sur un banc au skatepark. Il était coiffé de son chapeau en tweed et portait une grosse écharpe et des gants en veau.

Très surprise, elle estima que l'apparition de cet homme ne pouvait pas être une coïncidence. Se pouvait-il qu'il fût Higginson, l'auteur des messages secrets ?

Judith le regarda s'avancer vers le comptoir et commander une tasse de thé. Il la posa sur une table dans un coin tranquille du café. Judith considéra qu'il était temps d'agir, mais elle voulait finir son gâteau d'abord : elle engloutit le dernier morceau et le mâcha en traversant la salle pour aborder l'ennemi.

– Mr. Higginson, je suppose ? dit-elle en s'asseyant à sa table.

L'homme parut stupéfait.

Maintenant qu'elle était plus proche de lui, Judith vit qu'il approchait les quatre-vingt-dix ans, il avait des cheveux blancs ébouriffés et des yeux d'un bleu intense. Il devait avoir été très beau autrefois, pensa-t-elle.

– Qui… qui êtes-vous ? bégaya-t-il.

– Vous pouvez dire que vous m'avez bien baladée ! lança Judith.

– Je suis désolé, je ne vois pas de quoi vous parlez.

– Vous n'allez pas vous débarrasser de moi comme ça ! Vous êtes Higginson, le verbicruciste du *Marlow Free Press*, n'est-ce pas ? Je vous ai vu la semaine dernière au skatepark. À l'heure exacte où les quatre solutions à l'angle de la grille avaient annoncé que quelqu'un viendrait. Une femme est venue vous rejoindre sur un banc, et si je ne me trompe pas, c'est la même femme que vous devez rencontrer aujourd'hui. Ou une autre, peut-être. Mes suppositions ne vont pas jusque-là.

Pendant qu'elle parlait, Judith vit entrer la femme qui avait retrouvé l'homme au skatepark. Cette dernière alla directement au comptoir et s'adressa au serveur.

– Non, je ne m'étais pas trompée : c'est bien la même femme. Je n'ai aucune intention de vous juger, et je suis la première à admettre que ça ne me regarde pas, mais vous ne pouvez pas jeter des cailloux blancs comme le Petit Poucet et vous imaginer que je ne vais pas les suivre. Et si vous ne me dites rien, j'en conclurai que la femme qui s'apprête à venir à cette table – car vous et moi, nous savons qu'elle va le faire – a une liaison avec vous. Ce qui, je ne le répéterai jamais assez, ne me regarde absolument pas, mais c'est pour cette raison que vous devez vous voir en secret, n'est-ce pas ? J'imagine que votre épouse ne doit rien savoir.

Pendant que la femme s'approchait avec une tasse de thé sur sa soucoupe, l'homme trouva le courage de répondre.

– Vous avez raison sur un point, dit-il. Oui, j'ai une liaison romantique avec elle. Mais ma femme n'y voit aucun inconvénient.

– Ha ! Ils disent tous ça !

– Je vous l'assure.

Voyant Judith déjà assise à la table, la dame se figea un instant. Judith vit qu'elle avait aussi entre quatre-vingts et quatre-vingt-dix ans, qu'elle était élégamment coiffée et qu'elle respirait l'intelligence. Elle lui rappelait certaines enseignantes dont elle avait suivi les cours à Oxford.

– Bonjour ! salua la femme qui ne semblait pas du tout gênée par la présence de Judith.

– Bonjour, dit Judith.

– Je crains que nous n'ayons été repérés, dit l'homme.

– Oh ! dit la femme. Ça devait arriver un jour. Puis-je m'asseoir à votre table ?

– Bien sûr ! dit Judith, totalement déboussolée. *Qu'est-ce que c'était que cette histoire ?*

La femme posa sa tasse de thé sur la table et s'assit.

– Bonjour, mon chéri ! dit-elle à l'homme en souriant.

– Bonjour, ma chérie !

Ils regardèrent Judith.

– C'est vous qui vous rencontrez en secret et c'est moi qui me sens déplacée. Pourquoi ? demanda Judith.

– Je devrais me sentir flatté, dit l'homme. Au moins, vous, vous faites les mots croisés chaque semaine !

– Absolument ! « Pepper », c'est moi.

– Pardon ?

– Moi aussi, je suis verbicruciste. Mon pseudo est Pepper.

L'homme était enchanté.

– Pepper, c'est donc vous ?

– Oui, c'est un jeu de mots sur mon vrai nom. Je m'appelle Judith Potts.

– Vos définitions sont formidables !

– Merci, c'est très gentil de votre part. Moi aussi, j'aime beaucoup les vôtres.

– Vous avez vraiment décrypté les messages ? demanda la femme.

– Ça n'avait rien de difficile. Mais de grâce, ne me laissez pas mariner ! Dites-moi ce que j'ai décrypté ! À quoi rime toute cette intrigue de roman d'espionnage ?

L'homme se tourna vers la femme et prit sa main.

– Elle croit que nous avons une relation illégitime ! dit-il.

– C'est merveilleux !

– Parce que ce n'est pas le cas ? dit Judith.

– Oh ! non, répondit l'homme.

– Je ne comprends pas. Vous avez parlé tout à l'heure de liaison romantique.

– C'est bien cela, dit la femme. Nous sommes mariés.

Judith s'attendait à tout, mais pas à ça.

– Vous êtes mariés ? Mais alors pourquoi tout ce mystère ?

– Parce que ça nous amuse ! dit l'homme, le regard brillant.

– Aussi, ça nous donne quelque chose d'intéressant à faire, dit la femme. Tous les jeudis matin, j'ai un cours de Pilates. Ensuite, j'ouvre le *Marlow Free Press* et je fais les mots croisés. Quand j'ai fini, je découvre le message secret dont je suis la seule à connaître l'existence. Puis, nous nous retrouvons comme si nous avions une liaison secrète. Ça pimente toute notre semaine.

On entendit un grand bruit de verre et de vaisselle brisés. L'un des serveurs venait de trébucher, précipitant son plateau au sol. Tout le monde se tut, choqué. Le serveur s'excusa abondamment auprès des tables voisines, puis les conversations reprirent lentement, malgré un malaise dans l'air qui mit du temps à se dissiper.

Judith s'adressa de nouveau au couple assis devant elle.

– Vous faites donc semblant de ne pas vous connaître ?

– Pas complètement. Nous étions adolescents quand nous nous sommes rencontrés. C'était le bon temps : nous devions nous cacher de nos parents, de nos professeurs à l'école. C'est un moyen de retrouver cette exaltation, malgré notre grand âge.

– Et si l'un de vos amis découvrait la chose ? Ou l'interprétait de travers, comme je l'ai fait ?

– Oh ! Ça fait partie du jeu, dit la femme. Ce danger. Bien sûr, il n'y a pas vraiment de danger. On s'amuse, c'est tout.

Judith écoutait avec ravissement l'histoire de ce couple heureux, mais elle sentait aussi que cette histoire touchait en elle une corde sensible qui paraissait liée au meurtre de Sir Peter, ou peut-être de Sarah – elle ne savait pas. Elle avait la nette impression que les plaques tectoniques de l'enquête venaient de bouger.

– C'est la plus jolie histoire que j'aie jamais entendue ! dit-elle en souriant.

– Merci ! dit la femme.

– Et je ne voudrais surtout pas m'immiscer dans un rituel si romantique. Je vous promets de ne plus m'imposer dans vos rendez-vous. Mais je ferai chaque semaine les mots croisés, et quand je découvrirai où vous allez vous retrouver, j'aurai un sourire pour vous.

– Je crois que nous allons arrêter, dit l'homme, maintenant que nous avons été pris la main dans le sac.

– Oui, tu as raison, dit la femme. C'était drôle tant que ça restait un secret.

– Alors permettez-moi de vous présenter mes excuses pour avoir gâché la fête, dit Judith, qui remarqua que le couple n'avait pas l'air particulièrement mécontent.

– Oh, ne vous inquiétez pas ! dit la femme en posant sa main sur celle de son mari. Nous trouverons bien autre chose pour passer le temps. Vous pouvez compter là-dessus !

– Je n'en doute pas !

Judith remercia encore une fois le couple et sortit du café. Elle n'avait qu'une pensée : quelle était la connexion qu'elle venait d'établir inconsciemment entre cette rencontre et le meurtre de Sir Peter ?

CHAPITRE 37

En arrivant à White Lodge peu avant 15 heures, Judith ne pouvait réprimer un certain sentiment de frustration. Elle se repassait en boucle la conversation qu'elle avait eue au café Coopers, ainsi que chaque détail de l'épisode, mais son subconscient restait obstinément verrouillé. Cette demi-idée qu'elle avait tout juste entraperçue demeurait hors de sa portée, et ça la rendait folle.

Elle remarqua à peine l'arrivée de Suzie et Becks à bord du van.

– Tout va bien, Judith ? s'inquiéta Suzie.

Judith reprit contact avec la réalité et sourit à ses amies.

– Oui, tout va bien, dit-elle. Je réfléchis sur l'affaire, c'est tout.

– Ou sur *les* affaires, précisa Suzie.

– Tu as raison.

– J'ai eu Jenny au téléphone, annonça Becks. Elle a un rendez-vous chez le médecin cet après-midi, mais elle nous a laissé les clés sous un pot de fleurs au cas où nous devrions entrer dans la maison.

– Bon à savoir ! dit Judith. Venez avec moi, et voyons ce que nous trouvons.

Elle leur fit signe de la suivre du côté de la maison

où se trouvait le bureau de Sir Peter. Ses amies échangèrent un regard dubitatif avant de la rejoindre.

– Qu'est-ce qu'on cherche ? demanda Becks.

– Nous le saurons quand nous le verrons, dit Judith. Ou, pour être plus claire, nous ne verrons rien tant que nous ne le verrons pas. À supposer que j'aie raison – ce dont, je vous le précise, je suis persuadée.

– Ça n'a aucun sens, ce que tu racontes ! dit Suzie.

– Désolée, c'est l'excitation ! Il faut que nous soyons à l'endroit exact à 15 heures pile.

Au lieu de s'avancer vers la fenêtre du bureau, elle traversa la pelouse en direction de la haie de laurier-cerise où Lady Bailey avait déclaré se trouver à l'instant du meurtre.

– Qu'est-ce qu'on fabrique ici ? dit Becks.

Mais il était trop tard : Judith avait déjà disparu dans le feuillage.

Becks regarda Suzie : il fallait suivre.

Une fois dans les buissons, elles virent Judith consulter sa montre.

– Bien. Comme nous le savons, Sir Peter a été tué juste après que les cloches de l'église ont sonné trois coups, c'est-à-dire dans quelques secondes.

– Pourquoi devons-nous être à l'endroit où était Lady Bailey ?

– Où Lady Bailey nous a dit qu'elle était, rectifia Judith.

Elles entendirent sonner les cloches de l'église de Tous-les-Saints : un coup, suivi de deux autres.

– Patatras ! dit Judith. L'armoire vient de se renverser. Et nous, dans le jardin, nous sommes en train d'accourir vers la maison.

– Mais nous savons que Lady Bailey ne peut pas être l'assassin ! dit Becks. Le major Lewis est formel, et il ne me mentirait pas.

– Voilà qui est *très, très* intéressant ! dit Judith, les yeux fixés sur la maison. J'avais raison, mais qu'est-ce que cela signifie ?

– De quoi tu parles ? demanda Suzie.

– Ce que Lady Bailey nous a dit n'était pas vrai, dit Judith.

Ses deux amies comprirent qu'elle prononçait ces paroles pour les mettre à l'épreuve.

– À propos de quoi au juste ? demanda Suzie.

– Chut ! dit Becks. Ne l'interromps pas.

– Ce qu'elle nous a dit ne peut en aucun cas être vrai. Le bocal de verre que tu as trouvé dans le bureau, Becks, le prouve. Bonté divine ! Ce bocal… il était vide, n'est-ce pas ? Et si c'était *cela* qu'avait vu Lady Bailey ? Attendez… Ça ne tient pas debout, parce que ça voudrait dire que…

Un frisson parcourut la colonne vertébrale de Judith. Ce qu'elle avait subtilement perçu pendant sa visite au café Coopers se révéla enfin, limpide. Tous les éléments de l'affaire se mirent en place.

– Ce n'est tout de même pas possible ! dit-elle.

Mais ses amies voyaient bien qu'à force de vérifier et revérifier son idée, elle avait compris que la chose était tout à fait possible.

– C'est parfaitement machiavélique ! conclut-elle.

Suzie ne tenait plus en place :

– Ça y est ? Tu sais qui est l'assassin ?

– Tu veux que je te dise ? répondit Judith qui se remettait à peine de cette révélation. Oui, je crois le savoir.

– Et tu as compris comment il a procédé ?

– Oh oui ! Absolument. Maintenant, j'ai compris.

– Et comment il est sorti du bureau fermé à clé ? demanda Becks.

– Oui, et pourquoi Sir Peter est mort. Et aussi, bien entendu, pourquoi Sarah devait mourir ensuite.

– Attends, dit Suzie. Tu as compris tout ça juste en restant ici et en regardant la maison ?

– Je n'ai pas fait que regarder la maison, dit Judith. Je l'ai regardée à 15 heures précises.

– Tu me laisses deviner ? dit Becks. Parce que j'ai une théorie.

– Ah, bon ? dit Judith, ravie.

– Oui, peut-être.

– Alors pourquoi t'as rien dit ? demanda Suzie, exaspérée.

– Parce que je n'ai jamais vraiment cru qu'il avait été tué dans le bureau, répondit Becks. C'était techniquement impossible. Mais à présent, tu nous assures que c'est là qu'il a été tué ?

– Oui, répondit Judith, il a bien été tué dans le bureau.

– Alors je crois que c'est Rosanna.

– Intéressant, dit Judith, qui encouragea son amie à continuer.

– Depuis le début, dit Becks, cette affaire est une question d'alibis. Chaque fois que nous trouvons quelqu'un qui peut avoir désiré la mort de Sir Peter, ce quelqu'un a un alibi en béton. Mais si l'assassin est l'un d'entre eux, cela veut dire que son alibi n'est pas aussi solide que nous le croyons. Et je ne trouve pas l'alibi de Rosanna très solide. Elle prétend qu'elle était dans le dressing, mais y était-elle vraiment ?

– Elle a pourtant vu Jenny entrer dans la chambre et sortir sur le balcon, dit Suzie.

– Mais tout le monde a vu Jenny sortir sur le balcon ! N'importe qui aurait pu dire qu'elle était à l'étage.

– Et le bouton que Judith a retrouvé au fond du dressing ?

– C'est précisément mon idée : elle peut l'avoir mis là intentionnellement, sachant qu'il serait retrouvé, soit par nous, soit par la police. Ainsi, elle pouvait feindre d'être mécontente de s'être fait pincer, pour faire ensuite semblant d'avouer sous la contrainte qu'elle se cachait dans le dressing au moment du meurtre. Mais elle n'y était pas : elle était en bas, dans le bureau, en train d'assassiner Sir Peter.

Becks regarda Judith avec fierté.

– Ton histoire est excellente, mais, je suis désolée de te le dire, ce n'est qu'une histoire. Rosanna n'est pas notre assassin. Qu'elle ait été ou non dans le dressing – et j'ai tendance à croire qu'elle y était –, comment peut-elle tuer son père dans une pièce verrouillée et s'arranger ensuite pour être à l'extérieur de cette pièce au moment où nous forçons la porte ? Tu as une explication pour ça ?

L'air de triomphe de Becks fondit immédiatement.

– Non, dit-elle, je n'en ai aucune.

– Mais toi, Judith, tu en as une ? demanda Suzie.

– Avant que je puisse te répondre avec certitude, nous devons entrer dans White Lodge, dit Judith. Nous avons un détail à vérifier. Becks, tu nous as dit que Jenny nous avait laissé les clés quelque part ?

Elles trouvèrent les clés et entrèrent dans la maison. Judith alla directement au bureau de Sir Peter.

– Alors si ce n'est pas Rosanna, vas-tu enfin nous dire qui est l'assassin ? demanda Suzie.

– Quand j'aurai fait une dernière vérification, dit Judith.

L'armoire avait été remise debout, mais à une trentaine de centimètres de distance du mur. Elle se glissa dans cet espace.

– Pourquoi as-tu besoin d'aller derrière l'armoire ?

Judith réapparut. Elle devait avoir essuyé le dos de l'armoire, car elle avait les mains pleines de poussière et de toiles d'araignée. Elle se frotta les doigts.

– Mais qu'est-ce que tu cherches ? demanda Becks.

Judith s'approcha de la cheminée.

– De la poussière, dit-elle. Ou plutôt de la cendre. Et le marteau disparu, ajouta-t-elle en désignant le présentoir sur le rebord de la cheminée.

– Quel marteau ? C'est pas plutôt toi qui es marteau ? dit Suzie, qui craignait soit d'avoir perdu le fil de la conversation, soit que Judith ait perdu l'esprit.

– Une distinction offerte à un ancêtre, expliqua Judith. Sur ce présentoir, il devait y avoir un marteau de président, mais il n'y est plus.

– Et c'est important ? demanda Becks.

– C'est d'une importance cruciale. Et si j'étais du genre à parier – et je le suis assurément, je dois l'avouer –, je dirais que nous allons le trouver dans les cendres de la cheminée.

– Tu plaisantes ? dit Becks. Juste parce que tu vois qu'un marteau n'est plus sur son présentoir, tu peux prédire qu'il est caché dans ce tas de cendres ?

– Il n'y a qu'un moyen de le vérifier !

Judith prit le tisonnier et s'en servit pour fouiller

dans la cheminée. Après avoir raclé ici et là, elle heurta un objet qu'elle retira des cendres à l'aide du crochet du tisonnier.

C'était un marteau de président en bronze.

– C'est invraisemblable ! dit Becks.

– En tout cas, c'est très gratifiant, dit Judith, car cela confirme ma théorie.

– Bon, maintenant, tu dois tout nous dire.

Le téléphone de Judith sonna, mais elle ne paraissait pas l'entendre.

– Judith, c'est ton téléphone ! dit Becks

– Ah oui, bien sûr ! dit Judith, qui répondit.

C'était Tanika. Après un silence de quelques secondes, Judith se montra très agitée.

– Non, pas possible ! Il ne peut pas faire ça !

Elle écouta encore un peu, puis interrompit Tanika :

– Écoute, j'ai besoin d'un peu de temps pour y réfléchir. Je te rappelle dans cinq minutes.

Elle raccrocha.

– C'était quoi ? demanda Suzie.

– C'est cet idiot d'inspecteur Hoskins. Il a remis Tristram en liberté sous caution.

– En quoi est-ce idiot ? demanda Becks.

– C'est complètement stupide, dit Judith.

Elle se tut pour réfléchir. Ses amies virent peu à peu ses pensées se cristalliser.

– Mon Dieu ! reprit-elle. Non, ça ne va pas du tout, vraiment pas du tout !

Elle se tourna vers Becks et Suzie :

– Il va y avoir un troisième meurtre.

– Alors c'est lui l'assassin ? demanda Suzie pendant

que Judith composait un numéro à toute vitesse sur son téléphone.

– Jenny ! Merci de décrocher. Rentrez chez vous immédiatement, il n'y a pas une seconde à perdre ! La police vient de libérer Tristram et votre vie est en danger !

CHAPITRE 38

Quand Jenny revint à White Lodge, Judith lui expliqua que Tristram allait sans doute essayer de la tuer. La jeune femme était horrifiée.

– C'est donc lui l'assassin ? Il faut alerter la police !

– L'inspecteur Hoskins n'a jamais cru à l'assassinat de Sir Peter. Nous n'arriverons jamais à le convaincre que Tristram est sur le point de venir vous tuer.

– Ce n'est pas possible !

– Nous avons affaire à un meurtrier impitoyable : nous devons vous protéger.

– Et l'inspectrice qui est venue ici, elle vous croirait ?

– Tanika ? Elle a été dépossédée de l'affaire.

– Mais alors, qu'allons-nous faire ?

– Notre seul espoir, je suis désolée de vous le dire, est d'attendre qu'il arrive. Ce n'est qu'à ce moment-là que nous pourrons appeler la police.

– Pourquoi ne pas l'appeler maintenant ?

– Parce qu'elle ne viendrait pas. L'inspecteur principal est un crétin. Et tant que Tristram ne se montrera pas, il n'y aura pas de preuve. Mais vous ne serez pas seule : Becks, Suzie et moi, nous l'attendrons avec vous. Il n'osera pas vous faire du mal en présence de trois témoins.

– Mais cet homme est enragé !

– Même en fureur, il saura qu'il ne peut pas vous faire du mal en notre présence.

Jenny avait l'air catastrophé. Judith voyait qu'elle faisait de gros efforts pour accepter ce qu'elle venait d'entendre. Elle essaya de lui présenter les choses de la façon la plus simple et la plus pragmatique.

– Nous devons attendre qu'il se montre, et ensuite, seulement, nous irons à la police.

– D'accord, dit Jenny qui, visiblement, n'appréciait pas du tout cette situation.

Comme la nuit était tombée, Judith et ses amies aidèrent Jenny à fermer les rideaux de toute la maison.

– C'est très dangereux, ce que nous faisons ! s'affola Jenny.

– Ne vous inquiétez pas, dit Judith. Restez au rez-de-chaussée. Becks, Suzie et moi, nous serons à l'étage, dans le noir. Nous maintiendrons les rideaux légèrement entrouverts afin de voir ce qui se passe dehors.

Laissant Jenny dans la cuisine, elles montèrent à l'étage.

– Elle a raison, dit Becks, ça ne me paraît pas une très bonne idée.

– On n'a pas le choix, dit Judith. Je te l'assure. Nous ne saurons pas si j'ai raison avant l'arrivée de Tristram. Maintenant, à vos positions ! Moi, je serai dans la chambre de Jenny et de Sir Peter. Becks, tu restes sur le palier, et tu gardes un œil sur l'allée du jardin. Suzie, tu fais le guet côté court de tennis.

Elles se séparèrent et Judith se rendit dans la chambre. Elle avait choisi ce poste parce qu'il offrait une vue sur le jardin côté fleuve et sur la haie de laurier par laquelle Lady Bailey s'était faufilée vers la maison.

Judith avait deviné que si Lady Bailey connaissait ce passage secret, Tristram le connaissait aussi, mais il devait ignorer que sa mère en avait révélé l'existence à Judith. Il viendrait donc de ce côté-là, Judith en était sûre. Elle-même serait venue par ce chemin si elle avait voulu commettre un meurtre sans être vue.

Tout en faisant le guet, elle laissa son esprit vagabonder sur les détails de l'affaire. Elle n'aurait jamais imaginé devoir, avec ses amies, surveiller le jardin de White Lodge si tard dans la nuit, mais ce qu'elle n'avait révélé à personne, c'était que la conclusion à laquelle elle était parvenue lui paraissait encore difficile à accepter. Pourtant, sa longue expérience de verbicruciste lui avait enseigné que l'infime probabilité d'une solution n'empêchait pas celle-ci d'être correcte. Chaque cellule de son corps avait beau lui répéter que ses conclusions n'étaient pas crédibles, elles l'étaient pourtant. Incontestablement.

Mais pour le moment, une parcelle de doute demeurait dans son esprit. Si Tristram apparaissait, ce doute serait levé.

La lune projetait une lueur argentée sur la haie de laurier-cerise au bord du fleuve. Mais avait-elle bien vu ? Ces feuilles venaient-elles de bouger ? Judith chercha à évaluer le temps nécessaire pour parcourir le petit sentier au milieu des buissons. Oui, le feuillage venait de frissonner de nouveau sous le clair de lune !

Son cœur se mit à battre plus vite. Avant qu'elle eût le temps de s'assurer qu'elle avait bien vu, une silhouette sombre sortit de la haie et courut vers la maison. Cette apparition soudaine et la rapidité de sa course la sidérèrent à tel point que Judith resta immobile quelques secondes avant de trouver la force de se déplacer.

Elle sortit de la chambre aussi vite qu'elle le put.

Sur le palier, elle lança aux deux autres :

– Il est ici !

Suzie et Becks quittèrent leur poste de guet. Elles n'eurent pas le temps d'échanger un mot qu'elles entendirent une porte s'ouvrir avec fracas et un homme rugir de colère.

Elles descendirent l'escalier quatre à quatre. Un cri retentit : c'était Jenny. Dans la cuisine, elles découvrirent une scène terrifiante.

Tristram, comme Judith l'avait prévu, s'était jeté sur Jenny, l'avait plaquée au sol et lui serrait le cou de ses mains. Jenny, incapable de respirer, avait le visage violacé et les yeux révulsés.

Judith et Suzie se précipitèrent à son secours, agrippèrent le dos de Tristram et lui ordonnèrent de lâcher Jenny, mais il ne les entendait pas : sa rage lui donnait une force surhumaine et ses mains serraient de plus en plus fort.

Soudain, deux mains solides et assurées s'insinuèrent dans la mêlée et écartèrent l'une des mains de Tristram.

C'était Tanika.

Dès que Tristram eut lâché prise d'une main, Becks, Suzie et Judith parvinrent à détacher son autre main du cou de Jenny. Il poussa un cri de frustration au moment où Tanika se jetait sur lui, s'emparait de ses poignets et lui passait les menottes derrière le dos.

– Tristram Bailey, je vous arrête pour tentative de meurtre, dit-elle, à bout de souffle.

Elle se leva, laissant Tristram se débattre au sol. L'acier des menottes lui déchirait les poignets.

Elles entendirent un énorme hoquet. Jenny, à quatre pattes, le cou écarlate, blessé et meurtri, essayait de prendre une bouffée d'air. Elle s'efforçait de respirer profondément mais ne parvenait qu'à émettre un râle terrifiant.

Tanika fut la première à se remettre debout.

– Judith ! cria-t-elle, au comble de la fureur.

– Un instant ! haleta Judith, qui essayait elle aussi de reprendre son souffle.

– Qu'est-ce qui t'est passé par la tête ? éructa Suzie.

– Quoi ?

– Tu avais dit qu'elle serait en sécurité ! Qu'il n'y avait pas de danger !

– Je ne pensais pas qu'il passerait à l'acte ! dit Judith.

– Il est complètement détraqué, évidemment qu'il allait passer à l'acte !

– Judith, cette fois, c'en est trop ! dit Becks.

– Je suis désolée, lâcha Judith, mais tous pouvaient entendre la colère dans sa voix. On n'avait pas le choix.

– On a toujours le choix, dit Suzie, et nous aurions dû choisir la police.

– Elle a raison, insista Becks. Tu as fait un mauvais calcul, Judith. Un très mauvais calcul.

– Ce n'est pas ma faute !

– Et s'il avait tué Jenny ?

– Il ne l'a pas tuée !

– Il s'en est fallu d'un cheveu, dit Suzie.

– Je vous le dis, ce n'est pas ma faute.

– Alors de qui est-ce la faute ? cria Suzie, soudain

prise de fureur. Tu sais toujours tout mieux que les autres, n'est-ce pas ? Toujours à fourrer ton nez dans les affaires des gens, à les juger quand ils n'ont pas assez d'argent, à leur dire qu'ils doivent finir les travaux de leur maison, et en quoi ça te regarde ? Ce sont mes choix, c'est ma vie ! Et ça vaut pour tout le monde !

– Suzie…

Judith tendit la main vers son amie.

– Non ! Moi, je me casse, j'en ai marre ! dit Suzie.

D'un pas décidé, elle se dirigea vers la porte de la cuisine.

– Tanika, tu vas avoir besoin de ma déposition. Tu l'auras demain. Tu viens, Becks ?

Becks était en plein dilemme, contrainte de choisir entre Suzie et Judith.

Elle choisit.

– Désolée, Judith, Suzie a raison. Tu vas toujours trop loin, mais là, tu as dépassé les bornes. Tu t'es servie de Jenny comme appât, et ça, je ne peux pas te le pardonner. J'ai besoin de rentrer chez moi. De retrouver Colin. De retrouver la sécurité.

Becks traversa la cuisine. Suzie jeta à Judith un regard sinistre, ouvrit la porte, et les deux femmes sortirent.

Tanika aida Jenny à s'asseoir sur une chaise et lui demanda si tout allait bien. Elle répondit d'un signe de la tête. Tristram, quant à lui, était toujours au sol, les yeux fermés, le visage crispé, sanglotant de rage et de remords.

Par la fenêtre de la cuisine, elles aperçurent Suzie entrer dans son van et démarrer, Becks à son côté.

Quand le van prit le virage vers la route principale, elles entendirent une sirène et les gyrophares d'une voiture de police apparurent dans l'allée. Le véhicule se gara juste à côté de la voiture de service de Tanika. L'inspecteur Hoskins en sortit, accompagné de deux agents en uniforme. Ils se précipitèrent vers la maison. Quelques secondes plus tard, ils entraient dans la cuisine et y découvraient Jenny assise à table à côté de Tanika, Judith debout près de la fenêtre, l'air morose, et Tristram allongé au sol, menotté.

– Inspecteur Malik, qu'est-ce qui se passe ici ? aboya Hoskins.

– Mr Bailey vient d'essayer de tuer Jenny Page, dit Tanika, et j'ai pu l'appréhender.

– Mais qu'est-ce que vous faisiez ici ?

– Dès que j'ai appris que vous aviez libéré Mr Bailey, j'ai décidé de surveiller cette maison.

– Et pourquoi ?

– Parce qu'il était facile de deviner ce que Tristram allait faire. Enfin, à condition de réfléchir une minute.

– Pardon ?

– Moi, j'ai toujours pensé qu'il s'agissait d'une affaire de meurtre. Contrairement à vous, monsieur.

– Vous n'êtes pas inspecteur principal chargé d'enquête, et vous n'aviez pas le droit d'agir de façon indépendante dans cette affaire.

– Oui, mais heureusement que je l'ai fait, dit Tanika en désignant Tristram. Si on vous avait laissé faire comme vous l'entendiez, il y aurait eu un troisième meurtre.

Les deux agents en uniforme étaient extrêmement choqués par l'insolence de Tanika, mais l'inspecteur Hoskins devint très calme.

– Vous pourriez répéter ce que vous venez de dire ?

Tanika se souvint de la promesse faite à Sarah Fitzherbert quand elle l'avait trouvée morte.

– Si l'on vous avait tout laissé en main, monsieur, Jenny Page serait morte.

– Sortez d'ici ! hurla Hoskins. Maintenant ! Vous êtes suspendue pour insubordination, avec effet immédiat.

Tanika contempla longuement l'inspecteur Hoskins, puis se dirigea vers la sortie. Les deux agents s'écartèrent pour la laisser passer.

– Veuillez mettre Mr. Bailey en garde à vue, ordonna Hoskins à ses deux agents. Et assurez-vous que Mrs. Page est hors de danger.

Pendant que l'un des agents s'occupait de Jenny et que l'autre remettait péniblement Tristram debout, tous virent, par la fenêtre, Tanika monter dans sa voiture de service et s'éloigner.

Judith ne sut jamais s'il avait suffi de quelques minutes ou si cela avait pris beaucoup plus longtemps, mais une ambulance arriva après le départ de Tristram. Un infirmier examina Jenny et annonça qu'heureusement, il n'y aurait pas de complications à long terme. Le mieux était que Jenny prenne des analgésiques et dorme autant que possible.

Elle n'était évidemment pas en état de faire une déposition. L'inspecteur Hoskins promit de revenir le lendemain matin.

– La seule chose qui compte, dit-il à Jenny avant de partir, c'est que Tristram est derrière les barreaux. Il ne sortira plus. C'est fini.

Jenny sourit faiblement, mais elle avait encore du mal à se rendre compte de ce qui venait de lui arriver.

– Je reste un peu avec vous, proposa Judith.

– Non, ça va aller, dit Jenny.

– C'est le moins que je puisse faire, insista Judith.

La jeune femme venait de frôler la mort, et Judith s'en sentait visiblement responsable.

– Je peux vous aider à fermer la maison, ajouta-t-elle, et m'assurer que vous êtes en sécurité.

L'inspecteur Hoskins remercia Judith pour son aide et partit avec ses deux agents, qui emmenèrent Tristram en le poussant devant eux sans ménagement.

Dès que la police fut partie, Jenny fondit en larmes. Judith s'assit à côté d'elle et la prit dans ses bras pour la consoler.

– Je suis tellement désolée ! Tellement désolée ! répétait Jenny.

– Vous voulez boire quelque chose ? demanda Judith. Une bonne infusion bien chaude ? Quelque chose de plus fort ?

– Je ne pensais pas qu'il viendrait jusqu'ici. Même si vous me l'aviez annoncé. Je croyais que vous exagériez.

– Je crains que le marteau que j'ai retrouvé dans la cheminée m'ait prouvé que j'étais loin d'exagérer.

– Quel marteau ?

– Pourquoi ne m'accompagnez-vous pas dans le bureau ? Je vous expliquerai comment Sir Peter a été tué.

– Vous le savez ? Parce qu'il y a une chose que je ne comprends pas. Comment a fait Tristram ? Comment a-t-il tué Peter ? Il était dehors, dans le jardin…

– C'était un plan très machiavélique, dit Judith en conduisant Jenny vers le bureau. Et le plus drôle, continua-t-elle quand elles s'y trouvèrent, c'est que la solution a toujours été dans cette pièce. Elle n'était pas sous notre nez, non, mais dans un tas de cendres. Parce que ce qu'il a toujours fallu éclaircir, dans cette affaire, c'était la méthode. Comment l'assassin a-t-il pu pousser une armoire si lourde sur Sir Peter avant de s'échapper par une porte verrouillée ? Mais à y réfléchir, le mystère de ce meurtre va encore plus loin. Tanika me demandait il y a quelque temps : pourquoi se donner tout ce mal ? Attirer Sir Peter dans son bureau l'après-midi de la veille de son mariage, renverser une armoire sur lui, pour finir par un tour de passe-passe avec la serrure de la porte. C'est pourquoi je revenais toujours à l'idée que Tristram était l'assassin. Après tout, quand on veut qu'une mort paraisse accidentelle, c'est parce qu'on serait le suspect principal si la police croyait à un meurtre. Mais pourquoi la veille du mariage ? Ce détail ne cessait de me déranger. Le moment me paraissait si bien choisi. Pour infliger le maximum de douleur à la famille. À vous, en fait.

Jenny hocha la tête. Elle comprenait parfaitement l'idée.

– Et c'est là que vous avez été parfaitement machiavélique.

– Pardon ?

– Oui, parce que c'est vous qui avez tué Sir Peter. Comme c'est également vous qui avez tué cette pauvre Sarah Fitzherbert.

Jenny resta interdite.

– C'est vous l'assassin, Jenny. Pas Tristram. Comme le prouve ce marteau dans la cheminée.

Bilan de l'enquête (3)

Rien de tel qu'une grille de mots croisés
pour faire le point sur l'enquête !

	1	2	3	4	5	6	7	8	9	10	11	12	13	14	15
A						■			■						
B				■								■			
C			■					■							■
D											■			■	
E					■				■						
F						■						■			
G	■			■							■				
H					■					■					■
I			■					■						■	
J		■				■							■		
K					■						■				
L	I	R	O	N	I	E	■			■					
M			■					■				■			
N				■							■				
O						■			■						

Horizontalement

A. Celui de l'auteur s'entend à chaque page du roman. Après vous. Qui a pris du galon. B. Fille de Suzie en Australie. Marque des cigarettes de Lady Bailey. Compagne de Rosanna sur sa péniche. C. Goûté l'humour anglais. Prenez-en de la graine ! Marteau ou première lettre qui l'est ? D. Imitant les dames garées dans Alison Road. Columbo. E. A régné sur le fort boyard. La méchante sorcière du *Magicien d'Oz* s'y trouve. Britanniques. F. Saison du roman. Suzie va l'avoir, à signer des autographes. Impasse partout. G. En plein soir. L'essaim de glace. Hoskins l'est solidement. H. Suzie le fait crisser. Repris. Chiffre de la combinaison ouvrant le coffre. I. Carreau coupant. Gueule de bois. Aimée des cinéphiles. J. Fait effet. Ajouter de la laine rouge au tableau d'enquête. Le Brexit lui a dit *bye*. K. Coin de Portland. Ce que fait Chris pour toucher £20000 ne l'est pas. Carré au crochet ou cercle pour Becks. L. Pointe à pitre. Mantra. Miss Fitzherbert. M. Pas nickel, chrome. Borges s'en fit tout un monde. Premier chapitre du roman. Numéro de Charles. N. À Paris, n'est pas bête comme lui celui qui y entre. Pataugeant dans la gadoue. Vagabonda sur les détails de l'affaire. O. *Trump* l'est, sémantiquement, pour les Américains. Saint de Bigorre. Tic, toc !

Verticalement

1. Prénom de l'inspecteur principal. Femme de ménage de White Lodge. 2. Personne ne rate celles de Suzie sur Marlow FM. Le vieux coucou de Chris tombe sans ... en panne. 3. New York. Un endroit qui donne la pêche. Higginson l'était quand il connut sa femme. Cours de Plaisance. 4. Fait des pompes. Ça le devient, de trouver l'assassin. 5. Réflexion à haute voix. Grandes oreilles de France. Possède. Hameau antillais. 6. Celui qui hérite par primogéniture. King Charles. C'est Noël, dans un sens. 7. Donner un titre. *Natural Language Processing*. 8. Note. Il a le bras long. Moi de Mars. *Id est*. 9. L'époux de Mandie Barnes. Feynman y a travaillé. 10. Tanika est renvoyée à celle des documents. Ruban bicolore. Rouleau. 11. Vianney y fut jadis curé. Log népérien. Une amie de chorale de Becks. Sud-est. 12. Mon dieu, Jésus crie. Prépara les *crumpets* comme Judith les aime. Pendant l'année. 13. Un point de rendez-vous découvert à l'un des quatre angles de la grille du *Marlow Free Press*. Sous-affluent de l'Amazone, qui coule idem d'aval en amont... 14. Celle de la Tamise a un effet revigorant sur Judith Potts, lorsqu'elle s'y baigne nue. L'OTAN ou tout autant. À opérande unique. 15. Une rencontre du troisième type. Bulles du pape. Canaux d'irrigation valant bien un HISSAGE.

CHAPITRE 39

– Qu'est-ce que vous racontez ? dit Jenny. Vous avez pourtant vu ce que Tristram vient d'essayer de me faire !

Judith eut la satisfaction de voir apparaître une lueur d'inquiétude dans son regard.

– Je sais, dit-elle, et à vrai dire j'ai presque pitié de lui. Mais quand Tanika m'a appris qu'il avait été libéré sous caution, je venais tout juste de découvrir que vous étiez l'assassin. Pour être honnête, je me refusais encore à y croire, mais je savais que si je ne m'étais pas trompée, Tristram viendrait s'en prendre à vous. Ce qui rendait mon idée de vous utiliser comme appât quelque peu immorale, certes, mais ne nous laissons pas trop arrêter par la morale en cette circonstance, car vous êtes coupable d'un double assassinat. Même si je ne peux pas le prouver, du moins devant un tribunal.

– Si c'est une plaisanterie, elle est de très mauvais goût.

– Puis-je m'asseoir ? demanda Judith.

Elle s'installa dans le fauteuil devant la cheminée.

– Pour être franche, reprit-elle, je me sens très fatiguée et un peu anxieuse. Je n'ai pas beaucoup dormi la nuit dernière, et j'ai bien conscience d'être à votre merci en ce moment. Cependant, la police sait que je suis restée avec vous après son départ et qu'il n'y a que nous deux dans cette maison. S'il m'arrivait quoi que ce soit, je ne vois pas comment vous pourriez faire croire à la responsabilité de quelqu'un d'autre que vous.

– Je vous demande d'arrêter votre délire sur-le-champ. J'aimais Peter.

– Non, vous ne l'aimiez pas. Vous n'en vouliez qu'à son argent. Et c'est normal : il était riche.

– Mais je n'ai rien ! Je n'hérite pas d'un seul penny !

– Je sais, et c'est là que vous avez été suprêmement adroite, n'est-ce pas ? Comme Becks me l'a fait remarquer dès le premier jour, pourquoi une femme assassinerait-elle son fiancé richissime la veille de leur mariage ? Si vous aviez attendu vingt-quatre heures avant de le liquider, vous seriez millionnaire, propriétaire de cette demeure georgienne, et Lady Bailey pour le restant de vos jours. Au lieu de cela, parce que vous ne vous êtes pas mariée, vous n'avez rien. Mais cela signifie aussi autre chose : si vous aviez réellement attendu vingt-quatre heures, vous auriez été la principale suspecte. Pas Tristram. Je reprends les termes de Rosanna : une femme débarque on ne sait d'où, met le grappin sur un homme vaniteux et égocentrique, et la veille du jour où elle doit devenir l'héritière de toutes ses possessions, il meurt dans un tragique accident ? La police aurait immédiatement braqué ses projecteurs sur vous. En fait, Peter aurait pu mourir n'importe quand après votre mariage, on vous aurait toujours soupçonnée.

– Mais Peter m'avait déjà tout laissé ! Rappelez-vous ! Dans son testament, celui qu'il a rédigé en décembre.

– Oui, et cela a dû vous faire un sacré choc quand

Andrew Husselbee a révélé l'existence de ce nouveau testament. Votre plan reposait entièrement sur le fait que vous ne bénéficiiez en rien de la mort de Peter. Et soudain, vous apprenez l'existence d'un nouveau document qui risque fort d'établir que vous héritez de tout ! Après tous les efforts consentis pour que cela n'arrive jamais ! Tout votre plan tombait à l'eau si l'on venait à le retrouver. Mais vous vous êtes révélée capable d'improviser avec brio. Je me souviens très bien du moment où Andrew nous a dit avoir vu de ses propres yeux Sir Peter mettre le testament dans le coffre-fort de la chambre. On peut raisonnablement imaginer que si le testament y était depuis un mois, il s'y trouvait encore le jour de sa mort. Votre cœur devait battre la chamade pendant que je cherchais à deviner la combinaison du coffre-fort.

« J'avais trouvé étrange que vous ne nous ayez pas aidés à trouver cette combinaison jusqu'à ce que je propose d'essayer la date de naissance du père de Sir Peter. Même dans ce cas, je crois que vous auriez continué à faire semblant de vous tromper dans les chiffres si Andrew n'avait pas avancé la bonne date. Alors soudain, vous êtes partie dans un grand discours sur la chasse et le "glorieux douze août", mais – et ceci est essentiel – ce n'est qu'à cet instant, après avoir compris que le coffre serait ouvert que vous le vouliez ou non, que vous avez proposé votre aide. Vous saviez que votre dernier espoir était de nous empêcher de voir ce qu'il y avait à l'intérieur du coffre, le temps de glisser dans votre manche l'enveloppe qui s'y trouvait. Ou dans votre décolleté. Peu importe où vous l'avez cachée. Vous avez retiré l'enveloppe juste avant de vous écarter pour nous laisser vérifier l'intérieur du coffre. Je suppose que vous avez trouvé une meilleure cachette pendant que nous avions tous le regard rivé sur le coffre. Peut-être sous un oreiller, par exemple. Nous croyions tous à votre histoire de fiancée éplorée ; nous ne pouvions envisager que vous cacheriez le contenu du testament de Sir Peter, surtout si vous en étiez la bénéficiaire. Mais, comme je l'ai dit, tout votre plan reposait sur le fait que vous ne touchiez aucun argent à la mort de Sir Peter. J'ai peine à imaginer le choc que vous avez dû ressentir quand vous avez ouvert cette enveloppe et découvert que son contenu confirmait vos pires craintes : Sir Peter, ce pauvre Sir Peter tout énamouré, vous avait bel et bien tout laissé.

– C'est complètement fantaisiste.

– Non, ça ne l'est pas, et nous le savons, vous et moi.

– Mais alors comment expliquez-vous que j'aie réussi à renverser une armoire au rez-de-chaussée, dans une pièce verrouillée, alors que j'étais un étage au-dessus ?

– Je vais me faire un plaisir de vous l'expliquer. Mais d'abord, je voudrais revenir sur un point : je sais que vous n'avez pas agi seule. Vous avez eu un complice du début à la fin. Je ne crois pas que l'idée m'en serait venue si je n'avais pas rencontré un couple adorable au café Coopers. Ils sont mariés, mais il leur arrive parfois de faire semblant, en public, de ne pas se connaître. Cela m'a fait penser à d'autres couples qui auraient pu s'appliquer à produire le même effet : par exemple vous et Tristram, votre complice.

– Ah non ! Là, ça devient complètement absurde !

– C’est très loin d’être absurde. Dès que vous avez débarqué dans la famille, vous vous êtes donné beaucoup de mal, Tristram et vous, pour faire semblant de vous détester. Alors qu’il y avait entre vous un amour profond, certainement très tordu, mais aussi d’une intensité terrifiante.

– Il vient juste d’essayer de me tuer !

– Oui, et c’est d’ailleurs ce qui m’a finalement apporté la certitude qu’il était votre complice. Entre-temps, le contrôle de votre projet avait commencé à vous échapper, mais j’y reviendrai plus tard. D’abord, rendons-nous à Florence, au début de l’année dernière. Quand vous rencontrez Sir Peter dans un bar. Vous nous avez dit qu’il vous avait fait la causette, mais moi, je vais vous raconter une version légèrement différente. Voyez-vous, l’affiche de la pièce que Tristram jouait à Florence est sur le mur de sa chambre. On y voit le portrait de cinq personnes, tous des hommes. Les autres noms qui y figurent sont également tous masculins. Sur le moment, ça m’a intriguée. Non que Tristram ne puisse avoir une aventure avec un homme, mais personne ne nous avait dit qu’il s’intéressait aux hommes. Alors je me suis demandé : qui pouvait bien être, dans l’équipe de production de la pièce, cette femme qui lui avait tourné la tête ? Ensuite, je me suis dit qu’il était peut-être tombé amoureux de quelqu’un d’autre. Une personne qui se serait alors trouvée à Florence pour s’occuper d’une vieille dame en fin de vie, par exemple. Ce quelqu’un d’autre, c’était vous.

Judith voyait que Jenny était suspendue à ses lèvres. *C’est bien,* se dit-elle. *J’ai raison.*

– Je me demande toutefois, continua-t-elle, si « tomber amoureux » est la bonne expression. La mère de Tristram décrit son fils comme ayant la loyauté d'un labrador, et Chris Shepherd le dépeint comme profondément faible, le genre à entrer dans une secte. Je crois que quand vous avez rencontré Tristram à Florence, vous l'avez percé à jour : vous avez vu le gosse de riche pas très futé qu'il était, issu d'une famille extrêmement fortunée. Alors vous vous êtes occupée de lui. Au début, je pense qu'il s'agissait juste d'avoir accès à sa carte de crédit, mais je suis certaine que lors de conversations sur l'oreiller, il vous a parlé de la grande fortune dont il devait hériter, de sa future femme qui deviendrait Lady Bailey et de la belle demeure où elle vivrait à Marlow. Vous étiez certaine que Tristram vous resterait attaché comme un esclave, mais vous vous êtes également dit : *pourquoi attendre la mort de Sir Peter pour que Tristram hérite de sa fortune ? Est-ce qu'il n'y aurait pas un moyen d'accélérer le processus et de faire mourir le père un peu plus tôt ?*

« Je ne sais pas quand exactement vous avez accouché de votre projet diabolique, mais j'imagine que ça doit remonter au moment où vous avez appris que Sir Peter venait à Florence pour chercher son fils et le ramener en Angleterre. Et Tristram, ce pauvre Tristram, si veule, si impressionnable, s'est laissé embobiner par vous. Le projet impliquait en effet que vous séduisiez son père, mais aussi, ne l'oublions pas, que Tristram participe au meurtre de celui-ci, de cet homme qui l'avait écrasé toute sa vie – sans jeu de mots, vu la façon dont il est mort. Je me demande même si, pour lui, l'idée d'un père séduit par la maîtresse de son fils n'ajoutait pas au scénario une sorte de plaisir pervers. Je suis sûre, en tout cas, que c'est ainsi que vous l'avez présenté à Tristram.

« Celui-ci, évidemment, vous avait confié qu'on venait de diagnostiquer un diabète à Sir Peter, donc vous vous êtes arrangée pour le rencontrer par hasard dans un bar où vous lui avez révélé être infirmière à domicile, comme vous nous l'avez raconté. Ce qui s'est passé ce soir-là, personne ne le sait précisément, Sir Peter n'est plus là pour nous le dire, mais je devine que vous l'avez enjôlé, que vous avez fait en sorte qu'il tombe amoureux de vous, ou tout au moins qu'il vous désire. Et plus tard, quand Sir Peter est rentré en Angleterre avec son fils en laisse, il vous a engagée comme infirmière sans se rendre compte du piège mortel qu'il refermait sur lui. Le pauvre ! Lui qui s'imaginait faire des galipettes avec une femme plus jeune, il était bien loin de se douter qu'il venait d'ouvrir la porte de sa maison à une mante religieuse.

« Et quand vous vous êtes revus, Tristram et vous, vous avez fait semblant de ne pas vous connaître. Et de vous détester, même. Je ne crois pas que cela vous ait demandé de gros efforts, car vous me paraissez incapable d'avoir des sentiments profonds pour qui que ce soit. L'ironie est que Rosanna vous avait repérée à des kilomètres. Elle croyait que vous n'en vouliez qu'à l'argent de son père. Elle était encore loin de la vérité.

« Quand vous vous retrouviez seule avec Tristram, vous cherchiez à élaborer le plan idéal pour tuer Sir Peter. Je ne vous apprends rien, Tristram n'a pas exactement fait preuve de la discrétion nécessaire : sa mère et Rosanna l'ont surpris en train de téléphoner en secret. Toutes deux supposaient qu'il avait une maîtresse clandestine. Quand, un peu plus tard, nous avons découvert l'existence de Sarah Fitzherbert, je dois dire que j'ai commis une lourde erreur : comme j'étais à la recherche d'une maîtresse secrète – et c'en était bien une –, j'ai cru qu'elle était la seule. Mais il se trouvait que Tristram avait plus d'une maîtresse secrète…

« Mais n'allons pas trop vite. Parce que c'est ici – enfin ! – que réside l'intelligence de votre plan : amener Sir Peter à vous proposer le mariage, puis l'éliminer la veille de la noce. Qui, alors, vous soupçonnerait d'être l'assassin ? Vous seriez, au sens le plus littéral, la dernière personne qui pouvait vouloir sa mort. Du moins selon les apparences. Et si, quelque temps plus tard, vous commenciez à vous afficher avec Tristram, il y aurait des commérages, bien sûr, mais personne ne considérerait cela comme un crime. Dieu sait si l'on a déjà vu beaucoup plus bizarre qu'une femme tombant amoureuse du fils de son fiancé décédé ! Vraiment, votre plan ne manquait pas d'élégance.

« Tout ce qu'il vous fallait, c'était trouver un moyen de tuer Sir Peter à un moment aussi proche du mariage que possible. Mais là, vous vous êtes heurtés à un problème. Comme nous nous le disions l'autre jour, l'inspecteur Malik et moi, il n'est pas facile de tuer quelqu'un. Ou plutôt : il est facile de tuer quelqu'un avec qui l'on n'a aucune connexion ; mais vous saviez que la police viendrait vous interroger dès le moment où Sir Peter mourrait dans des circonstances suspectes. Alors, quand une fiancée veut tuer son futur époux, de quels moyens dispose-t-elle ?

« Pendant un bref moment, Tristram a pensé se servir de poison, mais Sir Peter l'a surpris pendant qu'il essayait de prendre un flacon de cyanure dans son bureau, ce qui n'a pas arrangé vos affaires. Toutefois, cela vous a aussi aidée à comprendre quelque chose d'important : la mort de Sir Peter devait avoir l'air accidentelle. Il fallait imaginer l'accident idéal, dont les conditions empêcheraient de croire à un assassinat. C'est pourquoi Sir Peter a fini par mourir dans une pièce verrouillée qui n'ouvrait qu'avec une seule clé, retrouvée dans sa poche.

« Et bien entendu, comme il était à prévoir que Tristram serait dans la ligne de mire de toute enquête policière, votre plan devait aussi inclure un alibi en béton pour lui. D'ailleurs, je m'en rends compte à présent, c'est certainement Tristram qui m'a invitée à la réception.

« Belle petite manœuvre, je dois l'admettre. Après tout, je ne connaissais ni la voix ni la façon de parler de Sir Peter. Pour un acteur comme Tristram, imiter son père ne doit poser aucune difficulté. Imaginez : il se donne le mal de provoquer son coup de théâtre macabre, mais il n'y a, parmi les témoins, personne qui ait la confiance de la police ? Inviter un policier aurait été trop risqué, mais pourquoi ne pas faire venir cette chère vieille chose qui a élucidé les meurtres de l'été dernier ? Je vous imagine parfaitement, tous les deux, en train de m'identifier comme le parfait témoin, celui qui assurerait à la police que Tristram était bien dehors, au cocktail, au moment de la mort de Sir Peter. Voilà pourquoi Tristram est venu me parler, ainsi qu'à mes amies, pendant que vous étiez en train de tuer.

Ça peut vous paraître drôle, mais ça me flatte. Vous m'avez considérée comme un témoin fiable.

– Vous êtes bien consciente qu'il ne s'agit là que de conjectures, dit Jenny.

– Oui, bien sûr, mais à présent, certains éléments pourront être prouvés. Par exemple, votre relation amoureuse avec Tristram à Florence ? Elle sera facile à établir à partir des relevés de banque et des témoignages. De plus, comme vous le savez, il ne manque pas de preuves dans cette pièce pour démontrer comment vous vous y êtes prise. Allons, allons ! Vous avez été tellement fine : vous devez bien avoir un peu envie de me voir confirmer l'intelligence de votre plan ! En fait, vous n'avez commis qu'une seule erreur : celle de fixer le mariage en hiver plutôt qu'en été.

– C'était une erreur ?

– Oui, une grossière erreur ! dit Judith, ravie d'avoir enfin réussi à attirer Jenny dans le dialogue. C'est grâce à elle que j'ai compris que vous étiez l'assassin et comment vous avez procédé.

– Alors ça, j'aimerais bien le savoir !

– Très bien. Je vais donc vous dire comment vous avez tué Sir Peter Bailey.

CHAPITRE 40

– Puisque nous abordons ce sujet, dit Judith, je tiens à préciser que plusieurs autres indices – en réalité des anomalies – sont apparus. Par exemple, le marteau qui n'était plus sur son présentoir, sur le rebord de la cheminée. Et l'« étrange incident », comme dirait Sherlock Holmes, de ce bocal en verre qui ne s'est pas brisé en tombant. Quoi d'autre ? Voyons un peu : Rosanna témoignant que vous êtes allée fumer une cigarette dans votre chambre après la dispute pendant la réception ; Lady Bailey nous apprenant que Tristram est sorti de la maison avant de réapparaître au volant de sa voiture ; et ce crochet mural qui avait autrefois servi à stabiliser l'armoire. Pris isolément, ces « petits détails » ne présentent pas forcément d'intérêt, mais une fois alignés correctement, ils racontent une histoire tout à fait passionnante.

Jenny l'interrompit soudain.

– Admettons que vous ayez raison, dit-elle.

Judith frissonna de joie : comme elle l'avait espéré, à mesure qu'elle resserrait son étreinte, Jenny était de plus en plus tentée de lui proposer un arrangement.

– Admettons quoi au juste ?

– Que je sois tombée amoureuse de Tristram. À Florence. Et que nous ayons élaboré un plan qui prévoyait que je séduise son père.

– Oui, et ensuite ?

– Ensuite ? D'accord, comme vous voudrez. Et que nous ayons décidé de le tuer.

– Merci, dit Judith. Vous n'imaginez pas la satisfaction que me procurent vos paroles !

– Avant que vous ne soyez trop fière de vous, j'aimerais simplement vous rappeler que vous êtes seule dans cette maison. La police n'est plus ici.

– Je sais, mais croyez-moi, je ne représente aucun danger pour vous. Tout ce qui m'importe, c'est de connaître la vérité.

– Alors je vais vous dire la seule vérité qui vaille. Votre copine de la police a été renvoyée par son supérieur à la suite d'un échange musclé, n'est-ce pas ? Et vos deux amies ? Elles avaient hâte de vous laisser tomber.

– Je suis très consciente du danger que je cours, mais c'est aussi ma seule chance d'avoir une vraie conversation avec vous. Je ne crois pas, d'ailleurs, que vous ayez beaucoup de raisons de vous inquiéter. Comme nous le savons vous et moi, aucun des propos que nous échangeons dans cette pièce ne tiendrait devant un tribunal. Mais voyez-vous, mon métier est de composer des mots croisés, et je ne supporte pas de laisser une grille inachevée. Or le meurtre de Sir Peter est l'énigme la plus inextricable que j'aie connue, cet entretien seule à seule avec vous est mon unique espoir d'approcher de la vérité.

– D'accord. Alors vous devez savoir ceci : il se peut que j'aie prémédité ce meurtre avec Tristram. Mais ensuite, il s'est passé une chose à laquelle je ne m'attendais pas : je suis réellement tombée amoureuse de Peter.

– Oh ! dit Judith, déçue. Je vous en prie, ne recommencez pas à mentir : nous étions en si bonne voie !

– Non, je vais vous dire ce qui s'est passé. Le projet était bien le suivant : je séduis Peter, nous le tuons tous les deux, et ensuite j'épouse Tristram. Mais je me suis éprise de Peter et j'ai renoncé à l'idée de le tuer. Tristram n'a rien voulu entendre et a continué de son côté. Il a d'abord projeté d'empoisonner son père au cyanure, mais quand il a été surpris, il a élaboré un autre plan qu'il a suivi jusqu'au bout.

– Vous êtes en train de me dire que c'est lui l'assassin ?

– Oui. J'ai essayé de l'en empêcher, je l'ai supplié, mais il ne m'a pas écoutée.

– Et pourquoi n'êtes-vous pas allée voir la police ?

– Honnêtement, parce que je ne croyais pas qu'il irait jusque-là. Quand je l'ai compris, il était trop tard. Mais c'est bien Tristram. C'est lui qui a tué son père.

– Très bien. Si ce que vous dites est vrai, comment a-t-il procédé ?

– Que voulez-vous dire ?

– C'est la seule question qui compte. Dans cette version des événements que vous cherchez à me vendre, comment Tristram a-t-il assassiné son père ?

– Comme je vous l'ai dit. Peter n'était pas encore mort quand j'ai pris son pouls.

– Oui, cela aussi, c'était très futé de votre part, cette hypothèse d'il y a quelques jours. Vous veniez juste de décider de faire porter le chapeau à Tristram, c'est bien ça ?

– C'est la seule explication possible ! continua Jenny sans répondre à Judith. Peter était encore vivant quand l'armoire est tombée sur lui. Ensuite, après que nous sommes sortis du bureau, Tristram est revenu et l'a tué.

– La théorie est magnifique, je vous l'accorde, mais elle pèche sur trois points. D'abord, si Sir Peter était seul dans le bureau, comment l'armoire lui est-elle tombée dessus ? Les gros meubles ne se jettent pas au sol tout seuls, sans raison. Ensuite, selon l'autopsie, Sir Peter est mort presque immédiatement de ses blessures. Il n'a pas agonisé pendant de longues minutes, le temps que nous le cherchions, que nous enfoncions la porte et que nous remettions l'armoire debout avant de sortir du bureau et de laisser Tristram refaire son entrée pour achever son père. Et nous avons tous vu son cadavre : un bras tordu sous le corps, la main retournée. Non, il n'était plus en vie.

Judith, assez contente d'elle, regarda Jenny droit dans les yeux, mais celle-ci reprit :

– Trois points, vous disiez ?

– Ah oui ! Troisièmement, votre histoire n'explique pas la présence du marteau dans les cendres.

– Arrêtez avec ce marteau !

– Désolée, c'est impossible. Mais vous soulevez un sujet intéressant : la ruse dont vous avez fait preuve pendant toute l'enquête. Cette façon de nous aider à chaque instant, alors qu'en réalité vous essayiez seulement de rester le plus près possible de nous pour ne rien rater de nos moindres faits et gestes, et mieux nous éloigner de certaines conclusions ou nous attirer vers d'autres. Par exemple, après avoir pris le testament dans le coffre-fort, c'est vous qui l'avez déchiré et caché dans le compost. J'aurais dû faire attention à ce détail : c'est vous qui avez proposé d'aller chercher le testament dehors. Comme c'était ce que j'avais, moi aussi, l'intention de faire, j'ai accepté sans difficulté, mais j'aurais dû me méfier davantage, car c'est vous qui avez proposé de chercher dans le jardin, qui nous avez conduites directement au compost, et c'est vous encore qui avez remarqué que quelqu'un avait récemment fouillé dans le terreau. Tout cela pouvait-il être une simple coïncidence ?

« L'absence d'enveloppe m'avait alors intriguée, mais je n'y ai pas réfléchi jusqu'à sa conclusion logique. Le fait qu'elle n'ait pas été déchirée au même moment que le testament signifie qu'elle risquait de vous incriminer – évidemment, elle était couverte de vos empreintes digitales –, mais j'aurais dû me rendre compte aussi que s'il n'y avait plus d'enveloppe, c'était parce que nous avions affaire à une mise en scène. En effet, comment croire que Tristram était furieux au point de déchirer le testament et de l'enfouir dans un tas de compost, tout en ayant la présence d'esprit de retirer l'enveloppe pour s'en débarrasser à un autre moment ?

« Quoi qu'il en soit, votre coup de génie a été de chercher à nous faire croire que Sir Peter avait été tué plus tard qu'au moment estimé. Comme vous venez d'essayer de le faire à nouveau. L'idée est tellement plausible et la théorie tellement séduisante ! Mais je crains que ce soit précisément cela qui a semé les graines de votre échec. Comme j'ai tendance à spéculer de façon assez logique, votre hypothèse m'a inévitablement fait penser, à l'inverse, que Sir Peter avait été tué plus tôt qu'au moment estimé. Après tout, la chute de cette armoire était si assourdissante, si dramatique !

Qui pourrait imaginer que Sir Peter ne soit pas mort à ce moment précis ?

– Mais vous venez de dire qu'il est pratiquement mort sur le coup.

– Oh, mais c'est bien le cas ! « Dramatique » est le mot-clé pour comprendre les événements de ce jour-là, une pièce de théâtre entièrement écrite par Tristram et vous. Et comme toutes les bonnes pièces commencent par une bonne mise en scène, Lady Bailey a vu Tristram sortir de la maison juste avant le meurtre. Voyez-vous, pendant que nous étions tous dehors dans le jardin, Tristram était dans le bureau, rideaux tirés, invisible à tous. La porte était fermée à clé, mais, comme Chris Shepherd nous l'a dit, Sir Peter gardait ce bureau verrouillé en permanence depuis qu'il s'y était disputé avec Tristram. Ce dernier avait pris soin de s'assurer que les vieilles charnières de la porte du bureau étaient bien huilées afin que personne n'entende ses allées et venues. L'idée de l'huile d'olive était assez excentrique, mais elle faisait l'affaire, et après en avoir badigeonné les charnières, il a soigneusement effacé ses empreintes digitales sur le bidon d'huile avant d'aller le remettre dans la cuisine.

« Une fois bien tranquille dans le bureau, Tristram a retiré, aussi vite que possible, tout le matériel de laboratoire de l'armoire et l'a soigneusement étalé sur le tapis pour que tout ce verre se casse très bruyamment à la chute du meuble. Malheureusement pour lui, il avait beau avoir positionné chaque bocal ou flacon de verre en fonction de l'écrasement désiré, l'un d'eux a dû se trouver exactement entre deux étagères pendant la chute et a donc survécu. C'est Becks qui a remarqué ce détail bizarre : un bocal en verre qui fait une chute d'un mètre quatre-vingts sans se briser. Encore plus bizarre : Suzie, presque immédiatement, prouve la fragilité du bocal en le précipitant au sol par inadvertance et en le cassant. Quoi qu'il en soit, Tristram peaufine sa petite mise en scène et le bureau est prêt à devenir le théâtre du meurtre.

« Juste après votre altercation tout à fait publique – mais aussi tout à fait factice – avec Tristram lors du cocktail, vous annoncez que vous vous retirez dans votre chambre, mais vous n'y allez pas : vous allez dans le bureau. J'imagine que Tristram vous en a laissé la clé à un endroit convenu. Ensuite, quand Sir Peter vous suit dans la maison, vous l'appelez pour qu'il vous rejoigne dans le bureau. Je suis certaine qu'il a le souffle coupé en découvrant tout le matériel de laboratoire étalé au sol devant l'armoire. Pendant qu'il contemple tout cela, vous prenez un objet très lourd – par exemple le vieil oscilloscope en métal – et, avec toute la rage que vous pouvez rassembler, vous lui fracassez le crâne. Il meurt en quelques secondes, comme l'autopsie l'a confirmé. Elle a également confirmé qu'il est mort d'un traumatisme crânien causé par un objet contondant. Mais en matière d'objet contondant, l'autopsie pouvait-elle faire la différence entre une armoire qui lui tombe dessus de toute sa hauteur et un autre objet lourd qu'on projette sur lui de toutes ses forces ?

« Ensuite, vous effacez toutes les empreintes digitales de l'arme du crime et vous la laissez tomber à côté du cadavre de Sir Peter. Et voilà, première partie du plan accomplie. Sir Peter est mort et personne n'a rien entendu. Tout le monde, à ce moment, le croit encore vivant. Alors vous sortez du bureau à toute vitesse, vous fermez la porte à clé derrière vous et vous montez dans votre chambre. Il se trouve que Rosanna y est déjà, ce qui devrait faire capoter votre plan, mais elle s'est cachée dans le dressing, ce qui, heureusement pour vous, contribue à renforcer encore votre alibi.

– Sérieusement ? dit Jenny, choquée. Rosanna était dans le dressing ?

– Oui, mais ne vous inquiétez pas, elle n'a rien vu.

– Mais cela signifie qu'il y a un témoin qui assurera que j'étais dans ma chambre quand l'armoire est tombée !

– Oui, il y a un témoin, elle l'a déjà assuré, et, sans nul doute, vous y étiez.

– Alors comment pouvez-vous avancer que j'ai poussé l'armoire alors que j'étais dans ma chambre, un étage au-dessus, avec un témoin dans la même pièce par-dessus le marché ?

– Vous avez tout à fait raison et je n'avance rien de tel.

– Alors c'est toute votre histoire qui tombe à l'eau…

Judith l'interrompit.

– Si je n'avance rien de tel, c'est parce que vous n'avez pas *poussé* l'armoire sur Sir Peter, vous l'avez *laissée tomber* sur lui. Voilà pourquoi je vous ai dit que c'était une erreur d'organiser le mariage en hiver.

– Vous allez arrêter avec ça ?

Judith se régalait de pouvoir tourner et retourner Jenny sur le gril. C'était exactement ce qu'elle avait espéré.

– Voici maintenant la pièce à conviction n° 1 : le témoignage de Lady Bailey. À 15 heures, elle se trouve dans la haie, à la lisière du jardin, et regarde la fenêtre du bureau quand elle entend l'armoire tomber dans un vacarme épouvantable. Mais elle nous dit également qu'elle n'arrive pas à voir clairement l'intérieur du bureau, bien que les rideaux soient grands ouverts, parce qu'à ce moment les fenêtres sont frappées par un rayon de soleil. J'ai d'abord cru qu'elle cherchait à noyer le poisson, mais acceptons son propos sans émettre de jugement : à 15 heures, il y a une éclaircie et le soleil illumine les vitres du bureau. Admettons. Il fait froid, mais il fait beau ; jusque-là, rien de bien intéressant. Mais voici maintenant la pièce à conviction n° 2 : le bocal de verre encore intact que nous avons trouvé au sol. Quand je l'ai posé sur le bureau de Sir Peter, je l'ai placé directement dans un rayon de soleil pour le regarder plus en détail. C'est là que j'ai découvert que vous en aviez essuyé toutes les empreintes digitales.

« Et c'est là qu'est l'anomalie ! J'ai posé ce bocal sur le bureau à environ 10 h 30. Et si le soleil frappait la fenêtre à cette heure matinale – ce que je venais de constater de mes propres yeux –, comment pouvait-il frapper la même fenêtre l'après-midi ? Vers 15 heures, il est de l'autre côté de la maison, et en hiver, il est si bas dans le ciel que cela ne peut échapper à personne. Comme je vous l'ai dit, si vous aviez eu la patience d'attendre l'été pour célébrer le mariage, le soleil aurait été si haut dans le ciel que je n'aurais sans doute pas pu faire la différence entre l'impact de ses rayons sur la fenêtre à 10 h 30 et à 15 heures.

« Incroyable révélation ! Si incroyable qu'il fallait que je vérifie. Avec mes amies, je me suis rendue à

White Lodge peu avant 15 heures, d'où j'ai gagné la haie de laurier-cerise, à l'endroit précis où Lady Bailey avait dit se trouver quand elle a vu un rayon de soleil frapper la fenêtre du bureau. Ainsi que je l'avais soupçonné, le soleil éclairait l'autre côté de la maison. Il était impossible qu'il projette ses rayons sur la fenêtre du bureau. Pourquoi Lady Bailey aurait-elle menti sur un détail si accessoire ? J'ai alors pensé qu'elle pouvait avoir dit vrai, mais que cet éclair de lumière ne provenait pas du soleil. Et c'est là que j'ai tout compris ! Je me suis souvenue que ce bocal en verre qui ne s'était pas cassé contenait du magnésium en ruban.

Judith vit que Jenny était devenue très calme.

– Ah ! Je vois que vous prenez conscience, maintenant, de la situation délicate dans laquelle vous vous trouvez. C'est bien. Oui, ce bocal portait l'étiquette « Magnésium en ruban ». Un matériau extraordinaire, n'est-ce pas ? Je me souviens qu'on s'en servait pour faire des expériences à l'école. C'est un ruban métallique qui se présente en rouleaux, comme du ruban adhésif, et bien qu'il soit assez facile à dérouler, il est en réalité très solide. Pourtant, et c'est là qu'il est extraordinaire, si l'on y met le feu, il brûle dans une lumière blanche très vive – vous savez cela, bien sûr –, la flamme dévore rapidement le ruban et ne laisse qu'une cendre très fine. Or, lorsque nous avons retrouvé ce bocal, il ne contenait rien.

« Alors, s'il est vrai que vous étiez à un autre étage que Sir Peter quand l'armoire est tombée, votre chambre est placée exactement au-dessus du bureau, comme je l'ai remarqué la première fois que je suis venue ici. J'avais regardé par la fenêtre latérale et j'avais vu, juste au-dessous, les massifs buissonnants plantés devant le bureau de Sir Peter.

« Il y a un autre point commun entre ces deux pièces : toutes les deux ont une cheminée. Suzie, à la recherche du testament de Sir Peter, a même examiné le conduit de celle de votre chambre. Si seulement elle s'était rendu compte que ce conduit communiquait directement avec le bureau, tout comme il monte vers le toit, nous aurions peut-être élucidé le mystère bien plus tôt.

« C'est par ce moyen que vous avez réussi à connecter votre chambre au bureau juste en dessous. Quand Tristram a préparé la future scène de meurtre, il ne s'est pas contenté de répandre les récipients en verre sur le tapis. Il a également attaché du ruban de magnésium au décor sculpté de la corniche de l'armoire, puis il l'a passé dans le vieux crochet planté dans le mur. En laissant juste assez de jeu pour que l'armoire, qu'il a poussée ensuite avec d'infinies précautions, penche légèrement mais soit retenue par le ruban de magnésium.

« Avec ce dispositif, cette armoire très lourde penchait juste assez pour se renverser si le ruban était coupé. Aucune force supplémentaire n'était nécessaire pour la maintenir debout en équilibre instable. De même, Tristram s'était assuré, en la poussant vers l'avant, de ne lui donner aucun élan afin qu'elle ne soit pas déstabilisée par son poids considérable tant que le ruban ne serait pas coupé. Alors, elle se renverserait et prendrait de la vitesse en tombant au sol, dans un vacarme que le bruit de tous ces récipients en verre qu'elle briserait dans sa chute rendrait encore plus impressionnant.

– Et comment le ruban a-t-il été coupé ? demanda Jenny.

Elle semblait avoir compris que Judith avait déjà deviné la réponse.

– C'est très simple, en vérité. Et c'est là que le marteau entre en jeu. Une fois que Tristram a réussi à faire légèrement pencher l'armoire, il ne lui restait plus qu'à dérouler le ruban de magnésium à travers la pièce, du crochet mural à la cheminée. Mais comment le relier à la chambre, au-dessus ? Vous y aviez déjà pensé, n'est-ce pas ? Avant le cocktail, vous avez fabriqué une mèche qui partait de la chambre, descendait le long du conduit de cheminée et traversait le bureau jusqu'à la partie du ruban qui retenait l'armoire et l'empêchait de se renverser vers l'avant. Néanmoins, vous aviez besoin d'un objet lourd pour vous assurer que le ruban descende jusqu'à la pièce au-dessous. Le marteau en bronze, que vous aviez pris sur la cheminée du bureau de Sir Peter, remplissait parfaitement ce rôle. Destiné à tomber dans les cendres de la cheminée, il n'éveillerait pas les soupçons s'il était retrouvé. Vous l'avez attaché au ruban de magnésium et vous avez fait descendre le tout dans le conduit.

« Cela constitue d'ailleurs l'élément final de la mise en scène de Tristram. Il n'avait plus qu'à tendre le bras dans le conduit de la cheminée pour y trouver le marteau suspendu au ruban. Restait à nouer l'extrémité du ruban attaché à l'armoire à celle du ruban attaché au marteau, et voilà le travail !

« Cela explique pourquoi Rosanna a cru que vous étiez entrée dans votre chambre pour fumer une cigarette. Elle se trompait. Cachée dans le dressing, elle vous a entendue actionner le briquet, mais heureusement pour vous, elle n'a rien vu : ni vous, penchée sur la cheminée, ni la lumière éblouissante qu'a produite le magnésium quand vous y avez mis le feu.

« Une fois allumé, le ruban s'est enflammé comme un terrifiant feu de Bengale qui a parcouru le conduit de la cheminée, laissant tomber le marteau dans les cendres, puis a brûlé à travers le bureau – ce qui explique l'éclair lumineux vu par Lady Bailey depuis le jardin. Ce n'était pas le soleil sur les vitres, c'était la vive lumière blanche du magnésium qui se consumait dans la pièce. Et dès que cette flamme a dévoré le ruban qui retenait l'armoire au crochet, vous avez obtenu le résultat que vous souhaitiez : l'armoire est tombée sur le cadavre de Sir Peter dans un vacarme assourdissant de bois, de métal et de verre, et ce qui restait du ruban attaché à l'armoire a fini de se consumer, laissant quelques innocentes traces de cendres. Dans une pièce aussi poussiéreuse que le bureau de Sir Peter, et en présence d'une armoire si ancienne, qui pouvait déceler cet infime résidu de cendres blanches ?

« Voilà comment vous vous y êtes prise, Jenny, puisque vous me l'avez demandé. C'était brillant de votre part. Comme cette armoire était extrêmement lourde, sa chute imposerait à tous les esprits l'instant irréfutable du décès, même si Sir Peter était déjà mort quand l'armoire est tombée sur lui. Ce qui, d'ailleurs, ne contredit pas le rapport d'autopsie : Tanika est formelle, Sir Peter est mort presque instantanément. Eh bien ! Nous sommes au courant, car c'est vous qui l'avez tué en quelques secondes. Sir Peter n'était mort que depuis une minute quand il a été écrasé : son sang et ses chairs étaient encore chauds. Si vous aviez laissé s'écouler trop de temps entre ce meurtre et la chute de l'armoire, je suis certaine que le rapport d'autopsie aurait mentionné que celle-ci était tombée sur un corps déjà froid. Tout ce qu'il a subi à cause de l'écrasement aurait été jugé pour ce que c'était : des blessures, des ecchymoses et des fractures non létales. Il n'y a eu qu'un seul coup fatal : celui que vous lui avez porté à la tête. Ni les témoins, ni la police, ni le médecin légiste ne pouvaient s'imaginer qu'il avait été provoqué par autre chose que la chute de l'armoire.

– Vous êtes tellement sûre de vous ! dit Jenny d'un ton aigre. Ça me donnerait presque envie d'avouer.

– C'est ce que vous devriez faire, parce que maintenant que la police sait où chercher, elle trouvera une traînée de cendre de magnésium partant du bureau, passant par la cheminée et remontant le conduit jusqu'à la chambre.

– Vous vous croyez tellement maligne !

– Oui, je dois l'admettre.

– Et la porte fermée à clé, alors ?

– Facile. Comme je l'ai dit, quand vous êtes sortie du bureau juste après avoir tué Sir Peter, vous avez verrouillé la porte et mis la clé dans votre poche. Ensuite, quand Tristram a enfoncé la porte, il était tout naturel que vous, infirmière diplômée et fiancée de Sir Peter, soyez la première à vous pencher sur le corps. Dans toute cette confusion, vous n'avez eu aucun mal à glisser la clé dans sa poche.

« Tout le plan était, en réalité, très simple. Une pièce bien préparée, une mèche inflammable connectée à l'étage supérieur et une porte verrouillée interdisant toute suspicion de meurtre. C'est surtout la façon dont vous avez tout agencé qui est impressionnante et d'une parfaite théâtralité. Pas très étonnant avec Tristram dans l'équipe de mise en scène : si quelqu'un sait créer des effets spéciaux pour le théâtre, c'est bien lui.

– Vous ne pouvez rien prouver de tout ça !

– Mais je n'en aurai pas besoin ! Votre complice va s'en charger. Et vous le savez, j'en suis sûre.

– Pourquoi le saurais-je ?

– Parce qu'il reste une chose que vous n'avez pas prise en considération. Le caractère impressionnable de Tristram est à double tranchant. Certes, vous aviez réussi à l'entraîner dans votre projet d'assassiner son père, mais vous n'étiez pas la seule personne à exercer une influence sur lui. Ce n'est qu'après avoir commencé à mettre votre plan en œuvre, peu après votre arrivée à Marlow, que vous avez découvert l'existence de Sarah Fitzherbert, une femme qui avait une emprise sur Tristram depuis fort longtemps et attendait de l'épouser depuis des années. Nous savons que vous avez réussi à ranger Tristram de votre côté, parce qu'il a déclaré à Sarah que tout était fini entre eux. Et cela n'avait rien d'étonnant : il avait déjà pris tant de risques avec vous, pourquoi se serait-il laissé tourner la tête par une ancienne maîtresse ? Et donc, tous les deux, vous avez commis votre meurtre, et tout s'est passé comme vous l'aviez espéré. Vous avez continué vos scènes en public avec Tristram, y compris cette dispute d'une violence incroyable, quand vous m'avez appelée pour que je vous aide à l'écarter de vous. Je suis vraiment bien tombée dans le panneau.

« Mais c'est aussi à ce moment que le mystère a commencé à s'éclaircir. En effet, Tristram a reçu ce mystérieux coup de fil qui a dû vous terroriser. Qui d'autre que vous était donc capable de le mettre dans un tel état ? J'imagine que vous avez craint le pire, et quand nous vous avons dit avoir perdu la trace de Tristram sur Alison Road, je crois que nous avons, sans le vouloir, confirmé vos soupçons : Sarah avait de nouveau planté ses griffes dans la chair de votre complice. L'homme pour qui vous aviez tué ! L'homme qui devait obligatoirement vous épouser pour que votre projet s'accomplisse ! Un instant auparavant, vous croyiez encore le manipuler totalement, mais soudain il vous est apparu que votre contrôle sur lui était en fait très limité. Tristram pouvait épouser qui il voulait !

« Et vous vous êtes déchaînée. Vous aviez tué une fois, vous n'avez pas hésité à recommencer. Vous étiez au courant de l'existence du flacon de cyanure. Alors vous vous êtes rendue chez Sarah sous un prétexte quelconque et vous vous êtes arrangée pour qu'elle boive un verre d'eau couvert des empreintes digitales de Tristram et contenant son cyanure. Cela ne suffirait pas à le faire inculper de meurtre : Sarah était sa maîtresse, et la présence de ses empreintes digitales sur divers objets de la maison s'expliquerait facilement, mais c'était un coup de semonce que vous adressiez à votre complice. Il fallait qu'il fasse comme vous l'ordonniez, sous peine de conséquences. De conséquences fatales.

« Évidemment, Tristram est venu s'attaquer à vous quand la police l'a relâché sous caution. L'assassinat de Sarah, vieille amie de la famille et victime innocente, n'avait jamais fait partie du plan. Il s'est alors rendu compte qu'en vous laissant entrer dans sa vie, il avait fait un pacte avec le diable.

– Je ne suis pas le diable !

– Vous m'avez déjà dit que pour parvenir à quoi que ce soit dans la vie, vous avez dû vous battre. Pour vos études. Pour échapper à votre passé. Et en cela, je vous admire. Vous avez toujours eu plus de résilience et de courage que n'importe lequel de vos employeurs de ces dernières années. Mais leur façon de considérer leur richesse comme allant de soi devait aussi vous exaspérer. Leur arrogance de classe. J'imagine même que vous avez dû finir par penser qu'ils n'avaient pas le droit de vivre. Car c'est vrai, n'est-ce pas ? Admettez-le.

– Oui, les riches sont détestables.

– Et pourquoi devriez-vous vous contenter de si peu, vous si méritante, alors qu'ils ont tant et ne méritent rien ?

– C'est exactement ça.

– Et Sir Peter n'a jamais eu à faire face aux conséquences de ses actes. Jamais, de toute sa vie. Il pouvait trahir sa fille, son jardinier, virer son fils de sa maison, accorder à son ex-femme une pension misérable, sans y accorder la moindre importance. Rien ne l'atteignait. Il était riche, il était noble, il était protégé de la réalité. Je parie que vous aviez hâte de crever sa bulle d'inconscience.

Un rictus se dessina sur les lèvres de Jenny. Un sentiment de triomphe intérieur fit briller ses yeux.

– Je parie aussi, continua Judith, qu'il y a eu un moment, juste avant de mourir, où il a compris que vous l'aviez piégé. Que vous étiez en train de mettre fin à sa vie. De quoi avait-il l'air à cet instant ?

– Terrorisé, murmura Jenny, perdue dans son souvenir. Il venait de comprendre qu'il avait été dépouillé de tout : de sa fortune, de son statut social. Qu'il était comme nous tous : un mortel.

– Il a dit quelque chose ?

– Oui.

– Qu'a-t-il dit ?

– Il a posé une question. Un seul mot : « Jenny ? » C'était pathétique, presque drôle.

– Vous avez trouvé ça drôle ?

– Vous n'étiez pas obligée de vivre avec lui, de subir son arrogance. De faire semblant d'être le sexe faible. De faire semblant de l'aimer.

– Non, mais vous non plus ! C'est vous qui vous êtes mise dans ce pétrin toute seule.

– Je ne me suis mise dans aucun pétrin !

– Mais si, bien sûr. Vous allez en prison, et pour longtemps.

– Rien de ce que j'ai dit ici ne sera valable au tribunal. Comme vous le disiez : juste entre vous et moi.

– Oui, mais comme je vous l'ai dit aussi, Tristram avouera sa participation à votre plan.

– Non.

– Si, il le fera quand il se rendra compte que vous l'accusez d'avoir tué son père. Et il le saura, parce que je le lui dirai.

– Alors je vais m'assurer que vous ne sortiez jamais de cette pièce.

Judith regarda Jenny : elle était prête à bondir, le corps entier frémissant de rage.

– J'ai toujours su qu'on finirait par en arriver là, dit Judith. Mais avant que vous ne tentiez de me liquider, laissez-moi vous dire que votre idée de tuer Sir Peter pendant le cocktail, au nez et à la barbe d'un témoin digne de confiance – en l'occurrence, moi – m'a inspirée. J'ai décidé de prendre exemple sur vous. N'est-ce pas, Tanika ?

Jenny parut surprise. À qui parlait Judith ? Soudain, Tanika sortit de derrière l'armoire, son smartphone à la main.

– Bonsoir, Jenny ! dit-elle.

Avant que Jenny ait eu le temps de réagir, Tanika lui passa les menottes.

– Mais je vous ai vue partir ! balbutia Jenny.

– Vous croyez être la seule à savoir faire de la mise en scène ? dit Judith. Tanika, Becks, Suzie et moi, nous avons mis ce plan au point cet après-midi. En supposant que Tristram viendrait ici pour vous attaquer, Becks et Suzie feraient semblant de me désapprouver et de partir précipitamment. Mais en réalité, Suzie a été la seule à partir dans son van. Becks a attendu dehors. Et quand l'inspecteur Hoskins est arrivé, Tanika savait qu'elle pourrait le mettre assez en colère pour qu'il lui ordonne de partir. Quant à la voiture de service que nous avons vu s'éloigner, ce n'était pas Tanika au volant. C'était Becks. Ce qui a permis à Tanika de faire le tour de White Lodge par l'arrière, d'entrer par le vestibule et de se cacher ici entre le mur et l'armoire. Il ne me restait plus qu'à vous attirer dans ce bureau et à vous inciter à me faire vos aveux. Oui, mais voilà : ces aveux, je n'étais pas seule à les entendre. Il y avait aussi une inspectrice de police et son enregistreur audio.

Tanika brandit son téléphone qui était encore en train d'enregistrer la conversation.

– Lorsque Tanika fera entendre cet enregistrement à Tristram, nous savons très bien, vous et moi, qu'il abandonnera toute défense. Il dira la vérité à la police, toute la vérité, et rien que la vérité. Bien sûr, il ira en prison pour complicité de meurtre, mais vous, vous en prendrez pour beaucoup plus longtemps, en tant que coupable d'un double assassinat.

– Jenny Page, dit Tanika, je vous arrête pour les meurtres de Sir Peter Bailey et de Sarah Fitzherbert. Vous avez le droit de ne rien dire, mais cela peut nuire à votre défense si vous ne mentionnez pas, lors d'un interrogatoire, un élément sur lequel vous pourriez compter plus tard au tribunal. Tout ce que vous direz pourra être utilisé comme preuve.

Jenny avait l'air d'une femme dont l'univers vient de s'effondrer. Ce qui était d'ailleurs le cas.

CHAPITRE 41

L'inspecteur principal Hoskins arrivait à peine à contenir son irritation quand il revint à White Lodge pour arrêter Jenny Page. Il enguirlandait déjà toute son équipe, mais il se montra particulièrement vindicatif quand Judith lui expliqua la façon dont, avec Tanika, elles avaient piégé Jenny pour lui faire raconter les derniers moments de Sir Peter avant qu'elle ne l'assassine.

– Cela n'aura pas valeur de preuve, dit-il quand elle eut fini son récit.

– Non, et je ne l'ai jamais pensé, mais Tristram est un jeune homme hautement influençable. Je suis certaine que l'enregistrement de Tanika l'incitera à avouer. Cela, plus les preuves matérielles que vous allez pouvoir réunir maintenant que vous savez où chercher, permettra d'inculper Jenny.

L'inspecteur Hoskins comprenait tout à fait la logique de Judith, mais le moins qu'on puisse dire est que cette logique n'arrangeait pas son humeur.

Celle-ci empira encore quand Tanika vint les rejoindre. Il la soupçonnait de vouloir se servir de son triomphe pour saper son autorité au commissariat.

– Monsieur, je vous félicite, dit-elle. Vous avez joué votre rôle à la perfection.

– Pardon ? dit-il.

– La façon dont vous avez conclu notre échange juste avant de partir avec Tristram. Si vous ne m'aviez pas renvoyée devant tout le monde, je n'aurais jamais pu me glisser de nouveau dans la maison pour être témoin des aveux de Jenny.

Peu à peu, l'inspecteur Hoskins comprit que Tanika lui proposait un marché. S'il prétendait que leur dispute faisait partie de la mise en scène, il n'y aurait aucune complication pour elle, et lui, il sauverait la face. Ce marché l'arrangeait bien plus qu'elle, mais ça ne le rendait pas plus heureux. Pourtant, il n'avait pas le choix, et il le savait.

– Je me doutais bien qu'il y avait une raison à votre insupportable insolence, lui dit-il en pesant chacun de ses mots.

– Oh oui, c'est vrai ! dit Tanika en souriant. Vous ne vous doutez pas à quel point !

L'inspecteur Hoskins ne trouva rien à répondre à cela. De Tanika, son regard se porta vers Judith, et il prit conscience qu'il avait devant lui les deux personnes qu'il avait le moins envie de voir sur terre. Il quitta la maison.

Une fois l'inspecteur Hoskins hors de portée de voix, Tanika dit à Judith :

– Je sais ce que tu vas dire.

– Parfaitement : c'est ton triomphe ! Pourquoi diable le laisses-tu en prendre une part ?

– Ce n'est pas moi qui triomphe, c'est toi. Et le fait que l'inspecteur principal Hoskins en profite un peu va me faciliter considérablement la vie.

– Il n'y a aucune justice là-dedans.

– Je sais, mais ce n'en est pas moins vrai.

Une voiture de police arriva dans l'allée à toute vitesse, fit crisser le gravier en freinant, et Becks et Suzie en sortirent. Elles se précipitèrent vers Judith.

– Tu es saine et sauve ! dit Suzie en la serrant dans ses bras. Il ne t'est rien arrivé !

– Bien sûr qu'il ne m'est rien arrivé ! réagit Judith, un peu gênée par l'exubérance de Suzie. Il ne m'arrive jamais rien !

– Je te demande pardon pour ce que je t'ai dit tout à l'heure, dit Becks. Ça m'a complètement détruit le moral de te faire des reproches.

– Mais est-ce que ça a marché, au moins ? demanda Suzie.

– Ça a marché au-delà de nos espérances, répondit Tanika, Judith a été fantastique !

– N'importe quoi ! dit Judith. J'ai donné à Jenny juste assez de corde pour se pendre, voilà tout. Et de toute façon, c'était un travail d'équipe : si vous n'aviez pas fait semblant de partir toutes les trois, elle ne se serait jamais sentie à l'aise pour me faire ses aveux. Ce que j'aimerais savoir, en revanche, demanda-t-elle à Becks, c'est : quel effet ça fait de conduire une voiture de police ?

– C'était formidable ! Je me suis amusée comme une folle !

– Tu as mis la sirène ? demanda Suzie avec un petit gloussement.

– Oh non ! Je n'aurais jamais osé.

– Et les gyrophares ? Je parie que tu t'es payé quelques secondes de gyrophares allumés.

– Pas une seule seconde !

Suzie se sentit profondément trahie.

– Tu n'as même pas fait d'excès de vitesse ?

– Bien sûr que non. S'il y a des limitations de vitesse, c'est pour une bonne raison.

– Je me demande bien pourquoi je t'ai laissée conduire cette voiture de police !

– Il me semblait plus naturel que tu conduises ton van, dit Becks, qui ne comprenait pas bien la remarque de Suzie.

– Vous ne croyez pas que ça se fête ? demanda Judith en souriant.

– Je suis d'accord, dit Suzie.

– Moi aussi, dit Becks.

– C'est très tentant, dit Tanika, mais on a besoin de moi au commissariat pour enregistrer les nouvelles preuves. Mais puis-je te demander une chose ? Ma fille Shanti adore la Tamise. Tu voudrais bien nous inviter sur ton *punt*[1] un de ces jours ?

– J'en serais ravie ! Et j'aimerais beaucoup rencontrer ton mari.

– On peut tous venir ?

– Mais bien sûr ! Avec un panier de pique-nique, et on passe la journée ensemble. Ton père peut venir aussi, si ça l'intéresse ! Il y a plein de place.

– Je ne suis pas sûre que tu aimerais être à bord d'un bateau avec mon père. À moins que tu n'aies envie d'entendre toute la journée que ta barque n'a pas la bonne forme, que les fleuves d'ici ne sont pas aussi bien que ceux que nous avons en Inde…

– J'ai envie de ça plus que de tout au monde ! dit Judith.

1. Barque à fond plat, dirigée à la perche, que l'on utilise couramment sur la Tamise en amont de Londres. (N.d.T.)

– Merci ! dit Tanika. Et merci à vous toutes. Sans vous trois, Jenny n'aurait jamais été arrêtée.

– Sans nous quatre, rectifia Judith.

Tanika sourit. Sa fierté faisait plaisir à voir.

– C'est vrai, dit-elle, vous avez raison.

Pendant que Tanika partait, Rosanna arriva à bicyclette. Judith et ses amies l'accueillirent.

– C'est vrai ? demanda Rosanna. Jenny vient d'être arrêtée ?

Judith lui confirma la nouvelle. Elle lui raconta aussi le rôle qu'avait joué Tristram dans l'assassinat de son père, mais elle s'efforça de le dépeindre autant que possible comme la victime de Jenny.

– Je suis vraiment désolée pour vous, dit Becks quand Judith eut terminé son récit.

Rosanna avait l'air complètement déboussolée.

– Il a tué mon père ?

– Non, répondit Judith. Parce que c'est un jeune homme veule et dévoré d'avidité, mais ce n'est pas un meurtrier. Comme vous l'avez toujours dit : c'est un faible. C'est son grand défaut. Et c'est aussi sa grande infortune d'avoir rencontré une femme aussi manipulatrice et à l'âme aussi noire que Jenny. S'il ne l'avait jamais connue, votre père serait encore en vie. Sarah Fitzherbert serait encore en vie.

– Je ne sais que dire, bredouilla Rosanna. Ni même que penser. Je…

– Retournez chez vous, allez retrouver Kat, dit Becks. Elle prendra soin de vous.

– De plus, dit Judith, elle sera capable de vous confirmer une chose : la loi anglaise ne permet pas qu'on profite d'un crime. Donc, comme Tristram a été le complice de l'assassinat de votre père, il ne pourra pas hériter. Ni de l'argent, ni des affaires, ni de la maison. Tout ira à la personne la plus proche de votre père, celle qui, je n'ai pas besoin de le préciser, aurait dû hériter dès le départ. Son enfant premier-né, c'est-à-dire vous.

– Ce n'est pas possible !

– Ça l'est. Cela signifie aussi que pour la première fois en quatre siècles, ce n'est pas le premier-né de sexe masculin qui hérite de la fortune familiale, ajouta Judith avec délices. Et, encore mieux, plus tard, vous pourrez modifier cette tradition et laisser le domaine à qui vous voudrez, homme ou femme.

– Fini de vivre sur une péniche, Kat et vous ! s'exclama Suzie, faisant un pas en arrière pour admirer White Lodge. Vous venez d'acquérir une grande demeure georgienne !

– Mais si je peux me permettre un petit conseil, dit Becks, virez Chris Shepherd.

– Oh, oui ! Absolument ! dit Suzie. Il a fait du chantage à votre père ; il n'est pas digne de confiance. J'insiste : il est sérieusement indigne de toute confiance.

– Vous en êtes vraiment certaines ? dit Rosanna. J'hérite de tout ?

– Parlez-en à Kat, conseilla Judith à nouveau. Elle vous confirmera que Tristram ne peut en aucun cas hériter, ce qui signifie *de facto* que c'est vous qui héritez.

Malgré le tumulte de cette journée, les trois amies découvrirent dans les yeux de Rosanna quelque chose qu'elles n'y avaient encore jamais vu.

Une lueur d'espoir.

De retour chez elle avec ses amies, Judith versa une généreuse quantité de whisky dans trois grands verres en cristal taillé.

– Je préférerais vraiment une tasse de thé, dit Becks.

– Jamais de la vie ! dit Judith. Il faut fêter ça.

Suzie tendit son verre. Elle avait déjà vidé la première dose cul sec.

– Moi, je n'ai rien contre.

Son verre de nouveau plein, Suzie alla s'asseoir dans le fauteuil à oreilles favori de Judith. Celle-ci sourit. Ça ne la dérangeait pas du tout.

– Eh bien ! dit Suzie, tu avais raison. Sir Peter a été tué dans une pièce fermée de l'intérieur, dont l'unique clé était dans sa poche.

– *Nous* avions raison, corrigea Judith.

– Moi, je n'ai jamais vraiment cru que c'était un meurtre, rappela Becks par souci d'honnêteté.

– Qu'est-ce que tu racontes ? dit Judith en trinquant avec son amie. Tu n'arrêtais pas de dire qu'il ne pouvait y avoir personne dans ce bureau avec Sir Peter quand il a été tué. Et tu avais raison, beaucoup plus que Suzie et moi !

Becks rougit. Judith alla s'asseoir sur la banquette devant la baie vitrée :

– Et toi, Suzie, tu vas en avoir, des choses à raconter demain, à la radio !

Suzie ne répondit rien, les yeux baissés sur son verre de whisky.

– Qu'est-ce qu'il t'arrive ? dit Becks.

– Je suis désolée, dit Suzie, pour ce que j'ai dit chez Jenny.

– Ah, oui ! Bien sûr, dit Judith.

Elle savait bien de quoi parlait Suzie. Ensemble, elles avaient prévu que Suzie et Becks se mettraient en colère contre Judith ; mais alors que les faux reproches de Becks ne faisaient allusion à rien de spécifique, ceux de Suzie étaient des accusations bien ancrées dans la réalité.

– Ne t'en fais pas, reprit-elle. Tu as raison. Je crois toujours tout savoir mieux que les autres. Et j'ai tort. Excuse-moi.

– Non, dit Suzie en soupirant. Je suis d'accord avec toi. Tu as toujours raison, et je parle sérieusement. Je ne ferai pas mon émission de radio demain.

– Mais pourquoi ?

– Parce que ça m'empêche de travailler. De gagner ma vie. Imagine : une gardeuse de chiens qui fait appel à un autre gardeur de chiens pour garder ses chiens à sa place ? Tu vois la situation absurde dans laquelle je me suis fourrée ?

– Mais tu ne peux pas laisser tomber la radio, dit Judith. Tu as un vrai talent pour ça !

– Judith a raison, confirma Becks.

– Vous êtes sincères ? dit Suzie, ravie du compliment.

– Tout à fait sincères !

– Alors vous serez heureuses d'apprendre que je vais tout de même faire une émission par semaine, le dimanche soir. Elle sera intitulée *Nos amis à poils et à plumes* et consistera en anecdotes et en conseils sur les animaux de compagnie. Ainsi, je pourrai avoir autant de chiens que je voudrai dans le studio, et s'ils se mettent à aboyer, aucun problème. Ce sera mon équipe.

– Ça a l'air formidable ! dit Judith, heureuse que son amie ait trouvé une solution pratique.

De plus, se disait-elle en son for intérieur, la célébrité de Suzie à Marlow serait un peu atténuée si elle ne faisait qu'une émission dominicale. Triple bénéfice pour Suzie : elle continuerait à faire ce qu'elle aimait, elle se remettrait à gagner de l'argent, et le profil un peu plus modeste de l'émission éviterait que des idées de gloire ne lui tournent la tête.

– Et il y quelque chose dont je voulais te parler, dit Becks. Rappelle-toi, quand tu accusais Judith de toutes ces horreurs ? Tu as dit que le chantier de ta maison n'était pas terminé.

– Ha ! s'exclama Suzie. Ça, c'est vrai ! Il n'est pas terminé.

– Tu plaisantes ?

– Non. Tu sais ce que c'est : on essaie de mettre un peu d'argent de côté pour faire venir un autre maçon, et quand on est arrivé à réunir une petite somme, on claque tout en se payant des petites vacances, et retour à la case départ.

– J'aimerais t'aider, dit Becks.

Ses deux amies tendirent l'oreille.

– Parce que j'ai suivi ton conseil, Judith, continua Becks. J'ai tout dit à Colin. À propos de cet argent et de la façon dont je l'ai gagné. Et tu sais quoi ? Tu avais raison : il était très heureux pour moi. Et même, quand je lui ai dit que je devrais tout donner à des œuvres charitables, il s'est fâché et m'a dit que cet argent, je l'avais gagné en toute légalité, qu'il était à moi et que je devais le garder. En fait, il s'est même passionné pour une idée qui lui est venue : avec cet argent, nous pourrions nous faire un pécule de retraite, étant donné qu'une retraite de vicaire ne s'élève pas à grand-chose de nos jours.

– C'est formidable ! dit Judith. Tu vas devenir le financier de la famille !

– Oui, c'est exactement ce que je m'apprête à devenir.

Judith et Suzie étaient très heureuses pour leur amie.

– Et plus besoin de m'acheter de belles robes et des bagues en saphir, continua Becks. Je mettrai de côté pour nos vieux jours. Je pourrai peut-être aider les enfants à aller à l'université, ou verser un acompte sur leur premier logement. Mais je ne me doutais pas que les travaux de ta maison n'étaient pas finis, Suzie. J'aimerais t'aider à les financer. Au moins, une partie de cet argent irait à une tâche utile…

– Tu parles sérieusement ? demanda Suzie.

– Oui ! Et honnêtement, ça me rassurerait.

– Il n'y en a pas deux comme toi !

– Oh, j'en doute !

– Tu as tort. Tu en connais beaucoup, des gens qui stressent quand ils gagnent plein de pognon ? Et qui, une fois qu'ils ont décidé de le garder pour eux, craquent immédiatement et essaient de le donner ?

Becks, comme toujours quand on lui faisait un compliment, rougit de confusion.

– Pourtant, je vais devoir décliner ta proposition, dit Suzie. Car vois-tu, j'ai réglé mon problème de façade.

– Tu as retrouvé ton maçon fugitif ? demanda Judith, émerveillée.

– Non. Lui, il ne répond toujours pas à mes appels.

– Oh. Alors tu en as trouvé un autre ?

– Pas exactement.

– Alors comment as-tu « réglé le problème », comme tu dis ?

– Vous vous souvenez de cette page du *Marlow Free Press* que j'ai déchirée l'autre jour, à la bibliothèque ?

– Bien sûr, dit Becks, qui se rappelait juste qu'elle avait tout oublié.

– Eh bien ! C'était une annonce pour une nouvelle émission de téléréalité, un appel à participants. La production cherche des gens qui ont été plantés par des entrepreneurs en maçonnerie. Une partie de l'émission consiste à aider les participants à terminer leurs travaux !

– Tu vas passer à la télé ?

– Oui ! dit Suzie, dans une explosion de joie qui éclipsait largement celle qu'elle avait manifestée quand une auditrice lui avait demandé son autographe. Cette émission a une audience d'à peu près trois millions de téléspectateurs, vous vous rendez compte ! C'est époustouflant. Je vais être vue par trois millions de personnes !

Judith réfléchit un instant à ce que Suzie venait de dire, et sourit. Comme Becks, de son côté. Suzie avait décidé de résoudre ses problèmes grâce à la télévision, il fallait s'y attendre ! Malgré les espoirs de Judith, Suzie aimait décidément trop les feux de la rampe. Elle ne changerait jamais, n'est-ce pas ? Non, pas davantage que Judith ou Becks.

Elles entendirent le son d'une marimba. Suzie sortit son téléphone et éteignit l'alarme.

– Désolée, dit-elle, j'ai un train pour Londres cet après-midi. Je dois rencontrer l'équipe de production pour parler presse et communication.

Au moment où Suzie partait, Becks précisa qu'elle devait s'en aller aussi. Ce soir-là, elle emmenait Colin dîner au Hand and Flowers. Seul restaurant de Marlow gratifié de deux étoiles au *Guide Michelin*, l'établissement n'était pas dans les moyens de Colin mais tout à fait dans ceux de Becks. Elle avait donc pris rendez-vous chez le coiffeur. Chez Divas and Dudes, ainsi qu'elle l'avait décidé : elle devait être aussi belle que possible.

Après le départ de Suzie et Becks, Judith retourna voir son tableau d'enquête maison. Tout en contemplant la toile d'araignée en laine rouge qui reliait entre eux les suspects, les indices et divers emplacements sur le plan de Marlow, elle remonta le cours des événements et se rendit compte que si elle n'avait pas croisé un canard mort lors d'une baignade matinale, elle n'aurait jamais affronté un cygne furieux et ne se serait pas précipitée chez elle à temps pour prendre l'appel téléphonique de Sir Peter qui avait déclenché toute cette aventure. Mais elle n'oubliait pas, évidemment, que ce n'était pas Sir Peter au bout du fil.

Pensant à ce qu'elle et ses amies avaient accompli, elle sentit la fierté monter en elle. Mue par une soudaine bouffée de confiance, elle alla ouvrir la porte de la pièce voisine, celle qui attendait encore d'être vidée des journaux et des imprimés les plus anciens, accumulés pendant des années. C'était là qu'étaient conservés les articles sur la mort de son mari, la correspondance qu'elle avait entretenue avec les services de police grecs et britanniques, les courriers de son député de l'époque et la presse nationale, dont toutes les rédactions lui avaient demandé des interviews.

Elle savait qu'il était temps de se débarrasser des derniers vestiges de ces archives de papier et de poussière, mais au moment de franchir le seuil, elle s'arrêta. *Non*, se dit-elle, pas de précipitation. *Une chose à la fois*.

Elle regagna son salon, faisant une escale rapide auprès de la console pour se verser une nouvelle rasade de whisky. Alors, qu'y avait-il au programme ? Une petite baignade du soir ? Ou quelques *crumpets* bien chauds, beurrés, le *Puzzler* du mois, et peut-être quelques verres de ce *sloe gin* qu'elle se promettait depuis si longtemps ?

Judith sourit de bonheur, pensant à toutes les merveilles que lui promettait le reste de cette journée.

Remerciements

Il faut beaucoup de temps pour écrire un livre : j'adresse toute ma reconnaissance à mon éditrice française, Marie Leroy, pour l'enthousiasme et la bonne humeur qu'elle n'a cessé de témoigner du début à la fin, malgré ces dates de remise qui ne cessaient de glisser. Et surtout, au moment où j'étais particulièrement à court d'énergie, elle a fait un voyage éclair de Paris à Marlow pour déjeuner avec moi, ce qui m'a totalement remonté le moral et m'a rendu mon pouvoir de concentration. Cette décision de sa part a joué un rôle crucial : avoir un éditeur aussi intelligent, attentionné et compréhensif devrait être le lot de tout auteur. (Pour l'anecdote, son train pour Marlow, ce jour-là, a été annulé pour cause de cygnes sur la voie. Authentique. Notre déjeuner a failli être empêché par des cygnes. *#SeulementàMarlow*)

Je voudrais également remercier Joséphine Wattier-Picard pour son travail précieux et approfondi sur le manuscrit, ainsi que ma merveilleuse traductrice, Sophie Brissaud. La version anglaise de ce texte comporte beaucoup d'expressions idiomatiques et de références culturelles pointues, sans oublier des passages assez longs où des définitions de mots croisés cryptiques dans un hebdomadaire local sont expliquées, puis résolues. Sophie a réussi à faire passer tout cela en français, apparemment sans effort et avec humour. (En plus de cela, elle a repéré deux petites failles logiques dans le récit que ni mon éditeur anglais ni ma préparatrice de copie anglaise n'avaient remarquées, de telle sorte que son attention au détail m'a permis de rectifier aussi la version anglaise du roman.)

Merci aussi à Meghann Spinella, Déborah Mattana et Annie-Laurie Clément à La Martinière, à l'illustratrice Anaïs Lefebvre et l'agence Pekelo pour la vision, la créativité et l'énergie qu'elles ont consacrées au marketing, à la direction artistique, à la fabrication du premier volume des *Dames de Marlow enquêtent*. Dès la ligne de départ, elles ont créé une image cohérente et iconique qui a rencontré un écho immédiat auprès des libraires et des lecteurs : je leur suis éternellement reconnaissant, et je suis fier de pouvoir compter sur une si belle équipe de création. (À ce propos, j'adresse un message aux auteurs à la recherche d'un éditeur : choisissez La Martinière.)

Merci enfin aux remarquables équipes commerciales et de diffusion qui portent cette série.

Rien de ce livre n'existerait sans le soutien précieux de ma femme, Katie Breathwick, et de nos enfants, Charlie et James. Malgré toute la mauvaise humeur dont je fais preuve pendant la rédaction de l'ouvrage, ils ne cessent de déborder d'amour et de tolérance pour le ronchon qui partage leur existence.

Enfin, merci à ma mère, Penny, et à son formidable mari, Jack Thomas, mon beau-père, qui nous a malheureusement quittés l'année dernière. Quand il a rencontré ma mère, il a hérité de ses trois enfants. Son sens de l'humour espiègle, sa détermination et les conseils avisés qu'il m'a prodigués pendant les décennies suivantes ont largement contribué à faire de moi l'écrivain que je suis devenu. Jack, merci pour tout.

Solutions des mots croisés

	1	2	3	4	5	6	7	8	9	10	11	12	13	14	15
A	P	E	T	E	R	B	A	I	L	E	Y	■	S	I	R
B	A	V	O	C	A	T	■	V	I	C	A	I	R	E	■
C	G	I	N	■	S	P	O	R	T	■	C	D	■	N	C
D	E	D	■	P	S	■	M	E	■	C	H	E	V	A	L
E	■	E	C	O	U	T	E	■	T	A	T	E	E	■	I
F	B	N	P	■	R	O	T	O	R	S	■	S	I	T	E
G	I	C	■	M	A	I	T	R	I	S	E	■	N	O	N
H	B	E	G	I	N	■	R	O	S	A	N	N	A	■	T
I	E	■	B	O	T	T	E	■	T	I	R	E	R	A	S
J	L	A	■	C	E	A	■	U	R	■	O	R	D	I	■
K	O	U	A	H	■	N	O	T	A	B	L	E	■	G	O
L	T	■	P	E	R	I	L	■	M	U	E	■	B	R	U
M	S	E	P	■	S	K	I	A	■	L	E	G	U	E	S
N	■	P	A	S	■	A	V	R	I	L	■	M	E	U	T
O	P	O	T	T	S	■	E	T	I	E	Z	■	E	R	E

p. 88

	1	2	3	4	5	6	7	8	9	10	11	12	13	14	15
A	M	O	R	A	I	L	L	O	N	■	B	A	G	U	E
B	A	V	O	I	N	E	■	B	E	S	O	I	N	■	P
C	G	E	N	S	■	C	O	U	T	T	S	■	O	B	I
D	N	■	D	E	H	O	R	S	■	A	S	I	L	E	■
E	E	V	E	■	I	N	A	■	A	B	■	D	E	C	O
F	S	A	■	A	G	■	L	I	V	I	D	E	■	K	O
G	I	N	D	I	G	O	■	F	I	L	E	■	D	S	■
H	U	■	R	E	I	N	E	■	D	I	R	L	O	■	J
I	M	I	E	■	N	U	R	S	E	S	■	E	M	M	A
J	■	O	S	E	S	■	I	C	■	E	P	I	E	U	R
K	R	■	S	C	O	T	C	H	S	■	E	A	■	E	D
L	A	V	I	O	N	S	■	O	P	E	P	■	T	R	I
M	D	E	N	T	■	U	N	O	■	U	P	S	A	■	N
N	J	U	G	E	S	■	F	L	O	R	E	N	C	E	■
O	A	T	■	S	E	U	L	■	C	O	R	■	T	H	E

p. 244

	1	2	3	4	5	6	7	8	9	10	11	12	13	14	15
A	G	E	N	I	E	■	T	U	■	G	A	N	S	E	E
B	A	M	Y	■	C	A	R	T	I	E	R	■	K	A	T
C	R	I	■	C	H	I	A	■	A	S	S	E	A	U	■
D	E	S	P	I	O	N	N	A	N	T	■	L	T	■	A
E	T	S	A	R	■	E	S	T	■	I	L	I	E	N	S
F	H	I	V	E	R	■	M	E	L	O	N	■	P	A	T
G	■	O	I	■	G	R	E	L	O	N	■	B	A	T	I
H	P	N	E	U	■	O	T	E	S	■	Z	E	R	O	■
I	A	S	■	R	A	I	T	■	A	N	O	U	K	■	S
J	T	■	A	G	I	■	R	E	L	I	E	R	■	U	E
K	R	A	D	E	■	L	E	G	A	L	■	R	I	N	G
L	I	R	O	N	I	E	■	O	M	■	S	A	R	A	H
M	C	R	■	T	L	O	N	■	O	N	E	■	I	I	I
N	I	E	P	■	E	N	L	I	S	E	■	E	R	R	A
O	A	T	O	U	T	■	P	E	■	M	A	N	I	E	S

p. 364

Retrouvez bientôt les Dames de Marlow
dans une nouvelle enquête.
Pour en être informé·e en avant-première, recevoir d'autres
idées de livres à découvrir ou des jeux-concours,
vous pouvez nous laisser votre adresse e-mail
sur cette adresse web : bit.ly/martiniere

Vous pouvez également nous retrouver sur Facebook
et Instagram : @lamartiniere.litterature

L'équipe des **Éditions de La Martinière**

Téléchargez et imprimez les grilles de mots-croisés
du livre en scannant le QR code ci-dessous :

Note de la traductrice

Marlow et la Thames Valley

Le lecteur français connaît généralement la Tamise en aval de Londres. Charles Dickens, dans *De grandes espérances* (1861), a évoqué l'atmosphère brumeuse de son estuaire et de ses marais littoraux. Il est plus rare que la littérature anglaise évoque la Tamise en amont de la capitale, comme le fait ce livre. En cela, *Mort compte triple*, autant qu'une intrigue policière, est une découverte de la Thames Valley, que l'auteur décrit avec minutie et tendresse. D'Oxford à Londres, le fleuve y suit un parcours tout en méandres et rythme la vie quotidienne : baignades, aviron, compétitions, régates. Cette région synthétise le mode de vie anglais, son confort et son ambiance paisible. Sauf quand quelque meurtre mystérieux vient troubler sa quiétude…

Sophie Brissaud

Dans la même série

Mort compte triple

Retrouvez la première enquête
des *Dames de Marlow* dans une nouvelle édition collector,
en tirage limité comprenant une nouvelle inédite de Noël.

Dans la petite ville de Marlow, en pleine campagne anglaise, Judith Potts, 77 ans, mène l'existence dont elle a toujours rêvé. Elle rédige des grilles de mots croisés, boit un peu trop de whisky, et se baigne toute nue dans la Tamise. Au pays des excentriques, elle est la reine !

Un soir, elle entend un cri suivi d'un coup de feu provenant de la maison de son voisin. La police croit à un suicide mais Mrs. Potts en est sûre : il s'agit d'un meurtre ! La vieille Anglaise fougueuse se lance dans l'enquête et entraîne au passage Becks, la femme du vicaire, et Suzie, commère attitrée du village. Les Dames de Marlow sont prêtes à en découdre ! Auront-elles le fin mot de l'histoire ?

La Martinière littérature s'engage à imprimer ses livres en France pour réduire la production de $C0_2$;
à imprimer sur du papier PEFC qui garantit une gestion durable des forêts ;
à ne faire appel qu'à des imprimeurs appliquant la charte Imprim'vert.

La certification Imprim'vert impose la collecte et l'élimination des déchets en conformité avec la réglementation, un suivi régulier des consommations d'énergie et interdit l'utilisation de produits toxiques.

RÉALISATION : NORD-COMPO À VILLENEUVE D'ASCQ
IMPRESSION : NORMANDIE ROTO IMPRESSION S.A.S À LONRAI
DÉPÔT LÉGAL : NOVEMBRE 2022 N° 149884 (2203698)
IMPRIMÉ EN FRANCE